풍경의
건설자들 2

풍경의 건설자들 2

발행일	2016년 12월 23일		
지은이	박 동 원		
펴낸이	손 형 국		
펴낸곳	(주)북랩		
편집인	선일영	편집	이종무, 권유선, 김송이
디자인	이현수, 김민하, 이정아, 한수희	제작	박기성, 황동현, 구성우
마케팅	김회란, 박진관		
출판등록	2004. 12. 1(제2012-000051호)		
주소	서울시 금천구 가산디지털 1로 168, 우림라이온스밸리 B동 B113, 114호		
홈페이지	www.book.co.kr		
전화번호	(02)2026-5777	팩스	(02)2026-5747

ISBN   979-11-5987-349-2 04810(종이책)   979-11-5987-350-8 05810(전자책)
        979-11-5987-351-5 04810(세트)

이 도서의 국립중앙도서관 출판예정도서목록(CIP)은 서지정보유통지원시스템 홈페이지(http://seoji.nl.go.kr)와
국가자료공동목록시스템(http://www.nl.go.kr/kolisnet)에서 이용하실 수 있습니다.
(CIP제어번호 : CIP2016031409)

(주)북랩 성공출판의 파트너

북랩 홈페이지와 패밀리 사이트에서 다양한 출판 솔루션을 만나 보세요!
홈페이지 book.co.kr   1인출판 플랫폼 해피소드 happisode.com
블로그 blog.naver.com/essaybook   원고모집 book@book.co.kr

풍경의 건설자들 ²

국가를 캔버스 삼아
풍경을 그리는 여인들의 대서사시

박동원 장편소설

북랩 book Lab

차례

제7장

아리아드네

이것은 결국 게마인샤프트(Gemeinschaft)적인 의식이 쇠퇴하고 게젤샤프트(Gesellschaft)적인 그것이 만연하게 되었다는 점을 말하고 있는 것이다. 그것은 본래 자연경제를 기반으로 하고, 토지를 매개로 하여, 극히 한정된 집단 사이에서 성립된 봉건적 주종관계가 '돈으로 모든 물건을 사지 않으면 하루도 살 수 없는' 상품경제의 한가운데서 광대한 범위에 걸쳐 맺어지게 된 것의 필연적인 귀결이었다. 소라이는 봉건사회의 태내(胎內)에 그것을 해체하고 부식시키는 독소(毒素)가 급격하게 성장하고 있는 시대에 태어나 온갖 궁리를 다해 그런 독소를 제거하려 했다. 그런 독소의 성장이 역사적 필연이었던 한, 그는 어김없이 '반동적' 사상가였다. 그리고 그의 제도의 내용을 이루고 있는 것이 요컨대 원시 봉건제에 있어서의 자연적 요소 '전원(田園) 생활·자연경제·가족적인 주종관계 등등'에 있었다고 한다면, 소라이가쿠 체계는 필경 '작위' 논리에 의해 '자연'을 만들어내려고 한 것이다. 이것은 결코 말장난이 아니다. 역사의 아이러니는 종종 반동가(反動家)로 하여금 적(敵)의 무기를 빌어 자신을 이론적으로 무장하는 역할을 떠맡기곤 한다. 소라이는 게절샤프트적 사회관계를 저주하면서도 자신의 작위의 입장에는 그런

게젤샤프트의 논리가 내포되어 있었던 것이다. 그것에 한 걸음 더 나가서 분석함으로써 자연적 질서관과 작위적 질서관의 대립의 역사적 의미를 비로소 그리고 충분히 이해할 수 있을 것이다.[1]

— 마루야마 마사오의 『일본정치사상사연구』, 제2장 「근세 일본정치사상에 있어서의
'자연'(自然)과 '작위'(作爲)」 중에서

아테나이력 4380년, 정묘(丁卯)년,
네스토리우스력 2047년

58

4월 초순 진이가 전학한 고등학교 교무실.

진이가 크레타의 수도 도쿄(東京)로 온 지 다섯 달이 지났다. 작년 11월에 아버지가 연구하시게 된 사립대학 부속 고교 1학년 2학기에 편입했다. 그동안 1학년 2, 3학기를 마치고 해가 바뀌어 2학년 새 학기를 맞이하게 되었다.

"안녕하십니까? 처음 뵙겠습니다. 마루야마 마사코(丸山眞子)입니다."

"아, 처음 뵙겠습니다. 무사진(武士眞)의 담임인 히라가와 요시미(平川良美)입니다. 안 그래도 기다리고 있었습니다. 앉으세요. 차라도 한잔 하시면서 얘기하시죠."

---

1 마루야마 마사오, 『일본정치사상사연구』, 김석근 옮김, 통나무, 1995, 351~352쪽.

"네, 감사합니다."

진이가 공부하는 학교 교무실로 올해 스물네 살의 마루야마 마사코가 찾아온다. 그러자 현재 진이의 2학년 담임선생인 하라가와 요시미가 반갑게 마사코를 맞이한다. 마사코는 진이보다 여섯 살 연상의 크레타 여자로 올해 대학을 막 졸업했다.

"아직 문제 아동이나 청소년을 지도해보신 경험은 없으시지만, 도쿄대학 교양학부에서 표상문학론(表象文學論)을 전공하시고, 교육학부에서 교육심리학 코스까지 이수하신 것을 높이 사서 결정했습니다. 전학생인 무사진의 튜터(tutor)가 돼주십시오. 부탁드립니다."

"알겠습니다."

"무사진은 지금 우리 학교의 유일한 외국인 학생이기도 합니다. 이 학생을 특별히 배려하지 않으면 나중에 문제가 생길 수 있단 판단에서 예외적으로 튜터를 두기로 했습니다."

"나중에 생길 수 있는 문제란 것이 대략 어떤 것인지 들려주실 수 있겠습니까?"

"이대로 놔두면 결국 반에서 풍장(風葬)을 당할 것 같습니다. 이유로서는 무사진의 얼굴입니다."

"…!"

진이가 크레타에 도착해 고교 1학년 2학기에 편입한 것이 작년 11월 하순, 화젓가락으로 자신의 얼굴을 자기 손으로 찢어버린 지 한 달 반이 지난 시기였다. 진이는 서울에서 한 달 가까이 입원치료를 받았는데, 12년 전 불에 탄 몸이 놀라운 치유력을 보였듯이, 아테나이를 출국할 때쯤에는 먹고 말하는 데 아무 지장이 없을 정도가 되었다. 다만 오른쪽 뺨에서 콧등을 가로질러 왼쪽 눈 바로 밑까지 사선으로 난 커다란 흉터는 뚜렷이 남아 있었다. 그런데 이 큰 흉터가 가장 문제가 됐을 진이의 얼굴을 요행이 은폐시켜주는 효과가 있었다. 입학 직후 크레타인 친구들은 이렇게 말했다.

『어머! 안 됐어라. 어쩌다 얼굴에 저런 큰 상처를 입었을까?』

『교통사고를 당했나? 아니면 누군가가 휘두른 칼에 맞았을까?』

『에구, 끔찍해라! 어쨌든 불쌍하다. 저 친구 소외감 안 느끼게 우리가 친절히 잘해줘야겠어.』

진이가 스스로 낸 상처가 주변 친구들의 동정을 사고, 지나칠 정도의 친절까지 얻어냈다. 진이는 새로 전학 온 이국의 고등학교에서 커다란 이변 없이 순조로운 학교생활을 시작할 수 있었다. 그러던 것이, 진이가 가지고 있는 빠른 치유력에 힘입어 얼굴에 난 흉터조차도 수개월이 지나자 깨끗이 사라지게 됐다. 12월 말에 겨울 방학에 들어가고 1월에 3학기가 시작됐을 때 흉터는 눈에 띄게 엷어졌고, 얼굴 변신의 실패에서 나타난 과잉된 조형미가 타인의 시선에 노출되기 시작했다.

『어머! 저게 뭐야? 겨울방학에 성형수술 했구나. 그런데 이상해!』

『맞아. 전에 있던 흉터를 성형으로 지운 것 같은데 저 얼굴은 뭐야! 원래 얼굴이 저랬던 거야? 아니면 저것도 성형으로 고친 거야?』

『아냐, 그렇진 않아. 흉터 밑으로 저런 낯빛이 돌긴 했어. 우리가 그 흉측한 상처 때문에 주의를 뺏겨서 미처 못 봤던 거야.』

『그런데 대체 뭐지? 이 싫은 느낌은? 대단한 미인인 건 확실한데 왠지 보기가 싫어! 무섭다고 해야 하나?』

『맞아, 나도 그래. 앞으로 난 쟤한테 전처럼 말 걸 수 없을 것 같아.』

『나도….』

『나도 그래.』

　그렇게 3학기 때부터 진이라는 외국 학생에 대한 호기심과 동정심 그리고 배려는 사라졌다. 3월 하순에 1학년 3학기를 마치고 봄방학을 지낸 후 2학년 새 학기가 시작된 4월에는 진이의 흉터가 완전히 자취를 감추었다. 그걸 보고 친구들은 진이가 봄방학 때 재차 성형수술을 받아 흉터를 완전히 지운 것으로 생각했다. 이로써 사람들의 눈에 완전히 노출된 진이의 작위적인 얼굴은 학생들이 본격적으로 진이를 멀리하게 했다. 학교 측에서 진이의 지도를 위해 뽑은 튜터 마루야마 마사코는 진이의 담임 히라가와로부터 진이에 대한 지난 경과를 자세히 들었다.

　"우리 학교의 유일한 외국 학생이 학교생활에 적응을 못 해 탈선하거나 최악의 경우 자살까지 하는 일이 절대로 있어선 안 됩니다. 마루야마 씨에게 저희들은 큰 기대를 걸고 있습니다. 학업지도 말고도 무사진의 좋은 벗이 돼주신단 마음으로 이끌어주시면 감사하겠습니다."

　"잘 알겠습니다. 최선을 다해 지도해보겠습니다. 아까 제 학부 전공과 부전공을 보고 채용했다고 말씀하시고, 문제학생 지도 경험이 없는 저를 걱정하시는 것 같았습니다. 사실 학부 성적도 그다지 좋지 않았습니다. 그러나 저야말로 이 일의 적임일 거라고 생각합니다만…, 대학진학 전까지 전 학교에서 알아주는 문제학생이었습니다."

　"하하하, 네 잘 알겠습니다. 그럼 부탁드립니다. 그런데…, 마루야마 씨, 정말 볼수록 대단한 미인이시군요!"

4월 중순 일요일 오후 대학교 도서관.

진이는 집을 나서 튜터와 만나기 위해 아버지가 재직 중인 대학 도서관으로 왔다. 선글라스를 쓰는 등 자신의 얼굴이 최대한 남의 눈에 띄지 않도록 하고 30분가량 도쿄 시내를 걸어서 왔는데, 오는 도중 시내의 풍경은 자연히 서울의 거리와 비교가 된다. 거의 비슷하게 생긴 인종, 상당 부분 일치하는 정서적 공감대, 하지만 다른 언어와 서울보다 깨끗하게 잘 정돈된 시내 모습은 여기가 외국이란 사실을 실감하게 했다. 어디서나 쉽게 산을 볼 수 있던 서울에서는 산이 시내를 거닐 때도 이정표 구실을 해주었다. 이와는 달리 도쿄는 관동 평야 지대에 자리 잡아 끝없이 펼쳐진 고층 건물과 주택들이 지평선을 이루어 서울보다 길을 익히기 어려웠다. 서울의 아리수처럼 거대한 강은 없는 것 같다. 강이라고 하는 것들이 서울에서 흔히 볼 수 있는 개천만 한 규모였다. 하지만 강 하나하나가 콘크리트 둑과 철제 수문 등으로 정비가 잘돼 있어 깨끗한 느낌이 든다.

대학교 캠퍼스에 도착해 튜터와 만나기로 한 중앙도서관 대열람실로 들어왔다. 대열람실은 비교적 자유로운 분위기로 정숙이 강요되는 장소는 아니었다. 가벼운 잡담이나 주스와 샌드위치를 가지고 와서 먹는 정도는 허락되는 공간이다. 이곳을 약속 장소로 잡은 것은 진이었는데, 학교에서 주선해준 튜터와 재학 중인 고등학교 안에서 시간을 보낸다면 자신이 영락없는 보호 대상이 된 것 같아 견딜 수 없을 것 같았다. 학교에서 자신에게 특별히 튜터를 소개해준 이유를 진이는 잘 알고 있었다. 하지만 무심한 남들 눈에는 자신이 자기관리 하나 제대로 못 하는 칠칠치 못한 문제학생으로 보일 수 있다는 점이 두려웠다. 튜터와 대등한 관계로 만나고 싶었다. 남들 눈에는 두 여대생이 만나서 대화를 나누는 것처럼 보이기 위해 이 장소를 택했다.

저쪽에 마루야마 마사코가 먼저 와서 열람실 테이블에 앉아 있는 모습이 보였다. 약속 시각 5분 전이다. 학교에서 히라가와 선생이 소개해주었을 때는 어지간히 놀게 생긴 얼굴이라고 생각했는데. 뜻밖에 성실한 면이 있다고 생각한다. 진이는 어째서 이런 여자가 졸업하자마자 고등학생의 개인지도 따위의 재미없는 일을 선택했는지 알 수 없었다. 키는 진이 보다 조금 더 큰 170cm 정도인데, 자신도 몇 년 지나면 저 이상 클 수 있을 거라고 생각했다. 몸은 상당히 균형 잡히고 단단해 보여 운동을 열심히 한 것 같고 성적 매력도 적잖이 있었다. 자기 생각을 또박또박 조리 있게 말하는 모습이 보기보다 교양 있는 사람이라고 생각되게 했지만, 창백한 얼굴 어딘가에 내재한 경도된 정신이 발현되면 언제라도 상대방을 공격적으로 몰아세울 것 같은 인상이라, 남자들에게 특히 부담을 줄 것 같은 스타일이었다. 어쨌거나 그녀는 누가 보아도 상당한 미인이었다.

현재 진이의 입장에서 마루야마 마사코는 자신을 충분히 압도할 만한 조건을 가진 여자가 분명했다. 게다가 자신은 지금 객관적으로 보았을 때 따돌림 당하는 외톨이 외국인 학생에 불과하지 않은가? 크레타 어도 외국인으로서는 상당히 유창한 편이지만, 아직 원어민 보다는 떨어지는 실력이다. 하지만 이러한 사실을 솔직히 인정하고 상대가 여섯 살 연상의 인생 선배이며 적어도 제도권에서는 자신보다 앞서가는 위치에 있다는 것을 인정해주자. 그렇게 겸양하면서 자신이 같은 연령대의 아이들에 비해 월등한 지력의 소유자인 것을 천천히 드러내고 예외성을 인식시킬 수 있다면, 오히려 자신이 상대를 넘어설 수 있을 거로 생각되었다. 마루야마 마사코가 상견례 때 얼굴에서 풍기는 느낌과는 달리 적지 않은 세월 동안 갈고닦았을 지력을 자신과 히라가와 선생에게 과시해 이미지를 일신했듯이….

"안녕하세요? 마루야마 씨. 먼저 와 계셨군요. 오래 기다리셨어요?"

"아, 진이 왔구나, 앉아. 나도 조금 전에 도착했어."

마사코는 마치 오랫동안 알고 지내던 동생을 대하듯 아주 자연스럽게 진이를 맞이했다. 지난번에 겨우 한번 학교에서 의례적인 만남을 가졌을 뿐인데도….

"그럼, 시작해볼까? 내가 며칠 동안 생각해봤는데…, 진이는 학교 공부 정도는 남 도움 없이 잘해낼 능력이 있다고 생각해. 만일 학교 성적이 좋지 못하다면 그건 진이가 공부할 뜻이 없어서 일부러 안 한 거라고 봐. 못 한 게 아니고 말야."

"…!"

"그러니까…, 우린 그냥 만나서 즐기기로 해. 대학 서클처럼 말야."

"네, 저도 그렇게 하면 좋겠어요."

아주 마음에 드는 시작이다. 만나서 수험 참고서에 적힌 것과 다를 것 없는 내용을 듣는 것이라면 우선 자신이 재미없을 뿐더러, 이렇게 도발적으로 보이는 여자에게 어울리는 짓이 아닐 것이다.

"그래서 내가 오늘 준비해 온 게 있어. 혹시 아쿠다가와 류노스케(芥川龍之介)의 「코(鼻)」라는 소설을 읽은 적 있니?"

"글쎄요. 어디선가 들어본 듯도 한데…. 어쨌든 아직 읽어보진 못했어요."

"그래, 크레타에서는 아주 유명하지만 진이는 여기 산 지 아직 반년도 채 되지 않았으니까…. 71년 전에 크레타에서 발표된 단편 소설이야. 아쿠다가와 류노스케가 이 소설을 발표하자 그의 스승인 나쓰메 소세키(夏目漱石)가 극찬을 했다고 해. 나쓰메 소세키는 알지?"

"아! 그럼요. 크레타를 대표하는 문호죠. 『나는 고양이로소이다(吾輩は猫である)』와 『도련님(坊っちゃん)』 정도는 저도 읽어봤어요. 아쿠다가와 류노스케도 소세키 만큼 유명한 작간가 보죠?"

"그럼, 「라쇼몽(羅生門)」을 비롯해서 역사소설을 많이 썼지."

"아! 「라쇼몽」이라면 영화로는 봤어요."

마사코의 '역사소설'이라는 말에 진이는 솔깃해진다. 진이는 보통 여자아이들과는 다르게 역사책을 많이 읽었다. 보통 그 나이 때면 사르트르나 카뮈를 가슴에 품고 다니며 문학소녀를 자처할 만도 한데, 진이는 그런 것은 자신에게 어울리지 않는다고 스스로 여기곤 했다. 그래서 문학작품을 읽는다면 주로 역사소설을 즐겨 보았다. 아버지 윤이는 그런 진이를 보고 할아버지를 닮았다고 놀리듯 운을 떼곤 하지만, 정작 진이는 할아버지의 얼굴을 한 번도 본 적이 없고, 할아버지에 대해 깊이 알려고 하는 것은 은연중 금기시되어 있는 이상한 집안 분위기에서 자랐다.

"하하, 그래. 근데 그 영화 내용은 「라쇼몽」보다 주로 「덤불 속(藪の中)」을 원작으로 했어. 나중에 「라쇼몽」이나 「덤불 속」 다 읽어보도록 하고…. 아! 그러고 보니 세 작품 모두 헤이안조(平安朝)와 관계가 깊구나!"

"…?"

진이는 마사코가 헤이안조란 말에 순간 예민하게 반응하는 것을 느꼈다.

'뭘까?!'

"자, 오늘은 류노스케의 「코」를 같이 읽어보자."

"같이 읽어요?"

"음, 내가 「코」를 낭독할 테니 잘 들어."

'낭독…, 낭독?!'

그러고 나서 마사코는 직접 가지고 온 아쿠타가와 류노스케 단편집을 펼쳐 들고 「코」를 낭독하기 시작했다. 가끔 느끼는 것이지만 이 나라 사람들의 약간 지나친 감이 있는 친절은 진이로 하여금 몸 둘 바를 모르게 했다. 문화적 차이 때문일까? 낭독이라고 한다면 학교 국어 시간에 자리에서 일어나 선생님 대신 교과서를 읽는 정도가 아니었던가? 하지만 지금 이 경우와는 성격이 완전히 다르다. 어머니가 어렸을 때 『잔 다르크』를 읽어주시던 것과도 비교 대상이 될 순 없다. 독서라면 으레 묵독이 당연한 것처럼 느껴졌던 진이는 마사코의 낭독이 일단 쑥스럽게 느껴졌다.

"젠치 큰스님의 코라고 하면 이케노오 마을에서는 모르는 사람이 없었다. 길이는 한 대여섯 치쯤 되는데, 윗입술 바로 위에서부터 턱 밑까지 늘어져 있었다. 모양은 처음부터 끝까지 똑같이 굵었다. 말하자면 가늘고 긴 순대 비슷한 물건이 턱하니 얼굴 한가운데 매달려 있는 것이다.」[2]

하지만 마사코가 작품을 읽어 나감에 따라 그런 어색함도 어느새

---

2 아쿠타가와 류노스케, 『라쇼몬』 서은혜 옮김, 민음사, 2014, 7쪽.

사라져버린다. 처음 보았을 때의 이미지를 시간이 갈수록 쇄신해가는 마사코였다. 진이에게 크레타 어는 모국어가 아니지만 지금 마사코의 목소리와 어조는 정말 낭랑하게 들려왔고, 71년 전 근대소설이라고 해서 낡은 신파조를 연상했던 진이에게 뜻밖의 신선함을 가져다준다.

'코가 큰 스님의 이야기라…!'

마사코의 낭랑하고 힘 있는 목소리는 계속 작품을 강단 있고 절도 있게 읽어 나간다.

"「한번은 그 제자승 대신 받치고 서 있던 동자 하나가 재채기를 하는 바람에 손이 흔들려 코를 죽 안에 빠뜨린 이야기가 당시 교토에까지 소문나고 말았다. 하지만 이것이 큰스님이 코 때문에 고민에 잠긴 가장 큰 이유는 아니었다. 사실 큰스님은 코 때문에 상처 입은 자존심 때문에 고민했던 것이다.」"[3]

'이상하게 큰 코 때문에 상처 입은 자존심이라…; 그건 당연한 거야. 외모는 자존심, 바로 자신의 정체성이니!'

진이는 마사코가 낭독하는 소설이 왠지 자신과 직접 관련 있는 내용이 아닌가 생각한다. 마사코가 자신의 입장을 소설의 주인공 젠치의 입장과 동일시하는 것이 아닌가? 하고 진이는 의심해본다.

소설 속의 젠치란 중은 이렇게 괴이하게 생긴 코로 인해 생활에 큰 불편을 느끼는 것은 말할 것도 없고, 사람들이 자신을 가엾게 보고 동정하는 모습에 여간 자존심 상하는 것이 아니다. 그는 평소 코가 큰 것 따위는 아무 문제도 되지 않는다고 허세를 부리며 살지만, 내

---

3 위의 책, 8쪽.

심 코를 정상적으로 만들 방법이 없나 노심초사하며 찾아본다. 그러던 가을의 어느 날, 교토(京都)로 심부름 갔다가 돌아온 제자승이 코를 작게 만드는 법을 배워온다. 코를 끓는 물에 담갔다가 꺼내 발로 밟는 것을 반복하는 방법인데, 젠치와 제자승은 이것을 실행에 옮겨 결국 정상적인 코를 갖는 데 성공한다. 젠치는 이로 인해 큰 기쁨을 맛보지만, 그것도 잠시였다.

마사코의 낭독은 계속된다.

"「그러나 이삼일쯤 지나면서, 큰스님은 생각지 못한 사실을 발견했다. 마침, 볼일이 있어 이케노오 절을 찾아온 사무라이가 전보다 더욱 우습다는 듯한 얼굴로 이야기도 제대로 못 하고 큰스님의 코만 뚫어져라 바라보다 간 것이었다. 뿐만 아니라 언젠가 큰스님의 코를 죽사발 속에 떨어뜨렸던 동자로 말할 것 같으면, 강당 밖에서 큰스님과 마주칠 때마다 처음에는 고개를 숙이고 웃음을 참았으나 끝에 가서는 도저히 못 참겠는지 풋, 하고 웃음을 터뜨려버렸다. 절의 잡용을 맡은 하급 승려들은 얼굴을 마주 보는 동안에는 조심히 듣다가도, 큰스님이 등만 보였다 하면 금세 쿡쿡거리며 웃기 시작한 게 한두 번이 아니었다.」"[4]

이건 영락없이 크레타에 온 이후 진이 자신의 모습이었고, 그 이전 아테나이에서 겪은 얼굴 변신의 실패와도 관련이 있는 문제였다. 이 문제에 대한 작가 아쿠다가와 류노스케의 통찰을 마사코는 계속해서 낭독한다.

"「인간의 마음에는 서로 모순되는 두 가지 감정이 있다. 물론 타인

---

4 위의 책, 14~15쪽.

의 불행에 동정하지 않는 자는 아무도 없다. 그런데 그 사람이 그 불행을 어찌어찌 빠져나오게 되면 이번에는 이쪽에서 뭔가 부족한 듯한 심정이 된다. 조금 과장해보자면, 다시 한 번 그 사람을 같은 불행에 빠뜨려보고 싶다는 생각조차 든다. 그리하여 어느 틈엔가 소극적이기는 해도, 그 사람에 대해 일종의 적의를 품게 되는 것이다. 큰스님이 이유를 알지 못하면서도 어쩐지 불쾌한 기분을 느꼈던 이유는, 이케노오 승속들의 태도에서 바로 그런 방관자의 이기주의를 자기도 모르게 깨달았기 때문이었다.」[5]

'그래! 결국 자신에 대한 절댓값을 상대가 알아줄 수는 없는 거야. 잃어가는 자신의 총체성을 다시 세워보겠다고, 나의 얼굴에 최고의 미를 실현해보겠다고 야심차게 시작한 변신이었는데, 나 자신도 모르는 사이에 타인의 주관에 휘둘려서 남에게 보여주기 위한 얼굴을 만들려 했던 게 틀림없어. 애초부터 내 안에는 이렇다 할 미의 기준이 없었던 거야!'

진이는 이렇게 속으로 흐느꼈다. 진이는 크레타로 전학 온 이후 다시 학교를 쉬어서라도 더 정교한 이론 아래 얼굴을 바꾸어보겠다는 유혹이 매시간마다 솟았다. 그러나 그것이 부질없음을 진이 자신이 잘 알고 있었다. 근본적으로 자신의 인위적인 얼굴 설계에 치명적인 미적 결함이 있다는 것을…!

그렇다면 어렸을 때 할머니의 가르침과 집안 환경에 동화되면서 형성된 얼굴처럼, 주위환경과 더불어 장시간에 걸쳐 부지불식간에 형성된 얼굴이 자신의 의지와 설계로 단기간 내에 변신한 얼굴보다 언

---

5 위의 책, 15~16쪽.

제나 우월할 수밖에 없는 것이란 결정론이 진이의 가슴을 옥죄었다. 그런 식으로 다시 과거와 같은 자연스러운 미를 소유하려면 몇 년, 아니 수십 년의 시간이 걸릴지도 모른다. 진이가 자신의 부모를 농락하려 했던 이매에게 초자연적인 현상과 더불어 분노를 표시하고 망가진 몸이 주로 할머니의 영향 아래서 누구에게나 흐뭇함을 주던 자연스러운 외모를 갖게 되기까지 약 삼 년 전후의 시간이 걸렸다.

하지만 그때는 아주 어렸을 때이고, 이미 자기 자신에 의해 훼손된 몸과 마음이 복구되려면 더 많은 시간이 걸릴지도 모른다. 그러나 언제까지나 보이지 않는 손의 지배에 자신을 맡겨 둘 수는 없었다. 더 공부하고 지적 능력을 끌어올리면 다시 자신의 설계에 의한 미인을 창조해낼 수 있다고 믿고 싶었다. 자신의 실패는 아직 지적으로 성숙하지 못한 상태에서 관념적 사치를 즐긴 것 때문일 것이라고 돌아보았다. 그런데 막상 어디서 어떻게 올바른 미적 기준을 찾아야 할지가 문제였고, 그것에 선행돼야 할 것이 무엇인지, 자신의 잘못이 구체적으로 무엇이었는지 정확히 아는 것이 관건이었다. 이런 문제에 봉착해 있을 때 마루야마 마사코가 나타났고, 지금 자신은 여기에서 그녀가 낭독하는 단편소설을 읽고 있다. 그리고 얼굴 변신 실패의 원인으로서 확고한 자기 주관보다 타인에게 보이려는 마음이 앞섰다는 점이 소설의 주인공 젠치를 통해서 깨달아졌다.

진이는 계속해서 마사코의 낭독에 귀를 기울인다. 소설의 주인공 젠치는 마사코의 입을 통해 이렇게 진이에게 말하고 있었다.

"「'억지로 짧게 만들어서 병이 난 건지도 몰라.」"[6]

---

6 위의 책, 17쪽.

'그래, 젠치의 말대로 분명히 나의 미적 설계에도 억지스러운 면이 있었어. 갑자기 모든 것을 천지개벽하듯이 바로잡고 그것의 결정체로서의 아름다운 얼굴을 추구했지. 당시 겨우 17세…, 나름으로 열심히 독서를 했다곤 하지만 역시 배움이 부족했어. 할머니가 내 능력을 본격적으로 이끌어주신 시기가 당신이 70이 넘으셨을 때고, 혁명을 일으키고 나라를 통치할 정도의 경륜이 있으셨을 때야. 지금의 나와는 비교가 안 돼.'

계속해서 마사코는 낭독한다.

"큰스님은 황급히 코로 손을 가져갔다. 손에 닿은 것은 어젯밤의 짧은 코가 아니었다. 윗입술의 위쪽부터 턱밑까지 대여섯 치나 늘어져 있던, 옛날의 기다란 코였다. 큰스님은 코가 하룻밤 새 다시 원래대로 길어졌다는 것을 알았다. 그리고 그와 동시에 코가 짧아졌을 때와 마찬가지로, 홀가분한 기분이 어디선지 모르게 되돌아온 것을 느꼈다."[7]

성공적으로 줄어든 코에 오히려 비애를 느끼던 젠치는 찬바람이 불고 탑에 달린 풍경소리가 요란하게 울리던 어느 날 밤, 갑자기 코가 가려워지고 붓는 것을 느끼며 잠이 들었다. 다음날 잠자리에서 일어나보니 코가 예전처럼 길고 우스꽝스러운 모습으로 돌아와 있었다. 그러자 젠치는 정상적인 코를 가졌을 때만큼의 기쁨을 만끽하며 마음의 평온을 되찾는다.

"「이렇게 됐으니 다시는 아무도 비웃지 않겠군.」"[8]

이것이 주인공 젠치가 남긴 마지막 말이다. 진이는 자신 안에서 또

---

7 위의 책, 17쪽.
8 위의 책, 18쪽.

하나의 젠치를 발견한다. 그러나 자신마저 젠치처럼 자신을 잃고 어리석음에 영원히 몸을 맡길 수는 없다. 한 번 얼굴 변신에 실패했다고 해서 막연히 과거를 그리워하고 회한에 젖어 있을 수만은 없었다.

"놀랍네요. 짧은 단편인데 아주 강한 여운이 남아요. 아주 훌륭한 장편소설이나 영화를 보고 났을 때처럼."

"좋았다니 다행이네. 사실 요즘 크레타 애들은 이런 소설 잘 안 읽어. 발표된 지 70년이 넘은 소설이라. 그럴 바엔 영화나 게임을 즐길 거야."

"아테나이 애들도 마찬가지예요. 마루야마 씨는 제게 시험을 해보신 셈이군요."

"미안, 사실은 내가 그렇거든. 선생이랍시고 진이 앞에서 훌륭한 척 한번 해본 셈이네. 불쾌했다면 사과할게."

"아니에요. 정말 고마워요. 오늘은 새로운 것을 또 하나 발견한 느낌이에요. 계속 크레타의 근대문학을 공부해보고 싶어요."

"그래, 앞으로 그렇게 할까? 근데, 진이 갑자기 얼굴이 창백해지네? 거기다 볼과 귀에 발갛게 홍조까지 지고…, 어디 아프니?"

마사코는 그러면서 오른손을 진이의 이마와 왼쪽 볼에 연달아 갖다 댔다. 진이는 몸이 살짝 움츠려졌다. 그러면서 마사코의 체온과 피부 감촉이 아주 아늑하게 느껴졌다.

"미열이 있는데?"

"별거 아네요. 가끔 이래요. 좀 쉬면 나아질 거예요."

"그래, 오늘 첫날이라 피곤했나 보다. 오늘은 일단 집에 가서 쉬는 게 좋겠다."

"네, 그래야겠어요. 마루야마 씨 다음에 또 봐요."

진이와 마사코는 다음에도 근대 문학에 초점을 둔 만남을 갖기로 하고 헤어졌다.

'마사코는 나를 얼마만큼 알고 있을까? 오늘 저 단편소설을 읽게 된 건 우연이었을까? 아니면 나를 미리 연구한 마사코의 치밀한 의도에 의한 것이었을까?'

진이는 마사코가 살짝 두려워지기까지 했다. 그러면서 막연한 추상 속에 거하던 문학의 새로운 위력에 눈이 뜨인 것도 같았다. 미열이 나면서 몸이 나른하고 정신이 약간 몽롱하다. 관념 운동이 몸에 화학작용을 일으킬 때 나는 중세다. 오늘 밤엔 작으나마 얼굴의 변화가 올 것 같았다.

60

7월 중순.

나쓰메 소세키(夏目漱石)는 크레타가 배출한 대문호이다. 젊은 시절 대학교에서는 브리타니아 문학을 전공하고, 국비 유학생으로 뽑혀 이오니아 최고의 국가이자 근대국가의 효시라 할 수 있는 브리타니아에서 이 년간 문학을 공부했다.

그런데 이것이 그에게는 커다란 재앙으로 다가왔다. 그는 고향인 크레타에서 누구에게나 존경받는, 장래가 촉망되는 수재였다. 그러나 그가 브리타니아에서 체류하는 두 해 동안 심한 마음의 병을 앓게 된다. 그러다가 같이 유학 중인 친구가 소세키가 미쳤다고 정부에 보고해 그는 크레타로 소환되기에 이른다. 그 마음의 병의 근원이 정확히 어디에 있었는지는 오직 그 자신만이 알 수 있을 것이다. 아니 어쩌면 그 자신조차 몰랐을 수도 있다. 다만 소세키 자신이 보였던 언행과 사람들이 남긴 자료를 통해 미루어보자면 우선 인종적인 모멸감을 들 수 있겠다.

당시 크레타인의 남성 평균 신장이 약 156cm이었다고 한다. 소세키 자신도 그 정도의 신체조건으로, 당시 좋은 발육상태의 건장한 백인 중산층들과 비교해서 스스로 왜소함을 뼈저리게 느꼈을 것 같다. 또한 원래 그의 지병이었던 폐결핵과 신경쇠약도 한몫했을 것이다. 그리고 무엇보다 이오니아 문학 전공자로서 브리타니아에서 느꼈던 위화감이 컸다고 하는데, 그것이 구체적으로 과연 어떤 것이었을까? 어떤 상황을 짐작할 수 있을까? 크레타에서는 뛰어난 브리타니아 어 실력을 인정받았지만, 브리타니아에서는 어린 꼬마들보다도 서투른 말솜씨와 어눌한 발음에 스스로 자신의 정체성이 요동침을 느끼고 그것을 감당할 수 없었던 것이 아닐까?

진이는 크레타 근대문학의 아버지라고 해도 과언이 아닐 나쓰메 소세키를 자기 나름대로 연구하고 있다. 이런저런 문헌을 보고 생각한 내용을 마사코와 만나기 전 글로 써보면서 정리하는 중이다.

소세키는 극심한 정신적 고통 때문이었던지 브리타니아에 체류한 지이 년째 되던 해부터 혁명적인 사고를 하기 시작한 것 같다. 그가 쓴 「문학론(文學論) 서문」을 보면, 문학이 과연 세상의 어떤 필요로 존재하는지를 알기 위해 대학교 강의는 일체 무시하고, 자신의 숙소에 침거하며 독자적인 독서를 시작한다. 그는 문학서를 근거로 문학이 무엇인지 알려고 하는 것은 피로 피를 씻는 것과 같이 어리석은 짓이라 했다.

그럼 그는 그가 제도권 내에서, 특히 이오니아의 문화적 패권 아래서 문학 전공자라는 원래의 입장을 떠나 뭔가 그의 머릿속에 새로운 '그림'을 그리기 시작했다고 생각된다. 나 자신이 지금 '그림'이란 말을 사용했지만, 그 새로운 그림이란 것이 사실 지금으로서는 구체적인 실체가 없다. 아직 소세키의 내면을 통찰할 만한 지식이 충분치 않다. 단지 어렴풋이나마 짐작할 수 있는 것은 그가 크레타에 귀국한 후 십여 년 간에 걸쳐 남긴 명작들이 그 그림을 바탕으로 해서 쓰였으리라는 것이다.

노트에 자기 생각을 옮겨보면서 생각을 정리한 진이는 마사코와의 약속 시각이 다가오자 짐을 챙겨 집을 나섰다. 약속 장소인 신주쿠(新宿) 역 서문(西口)까지 걸어가기로 한다. 차를 타지 않고 시내를 걸으며 사람들과 스치고 서울과는 다른 도쿄의 공기를 맛보며 가고 싶었다.

진이가 크레타에서 산 지 반년이 넘었다. 여전히 자신의 얼굴이 남의 눈에 거슬릴까 두려워 선글라스와 모자를 눌러쓰고 거리를 걷고 있지만, 얼굴 변신에 실패해 이곳에 온 직후 느꼈던 극심한 혼돈은 이제 약간 극복된 것 같기도 하다. 길거리에서 스치는, 자신과 이어진 매듭이 없는 사람들! 이들이 아테나이 사람들과는 어떻게 다른지 생각해본다.

크레타 사람들은 개인주의가 아테나이 사람들보다 발달해 남에 대한 참견을 대체로 하지 않는 편이다. 그러나 어느 정도 상대와 거리를 유지하면서도 끈끈한 집단성을 유지하는 기술이 놀랍도록 발달한 사람들이다. 이것이 아테나이 사람들과 비교할 때 앞선 시민의식으로 비쳤다. 이런 그들의 성향이 진이가 얼굴 때문에 겪는 정신적 부담을 조금 경감시키는 효과가 없지 않았다. 진이는 자신이 외국인이라는 것을 내세워 그들의 집단성과는 조심스럽게 거리를 두고 그들의 개인주의를 존중해줌으로써 자신의 얼굴 때문에 일어날 수 있는 인간관계의 파열을 막아낼 수 있었다. 크레타에 오기 전 진이의 어머니 영교의 판단은 옳았다.

신주쿠 서문 앞에서 마사코를 만나 로망스카(Romance Car)라는 특급 전차를 타고 온천 휴양지로 유명한 하코네(箱根)로 왔다. 여관에 투숙한 후 노천탕(露天風呂)에서 둘이 온천욕을 즐겼는데, 탕에 있는 사람이라곤 진이와 마사코 둘밖에 없었다. 여름 방학이 시작되자마자 아직 본격적인 휴가철에 돌입하기 전 평일에 날을 잡았기에 많은 인파를 피할 수 있었다. 다른 사람이 도중에 들어오더라도 뿌옇게 서린 수증기 때문에 낯선 이가 진이의 얼굴을 이상한 눈으로 쳐다볼 염려는 없었다.

진이가 앉아서 탕에 몸을 담그니 물이 가슴까지 차 올라왔다. 탕속에서 앉은 채 팔다리를 쭉 펴 기지개를 켜니, 신주쿠에서 전차를 타고 이곳까지 오는 동안의 긴장이 쫙 풀린다. 그러고 나서 고개를 오른쪽으로 돌려보았다. 탁 트인 노천탕의 서쪽 저편으로 근대국가 크레타의 상징인 후지 산(富士山)이 머리에 하얀 눈을 이고 울뚝 솟아 있었다.

처음 크레타에 와서 겨울철에 본 저 거대한 원추형의 분화구는 몸 전체가 하얀 눈으로 덮여, 산이라기보다는 큰 빙하 같았다. 지금은 이미 여름철에 들어섰지만, 아직 흰 눈이 다 녹지 않고 남아, 산 상부 2할의 흰색과 중하부 8할의 검은색이 대조를 이루고 있다. 서울에서 자주 보던 삼각산과 비교하자면, 규모는 더욱 크되 보다 정형화된 형태로 다가온다.

진이는 은은히 유황 내 나는 온천과 저편에 보이는 눈 덮인 후지 산이 잘 어울린다고 생각하면서, 지금 소세키에 몰입해서인지 며칠 전에 읽은 소세키의 소설 『산시로(三四郎)』의 한 장면을 떠올렸다. 소세키는 주인공 산시로가 도쿄로 가는 열차 안에서 만난 히로타 선생의 입을 통해 후지 산을 예찬한다.

「"자네, 도쿄가 처음이라면 후지 산을 본 적이 없겠군. 곧 보일 테니까 잘 봐두게. 그게 <u>크레타</u> 제일의 명물이니까. 그것 외에 자랑할 만한 것은 하나도 없지. 그런데 그 후지 산은 옛날부터 있던 천연의 자연이라 어쩔 수 없는 거지. 우리가 만든 게 아니니까."」[9]

후지 산은 크레타의 상징이다. 하지만 저 산이 이 나라의 상징이 된 것은 그 유래가 뜻밖에 짧다. 이오니아의 문물을 받아들여 급속히 근대화하기 시작한 시점에서 후지 산이 크레타의 숭고한 풍경으로 창조된 것이다. 그런데 재미있는 것은 소설에서 산시로의 심경을 통해 후지 산이 크레타의 풍경으로 새롭게 그려지던 과정이 읽힌다는 것이다. 소세키의 고의인지 우연인지 모르겠으나, 히로타가 후지 산을 예찬하기 바로 직전에 주인공 산시로는 열차 안에서 플랫폼에 서 있는 이오니아인들을 보고 이렇게 생각한다.

「그래서 이렇게 화려하고 예쁜 <u>이오니아인</u>은 아주 신기할 뿐 아니라 무척 품위 있어 보인다. 산시로는 넋을 잃고 열심히 보고 있었다. 저 정도라면 으스대는 것도 당연하다고 생각했다. 자신이 <u>이오니아</u>에 가서 저런 사람들 틈에 섞인다면 필시 주눅이 들 거라는 생각까

---

9 나쓰메 소세키, 『산시로』, 송태욱 옮김, 현암사, 2014, 33쪽. 인용문 중에서 원문의 일본을 작가가 밑줄 친 크레타로 가공했다.

지 들었다.」[10]

진이는 소세키가 브리타니아에서 직접 겪었던 고통이 작품 속에 적나라하게 드러나 있다고 생각했다. 그리고 이것이 곧 크레타의 국가 풍경이 탄생한 역사적·심리적 동기일 수 있다고 생각했다.

『산시로』는 소세키가 브리타니아 유학에서 돌아온 이후 쓰인 것이다. 산시로의 눈에 이오니아인들이 아름답게 보이고 그들의 거만함이 당연한 것으로 인식되며, 만일 자신이 이오니아인들 사이에 섞여 있으면 주눅이 들것 같다는 열등감은 실제 론디니움에서 소세키가 느꼈던 것을 소설에 묘사해놓은 것이다. 그런데 곧바로 그다음 페이지에서 히로타를 통해 후지 산을 크레타 으뜸의 풍경으로 극찬하게 했다. 여기에 뭔가 열쇠가 있는 것 같은데…!'

진이가 노천탕에 몸을 담근 채로 앉아 후지 산을 보며 이렇게 생각에 잠겨 있을 때, 마사코가 다가와 손바닥으로 물을 쳐올려 진이의 얼굴에 끼얹었다.

"뭘 그렇게 혼자 골똘히 생각해? 후지 산을 바라보니 뭔가 새로운 깨달음이라도 얻을 것 같은가?"

키가 큰 마사코가 서 있으니 노천탕의 수위는 마사코의 무릎을 조금 넘은 곳까지 오고, 허벅지부터 턱밑까지 마사코의 하얀 알몸이 허공에 드러났다. 무안했다. 마사코는 노천탕에 익숙하지만, 자신은 그렇지 않아서인가 하고 생각한다. 진이는 일어나 자신도 손으로 수면을 쳐올려 마사코에게 물을 마구 뿌렸다. 마사코가 자신의 얼굴에 물을 끼얹었기 때문이 아니라 마사코의 알몸을 가려주고 싶어서였

---

10 위의 책, 32쪽. 마찬가지로 원문의 서양인과 서양을 밑줄 친 이오니아인과 이오니아로 가공했다.

다. 지금 이 노천탕에는 자신과 마사코 둘밖에 없지만, 누군가 갑자기 들어와 마사코의 아름다운 몸을 눈요깃거리로 삼는다면 그건 곧 진이 자신의 수치가 될 것만 같았다. 진이는 큰 동작으로 팔을 움직여 계속 물거품을 일으켰다. 두 여자는 단둘이 노천탕에서 깔깔대고 웃으며 물장난을 쳤다.

마사코와 진이는 그렇게 한참 동안 온천욕을 즐기고 크레타 전통의 다다미방 객실로 들어 식사를 했다. 이어서 편안한 유카타(浴衣) 차림으로 나쓰메 소세키에 대하여 논하기 시작한다.

"소세키가 브리타니아에서 느낀 고통과 회의에 관심이 많구나. 진이도 혹시 크레타에 와서 일종의 문화적 차이에서 오는 위화감을 느끼니?"

"크레타는 아테나이와 닮은 구석이 많아요. 물론 차이가 없는 것은 아니지만, 소세키가 브리타니아에서 느꼈던 인종적 위화감이나 문화적 차이를 느낄 정도는 아니죠. 오히려 아테나이에서보다 더 편한 면도 있고…, 하지만 모르겠어요. 아직 일 년이 채 못 됐으니, 더 있다 보면 형편없는 구석이 느껴질지도요."

마사코와 너무 친해지다 보니 진이는 마사코가 크레타 사람이란 것을 망각한 듯 이야기한다. 진이는 4월에 마사코를 만난 후 석 달 동안 급속히 친해졌다. 그래서 호칭도 처음처럼 마루야마 씨라 부르지 않고 그냥 언니라고 부르게 됐다.

"그래, 아마 그럴 거야. 나도 진이가 외국 사람같이 느껴지지 않아. 하지만 언젠간 보이지 않던 벽이 느껴질 날이 있겠지."

"언니는 외국에서 살아본 적이 있어요?"

"일 년 이상 살아본 곳은 헤라클레이아 그리고 아테나이. 어렸을 때 서울에서…"

"아, 그랬군요. 그래서 언니가 내 튜터가 된 거구나. 그런데 왜 지금까지 그걸 말 안 했어요?"

"…"

"언니는 이오니아로 유학을 간다면 어느 폴리스로 가고 싶어요? 헤라클레이아?"

"아니, 브리타니아. 요즘은 헤라클레이아가 더 인기지만, 그래도 난 브리타니아에 갔을 때 헤라클레이아보다 뭔가 더 끌리는 데가 있었어."

"언니는 나하고 취향도 비슷하네요. 저도 이오니아에서 공부한다면 브리타니아로 가고 싶어요. 돌아가신 할머니가 브리타니아 얘기를 많이 해주셨고, 가족들과 이오니아에 놀러 갔을 때 저도 브리타니아가 가장 마음에 들었어요. 언니, 나랑 나중에 브리타니아로 같이 유학 갈래요? 언니라면 분명 잘해내실 거예요. 가서도 내 공부도 좀 도와주고, 하하."

"생각해보지 뭐. 그나저나 그래서 소세키를 읽고 생각이 많은가 보구나. 소세키는 브리타니아의 수도 론디니움에서 자신이 론디니움의 500만 시민들, 그 500만 방울의 기름 속에 한 방울의 물같이 겨우 목숨을 부지하고 있다고 느껴진다고 했어. 자신의 인생 중 가장 불행한 시기라고 하면서 말야."

"늑대 무리 사이에 낀 한 마리 개 같다고도 했죠. 사람은 정말 그를 키워준 장(場)이 중요한 것 같아요. 자신이 과연 누구로서 살아가야 하는가의 문제인데, 이게 자기 혼자 마음대로 되는 게 아니라는 거죠.

소세키도 평소 자신의 것이라고 생각했던 것들이 갑자기 브리타니아에 오면서 사라져버렸으니까 심한 공황 상태에 빠졌다고 생각해요. 이제 아무도 자신을 우수한 수재로 여기지도 않고 브리타니아어 잘하는 젊은이로도 봐주지 않았으니까요. 브리타니아 사람들에게는 그냥 바다 건너에서 온 말하는 원숭이처럼 보였을 테니까. 브리타니아에 오는 순간 '나쓰메 소세키'라는 인격은 증발해버린 거예요."

진이는 이 말을 하면서 나쓰메 소세키의 경험과 작년 3월부터 지금까지 자신의 경험이 묘하게 일치하는 것을 느꼈다. 특히 마사코와 대화를 하다 보면 이것이 새삼 절실하게 느껴진다. 모든 문제의 시작이 언제인지 알기 위해 기억을 차분히 거슬러 올라가면, 그건 이미 고등학교에 입학하기 전 할머니가 돌아가신 시점인 것 같았다. 그러면서 진이는 소세키의 소설 『도련님(坊っちゃん)』이 생각난다.

『도련님』은 소세키의 소설 중 『나는 고양이로소이다』와 함께 가장 많이 읽히는 작품이다. 이 소설의 주인공 '나', 도련님은 도쿄 토박이로, 집안에서 기요(淸)의 극진한 보살핌 속에 자란다. 기요는 봉건시대의 지체 있는 가문 출신이나, 이오니아 문명의 침탈로 가문이 영락하여 도련님 집의 하녀로 일하게 된 할머니다. 도련님은 어머니가 일찍 돌아가시고 아버지에게도 귀여움을 받지 못해 기요에게 크게 의지하며 살았고, 기요도 도련님을 친손자처럼 아꼈다.

「"도련님은 올곧고 고운 성품을 지녔어요."」[11]

기요는 언제나 이런 식으로 도련님에게 긍정적 암시를 해주었다. 기요의 꿈은 언젠가 도련님이 장성하여 훌륭한 사람이 되고 근사한

---

11 나쓰메 소세키, 『도련님』 송태욱 옮김, 현암사, 2013, 19쪽.

집을 짓고 살게 되면, 자신도 그 집에 도련님과 함께 사는 것이었다.

「"틀림없이 자가용 인력거를 타고 근사한 현관이 있는 집을 마련할 거예요."」[12]

하지만 도련님은 학교를 졸업하고 시골 중학교 교사로 가게 되어 기요와는 헤어지게 된다. 기요는 할 수 없이 자신의 조카 집에서 살게 되지만, 언젠가는 도련님과 함께 살고 싶어 한다. 도련님이 부임한 시골 중학교는 세상의 온갖 부조리가 응집한 소우주다. 대쪽 같은 성격의 도련님은 너구리처럼 생기고 가식에 찌든 교장을 비롯해 이 시골 학교의 선생들이나 학생들이 못마땅하다. 그래서 그들과 대립한다. 도련님은 이런 한심한 시골에서 사느니 도쿄에서 기요와 함께 사는 것이 행복할 거라고 생각한다. 기요는 이런 도련님을 멀리서 훤히 들여다보고 도련님에게 편지로 걱정을 실어 보내기도 한다.

「도련님은 대쪽 같은 성품이신데, 다만 지나치게 욱하는 성미가 걱정됩니다. …시골 사람들은 못됐다고 하니 봉변을 당하지 않도록 조심하세요.」[13]

기요의 걱정이 예언이 되어 맞아떨어지기라도 한 듯, 도련님은 어느 날 남의 약혼자를 가로채려 하는 교감 빨간 셔츠와, 교감과 한통속인 미술선생 알랑쇠를 실컷 패주고 기요가 있는 도쿄로 돌아온다. 도련님은 도쿄에서 철도회사 직원으로 취직하여 비록 여유 있는 생

---

12 위의 책, 21쪽.
13 위의 책, 104쪽.

활은 못 되지만 기요와 소박한 삶을 사는데, 기요는 도중에 폐렴으로 죽고 만다. 기요는 죽기 전날 도련님에게 이렇게 말한다.

「"도련님, 제가 죽거든 제발 도련님네 묘가 있는 절에 묻어주세요. 무덤 속에서 도련님이 오시는 걸 기다리고 있겠어요."」[14]

도련님은 봉건시대의 미덕을 잃지 않고 품어온 기요의 음덕에서 자란 인물이다. 그렇게 기요가 제시한 총체성에서 이탈해 시골 학교로 부임해 간 순간부터 그를 기다리고 있었던 것은 이오니아 문명의 유입으로 혼돈에 빠진 세계였다. 근대 크레타의 축소판인 시골 학교 복마전인 것이다. 도련님은 이 시골 학교에 오고 나서야 기요의 소중함을 간절히 느꼈다.

진이는 어째서 소세키가 수도인 도쿄보다 봉건적 잔재가 더 강하게 남아 있음 직한 시골을 이오니아 문명 유입으로 타락한 곳으로 멸시하고, 도쿄는 봉건적 미덕의 수호자인 기요가 머무는 곳이요 옛 향수를 간직한 곳으로 그렸는지 의아했다. 도쿄는 시골보다 이오니아 문명 유입이 빨랐을 것이고, 이후에도 이오니아 식 근대국가 건설의 중심이 될 곳이 아닌가? 그러다가 진이는 오히려 이러한 소세키의 설정이 재미있고 매력적으로 느껴졌다.

'새로운 것을 받아들이고 그것을 보다 창조적으로 발전시켜야 할 시점에서는 오히려 옛것의 미학과 권위가 더더욱 절실히 필요해지는 게 아닐까? 도쿄는 개항 이후 가장 급속도로 변화하는 곳이었지만,

---

14 위의 책, 175쪽.

역설적으로 옛것의 아름다움을 버리지 않고 고수하는 곳일 수 있다. 도쿄는 분명히 도련님을 한결같이 높여주는 할머니뻘의 여인 기요를 낳은 봉건시대의 중심이기도 했다.'

라고까지 생각하기에 이른다. 그러다 보니 소세키를 통해 자신을 계속 비춰보던 진이는 돌아가신 할머니가 자꾸만 그리워졌다. 돌아 가실 때만 해도 갑작스러운 통보에 놀라긴 했지만 크게 슬프지는 않 았었다. 교통사고로 세상을 떠난 사람들이 한둘이 아니고, 여든이 넘으신 연세에 돌아가셨으니 이미 천수를 다 누리셨다고 할 수 있었 다. 아버지와 어머니가 건재하시니 생활이 곤란해질 염려도 없었다.

그러나 시간이 갈수록 할머니의 빈자리에서 오는 균열은 거대했 다. 구닥다리 같은 미션스쿨에서 당한 정체성의 붕괴를 뼈저리게 느 끼고, 할머니가 옛날부터 자신의 총체성이 되어주셨다는 사실을 깨 달았다. 네스토리우스교를 등에 업고 방자하게 구는 교사들이 너무 나도 천박해 보였다. 반면에 옛것의 기품과 근대적 감각을 고루 갖추 신 할머니가 그리워졌다. 그리고 이국땅 크레타에 와서 진이가 숨 쉴 수 있는 대기의 공기와 같은 풍경의 건설자가 다름 아닌 할머니이셨 다는 것을 더욱 절실히 느낀다. 그래서 진이는 새삼 할머니의 모습을 돌이켜본다.

왕조시대에 봉건적인 교육을 받고 자란 여인의 인내심은 현대 여성 이 감히 상상조차 하기 힘든 면이 있다. 보통 자신의 감정을 여과 없 이 드러내 울거나 웃거나 말을 함부로 하는 것은 교양 없고 천박한 것으로 간주했을 것이다. 어린 시절 누구보다도 할머니와 많은 시간 을 보냈던 진이는 그런 점을 잘 알고 있었다. 할머니는 언제나 실수 하는 법이 없으셨다. 다르게 표현하자면, 언제나 긴장을 늦추지 않고 사시는 것이다. 사람이면 흔히 할 수 있는 아주 사소한 실수조차도 절대로 손녀 앞에서 저지르는 법이 없으셨다. 진이는 이것이 할머니가 어린 시절을 왕조시대의 봉건적 교육을 받으셨기 때문이라고 생각했다. 10살 때부터는 신식교육을 받고 대학원까지 나와 한때 대학 강단에서 교편을 잡으셨다.

하지만 사람의 깊은 정신세계를 지배하는 것은 역시 유년기의 기억이라고 생각했다. 할머니에게서는 언제나 근대여성의 세련미와 함께 왕조시대의 고아(高雅)함이 서려 있었다. 그것은 진이가 부모님으로부터 느낄 수 없는 독특함이었기 때문에 그래서 더욱더 할머니를 잘 따랐던 것 같다. 할머니는 부드럽고 예의 바르시지만, 가슴 속에는 무섭도록 차가운 기운이 서려 있음을 진이는 직감으로 알고 있었다. 그리고 이러한 양면의 극단을 괴리와 파열 없이 유지할 수 있는 할머니의 힘은 진이가 아직 가지고 있지 못한 능력이기도 했다. 그런 만큼 할머니의 자신에 대한 따뜻한 배려가 더 고맙게 느껴졌었다.

'할머니…!!'

—진이야…!

'…?'

—진이야…!

'…!'

"진이야, 뭐해? 무슨 생각 하고 있니?"

정신을 차리고 보니 마사코가 진이를 부르고 있다. 진이는 『도련님』과 돌아가신 할머니 생각에 빠져 있다가, 지금 마사코와 소세키에 대해 토론 중이었다는 사실을 까맣게 잊고 있었다. 급히 정신을 차리고 마사코를 쳐다보지만 쑥스럽기만 하다.

"너도 참 대단하다. 얘기하다 말고 어떻게 그렇게 자기 생각에 푹 빠질 수 있니? 몇 번을 불러도 못 듣잖아?!"

"언니, 정말 미안해요. 잠깐…."

"목욕을 한참 하고 저녁을 먹고 나니 몸이 너무 나른해서 그런 거 아냐? 잠깐 눈 좀 붙이고 할까?"

"아녜요, 아녜요, 그런 거…. 제가 잠깐 딴생각을 좀 했어요. 미안해요. 다시 시작해요."

"그래, 그러자. 진이 생각도 재미있어. '소세키의 인격이 브리타니아 론디니움에 오는 순간 증발해버렸다.' 그래, 사람은 누구나 자신이 어렸을 때 정해진 틀에서 벗어나기 힘들지. 소세키가 브리타니아로 간 시점이 서른이 넘어서고, 결혼해서 아이까지 있었고…, 그리고 어째서인지 부인의 자살미수가 있었어. 가기 전부터 여러 모로 정신이 불안했던 것 같아. 물론 이보다 더 근본적인 문제로 거슬러 올라가면, 개인의 정체성이 무엇인가란 문제에 부딪히는데, 인간이면 누구나가 지니고 있는 보편적 인권만으론 만족을 느끼기 힘들지.

가령 내가 이오니아에서 범죄를 당하면 경찰에게 보호받을 권리라든가, 아니면 내가 크레타의 국적을 버리고 외국에 귀화해 그 나라 국민으로서 가지는 정치적 권리를 얻는다 하더라도 인간으로서 행복을 느끼며 사는 데는 부족하단 말야. 비록 내가 법적으로는 그 나라 국민이라도 말이 어눌해서 대화에 잘 끼어들지 못하고 집단에서 소외된다면, 난 진정한 그 나라의 국민이라 할 수 없게 되는 거야."

"결국 개인의 정체성은 민족이나 국가의 틀 안에서 형성되기 때문에, 개인이 지속해서 인격 대우를 받고 사회적 지위를 보장받으려면, 그 개인이 자라난 민족과 국가의 틀이 유지되어야 한다는 얘기죠?"

"민족과 국가의 개념이란 것이, 특히 민족의 경우는 확실하게 정의하기 매우 어려워. 각 지역의 특성과 역사적 배경, 그리고 학자마다 다른 설을 가지고 있으니까. 하지만 한 개인이 어렸을 때부터 소속했던 국가나 민족이 한 인격을 형성하는 데 지대한 영향을 끼친다는 사실을 부정할 사람은 없겠지. 그리고 사람들이 개인주의라고 하면 그것을 곧잘 이기주의로 여기곤 하는데, 사실 개인주의는 절대 민족이나 국가와 적대적인 개념이 아니야. 특히 근대에 들어와서 개인과 민족, 국가는 공생관계에 있다고 봐야 해. 소세키는 나중에 '자기본위(自己本位)'를 강조하면서도 결코 당시의 대세였던 크레타 국가주의를 부정하진 않았어. 소세키의 경우도 한 개인이었던 이상, 크레타란 영역을 벗어나니 자신의 정체성을 온전히 보존하기가 어려웠던 걸 브리타니아에서 뼈저리게 느낀 거야."

"게다가 브리타니아에 와서 영문학 전공자라는 것에 심한 자기혐오가 있었던 것 같아요. 브리타니아 어에 능통하다는 모국에서의 평가가 브리타니아에서 다 무너져버린 데 대한 자아 실종 같은 것일까요?"

"아냐, 아냐. 자신의 전공에 대한 혐오는 이미 브리타니아에 가기 전부터 있었어. 그게 구체적으로 무엇이었을까? 아직 주위에서의 인식 부족, 겸연쩍음 뭐 그런 것이 아니었을까 해."

"문학이 자신에게는 어울리지 않는 것 같다, 또는 남자에게는 어울리지 않는 것 같다는 식의?"

"그럴 수도 있겠지. 크레타의 한 현대 남성 작가는 문학은 나약하고 여자 같은 남자들이나 하는 것이라는 일반적인 스테레오 타입이 지긋지긋하고 견딜 수가 없어서 보디빌딩을 열심히 하고, 그렇게 만든 근육을 미디어를 통해 과시하길 즐기기도 했어. 그것을 본 어떤 작가는 그건 죽은 근육에 불과하다며 밥맛없어하기도 했고. 뭐 거기엔 여러 가지 추측이 있을 수 있으니, 이쯤하고 그가 이것을 어떻게 극복했는지로 화제를 돌리자."

"소세키의 신경쇠약 증세가 극심해져서 이를 동료 유학생이 크레타 정부에 보고하고, 결국 정부가 귀국 명령을 내려요. 귀국 후 대학교수로 근무하긴 했지만, 부인과 사이가 좋지 않았고 자신의 제자가 투신자살하는 등 안 좋은 일이 많이 벌어졌어요. 신경쇠약도 더 악화되고…."

"그랬지. 그런데 중요한 건 그다음이야. 귀국 이 년 후."

"『나는 고양이로소이다(吾輩は猫である)』를 발표한 거요?"

"그래. 그런데 뭔가 좀 이상하지 않아?"

"처녀작인데 대성공을 했죠. 이걸 계기로 본격적으로 소설가가 되어 후속작을 계속 써내는데, 제가 읽어본 그의 작품 중에서 역시 가장 재미있는 것은 『나는 고양이로소이다』에요."

"계속되는 신경쇠약, 가정에서의 불화, 그런데 귀국 후 어떻게 갑자기 그런 명작을 써낼 수 있었을까?"

"전 그 원인을 소세키의 유학 이 년 차에 일어난 그의 심경 변화에서 찾고 싶어요. 그의 「문학론(文學論) 서문」을 보면 '문학이란 무엇인가?'란 아주 거창한 화두를 설정하고 연구에 몰두하는데, 그 시작이 일체 기존의 문학적 업적을 부정해버려요. 학교 수업도 전혀 안 들어가고, 문학 관련 책도 전혀 안 읽고, 완전히 독자적인 방법으로 시작하죠. 좀 엉뚱하긴 하지만 역시 천재다운 면이 돋보여요."

"음, 아주 재미있어. 그래서?"

"저는 여기서 한 가지 가정을 했어요. 소세키의 머리에 하나의 새로운 '그림'이 그려졌다고."

"그림?!"

"네, 저도 뭔가를 생각할 때 문장으로보다 머릿속에 이미지를 그리는 경우가 많거든요. 소세키도 기존의 것을 부정하고 뭔가 새로운 것을 생각해냈을 때는 그의 머릿속에 어떤 경치 같은 것을 그려내지 않았을까 가정해보는 거예요. 며칠 전에 『산시로』를 읽었는데, 산시로가 도쿄로 가는 열차 안에서 히로타 선생으로부터 후지 산 예찬을 듣죠. 재밌는 건, 그게 산시로가 플랫폼에 서 있는 이오니아인을 보고 위화감을 느낀 직후의 장면이란 거예요. 마음에 어떤 넘어야 할 산이 생겼을 때, 그 산을 넘기 위해 사람은 어떤 구체적인 풍경이 필요한 것이 아닐까 생각했어요."

"그래, 아까 온천에서 후지 산을 바라보며 그 생각을 한 거구나!"

"네, 맞아요. 후지 산이 근대 크레타의 상징이 된 건 뭔가 절실한 필요가 있으니 그렇게 된 거겠죠. 다른 이오니아 선진국들이 각기 자기 나라의 상징을 가지고 있으니 덩달아 나도 가져야지 하고 국가 상징을 만든 것은 아니라고 봐요. 그리고 그건 개인인 소세키의 차원에서도 마찬가지였을 거예요. 그가 브리타니아에서 느꼈던 고통을 극복하기 위해선 『산시로』에서 직접 언급한 후지 산이든 뭐든, 어떤 새로운 이미지를 필요로 하지 않았을까요? 그리고 그 이미지가 바탕이 되어 몇 년 후에 『나는 고양이로소이다』가 탄생한 것이 아닐까? 하는…"

'지금 진이는 겉으로 보기엔 혼자서 뭔가의 망상에 빠져 있는 듯 보이지만, 실제로 머릿속에선 엄청난 힘과 속도로 관념 운동을 전개하

고 있구나! 얼굴 변신의 설계도를 그리기 위해서인가?!'

마사코는 지금 진이의 이야기를 유심히 들으며 속으로 이렇게 여기고 있었다. 진이가 아직 자신에게 말해주지 않았지만, 진이가 어떤 능력을 가지고 있는지 이미 모든 것을 헤아리고 있었다.

"아주 재밌어. 정말 기특하다. 칭찬해주고 싶어지는데? 소세키가 소설가의 길을 가기 전부터 남들의 이론이 아닌 자기 고유의 상상력을 발동하기 시작했다는 얘기구나. 그래서 그걸 텍스트로 하여 그의 소설을 창작했다는 거지? 훌륭해! 그런데 내가 먼저 하고 싶은 얘기는 오히려 그것보다 더 단순한 데 있어. 진이가 생각한 것에 선행되어야 할 것이라고나 할까…. 『나는 고양이로소이다』가 발표된 해에 무슨 일이 있었지?"

"…?"

"뜻밖인데? 난 금방 맞출 줄 알았는데. 아이가이온 해전이 있었잖아?"

"아아, 알죠. 갑자기 소세키와 연결 지어 생각 못 했어요. 그 전쟁이 그의 작품과 무슨 관계가 있어요?"

"얘기하자면 약간의 이론이 필요한데…. 진이는 전쟁이 문학에 어떤 영향이 있다고 봐?"

"음! 전쟁이면 분명히 역사적으로 큰 사건이니, 작가들이 그걸 소재로 작품을 많이 쓸 것 같아요. 흥미로운 얘깃거리도 많이 가져다줄 거고. 그냥 평화로울 때는 사랑 얘기 같은 거, 그런 것만 쓰게 될 것 같기도 해서…. TV 드라마를 봐도 다 그러니까…. 우선 소설의 스케일이 훨씬 커질 거고, 사람들이 좀 더 진지하고 어려운 문제들을 생각하게 되겠죠. 그런데 『나는 고양이로소이다』는 아이가이온 해전과 별 관계가 없어 보이는데…. 고양이 눈에 비친 사람들의 얘기잖아요?"

"아이가이온 해전의 역사적 의의에 관해선 이미 잘 알고 있을 거야."

"크레타가 최초로 이오니아의 근대국가와 싸워서 승리한 전쟁. 인류 해전사에서 강철로 만든 배들이 벌인 전쟁으로는 가장 규모가 컸던 전쟁이라고 하죠. 사이베리아에게는 공산 혁명의 계기를 마련해주었고, 반대로 크레타에게는 근대국가 건설의 성공을 알리는 사건으로 대단한 민족적 자부심을 가지게 하죠. 그래서 지금처럼 크레타가 아이가이온 해의 서쪽 반을 먹고, 라케다이몬을 능가하여 아카이아 세계의 패권국이 되고. 이 얘긴 하기 싫지만 몇 년 후에 아테나이가 크레타의 식민지가 돼요. 음…! 그러니까 소세키도 여기에 민족적 자부심을 느끼고 브리타니아에서 얻은 마음의 병을 이겨냈다는 얘기죠? 그런데요, 그 사람 성격은 그것과는 좀 거리가 멀어요. 언제나 까칠하던 걸요. 언니 말대로 그의 개인주의가 국가주의와 대립하는 것이 아니라도, 소세키는 당시 사람들이 전쟁과 국가주의에 너무 미쳐 있다고 언제나 빈정거렸어요."

"일루 와. 내가 책을 가지고 왔는데 『나는 고양이로소이다』 제8장 밑줄 쳐놓은 데를 봐."

마사코는 직접 가지고 온 소세키의 책을 펼치고 진이에게 보여준다. 책장에는 파란색 형광펜으로 알아보기 좋게 줄이 쳐져 있었다. 이미 진이와의 대화에서 이러한 문제가 제기될 것을 예측하고 용의주도하게 준비해온 것이다. 진이는 마사코가 줄쳐 온 부분을 읽는다.

"직업에 따라서는 피가 솟구쳐 오르는 것은 상당히 중요한 것으로, 그렇지 않으면 아무것도 할 수 없는 일도 있다. 그 중에서 피가 솟구쳐 오르는 것을 가장 중시하는 것은 시인이다. 시인에게 피가 거꾸로 솟구쳐 오르는 것이 필요한 것은 기선에 석탄이 빠지면 안 되는 것과 같은 이치로, 석탄 공급이 하루라도 끊기면 그들은 수수방관하며 밥만 축내는 것 말고는 아무것도 할 수 없는 평범한 사람이 되어 버리기 때문이다. …플라톤은 그들 편을 들어 피가 거꾸로 솟구치는 것을 신성한 광기라고 했는데, 아무리 신성해도 광기라고 하면 사람들이 상대해주지 않는다. 역시 인스피레이션이라는 새로이 발명된 약 같은 이름을 붙이는 것이 그들을 위해 좋을 거라고 생각한다.」[15]

"아 생각나요, 이 부분. 그 앞장에서도 고양이의 입을 통해서 그 해전에 대해 이야기를 하곤 했죠. 딱 집필 중이었을 때 전쟁이 일어나고 승전보까지 들었겠군요. 그러니까, 언니는 소세키가 해전의 승리에서 영감을 얻어 신경쇠약을 극복하고 소설을 써냈다는 거군요. 전쟁의 승리가 작가에게 광기와 같은 영감을 주어 명작을 창조하게 했다. 음…!"

"전쟁의 승리가 한 시대를 상징하는 작가를 탄생시켰어. 원래 전쟁 또는 정치와 문학은 떼려야 뗄 수가 없는 거야. 소세키는 브리타니아 유학 이후 극심한 신경쇠약에 시달렸는데도 불구하고, 크레타가 아이가이온 해전에 승리한 이후로는 이전에는 볼 수 없었던 기백과 명랑함이 넘쳐서 작품 활동을 해. 『나는 고양이로소이다』를 시작으로 『도련님』·『풀베개(草枕)』·『우미인초(虞美人草)』·『산시로』·『그 후(それか ら)』·『문(門)』의 명작들은 아이가이온 해전 이후 오 년 이내의 기간에

---

15 나쓰메 소세키, 『나는 고양이로소이다』, 송태욱 옮김, 현암사, 2013, 381~382쪽.

발표된 것들이야. 모두가 장편소설인 걸 고려하면 대단한 필력을 보인 거지. 이 기간에 쓴 글이 이것만이 아니니까. 진이가 조금 전 인용한 『문학론』도 이때 쓰인 거야."

'그래 맞아. 아마 그 오 년의 마지막 해, 『문』이 쓰인 해가 아테나이가 완전히 크레타의 식민지가 된 해겠지…!'

진이는 마사코가 제시하는 논리에 명쾌함과 동시에 불편함도 같이 느낀다. 파탄 난 소세키의 영혼을 구원하고 문호로의 길을 가게 해준 전쟁. 크레타에게는 민족적 자부심을 일깨우고 근대국가 건설이 성공적으로 일단락되었음을 알리는 역사적 사건이 아테나이에겐 지옥문이 열림을 알리는 포성이 된 것이다. 마사코의 설명은 계속된다.

"당시 전쟁에서 승리하게 되면 적국에게서 전쟁 배상금을 받는다든가, 경제적 이권을 취득해 국가 경제가 발전하는 계기가 될 수 있겠지. 하지만 내 생각에 여기서 가장 중요한 건 정신적 해방감이라고 생각해. 크레타가 다른 아카이아 나라들보다 발 빠르게 근대화에 성공하긴 했지만, 크레타 역시 이오니아 세계의 식민지가 될 수 있는 위기에 처해 있었고, 이걸 극복하는 과정에서 많은 정신적 외상을 입게 돼. 소세키도 그 와중에 브리타니아에서 말할 수 없었던 고통을 느낀 거고….

그런데 이오니아 세계에서 가장 강력한 나라 중 하나인 사이베리아의 함대를 괴멸시키고 영광된 승리를 경험함으로써 정신의 노예 상태에서 벗어나게 돼. 그래서 일견 전쟁과는 무관해 보이는 문학이 오히려 가장 민감한 반응을 보일 수 있는 거야. 이 시기에 전쟁의 승리에서 고양된 낙천적 정신으로 수작을 발표했던 작가는 소세키 말고도 많으니까.

결국 소세키 같은 대문호나 크레타 근대문학은 아이가이온 해전 승리의 역사적 산물이고, 이건 크레타만이 아니라 이오니아의 강대국들, 그 중에서 세계적인 대문호와 세계문학을 탄생시킨 나라에서는 예외 없이 적용되는 역사적 조건이야. 그들 또한 대외 전쟁에서 승리한 풍경과 서사를 가지고 있어."

진이는 마사코의 말을 무서운 집중력을 발휘해 듣고 있었다. 그리고 마사코의 말을 아테나이에 적용해보았다. 근대 전쟁에서의 위대한 승리가 근대문학의 역사적 조건이라면, 아테나이는 근대문학과 대문호를 낳을 수 없는 불임의 땅이 되어버린다. 아테나이에서 소세키에 비견될 만한 작가를 들자면 아마 춘원 이광수를 꼽을 것이다. 그러나 과연 그가 크레타에서 소세키가 가지는 만큼의 문화적 지위를 아테나이에서 누리며 존경받고 있는가? 불행히도 그렇지 못하다. 오히려 민족 반역자로서 손 꼽히는 인물이 되어 수없이 많은 비난의 대상이 되고 있다.

진이는 여기서 자신의 과거에 초점을 맞추어본다. 국어 시간에 「금당벽화」를 읽고 크게 감동했건만, 얼마 못 가 그 감동은 일개 비루한 교사이자 네스토리우스 교도의 비웃음과 오만으로 상처 입고 허공에서 힘없이 흩어 버렸다. 그런데 이러한 일이 결국은 근대문학이 필요로 하는 역사적 조건을 아테나이가 갖추고 있지 못해서 일어난 것이었단 말인가?[16]

"나쓰메 소세키라는 대문호는 근대국가 크레타, 그리고 아이가이

---

16 조영일, 『세계문학의 구조』, 도서출판b, 2011, 63~103쪽 참조. 여기서 마루야마 마사코의 주장과 이에 대한 무사진의 반응은 작가가 위의 책, 제2장 「국민작가는 어떻게 탄생하는가?」의 내용을 소설의 내러티브에 맞게 응용한 것이다.

온 해전 승리라는 역사적 풍경의 산물이야. 그 누구도 풍경에서 벗어날 수 없어."[17]

진이는 오랫동안 잊고 지내던 분노가 무섭게 솟아오르는 것이 느껴졌다. 삼각산에서 얼굴 변신의 실패 이후 가졌던 극심한 자괴감 때문에 그동안 마음 깊은 곳에 봉인시켜둔 분노가 다시 꿈틀거리며 밖으로 나오려 하고 있다. 그건 자신이 다섯 살 때 어머니를 빼앗아 가려는 이매에 대해 느꼈던 분노와 같은 것이었다.

진이는 자신이 삼각산에서 얼굴 변신에 참담한 실패를 한 것은 아테나이에 참된 미의 기준이 될 수 있는 풍경이 없었기 때문이라고 생각하게 됐다. 자신이 취득한 객관적인 관념을 주관적인 정서로 치환해 몸에 주입하면 얼굴의 변형을 가져오는 자신의 능력과 문학은 근본적으로 그 구조가 같은 것이라고 생각했다. 분노가 화학작용을 일으켜 다시 얼굴의 변화가 일어날 것만 같았다. 그러나 이 분노는 누구를 대상으로 삼아야 할 것인가? 13년 전의 이매처럼 지금 진이에게는 눈에 보이는 적이 없다.

"언니…"

"음, 그래 진이야. 무슨 특별한 생각이라도 있니?"

"역사적인 전쟁에서의 승리가 한 나라의 문학을 풍요롭게 하고 온 국민의 사랑을 받는 대문호의 출현이 가능하도록 한 풍경이라면…, 그리고 그 풍경에서 벗어날 수 있는 사람이 아무도 없다면, 그 풍경은 비단 문학에만 영향을 주는 것이 아니겠죠."

---

17 가라타니 고진, 『일본 근대문학의 기원』, 박유하 옮김, 도서출판b, 2010, 47쪽 참조. 마루야마 마사코의 대사 "그 누구도 풍경에서 벗어날 수 없어."는 위의 책 첫 번째 장 「풍경의 발견」에서 인용한 내용이다.

"그렇겠지."

"그렇다면 전쟁에서의 위대한 승리가…, 시간에 구애받지 않으며 누구와도 비교될 수 없는 절대적인 미인을 탄생시킬 수도 있겠군요. 위대한 승리가 그려낸 풍경은 미를 평가하는 데도 절대적인 기준이 될 테니까요."

"…!!"

마사코는 진이의 말을 듣고 한동안 깊은 생각에 잠겼다.

61

같은 시각 도쿄(東京) 신주쿠(新宿) 진이의 집.

"네. 그럼 어쩔 수 있나요. 해야죠."

―빨리 돌아와. 안 그러면 아주 박살을 내버릴 거야.

"알겠습니다. 최대한 빨리 귀국하겠습니다. 네."

윤이는 밤늦게 서울에서 걸려온 임철호의 전화를 받았다. 임철호는 윤이의 귀국을 독촉했다. 윤이는 진이를 위해서 국방부 장관 물망에 올라 있었음에도 이를 포기하고 안식년을 신청해 도쿄에 있는 사립대학 교수로 왔다. 그런데 지금 아테나이에서 윤이를 급히 필요로 하는 것이다. 전화 통화를 끝내고 윤이가 수화기를 내려놓자 영교가 궁금한 듯 묻는다.

"임철호 씨가 뭐라고 하는 건데요?"

"이제 조만간 자기가 국방부 장관이 된다나 봐."

"어머, 잘됐군요. 하지만 진이 일만 아니었어도 당신이 지금 그 자리에 있을 텐데."

영교는 시어머니 때부터 수십 년간 지인인 임철호를 축하해주는 것이 도리지만 못내 아쉬움을 표한다. 임철호는 13년 전 자연을 도와 군부를 움직여 자유주의 혁명을 성공시켰다. 또 그의 아들 임세호(林細虎)도 당시 육군 중위로 기계화 부대에 소속돼 서울로 들어왔었다. 재작년에 자연이 이매에게 살해된 직후 진이를 찾아와서 지켜준 임 중령이 바로 임세호다. 이번에 임철호가 국방부 장관이 된다면, 그가 이제껏 쌓아온 공적에 비해 오히려 늦은 감이 있다. 자연은 자기 수하의 인물들이 빨리 정상에 오르는 것을 꺼렸다.

"이제 내가 서울로 들어가 봐야 되게 생겼어. 자기가 국방부 장관이 되니 나보러 대통령궁으로 들어가 달라는 거야."

"대통령 안보 비서가 돼서 자기와 코드를 맞춰달란 거군요."

임철호가 소신껏 일을 해보려 한다면 반드시 윤이의 도움이 필요하다. 지금 아테나이의 안보 시스템이 윤이의 이론을 기반으로 짜여 있기 때문이다.

"그래, 맞아. 그런데 그렇게 되면 진이를 여기에 남겨두고 우린 돌아가야 해. 임철호 씨는 내가 안 들어오면 큰일 날 것처럼 말하는데…. 내가 가서 뒷받침을 안 하면 조만간 안보령이 해제될 거라고 하네. 어머니 돌아가시고 안보령이 시행된 지 올해 삼 년째지."

"안보령 덕분에 우리가 이매에게서 안전할 수 있는데요. 당신이 가서 돕지 않으면 이곳에 있는 진이도 안전할 수 없겠네요."

"그래, 지금은 시스템에 구멍이 뚫렸다고 봐야 해. 임철호 씨 말대로 빨리 가서 시스템을 점검해야지. 어쩌면 이매가 이미 움직이기 시작했을 수도 있겠어."

"이매가 처음부터 진이를 노리면 어떻게 하죠? 우리가 없는 사이에 크레타로 들어오거나, 수하를 시켜서 진이를 노리기라도 하면 어떻게 해요?"

"진이는 아직 어려. 진이를 직접 노려서 뭘 어쩌려고."

"당신은 그렇게 생각해요? 이매가 당신처럼 상식적이고 합리적일 걸 바래요? 그렇지 않다는 거 알잖아요. 어머니도 어쩌지 못하고 죽임을 당하셨어요. 그런 이매를 죽기 직전까지 몰아넣고 망신까지 준 게 진이었다고요. 어머니가 왜 갑자기 당하셨다고 보세요? 진이가 걱정돼서 서두르다 이매에게 허를 찔리신 거예요."

"그래, 그럴 수도 있겠지. 그럼 다시 전학을 시키지. 좀 멀리…, 그동안 도쿄에 있었으니 간사이(關西)나 홋카이도오(北海道) 쪽은 어때? 그리고 대사관에 부탁해서 이름을 바꾸는 게 좋겠어."

"안 그래도 저도 그 생각을 했어요. 당신 요즘 진이 얼굴 봤죠. 최근에 또 얼굴이 조금씩 변하고 있어요. 느낌이 나쁘진 않은데…. 여름방학 지나고 개학하면 또 얼굴이 변한 게 드러날 거예요. 같은 학교에선 적응하기 힘들 거예요."

"내가 보기엔 좋은 쪽으로 가고 있어. 참, 학교에서 붙여줬다던 그 튜터랑 요새 사이가 좋아 보이던데. 이름이 마루야마 마사코였나? 오늘도 그 친구랑 하코네에 1박 2일로 놀러 갔잖아. 그 친구한테 부탁해서 계속 진이랑 같이 있어달라고 하면 어떨까? 그럼 당신이 여길 떠나도 좀 안심이 되겠지. 내가 보기에 진이가 조금씩 안정을 되찾는 게 그 친구 영향이 큰 거 같아. 당신이 지난번에 직접 만나서 저녁도 한 끼 사줬지? 직접 얘길 해보니 보기보다 괜찮은 사람 같다고 했잖아."

"네, 그랬죠. 근데…"

"왜? 뭐…; 마음에 걸리는 거라도 있어?"

"그 여자, 예전에 어디선가 본 거 같은 느낌이 들어서. 든든해 보이면서도 왠지 자꾸 신경이 쓰이는 게…!"

"어디서 본 거 같다고? 그럴 리 없잖아?"

"네, 그렇긴 한데…. 당신만 귀국하고 전 여기 남아서 진이랑 같이 있으면 안 될까요?"

"당신 말대로 이매가 직접 진이를 노린다면 오히려 진이 혼자 있는 게 더 안전해. 당신이 있으면 오히려 표적이 되기 쉽다고. 대사관에 부탁해서 진이 여권을 바꿀 거야. 무사진이 아니라 다른 사람으로 새 학교에 입학시켜야 해. 마침 요새 얼굴이 변해가고 있다니 잘됐지."

"그래도 전 이상하게 자꾸 불안해요."

"걱정하지 마. 진짜 무슨 일이 생기면, 그땐 어머니가 도와주시겠지!"

"…!"

62

8월 초순 도쿄(東京) 역.

아버지와 어머니가 급히 아테나이로 귀국하시고, 도쿄에서 다니던 학교를 떠나 오사카(大阪)에 있는 학교로 전학하게 된 진이는 예약해 놓은 도카이도(東海道) 신칸센(新幹線)을 타기 위해 도쿄 역 개찰구 앞에서 마사코를 기다리고 있다. 하지만 동행하기로 한 마사코가 아직 보이지 않는다.

'웬일이지? 벌써 왔어야 할 시간인데. 전엔 이런 적이 없었어!'

진이는 초조하다. 이제 신칸센이 출발하기 딱 5분 전이다. 마사코는 한 번도 약속 시간을 어겨본 적이 없었다. 그런데 오늘은 약속 시간에서 20분이 지나도록 나타나지 않는다. 아버지와 어머니가 떠나기 전 몇 번을 반복해서 설명한 위기 상황에서의 대비책은 그동안 얼굴 문제로 자의식 과잉에 빠져 있던 진이가 수십 년 전부터 시작된 집안의 위기를 새삼 자각하는 계기가 됐다. 이런 와중에 진이와 어머니 영교는 마루야마 마사코를 위기 상황의 협조자로 끌어들였다. 진이가 왜 아테나이에서 크레타로 전학을 오게 됐으며 왜 또 지금 오사카로 급히 떠나지 않으면 안 되는가를 함께 자리를 마련해 털어놓았다. 그건 마사코가 외국인이고 어느 정도 거리가 있었기에 가능했다.

마사코는 진이의 예상대로 별로 놀라 하는 기색 없이 일을 받아들였다. 진이는 그 전에 한 번도 자신이 가진 능력을 마사코에게 얘기한 적이 없었다. 하지만 마사코는 지난 넉 달간 진이와 많은 대화를 나누면서 진이가 가진 특수한 능력을 이미 눈치 채고 있었다. 그래서 일은 생각보다 순조롭게 진행됐고, 영교도 조금은 안도감을 가지고 아테나이로 귀국할 수 있었다. 그런데 마사코는 아직 나타나지 않고 있다. 이럴 때일수록 평소보다 일찍 와서 자신을 돌봐줘야 마땅한 것 아닌가? 진이는 불안해지면서 이제까지 쌓아온 마사코에 대한 신뢰가 흔들리기 시작한다.

'혹시 마사코 언니는 내가 나약함과 혼란에 빠져 있을 때나 어울리

는, 그런 한시적인 상대였었나? 내가 언니를 너무 과대평가하고 있었나? 지나치게 신뢰한 걸까?'

진이는 혼자서 자꾸 이런 생각을 하게 된다. 자신이 지금 체감하는 위기감과 마사코의 늑장이 이 정도로 자신을 뒤흔들어놓을 줄 몰랐다.

콱!

'억…! 누구지?'

누군가 갑자기 뒤편에서 진이의 왼쪽 팔을 쥐고 잡아당긴다. 전신에 힘이 확 들어갔지만 팔을 잡아당기는 쪽으로 돌아볼 엄두가 나지 않는다. 설마, 설마 했던 위기가 이제 직접 자신을 덮친 것인가 하고 눈앞이 캄캄해졌다.

"늦어서 미안해. 걱정했지?"

"어, 언니?!"

"가자. 이리로 와. 신칸센은 포기하고…"

"무슨 소리예요? 미리 사둔 표를 왜 버려요?"

"글쎄, 따라와 어서."

갑자기 불쑥 나타난 마사코는 진이의 팔을 잡고 도쿄 역사 바깥으로 나와 자신이 직접 몰고 온 차에 진이를 태우려 했다. 날렵하게 생긴 파란색 스포츠카였다.

'파란색 마쓰다 RX-7, 2세대 모델!'

로터리 엔진을 장착한 어마어마한 성능의 차로서, 세계 최고의 스포츠카로 이름 높은 프러시아의 포르쉐와 맞먹는 성능을 가진 차다.

"이걸 타고 갑자기 어디로 가자고요? 이걸로 오사카까지요? 그럴 거면 왜 진작 얘길 하지 않았어요? 아까운 신칸센 표는 왜 버려요?"

"잔말 말고 빨리 타."

마사코가 진이의 몸을 거칠게 조수석에 밀어 넣고 문을 닫는다.

'어후! 이제야 본색을 드러내나?'

갑작스럽게 나타나 자신을 다짜고짜 스포츠카에 태우는 마사코 때문에 진이는 정신을 차리지 못한다. 마사코는 급히 액셀러레이터를 밟으며 도쿄 역을 떠나 수도고속(首都高速)을 타고 세타가야(世田谷)로 향했다. 도쿄 인터체인지(東京IC)에서 도메이 고속도로(東名高速)를 탈 모양이다.

"언니, 갑자기 이러시면 어떻게 해요."

"잠자코 있어. 내 멋대로 하는 게 아냐. 난 지금 니 어머니가 시키는 대로 하는 거야."

"네?"

진이는 마사코가 갈수록 모를 소리를 한다고 생각했다. 불과 며칠 전에 어머니와 만나 오사카 전학을 알리고 협조를 구하지 않았던가? 그런데 언제 또 자기 모르게 어머니와 만나 다른 계획을 세웠단 말인가?

"글러브 박스 열어봐. 안에 여권이 있을 거야. 어머니가 네게 전해주라고 하신 새 여권이야."

진이는 마사코 말대로 조수석 수납함 안에서 초록색 여권 하나를 발견하고 꺼내 열어본다.

성/Surname

MIN

이름/Given names

JA-YOUNG

국적/Nationality

REPUBLIC OF ATHENAI.

'민자영, 민자영이라…!'

진이의 본명 대신 민자영이란 익숙한 이름이 여권에 적혀 있었다. 며칠 전 부모님에게 받았던 여권에 적혀 있는 가명과는 또 다른 가명이다. 무엇 때문에 며칠 사이에 여권을 두 번씩이나 바꾸고, 그것을 마사코를 통해서 자신에게 전해야 하는지 모르겠지만, 여권을 보아선 부모님이 만들어 보내신 것이 확실했다. 여권 소지인 서명란에는 진이의 이름이 눈에 익은 어머니 영교의 필체로 쓰여 있고, 여권 발급 기관은 도쿄 아자부(麻布)에 있는 아테나이 대사관이다. 부모님이 정부의 협조를 얻어 대사관에서 발급해준 자신의 위조 여권이 분명했다. 게다가 이제는 자신에게도 사연 깊은 이름이 되어버린 황후의 이름이 자신의 이름으로 찍혀 있다.

'이 이름을 선택하신 건 아버지신가? 내가 어렸을 때 아버지는 황후 민자영이 할머니 쪽 민씨 댁과 친척이라고 얘기해주셨지. 그래, 그 기억이 무의식중에 작년 미술전에서 하고많은 소재 중에 황후의 얼굴을 그리게 한 건지도 몰라.'

진이는 이런 식으로 당혹스런 이 상황을 조금씩 합리화시켜 나가려고 했다.

"어머니가 지난번 여권은 그새 보안이 새서 위험하다고 하셨어. 그래서 급히 여권을 다시 만들고, 학교도 오사카가 아니라 홋카이도 아사히가와(旭川)로 전학하기로 했어. 보안을 철저히 유지하기 위해서 일부러 너에게 숨겼고….

너를 노리는 사람이 나를 아직 알지 못하니까, 연락하더라도 나를 통해서 하라고 하셨어. 진이가 자신들에게 직접 연락하면 진이 위치를 그들에게 알려주는 꼴밖에 안 된다고. 너는 아테나이의 그 '안보령'이란 시스템이 다시 완벽하게 정비되기 전까진 절대 부모님과 직접 연락하면 안 돼."

"언니, 그럼 왜 지금 세타가야 쪽으로 가는 거예요? 도메이 고속 타려는 거죠? 홋카이도로 가려면 하네다 공항(羽田空港)으로 가야 하는 거 아네요? 이건 방향이 반대잖아요?"

"일단은 원래 계획대로 오사카로 가는 척하다가 교토로 빠질 거야. 거기서 한동안 지내다가 아사히가와로 가야지."

"그럼 아까 신칸센 타고 가다 교토에서 내려도 됐잖아요?"

"우리가 자꾸 예상 밖의 행동을 보여야 적들을 교란할 수 있지."

'적들? 교란?!'

진이는 마사코의 말을 듣고 점점 더 정신이 혼란해진다. 지금 자신을 직접 쫓고 있는 사람이 있기라도 하단 말인가? 갑자기 자기 주변이 첩보전을 방불케 하는 상황으로 돌변한 것이 믿어지지 않고, 당사자인 자신보다 더 민첩하게 대응하는 마사코가 볼수록 의문스러워진다. 하지만 조금 전 마사코가 '안보령'을 언급한 것을 보면 어머니에게 부탁받은 것이 확실했다. 안보령을 아는 사람은 아테나이인 중에서도 극소수이다. 어머니에게 이야기 듣지 않았으면 알 리가 없었다. 지난번 어머니와 마사코를 만난 자리에서는 위험한 상황에 처했다고만 하고 구체적으로 '안보령'을 언급한 적이 없었다.

'혹시 언니가 학교에서 소개한 튜터가 아니라 애초부터 부모님이

계획해서 나에게 붙여놓은 사람?'

진이는 문득 이런 생각도 들었다. 작년 학교에서 유일하게 정 붙였던 이현미 선생이 어머니의 절친한 후배이고 미술전도 어머니와 이현미 선생이 짜고 자신을 위해 열었던 이벤트란 것을 크레타에 온 이후에 알게 되었다.

차는 어느새 세타가야를 지나 도메이 고속에 진입했다. 진이는 세타가야를 지나고 보니 마사코의 본가가 세타가야라는 것을 들은 기억이 났다. 하지만 그 이상의 언급은 전혀 없었고, 가족에 관한 것을 얘기하기 싫어했다. 마사코는 일찌감치 중학교 때부터 집을 나와서 도쿄 간다(神田)에 아파트를 얻어 혼자 자취를 했다고 했다. 부모님과 사이가 안 좋은 것처럼 보였다.

마사코는 누군가가 진이를 쫓아오고 있는 것처럼 얘기했지만, 수도 고속을 거쳐 도메이 고속에 진입한 이후에도 누군가 마사코와 진이가 타고 있는 RX-7을 추격하는 기미는 느낄 수 없었다. 하지만 진이가 볼 때 마사코는 계속 긴장을 늦추지 않고 차 밖을 유심히 관찰하며 운전을 하고 있었다. 진이에게 여권을 확인시킨 이후에는 입을 열지 않는다. 쓸데없는 말을 줄이고 만약의 위험에 대비하겠다는 뜻 같았다. 도쿄 역을 출발해 45분 정도가 경과해 아쓰기 인터체인지(厚木 IC)를 지나자 마사코의 태도가 돌변했다.

"정신 단단히 차려. 이제부터 달릴 거야."

"왜요. 뭐가 나타났어요?"

자신을 쫓는 차가 아쓰기 인터체인지를 통해서 나타난 것으로 짐작하고 진이가 물었지만, 마사코는 아무 대답 없이 진이를 무시한 채 액셀러레이터를 힘껏 밟는다. 갑자기 가속이 붙어 진이의 목과 가슴이 뒤로 젖혀졌다. RPM이 7,000에 달하면서 스피드가 순식간에 시속 160km를 넘겼고, 계속 높아진다. 진이가 태어나서 처음 느껴보는 속도감이다. 이전까지의 최대치는 아버지 윤이가 고속도로에서 낸 140km가 최대치였다.

"언니."

진이가 겁이 나서 언니를 불러보지만, 마사코는 쫓아오는 차와 운전에 몰두해 진이를 외면하는 듯 보였다. 대체 어느 차가 자신을 쫓아오나 궁금해 백미러와 사이드미러를 번갈아 보니, 사륜구동 SUV 미쓰비시 파제로 한 대가 뒤뚱거리며 쫓아오는 것처럼 보였다. 그런데 차의 라디에이터 그릴과 하부가 검은색이며 상부가 흰색, 거기다가 지붕 위에 경광등이 달려 있고 조금 전부터 사이렌이 울리기 시작했다. 민간차량이 아닌 경찰차였다. 육중한 덩치와 사이렌을 위협 삼아 주변 차들이 피해 달아나게 하고 진이가 탄 RX-7과의 거리를 점점 좁혀왔다.

"언니, 저건 경찰차잖아요? 경찰이 왜 우릴 쫓아오죠?"

"저건 경찰이 아냐."

"네?"

"빨리 여길 벗어나서 차가 없는 곳으로 가야 할 텐데."

말을 마치기 무섭게 마사코는 액셀러레이터를 더욱 힘 있게 밟았다. 이제 차는 시속 220km를 넘어선다. 마사코는 스티어링휠을 좌우로 과격히 꺾어 현란한 운전 솜씨를 뽐낸다. 파란색 RX-7은 100km 정도로 달리는 차들 사이의 빈 공간을 지그재그로 각이 지게 치고 빠지며, 3차선 도로 전체를 폭주의 공간으로 삼는다. 추월당한 차가 뒤에서 보면 마사코의 파란 RX-7은 마치 달려가는 네 발 짐승 무리 사이를 거침없이 날아다니는 푸른 매 같았다. 쫓아오는 파제로는 앞서가는 RX-7처럼 차 사이를 누벼보려 애쓰지만, 역부족인지 차체가 출렁거리면서 뒤쪽 휠이 미끄러져 옆 차의 측면에 부딪히기 일쑤였다. 다만 커다란 중량감으로 주위 차들을 위협하고 밀어내며 겨우겨우 RX-7을 놓치지 않고 쫓아왔다.

"언니, 폭주족이에요?"

"시끄럿!"

옆에서 반사적으로 마사코를 제어하려 드는 진이를 무시하고 마사코는 계속 차 사이를 각이 지게 누비며 달렸다. 진이는 액션 영화에서나 보던 '칼치기'를 마사코의 파란색 스포츠카 조수석에 앉아 체험하며 이국의 도로를 질주한다. 아쓰기에서 시작된 폭주가 15km 정도 이어져, 하다노(秦野)를 지나자 주위를 달리고 있는 차들이 눈에 띄게 줄어들고, 차 사이의 간격이 넓어져 도로 위에서 운신의 폭이 넓어졌다.

"이쯤에서 해볼까?"

"네?"

마사코가 갑자기 내뱉은 말을 진이는 이해하지 못한다. 마사코는 급브레이크를 밟아 순식간에 차의 스피드를 100km 이하로 떨어트렸다. 그러자 뒤쫓아오던 파제로는 바로 옆 차선에서 RX-7을 오히려 앞질러 가버리게 되었다. 순간 진이는 엄청난 관성에 몸이 앞으로 쏠렸다가 다시 뒤쪽 시트에 던져졌다. 시트벨트가 아니었다면 진이의 몸은 앞 유리를 뚫고 나가 차 밖으로 내던져져 아스팔트 도로 위를 딩굴었을 것이고, 그 과정에서 얼굴은 유리에 갈기갈기 찢겨 나갔을 것이다. 지금 이 순간 마사코의 판단력과 행동이 진이의 생사여탈권을 쥐고 있었다.

차의 스피드가 떨어지기 무섭게 마사코는 다시 액셀러레이터를 끝까지 밟아 질주를 시작했다. 앞서나갔던 파제로는 갑자기 뒤바뀐 자신의 위치가 이해가 안 가는 듯 도로 위를 어중간한 속도로 달리고 있었다. RX-7은 다시 엄청난 가속으로 상대를 따라붙어 파제로의 뒤 범퍼에 자신의 앞 범퍼를 바짝 들이댔다. 이에 놀란 파제로가 속력을 내어 도망치면서 쫓아오는 RX-7을 떼어놓으려 하는 기이한 현상이 펼쳐진다. 마사코는 스피드를 더욱 높이고, 차는 다시 250km를 돌파하며 앞서 나간 파제로를 추월한다. 마치 RX-7이 파제로에게 너의 원래 위치인 추격자로 돌아가라고 명령하는 것 같았다. 도로 2차선에서 RX-7이 달리고, 같은 차선 100m 정도 후방에서 파제로가 쫓아오고 있다.

"진이야, 정신 똑바로 차려."

하고 마사코가 외치자마자 그녀는 급브레이크를 밟는다.

끼이이이이익!

앞서가던 RX-7은 도로 위에 짙은 타이어 자국을 그으며 정지하고, 뒤쫓아오던 파제로는 순간 충돌을 피하기 위해 급제동을 걸었다. 하지만 차체가 중심을 잃고 요동치다가 오른쪽에 있는 콘크리트 가드레일을 들이받아 도로 위에 전복된다. 마사코는 백미러로 전복된 파제로를 확인하고 다시 달리기 시작한다.

"이걸로 다 끝난 게 아닐 거야. 교토로 들어가기 전에 완전히 따돌려놔야 하는데. 저놈들을 지금 확실히 끊어놓지 못하면 넌 앞으로 계속 학교도 못 다니고 정상적인 생활을 못 하게 돼."

"이 정도로 위험할 줄 알았으면 차라리 신칸센으로 이동하는 게 좋았잖아요?"

"아직 상황을 잘 파악하지 못했구나. 신칸센을 탔으면 열차 안에서 살해됐을 거야. 폐쇄된 공간에서 잘 훈련된 사람들이 달려들면 무슨 수로 당해내? 차로 이동을 했으니 이 정도 대항할 수 있는 거야."

진이는 갈수록 기가 찼다. 마사코가 자기 일에 개입하게 된 건 불과 수일 전부터다. 그런데 어떻게 자신보다, 또 부모님보다 더 상황을 잘 파악하고 능동적으로 대처할 수 있단 말인가?

'도대체 언니가 그걸 어떻게 그렇게 잘 알아요? 이상해요.'

라고 되묻고 싶지만, 이상하게 입에서 그런 말이 도저히 나올 수 없었다. 잠시 후 다시 경찰차 두 대가 사이렌을 울리며 쫓아왔다. 차가 도로에서 전복된 사실을 신고 받고 따라온 모양이었다.

"이번엔 진짜 경찰이네."

"어떻게 해요?"

"걱정 마. 저 정도 성능의 패트롤카 따돌리는 건 일도 아니니까."

"따돌리면 뭐해요? 번호 조회해서 계속 쫓아올 텐데요."

"걱정하지 말고 잠자코 있어."

쫓아오는 경찰차 두 대는 평범한 성능을 가진 중형 세단으로, 마사코는 어렵지 않게 두 경찰차를 따돌린다. 아까처럼 힘껏 액셀러레이터를 밟고 차들 사이로 칼치기 실력을 과시하자, 얼마간 쫓아오던 경찰차 2대는 추격을 포기하고 마사코와 진이의 시야에서 멀어져갔다.

"자, 우린 이쯤에서 차를 버려야 해. 진이 말대로 놈들이나 경찰이 이 차를 계속 추적할 테니까."

마사코는 고텐바 인터체인지(御殿場IC) 못 미친 지점 갓길에 차를 세우고 진이에게 내리라고 한다. 둘은 차에서 내려 잠시 걷다가, 고속도

로의 높은 방음벽 없이 낮은 가드레일로만 막혀 있는 구간에서 가드
레일을 넘어 고속도로를 벗어났다. 진이는 마사코가 고텐바 톨게이트
를 통과하면 이미 수배 중일 수 있는 차가 검거될 것을 우려해 이렇
게 하는 것으로 생각했다. 그리고 사람이 걸어서 고속도로를 벗어날
수 있는 길을 쉽게 찾아가는 것을 보면, 이곳도 마사코가 사전에 답
사를 와서 봐둔 곳임이 분명하다고 생각됐다.

'도쿄 역을 떠나온 후 벌어진 추격전까지도 이미 예측했단 말인
가?'

진이는 갈수록 마사코가 의심스러우면서도 거의 무조건 그녀를 신
뢰하게 되는 이상한 기분에 빠졌다. 진이는 마사코가 앞장서서 가는
길을 아무 말 없이 쫓아갔다. 정확한 행선지를 알려주지 않았지만,
왠지 마사코가 후지 산을 향해 가는 것이라고 생각했다. 바로 지난
달 하코네에서 나쓰메 소세키를 생각하며 바라보던 크레타의 상징
후지 산으로!

63

다음 날 새벽 2시 후지 산(富士山) 고텐바구치(御殿場口) 신고고우메(新
五合目).

마사코는 진이를 데리고 해발 1,450m의 후지 산 고텐바구치 신고
고우메까지 버스로 왔다. 이곳은 후지 산 정상에 오르기 위한 등산
로 중의 한 곳이 시작되는 곳으로, 대형 주차장을 갖추고 있고 등산
로 시작점 주변에 숙소로 이용되는 산장과 식당, 가게들이 모여 작은

산마을을 이루고 있다.

　마사코와 진이는 등산로 입구에 있는 조촐한 산장에서 하루 묵기로 했다. 저녁 식사를 하고 목욕을 한 후 진이는 깊은 잠에 빠져 있다. 마사코는 진이가 그렇게 장시간 동안 긴장을 늦추지 못하고 생사의 갈림을 헤쳐 나온 것이 태어나서 이번이 처음일 거라고 생각했다. 마사코는 깊게 잠든 진이를 방에 남겨두고 산장 객실 밖으로 나왔다. 한여름이지만 이곳은 바람이 세고 제법 쌀쌀하다. 마사코는 방에서 나오기 전 백 안에 자그맣게 접어 넣어둔 진남색 트렌치코트를 꺼내 입고, 머리에는 검은색 실크 스카프를 둘러써 턱에 매듭을 지었다. 이렇게 하니 어두운 밤을 타고 진이를 해치러 몰래 다가올 자객을 맞이할 준비가 됐다고 마사코는 생각했다. 코트 품속에는 소음기를 장착한 글록 권총을 넣어두었다.

　마사코는 산장 2층에서 아래로 내려와 산장 앞 길목에 자리를 잡고 하늘을 바라보았다. 해발 1,450m에서 바라보는 달은 유난히 더 아름다울 것으로 기대하며 고개를 들어 하늘을 보았다. 그러나 하늘이 흐린지, 달은 맑고 노란빛 대신 구름에 투과한 은백색 달빛으로 마사코의 얼굴을 적셔주었다. 달빛에 얼굴을 씻은 마사코는 차분히 주의를 가다듬고 산장 주변을 예리하게 관찰해본다. 진이가 잠들어 있는 방은 통나무집 산장 2층 꼭대기. 객실 창문이 나 있는 쪽은 작은 발코니가 있고 가파른 언덕을 면해 있어, 어둡고 사람이 몰래 침입하기 좋다.

　객실 현관이 나 있는 2층 복도는 지붕에 덮여 있지만 개방형으로 다른 방과의 통로 역할을 하고, 복도 끝에는 철제 계단이 붙어 있다. 출입구와 현관 쪽은 도로를 향해 있으나, 도로로부터 50m 정도 들어와 있어 어둡기는 마찬가지다. 진이를 살해하러 오는 자들은 마사코가 권총을 지니고 밖에 매복해 있으리라 생각지 못할 것이다. 어차피 깊은 밤 산장 주위가 어두우니, 크게 경계하지 않고 창문과 현관 양쪽으로 침입해 올 것으로 생각했다.

'도메이에서 파제로에 타고 있던 놈들은 모두 네 명. 차가 전복됐어도 모두 무사했다. 조금 전까지 신고고우메 대형 주차장에 세워둔 세단 안에서 대기하다 차에서 내려 이곳으로 오고 있다. 네 놈은 두 갈래로 나뉘어 두 놈은 객실 현관 쪽으로, 나머지 두 놈은 창문을 통해 침투하려 들 것이다. 현관으로 진입하려는 놈들이 계단을 오른 후 2층 복도에서 죽으면 시체를 처리하기 곤란해진다. 먼저 두 놈을 계단에 오르기 전 처치하고, 창문 발코니에 오르려는 두 놈을 떨어트린다. 시체는 산장 뒤편 산비탈 구석에 집어넣고 위에 부엽토를 덮어놓자. 외진 곳이니 나와 진이가 이곳을 완전히 떠난 후 시체가 부패해 악취가 날 때가 돼서야 발견될 것이다. 두 젊은 여자가 이들을 죽였을 것이라곤 생각 못 하겠지. 경찰이 신원 조회 후 이들이 적군파 멤버인 것이 밝혀지면, 자기들끼리 이곳에서 전쟁을 벌이다 죽은 것인 줄 알 것이다. 그 뒤로 경찰에 쫓길 염려는 없다.'

마사코가 이렇게 생각을 정리하고 기다리는데, 4명의 적군파 자객이 산장 주변으로 와서 두 갈래로 나뉜다. 모든 상황이 마사코가 예측한 것과 한 치의 오차도 없이 일치했다. 2명이 산장 뒤쪽으로 완전히 진입해 시야에서 사라진 후, 마사코는 매복한 지점에서 권총을 현관으로 진입하려는 2명에 조준한다.

'앞서가던 놈을 먼저 쏘면 뒤에 오던 놈이 놀라 비명을 지를지도 모른다. 뒤에서 쫓아오는 놈을 먼저 쏘아 쓰러트린다. 이어서 앞의 놈

도 계단에 오르기 전 처치한다.'

마사코는 순간 숨을 멈추고 권총의 방아쇠를 당겼다. 소음기에 여과되어 퓌욱, 하고 나는 폭약 소리와 함께 발사된 총알이 엷은 은색 달빛에 충만한 밤공기를 유난히 날카롭게 가르고 나가는 것 같다! 첫 발이 뒤서 가던 자객의 오른쪽 관자놀이를 뚫고 들어가 뇌 속 깊숙이 박힌다. 마사코는 계속 숨을 멈추고 있다가 두 번째 발을 쏜다. 앞서가던 자객이 몸을 왼쪽으로 틀어 계단을 오르려 할 때, 계단 난간 아래로 뒤쫓아오던 자가 엎드려 쓰러져 있는 것을 목격한다. 뭔가 이상하다고 생각되는 순간, 뜨거운 쇳조각이 왼쪽 관자놀이를 파고 들어 오는 것이 느껴진다. 순간 짙은 어둠이 눈앞에 쏟아져 희미한 달빛마저 자신에게서 앗아가 버린다. 앞서가던 자객은 내디딘 오른발이 첫 번째 계단에 채 닿기 전에 중심을 잃고 뒤로 쓰러진다.

두 명을 쓰러트린 마사코는 급히 뛰어나와 산장 뒤편으로 가서 테라스 진입을 시도하는 두 명에게 총을 겨눈다. 먼저 동료의 어깨를 발판삼아 올라 테라스의 난간을 잡고 오르려던 자의 머리를 맞추어 떨어트린다. 자신의 어깨를 밟고 올라섰던 동료의 체중이 갑자기 증발하며 등 뒤 바닥에서 픽, 하고 둔탁한 소리가 들린다. 섬뜩한 동시에 인기척이 느껴지는 왼편으로 고개를 돌리니, 뭔가가 무서운 속도로 공기를 가르고 와 이마에 박힌다. 곧이어 그도 먼저 쓰러진 동료의 몸 위에 등을 대고 힘없이 쓰러진다.

마사코는 급히 계단 앞에 쓰러진 2구의 시체를 하나씩 다리를 잡고 끌어 산장 뒤편으로 옮겼다. 이어서 산비탈 움푹 팬 틈 네 곳에 시체 한 구씩을 넣고 부엽토를 얹어 눈가림한다. 그리고 머리에 둘렀던 스카프를 벗어 바닥에서 고운 흙을 한 주머니 담아 다시 계단 앞으로 왔다. 계단 근처 흙바닥에 스카프에 담아온 흙을 뿌려 발로 뭉개 바닥의 핏자국을 덮었다.

자객 넷을 모두 처치한 마사코는 계단을 올라 진이가 잠들어 있는 객실 현관 앞으로 온다. 방에 들어서기 전 피 묻은 트렌치코트를 벗어 작게 접었다. 그리고 들어오자마자 코트를 흙 묻은 스카프와 함께 가방 깊숙이 넣어놓는다. 그러자 인기척을 느낀 진이가 깨어나 비몽사몽 중에 마사코에게 묻는다.

"어디 갔다 와요? 이 밤중에…"

"자다 깼구나? 잠깐 밖에 나가서 달을 좀 보다 왔어."

"잘 보여요?"

"아니. 날이 흐린지 구름이 껴서 잘 보이진 않아. 그래도 꽤 운치는 있었어. 너도 나가서 좀 볼래?"

"아녜요. 전 좀 더 잘래요."

"그래라. 어제 계속 긴장해서 힘들었을 거야. 더 자. 해뜨기 전에 일찍 떠날 테니. 나도 몇 시간 눈 좀 붙여야겠다."

진이는 아무 대답 없이 다시 눈을 스르르 감고 곧 잠에 빠졌다.

64

교토(京都) 도착 다섯 번째 날.

마사코와 진이는 후지 산을 떠나 버스·전철·택시를 번갈아 타며 나흘 전 교토로 들어왔다. 마사코는 다시 추적해 올지도 모르는 적들을 따돌리기 위해 오사카로 가는 척하면서 교토로 온 것이라고 말했지만, 진이는 그 말에 좀처럼 수긍이 가질 않았다. 적들을 어지럽힐 양이라면 오사카와 최종 목적지 아사히가와와는 전혀 다른 지역으로 가는 것이 좋지 않았을까? 교토는 아사히가와와 멀리 떨어져 있으나 오사카와는 멀지 않은 도시이다.

그러나 진이가 마사코를 따라 들어온 교토는 예전에 방문했던 때와는 다른 얼굴을 하고 있었다. 나흘 전부터 느껴지는 교토의 공기가 좋았다. 지금 쫓기고 있는 자신의 입장이, 목숨까지 위협당하는 자신의 처지가 교토를 예전과는 다른 색채로 느껴지게 하는 것이 아닐까? 하고 진이는 생각한다.

후지 산을 떠난 날 저녁 교토에 도착해 한적한 여관을 잡고 여기서 보름 동안 묵기로 주인과 얘기를 마쳤다. 하룻밤 자고 난 둘째 날, 둘은 추적자들에게 다시 쫓기지 않기 바라며 종일 여관 방 안에서 지냈다. 밖에서는 부슬부슬 비가 내렸는데 진이는 가는 빗줄기와 기와지붕의 처마에서 떨어지는 빗물이 다다미방에서 보내는 도피의 시간과 묘하게 잘 어울린다고 생각했다.

셋째 날도 넷째 날도 특별히 하는 일 없이 방에서 시간을 보내거나 여관 주변 골목을 산책하는 정도에 그쳤다. 하지만 아사히가와로 떠나기 전까지 계속 여관에서만 시간을 보낼 수 없었고, 외지에서 온 사람이 사흘 동안 여관을 떠나지 않으니 여관 직원들이 둘을 이상하게 보기 시작했다. 마사코도 위축된 진이에게 기를 펴고 교토 관광이라도 할 것을 권했다.

교토에 들어온 지 닷새째 되는 오늘부터, 진이는 마사코와 이 천년의 고도(古都)를 둘러보기로 한다. 고대 크레타의 수도였으며 아직도 크레타의 고전미가 살아 숨 쉬는 이 도시를 진이는 이미 과거에 두 번 방문했었다. 한 번은 국민학교 4학년 때 가족과 함께, 또 한 번은 중학교 1학년 때 학회 참석차 교토에 오신 아버지와 함께 왔었다. 진이는 기요미즈 데라(清水寺)나 금각사(金閣寺)처럼 이미 두 번 이상 가본 명소는 피하기로 했다. 또 생각해보니 이전부터 진이가 교토에 오면 새로 꼭 가보고 싶었던 장소가 두 곳 있기도 했다. 앞으로 교토에서 열흘 동안 지낼 것이니 마사코와 한 곳, 한 곳 천천히 가보기로 한다.

진이는 우선 마사코에게 고오류우사(広隆寺)로 가자고 했다. 진이가 11살 때 할머니, 아버지, 어머니와 함께 방문했던 고오류우사… 이미 한번 가보았지만 또 가보고 싶었다. 마사코는 진이가 교토에 들어와 가장 먼저 가보고 싶은 곳을 고오류우사로 꼽자 뭔지 알겠다는 듯 방긋 웃었다. 그러나 아무 말도 하지 않았다. 진이는 마사코가 자신을 보고 웃는 이유를 짐작해본다. 고오류우사를 대표하는 유물인 목조미륵반가사유상(木造彌勒半跏思惟像)은 아테나이 국보 제83호인 금동미륵반가사유상(金銅彌勒半跏思惟像)과 마치 쌍둥이처럼 닮았고 현재 크레타 국보 제1호이다. 이 목조미륵반가상도 나라(奈良) 호오류우사(法隆寺)의 아테나이 관음상(觀音像)처럼 그 전래에 관해 많은 설이 있지만, 고대 아테나이와의 연관성만큼은 크레타인들도 인정하지 않을 수 없다. 그래서 교토를 방문하는 아테나이인들에게 고오류우사 방문은 특별한 의미로 다가오고, 그것이 민족적 자부심으로 연결되기도 한다.

진이의 할머니 자연이 자유주의 혁명에 성공하고 아테나이에서 본격적인 산업화가 진행된 13년간 아테나이 사람들의 마음에 구심점이 된 것은 무엇보다도 크레타를 따라잡자는 것이었다. 아테나이 사람들은 크레타를 분명 미워했다. 그러나 거기에는 크레타에 대한 공포가 내재해 있었고. 이 공포를 극복하려는 노력에서 아테나이 사람들은 숭고의 미학을 묵시적으로 공유했다.

근대라는 냉엄한 역사의 물결에 휩쓸려 아테나이는 35년간 크레타의 지배를 받았지만, 그 상황은 이미 42년 전에 종결됐다. 식민통치 아래 고통당했던 이들은 대부분 사망했거나 연로하여 이제는 사회에서 은퇴할 나이에 접어들었다. 하지만 새롭게 등장한 젊은 세대에게 과거 그들의 조상이 경험했던 역사적 고통은 어느 정도의 거리감을 유지하며 낭만적 미감(美感)을 제공한다. 새로운 세대는 그 고통에 대해 관찰자 입장에서, 미래에 다시 그런 고통이 자신들에게도 닥쳐올 수 있음을 상상하며 그들의 집단 무의식 속에 신전을 세우고 숭고의 미를 공유한다. 진이는 마사코도 분명 이러한 사실을 알고 있을 것이고, 진이가 고오류우사에 가고 싶어 하는 것을 이런 맥락에서 이해하고 있을 것이라고 짐작했다. 마사코는 지금 진이와 누구보다도 가까운 언니가 되었지만, 그녀가 아테나이인이 아니란 사실에는 변함이 없었다.

마사코의 웃음 이면에 행여나 아테나이인에 대한 무의식적인 조롱이나 상대적으로 아테나이보다 먼저 이오니아 식 근대화에 성공해 앞선 선진국 국민으로서의 여유나 오만이 섞여 있지 않기를 바랐다. 그리고 혹시나 자신의 그런 의구심이 마사코와의 관계를 해칠까 두려운 마음도 들었다. 하지만 진이가 고오류우사에 가려고 하는 뜻은 그런 민족의식과는 조금 차이가 있었다. 그곳에 가면 작년부터 절실하게 느껴진 할머니의 향취를 다시 맡을 수 있을 것만 같았고, 미륵반가상의 얼굴을 지금 다시 보면 이제 그것은 새로운 의미로 자신에게 다가올 것만 같았다.

진이와 마사코는 고오류우사에 도착해 남대문을 지나 곧바로 경내 깊숙이 자리한 신영보전(新霊宝殿)으로 향했다. 오늘 이곳에 온 것은 바로 여기에 안치된 목조미륵반가상을 만나보기 위함이다. 다른 곳에 신경 쓸 겨를이 없다.

널따란 신영보전에 들어서자 맞은편 중앙에 미륵이 현대적 조명을 받으며 앉아 있었다. 고대인들은 저 모습을 보며 현세를 구원하기 위해 강림한 미륵의 모습을 보았을까? 아니면 저 살아 있는 듯한 목상을 의지 삼아 언젠가 나타날 구원자의 얼굴을 자신의 마음속에 그렸을까? 진이는 이런 생각을 하면서 호흡을 가다듬고 반가상을 직시한다.

"어때? 이렇게 오랜만에 다시 보니 뭔가 새로운 게 느껴져?"

앞서 신영보전에 들어온 진이를 뒤따라온 마사코가 진이에게 다가와 묻는다. 하지만 진이는 마사코의 말을 들은 체 만 체하고 계속 반가상을 바라보았다. 도쿄를 떠나 교토에 도착할 때까지 진이의 어리둥절해함을 채근하며 진이의 물음에 무시하는 태도로 일관해 온 마사코가 이제 오히려 진이에게 무시를 당하고 있었다. 미륵은 눈을 지그시 감고 은은한 미소를 지으며 의자에 앉아 있다. 오른발을 왼쪽 다리 위에 올려놓고, 오른팔을 접어 팔꿈치가 오른쪽 다리의 무릎에 닿게끔 몸을 아주 살짝 앞으로 기울였다. 그러면서 오른손 가운뎃손가락을 세워 오른쪽 볼에 닿기 직전까지 가져가 법열(法悅)에 빠진 자신을 조형적으로 나타내고 있었다.

'미륵은 미래에 내려와 중생을 구원하게 될 부처이다. 저 반가상은 자신의 얼굴을 통해 깨달음의 환희와 인류 구원의 메시지를 세상에 드러내고 있는 것 같다! 그런데 내가 작년에 변신을 통해 얼굴에 드러내려 한 정신은 과연 무엇이었을까? 그냥 나는 너희보다 뛰어난 사람이고 따라올 수 없는 존재이니 나를 감히 넘보지 말라는 엄포를 얼굴에 담지 않았던가?'

진이는 작년 자신의 얼굴에 구현하려 한 미의 총체성에 '미래'가 빠져 있음을 직감했다. 미래란 과연 무엇인가? 미래가 없다고 한다면 그건 바로 희망이 없음을 뜻하고, 자신의 얼굴에는 그 희망이 결여되었다고 생각했다. 분명 시간에 굴복하지 않는 영원불멸의 미를 생각했건만, 정작 미래란 것을 염두에 두지 않았다고 하는 이상한 부조화가 감지됐다.

'희망이 없는 상태에서 진정한 아름다움이란 있을 수 없을 거야! 부모가 어린 자식을 보고 하염없는 사랑을 느끼는 건 바로 어린 자식에게서 미래와 희망을 보았기 때문이다. 그리고 꼭 자식을 낳아봐야 그것을 느낄 수 있는 건 아니다. 어렸을 때 집에서 기르던 개가 새끼를 낳았을 때, 갓 태어난 강아지를 보았을 때 느꼈던 가슴 두근거림은 지금도 생생히 기억난다. 어린 강아지를 바라보고 안아주는 것만으로도 이루 헤아릴 수 없는 행복을 느꼈었다. 왜였을까? 그건 어린 생명이 품고 있는 미래와 희망 때문이다. 지금 바로 저 미륵반가사유상에서 감히 범접할 수 없는 숭고함을 느끼는 것은 미륵의 은은한 미소가 미래를 이야기하고 있기 때문이다.'

진이는 이렇게 생각하며 칠 년 전 이곳에 가족과 같이 왔을 때를 회상한다. 할머니, 아버지, 어머니 그리고 진이는 다 함께 지금 이 자리에 서서 저 반가상을 바라보았다. 아버지는 과묵하던 집에서와는 달리 교토에 와서는 언제 그렇게 공부를 많이 했는지, 방문하는 곳에서마다 마치 고적답사단의 리더처럼 매우 자세한 설명을 해주셨고, 이곳 신영보전에 들어와서도 그랬다. 진이는 새삼 '아버지가 실제로는 저렇게 달변이시구나'하고 느꼈고, 어머니는 그런 남편의 기를 더욱 세워주려는 듯 그때 그때 맞장구를 쳐주며 아버지의 설명을 경청하셨다. 그런데 할머니는 시종 아무 말씀도 하지 않고 저 미륵상을 단정히 바라보고만 계셨다. 할머니는 젊었을 때 고고학 교수셨다고 들었다. 할머니야말로 지금 여기서 많은 말씀을 하실 법한데 그렇지 않았다. 이제는 한 집안의 가장이 된 아들의 인격을 존중해 일부러 말을 아끼고 조용히 아들의 설명을 듣고 계신 것 같기도 하고, 미륵의 얼굴을 보며 남다른 감회에 빠져 침묵하고 계신 듯도 했다.

진이는 할머니의 오른편으로 다가가 할머니와 같은 방향에서 미륵을 바라보았다. 그때 진이는 반가상 자체로부터 어떤 특정한 인상을 받았다기보다, 반가상을 매개로 할머니와 소리 없이 대화를 주고받았다. 그때 할머니와의 교감에서 느꼈던 충만한 감정이 바로 지금 그 절심함을 새삼 깨닫고 있는 미래의 희망이 아니었을까 생각해본다. 한동안 그렇게 할머니와 미륵을 바라보는데 할머니가 오른손을 진이의 아담한 왼쪽 어깨 위에 살짝 올려놓으셨다. 진이는 왼쪽으로 고개를 돌리고 턱을 들어 할머니의 얼굴을 올려다보았다. 할머니는 무엇이 그렇게 좋은지 진이의 얼굴을 아래로 내려다보며 보기 드물게 환한 미소를 진이에게 아낌없이 보여주셨다. 그러다가 진이는 다시 고개를 앞쪽으로 돌려 미륵의 얼굴을 바라보았다. 그때 미륵도 무언가가 만족스럽단 듯이 깊고 은은한 미소의 향을 사방에 전하고 있었다.

'그때 그다지도 충만하게 느끼고 자연스럽게 도달할 수 있었던 정신의 경지를 왜 지금 나는 이다지도 힘들게 찾지 않으면 안 되는 것

일까? 할머니가 계시지 않아서인가?'

진이는 이렇게 과거를 회상하며 지금의 추락을 절실히 느낀다. 그때 누군가 진이의 왼쪽 어깨에 살며시 따스한 손을 올려놓았다. 진이는 설마 하며 고개를 천천히 왼쪽 옆으로 돌려보았다. 마사코였다. 마사코는 진이의 어깨에 손을 얹고 진이를 보며 살짝 웃음 짓고 있었다. 마사코의 얼굴은 할머니와 닮지 않았다. 그러나 지금 마사코가 진이를 향해 보내는 미소는 할머니와 함께 바라보던 칠 년 전 미륵의 미소와 닮은 듯도 했다.

65

같은 날 저녁, 아테나이 서울 진이의 집.

"납치를 당한 게 틀림없어요. 닷새 전에 학교 기숙사에 도착했어야 할 아이가 아예 신칸센엔 타지도 않고 사라졌어요. 지금 애가 무슨 일을 당하고 있을지 알아요?"

"…"

"당신은 걱정도 안 돼요? 계속 입을 다물고만 있게? 그러기에 저라도 남아서 진이 옆에 있겠다고 했잖아요. 빨리 크레타 정부에도 협조를 구하고, 마루야마 마사코 그 여자도 수배해야 해요. 그 여자가 진이를 납치한 건지도 몰라요. 사람이 아주 똑똑하고 강단이 있어 보이긴 했는데…. 전 그 여자가 왠지 자꾸 마음에 걸렸어요. 남자는 알 수 없는 여자만의 직감이 있다고요."

"제발 좀 가만있어봐. 당신이 그렇게 대응해서 될 일이 아냐. 지금 그런 식으로 하면 이매한테 신경전에서 진다는 거 몰라?"

"당신은 어쩜 그렇게 우리 아이 일을 남 일처럼 냉정히 대할 수 있죠?"

"좀 가만히 있어보란 말야."

영교의 타박을 듣고만 있던 윤이는 갑자기 버럭 소리 지른다. 순간 영교는 하던 말을 멈추고 윤이의 얼굴을 물끄러미 쳐다보았다. 갑자기 윤이가 저렇게 소리 지를 땐 뭔가 분명히 할 말이 있을 때였다. 아무리 화가 나도 윤이는 무조건 욱해서 소리 지르는 법이 없었다.

"진이는 지금 위기를 잘 피해가고 있어. 그런데 그건 진이 혼자서 된 게 아냐. 분명 마루야마 마사코란 그 튜터가 힘이 돼주고 있을 거야."

"당신은 그 여잘 어떻게 그렇게 신뢰해요? 직접 만나보지도 못했으면서…"

"사실은 며칠 전에 그 여자한테서 연락을 받았어."

"네에?!"

윤이는 영교와 이야기하던 응접실을 떠나 잠시 서재에 다녀와 하얀 종이 한 장을 영교에게 건넨다.

"펴봐."

윤이에게서 종이를 건네받은 영교는 접은 종이를 펴서 안에 적힌 내용을 읽는다. 그리고 이해가 잘 가지 않는지 고개를 갸우뚱하고 얼굴을 찡그리며 윤이에게 묻는다.

"이건 여권 사본 아녜요? 가만, 아니, 이건 내 필첸데! 전 이런 서명한 적 없어요. 민자영은 또 뭐예요?"

"팩스로 닷새 전에 이게 내 연구실로 와 있는 거야. 마루야마 마사

코가 우리 대신 새로 위조한 진이 여권이야. 당신 필체까지 감쪽같이
위조했지? 종이 한 구석에 깨알같이 쓰인 글씨를 읽어 봐. 당신한테
보낸 거야."

영교는 윤이의 말을 듣고 보니 종이 한 구석에 아주 작은 글씨로
쓰인 짧은 프랑시아 어 문장이 보였다.

"「걱정하지 마세요. 마루야마(Ne vous inquietez pas, Maruyama).」아, 어
떻게 이런…!!"

"귀국해보니 예상보다 안보령에 더 큰 구멍이 뚫려 있고, 그만큼 이
매의 활동 반경도 넓어졌을 거야. 진이가 예상보다 더 위험해졌단 얘
긴데, 지금 진인 우리가 보호해줄 때보다 오히려 더 안전하게 보호받
고 있어. 새로 위조한 여권으로 행선지도 오사카에서 다른 지역으로
바뀠을 거야."

"그 여자가 왜 그렇게 우리 진이를 아껴요? 이렇게 위조여권까지 자
기가 만들 정도면 우리 문제를 잘 알고 있단 얘긴데, 어떻게 그걸 다
알았죠? 그리고 이 팩슨 대체 어디서 발송한 거예요? 빨리 알아보셨
어야죠?"

"당연히 받자마자 알아봤지. 군 정보기관에 부탁해 발신지 추적을
해봤는데, 오늘까지도 도무지 어디서 보낸 건지 알아낼 수가 없단 거
야."

"그 여자가 대체 어떤 여자기에 그 정도 기관에서 못 찾아낸다는
거예요?"

"지금으로선 나도 혼란스러워. 딱 하나 짐작이 가는 게 있다면…"

"네? 그게 뭔데요?"

"옛날에 어머니가 은퇴하시기 전에 말야…"

따르릉, 따르릉….

윤이가 말을 막 이어가려던 차에 전화벨이 울린다. 윤이는 말을 하다 말고 응접실에 있는 전화를 받는다.

"네, 여보세요?"

—

"아, 임 중령 오랜만이야. 웬일이야, 이렇게."

—

"뭐?! 알았어, 곧바로 가지."

영교는 윤이가 임 중령이라 부르는 것을 듣고 임철호의 아들 임세호가 전화를 한 줄 알았다. 그런데 임세호와 통화를 하면서 남편의 얼굴이 갑자기 창백해지는 것을 본다. 뭔가 또 큰일이 난 것이 틀림없었다. 윤이가 전화를 끊자마자 영교는 다급하게 통화 내용을 묻는다.

"뭔데요? 임 중령님이 뭐라고 해요? 무슨 일 났어요?"

"…, 오늘 오후에 임철호 씨가 살해당했어."

"네? 뭐라고요?"

66

교토(京都) 도착 일곱 번째 날.

진이는 칠 년 전 가족과 방문했던 고오류우지에서 다시 미륵반가사유상을 바라보던 중 자신의 미의 관념에 결여된 것이 미래인 것을 깨달았다. 진이는 이어서 마사코와 철학의 길(哲學の道)에 가보기로 한다. 이곳은 진이가 교토에 오면 꼭 가보고 싶은 두 곳 중의 하나였다.

"철학의 길에 가보고 싶은 특별한 사연이라도 있는 거야?"

"언니가 지난번 하코네에서 했던 말을 곰곰이 생각했어요. '누구도 풍경에서 벗어날 수 없다'고 한 말이요. 우리가 숨 쉬고 사는 대기와 같은 풍경과 개인의 미(美)를 계속 함께 생각했죠. 그러다가 니시다 기타로오(西田幾多郎)의 『선의연구(善の研究)』를 읽게 됐어요. 니시다 기타로오는 미를 그저 아름다움으로만 보지 않고 총체적 자기실현으로 보고 있거든요. 미를 모든 이상이 완성된 결정체로 보고 있었어요."

마사코는 이 말을 듣고 자신의 얼굴에 갇혀 있던 진이가 풍경을 의식하면서 더 큰 미의 세계로 나가기 시작했다고 생각한다. 미의 추구와 함께 꾸준히 지적 노력을 계속했고, 니시다 기타로오를 읽으면서 교토 철학의 길에서 뭔가를 얻어가려 하는 것이라고.

교토 동북쪽 비와호(琵琶湖) 물을 끌어들여 이룬 한적하고 단아한 물길 변이 '철학의 길'이라 이름 붙여진 유래는 니시다 기타로오가 이 길을 즐겨 산책하며 사색에 젖었기 때문이다. 니시다 기타로오[18]는 이오니아 철학을 주체적으로 수용해 전통 아카이아 정신에 동화시킨 크레타의 근대 철학자이다. 크레타가 적극적으로 이오니아 문명을 받아들이고 근대화의 박차를 가할 무렵, 그의 『선의연구(善の研究)』는 당시 크레타 젊은이들이 근대적 자아를 성립하는 데 큰 영향을 미쳤다.

"그래. 니시다가 즐겨 걷던 길을 걷다 보면, 그가 얻은 철학적 영감을 진이도 얻을 수 있을 것 같네, 후훗."

---

18 니시다 기타로(西田幾多郎, 1870~1945) "니시다 기타로는 근대 일본의 대표적인 철학자로서, 특히 서양철학을 동양정신의 전통에 동화시키려고 애썼다." 니시다 키타로/다카하시 스스무, 『선의 연구/퇴계 경철학』 최박광 옮김, 동서문화사, 2009, 328쪽.

"하하, 네에."

마사코가 진이의 의도가 귀엽다는 듯 살짝 웃으며 격려의 덕담을 보내자, 진이는 부끄러운 듯 살며시 따라 웃으며 답했다. 철학의 길 도정은 은각사(銀閣寺)에서 시작했다. 교토 동쪽에 자리 잡은 은각사는 서쪽에 자리 잡은 금각사(金閣寺)와 위치만큼 대조적이다. 넓은 연못 저편으로 보이는 금빛의 3층 누각은 마치 스스로 황금빛을 발하는 것 같다. 게다가 그 화려한 자태가 연못 수면 위에 반사되면, 조각 같은 건축은 못 위에서 한 폭의 회화가 되어, 또 다른 정감으로 사람들의 눈을 매혹한다. 마치 더러운 것을 너무도 많이 보아온 사람들의 저속한 눈을 정화하려 자신의 자태를 스스로 뽐내는 것 같다. 바로 이것이 진이가 과거 두 번 찾아가 보았던 금각의 위용이었다.

진이와 마사코는 은각사의 대문에 들어서 동백나무 수림을 지나온 후 금각과는 사뭇 다른 은각을 대면한다. 은각은 금각이 자랑하는 화려한 금빛도, 자신의 모습을 거대한 그림으로 비춰줄 큰 연못도 갖고 있지 않다. 2층 누각의 짙은 나무 빛과 하얀 창문은 극명한 대비를 이루어 허무와 적멸을 나타내는 것 같고, 연못도 금각의 것과 비교하면 아담하기 그지없다. 탁 트인 넓은 대지에 우러러보이게 놓인 금각과 달리, 아늑한 숲 한가운데 단아하게 안치된 은각이다. 진이는 금각과 은각의 대비가 마치 자신의 얼굴을 보이려는 자와 감추려는 자를 상상하는 것 같았다. 그러나 은각이 마냥 자신의 얼굴을 가리고 은인자중할 것으로 보이진 않았다. 때가 돼서, 밤하늘의 구름을 투과하여 정제된 흰 달빛이 은각을 비추면, 은각은 마치 미네르바의 부엉이처럼 금빛이 무색할 정도의 차가운 은빛으로 온 세상을 새롭게 비출 것 같았다.

"교토를 다녀간 사람들은 금각을 더 잘 기억하지만, 저는 은각이 더 아름다워 보여요."

"그래, 금각이 있는 그대로를 여과 없이 보이려 한다면, 은각은 자신을 감춰 깊이를 더하는 아름다움이 있지?"

진이와 마사코는 은각을 바라보며 공감한다. 서로 많은 말이 필요치 않았다. 은각사를 나온 둘은 철학의 길을 따라 영관당(永觀堂)까지 걷기로 한다. 약 2km가 조금 못 되는 거리로, 천천히 걸어도 30분을 넘길 것 같지 않았다. 철학의 길은 진이가 오고 싶어 했고, 이 도정을 마칠 곳으로 영관당을 잡은 것은 마사코였다. 인공수로답지 않게 양편으로 소박하게 쌓인 돌 축대 사이를 물이 소리 없이 얕게 흐르고 있었다. 봄에는 물길 주변이 벚꽃으로 만발한다고 하는데, 지금은 한여름이라 녹음으로 우거져 있고, 매미 우는 소리가 들렸다. 진이와 마사코는 이 물길을 왼편에 두고 북쪽에서 남쪽을 향해 걸었다. 철학의 길 주변에는 카페나 전통 찻집, 기념품 가게가 드문드문 있었지만, 길의 운치를 깰 정도는 아니어서 오히려 적막하지 않아 좋다고 느꼈다.

"니시다의 생각이 좀 읽혀?"

"하하, 글쎄요."

갑작스러운 마사코의 질문이 진이에겐 좀 얄궂게 느껴졌다. 여기에 오자고 한 것이 진이 너이니, 여기서 확실히 숙제를 마쳐야 하지 않겠느냐는 투로 들렸다. 또 한편으로는 마사코가 이제 뭔가를 자신에게 이야기해줄 거란 생각이 든다.

"니시다 철학의 핵심은 바로 '장소'에 있어."

"장소…!"

"그래, 내면화된 공간, 과거와 미래가 지금 이 장소에 있고, 그건 '영원한 지금'을 나타내.[19]"

"의미 있는 절대 공간을 창조한단 얘기죠? 저도 그 내용이 생각나요. 어떤 초월적인 것을 내면화시키려 하면, 그것이 일어난 공간에서는 힘이 나온다고요.[20]"

"힘은 장소가 보편적인 것을 지니려 할 때 나오는 거야.[21]"

"그런데 문제는 니시다의 '장소'를 온전히 이해하려면, 플라톤을 시작으로 칸트와 헤겔 그리고 아카이아 전통의 선(仙), 불교의 공(空) 사상까지 섭렵해야 할 것 같아요. 그것을 모두 읽고 자기 것으로 하려면 수십 년이 걸리겠죠."

"으흠, 그래서? 수십 년을 기다릴 수 없는 이유는 너의 얼굴 때문이지?"

"네, 제겐 생존이 달린 문제니까요. 그래서 전 니시다의 '장소'를 '회화'로 치환해보려고 해요."

"회화?"

"네, 그건 언니가 말한 풍경의 영향을 받기도 한 것이고… 이건 매우 관념적인 '장소'란 개념을 보다 직관적인 표상으로 나타내고자 하는 제 의지예요."

"그래, 진이가 그리는 그림은 진이의 얼굴을 캔버스 삼아 그려질 것이고, 그 그림은 진이의 얼굴이 초월적인 장소임을 의미하겠지. 그리고 언젠가 그 그림은 거대한 힘을 가지고 아테나이의 풍경이 될 수

---

19 니시다 키타로/다카하시 스스무, 『선의 연구/퇴계 경철학』, 최박광 옮김, 동서문화사, 2009, 325쪽 참조.
20 위의 책, 199~201쪽 참조.
21 위의 책, 200쪽 참조.

있을 거야."

"…!"

"진이야…?"

"…"

"진이야, 너 부끄러워하고 있구나?"

진이는 사실 마사코와 이런 이야기를 하게 될 줄 몰랐다. 진이의 얼굴에 관한 비밀을 어쩔 수 없이 마사코에게 털어놓은 지 불과 한 달이 되지 않았다. 태어나서 할머니와 부모님 외의 사람과는 해본 적이 없던 이야기를…. 그렇게 민감한 이야기를 만난 지 반년도 채 안 된 크레타의 여인과 하고 있다. 게다가 이야기의 내용도 예전처럼 자신이 가진 특수한 신체 능력에서 더 민감하고 어려운 문제로 확대되고 있다.

"진이야, 그런데 진이의 얼굴이 담아야 할 초월적이고 불변하는 그림은 과연 뭘까? 어떤 그림이 진이의 얼굴에 힘이 부여되도록 하고, 나중엔 더욱 거대한 풍경으로 자라게 해주지?"

진이는 계속 말이 없었다. 그러나 조금 전 부끄러워 일부러 말을 아낀 것과는 성격이 달랐다. 마사코의 물음에 진이는 아직 답변을 가지고 있지 못했다. 다만 진이는 자신의 얼굴이 담아야 할 초월적 장소를 그림이라고 했듯이, 관념적인 것이 아닌 영원불멸을 담은 직관의 표상을 찾아야 했다.

그렇게 이야기를 하면서 걷다 보니 철학의 길은 두 사람이 정해놓은 종착역 영관당에 다다랐다. 이제 여기서 철학의 길 도정을 마무리해야 했다. 진이에게 영관당은 아무 사전지식 없이 마사코를 따라오게 된 절이다. 경내에 들어 순로를 따라가다 안내용 브로슈어를 얻어 읽어보니, 이 절은 1,100여 년 전 헤이안 시대에 창건된 것이었다. 돌이켜보면 마사코와 처음 만나 아쿠다가와 류노스케의 「코」, 「라쇼몽」, 「덤불 속」을 언급할 때, 이 세 작품이 모두 헤이안 시대와 연관되었단 사실에 마사코가 새삼 이상한 표정을 짓던 것이 기억났다.

'언니는 헤이안 시대에 관해 뭔가 특별한 사연이 있는 걸까?'

철학의 길 도정을 영관당에서 끝마치고자 한 것도 우연이 아니라 어떤 숨겨진 의도가 있을 것 같았다. 이제까지 마사코가 진이에게 해온 일들이 모두 그랬다. 작은 일이라도 시간이 지나고 보면 진이에게 절대적인 영향을 끼칠 만한 것들이었다.

브로슈어를 더 읽어 나가다 보니, 이 절을 대표하는 볼거리는 본존인 미카에리 아미타상(みかえり阿弥陀像)이라는 것을 알았다. 이 불상이 모셔진 아미타당까지 가기 위해 신발을 벗고 대현관에 들어선 후, 법당과 법당 사이를 연결한 회랑을 따라 흙을 밟지 않고 맨발로 가는 재미가 있었다. 게다가 비탈진 곳에서는 회랑이 지형을 따라 오르막과 내리막 계단으로 이루어져, 이것이 회랑 바깥으로 보이는 풍경과 어울려 걷는 맛이 다채로웠다. 발뒤꿈치가 회랑 마루에 닿을 때마다 나무가 콩콩, 하고 울리는 맛까지 좋았다. 영관당에 들어서며 끊겼다고 생각한 철학의 길이 경내로 들어와 회랑을 거쳐 아미타당까지 계속 이어진 듯했다! 사진에서 본 아미타상을 생각하며 회랑을 걷던 진이가 마사코에게 묻는다.

"미카에리를 아테나이 어로 뭐라고 번역하면 좋죠? 언니는 아테나이 어도 할 줄 알잖아요?"

"후훗, 글쎄…."

마사코는 짐짓 답변을 피하고 살짝 웃음으로 대했다. 답을 자신에

게서 구하지 말고 진이 너 스스로 찾아보란 뜻 같았다. 미카에리(みか
えり)의 사전적 의미는 '뒤돌아보는'인데, 브로슈어에 나온 아미타상을
그렇게 부르기란 여간 어색하지 않다. '뒤돌아보는 아미타상'이라 부
르면 어감 자체도 어색하고, 브로슈어에 실린 아미타상의 사진을 보
더라도, 뒤돌아본다기보다 얼굴을 자신의 왼쪽 옆으로 돌려 옆을 보
는 것에 가까웠다. 안내문을 읽어보면 이 모습의 의미를 몇 가지로
나누어 예시해놓았는데, '자신보다 뒤처진 자들을 기다리는 자세',
'주의 깊게 자신의 주변을 응시하는 자세', '사랑과 자비를 베푸는 자
세' 등으로 받아들이고, 이것들을 종합하면 결국 아미타불이 중생들
을 바르게 제도하기 위한 것을 상징하는 모습으로 갈무리되고 있었
다. 그러나 진이는 이러한 해석이 너무나 상투적으로 느껴졌다. 크레
타에 단 하나밖에 없다는 독특한 형상의 불상이고 아테나이에서도
이런 모양의 불상은 본 적이 없었기에, 좀 더 특별한 의미를 찾아내
야 한다는 의무감마저 든다.

어느덧 회랑을 지나 아미타당 안에 들어섰다. 아미타상은 예상보
다 작았다. 널따란 아미타당 안에 지붕과 벽면을 갖춘 독립적인 불전
을 제단 위에 세워놓고, 그 안 깊숙이에 아미타상을 안치해놓았다.
불전의 앞과 옆에 난 창을 통해 아미타상을 보아야 하는데, 모셔둔
위치도 사람의 키보다 높다. 거기다가 불전 사방으로 솟아 있는 굵다
란 기둥까지 가세해 여러 모로 감상을 방해하는 요소가 많았다. 진
이는 불전 안의 아미타가 왠지 안쓰러워 보였다. 아미타당 안에서 직
접 마주한 미카에리 아미타는 불전 안의 그늘진 곳에 서서 왼쪽으로
고개를 돌리고 있었다. 마치 자신의 모습을 왜곡해서 볼거리로 만든
사람들이 원망스러워 세상을 외면하듯 옆으로 고개를 돌리고 있는

것 같았다.

'이런 식으로 해놓고 아미타가 중생을 구제하기 위해 뒤돌아보는 거라고 해석을 해놔봐야…! 여기 와서 구원받을 수 있는 사람은 없을 거야.'

진이는 실망감에 젖어 아미타상의 얼굴을 직접 보고 미카에리의 의미를 되새겨보겠다는 뜻을 꺾는다. 차라리 사진으로 보는 모습이 더 좋았다. 그래서 왼손에 쥐고 있던 브로슈어를 다시 펴고 사진을 들여다본다. 조금 전 불전 안에 갇혀 있던 상을 보아서인지, 사진 안의 모습이 또 다른 모습으로 다가왔다. 아미타는 세상을 거부하고 얼굴을 돌리지 않았을까? 그리고 그 가슴속에는 한꺼번에 세상을 얼려버릴 차디찬 분노가 자리하고 있지 않을까?

'저 미카에리는 끝없이 얼굴을 드러내지 않으면 존재할 수 없는 세상에 대한 처절한 반역이 아닐까? 아귀들이 들끓는 세상을 처단하고자 들이댄 시퍼런 칼날 같은 마음이 아닐까?'

그렇게 생각하다 보니 작년 미술전에서 황후의 얼굴을 그린 기억이 다시 떠올랐다. 오욕으로 뒤범벅된 황후의 사진을 새롭게 해석하여 진흙탕에서 피어난 연꽃으로 그려보고 싶은 마음이 솟아올랐었다. 이현미 선생은 미술을 체계적으로 공부하지 못한 진이가 어떻게 이런 그림을 그릴 수 있었냐고 놀라워했다. 그런데 그때는 자기 자신을 망각할 정도의 깊은 분노 속에서 그림을 그렸던 기억이 난다. 그 분노가 손으로 전달되어 그림으로 표현됐을 때, 놀랍게도 그 모습은 한없이 우아하고 단아한 황후의 자태로 태어났다. 공포와 수치심을 극도로 억누른 사진의 얼굴을 조금씩 옆으로 돌리니 숭고한 분노가 피어오르기 시작하고, 그것은 다시 아름다운 풍경으로 당당히 자리 잡왔다.

'미카에리가 중생을 구제하기 위한 따스한 마음의 표현이라는 해석은 억지로 불교 교리에 갖다 맞춘 흔적이 역력해! 추측건대 저 불상을 만든 장인은 그런 마음을 갖지 않았을 거야. 저건 자신을 왜곡하고 중생들을 오도하는 세상에 대한 차가운 분노야. 내 눈엔 분노의 아미타여래로 보여!'

진이가 이렇게 미카에리 아미타상을 새롭게 해석하다 보니, 문득 머리에 스쳐 지나가는 또 하나의 그림이 있었다.

"언니, 이시야마데라(石山寺)에 가봐야겠어요."

"이시야마데라로? 왜, 거긴 갑자기?"

"어서요. 가서 얘기할게요."

"그래, 알았어. 근데 출발하기 전에 잠깐 쉬면서 뭐라도 좀 먹자. 영관당 밖으로 나가면 근처에 아담하고 맛있는 소바야(そば屋, 메밀국수집)가 한 곳 있어. 거기서 간단히 소바라도 한 판 먹고 나서 가자."

"언닌 지금 배가 고프신가 봐요. 알았어요, 그럼 먹고 가요."

"아니, 식사와 휴식이 필요한 건 진이 너야. 니 얼굴이 또 창백해지면서 볼에 홍조가 돌아. 전체적으로 힘이 없어 보이고. 또 얼굴이 변하려고 하나 보다."

67

약 2시간 후 이시야마사(石山寺).

진이와 마사코는 식사와 휴식을 마치고 이시야마사로 향했다. 이

시야마사는 비와호 서남쪽에 있는 시가현 오오츠시(滋賀県大津市)에 위치한다. 교토에서 전차로 오오츠시로 향하며 둘은 시종 침묵을 지켰다. 진이가 영관당의 미카에리 아미타상을 바라보다 갑자기 이시야마사로 가자는 이유를 마사코가 물을 법도 했지만, 그렇게 하지 않았다. 이시야마사는 철학의 길과 함께 진이가 반드시 가보고 싶어 한 곳이다. 아직 일주일이나 더 교토에 체류할 예정이어서 서두르지 않고 나중에 가보려 한 곳인데, 이렇게 갑자기 오게 되었다.

둘은 이시야마사에 도착해 산문(山門)인 동대문을 지나 본당을 향해 참도(參道)를 천천히 걸어 들어갔다. 이시야마사는 이시야마(石山, 돌산)란 이름에서 알 수 있듯이, 절의 이름이 경내에 있는 특이한 형태와 재질의 돌들로부터 유래되었는데, 이것을 규회석(硅灰石)이라 한다. 석회암과 화강암이 접촉해서 열작용으로 변질한 것이라고 하는데, 모양과 색깔이 특이하여 천연기념물로 지정되어 있다.

하지만 진이가 이 규회석을 보러 이곳까지 온 것은 아니었다. 규회석이 모여 있는 장소를 지나니 바로 옆으로 이 절의 본당이 나타났다. 본당은 국보로 지정되어 있고 그 형태가 살짝 기요미즈사(清水寺)의 본당과 유사하다. 벼랑에 나무기둥들을 세우고 그 위에 무대를 얹은 후 본당을 세웠는데, 기요미즈사의 것보다 규모가 작고 벼랑도 크게 가파르지 않다. 진이는 나무기둥들 옆으로 난 돌계단을 하나씩 하나씩 천천히 오르고, 마사코도 진이의 오른쪽 옆에서 반 발짝 물러나 천천히 돌계단을 오른다. 돌계단이 끝나고 나무 무대가 왼쪽 옆으로 시작되기 직전, 진이는 몸을 왼편으로 돌리지 않고 바로 서서 자신의 바로 앞을 주시한다. 뒤이어 마사코도 진이의 오른편에서 진이와 같은 방향을 바라본다.

"이걸 보려고 오자고 했구나!"

"…"

진이와 마사코 바로 앞으로 본당의 벽면에서 조금 앞으로 돌출한 모양의 단칸일실(單間一室)이 보인다. 벽면에 커다란 창이 나 있고 본당 처마 밑에 따로 지붕을 갖고 있어, 본당 벽면에 붙어 있는 독립적인 건물로 보인다. 모르는 사람이 보면 본당 진입로 앞에 있는 매표소나 안내소 건물로 오해할 만한 모양과 위치다.

창문 오른쪽 벽면에는 하얗고 긴 종이가 붙어 있고, 그 위에 '무라사키 시키부 겐지의방(紫式部源氏の間)'이라고 까만 붓글씨가 세로로 쓰여 있다. 창문 안을 들여다보면 밖에서 보는 것보다 안쪽으로 훨씬 더 깊이 들어간 공간이 보이고, 한 여자가 헤이안 시대의 복색을 하고 책상에 앉아 글을 쓰고 있는 모습을 인형으로 복원해놓았다.

"여기서 『겐지모노가타리(源氏物語)』를 구상했었지, 무라사키 시키부(紫式部)가?"

"네!"

어딘지 맥 빠진 듯한 진이의 "네!" 하는 답변에 마사코는 영관당 아미타당에서 갑자기 무엇에 홀린 듯 이곳으로 오자고 보챘던 진이의 태도치고는 너무 미온적이라고 생각했다.

크레타 고전문학의 백미라 할 수 있는 『겐지모노가타리(源氏物語)』는 헤이안 시대 여류작가 무라사키 시키부에 의해 약 1,000년 전에 쓰인 고대 장편소설이다. 이시야마사 본당 겐지의 방(源氏の間)은 무라사키 시키부가 바로 여기서 작품을 구상했다는 이야기에 유래를 두고 있고, 겐지(源氏)란 바로 『겐지모노가타리』의 주인공 히카루 겐지(光源氏)에서 따온 것이다.

"뭔가 크게 실망했구나. 하긴 내가 봐도 본당 구석에 설치된 겐지의 방도 그렇고 그 안에 설치된 시키부의 인형도 어딘지 모르게 조잡해 보이네. 꼭 어렸을 때 보던 TV 인형극의 주인공처럼 우습게 생겼어. 시키부나 『겐지모노가타리』의 무게감에 비하면 너무 가벼워."

마사코는 애써 진이를 위로해보지만 진이는 계속 실망감을 감추지 못하는 표정이었다. 두 사람은 일단 본당을 관람하고 다시 경내를 천천히 걷는다.

"언니, 저리로 계속 걸어가 보죠. 저쪽으로 가면 월견정(月見亭)이 있던데, 그리로 가봐요."

"그래, 그러자."

본당 겐지의 방에서 느낀 실망감을 만회하려고 진이는 마사코에게 경내 북쪽으로 가보자고 했다. 북쪽으로 발걸음을 옮기면서 이 절이 자랑하는 경장(經藏)과 다보탑(多寶塔)을 구경했다. 경장은 절이 보유한 귀중한 불경이나 성교류(聖敎類)를 보관하는 장소인데, 규모는 상대적으로 작지만, 기본적인 형태는 크레타 황실의 유물창고인 동대사(東大寺) 정창원(正倉院)과 같았다. 나무기둥 여러 개를 땅에 박고 그 위에 건물을 세웠는데, 이것을 고상식(高床式)이라고 한다. 이런 건물은 역사시대 이전 선사시대 주거 양식을 연상케 한다. 다보탑은 아테나이 경주 불국사의 다보탑과 기본적인 양식은 같지만, 불국사의 것이 석탑인 데 반해, 이시야마사의 것은 목탑이란 점이 다르다. 약 800년 전에 세워진 것으로 크레타 최고의 다보탑이라 하고 현재 크레타의 국보이기도 하다. 두 사람은 월견정에 닿아 동쪽 아래로 흐르는 세타강(瀨田川)과 아득히 북쪽에 보이는 거대한 비와호(琵琶湖)를 바라본다.

"추석 십오야(十五夜)에…, 저 호수에 비친 달을 보고 『겐지모노가타리』를 처음 구상했다고 했어요."

"그래, 아까 겐지노마에서보다 여기오니 더 실감 나!"

두 사람은 그렇게 한동안 말없이 비와호에 비친 달을 상상하며 동북쪽을 바라보았다. 해가 뜬 낮이건만 두 사람 모두 가슴엔 달밤을 품고 있었다. 그러다가 먼저 침묵을 깬 것은 진이었다.

"여름방학이 시작되기 전이었죠. 우연히 백인일수(百人一首)란 것을 보게 되었는데, 그 중에서 유독 무라사키 시키부(紫式部)의 모습이 눈에 띄었어요. 다른 가인들은 잘 모르지만 시키부 정도는 저도 알고 있었으니까요."

백인일수는 크레타의 전통 가인(歌人) 100명이 지은 시와 그들의 모습을 하나씩 그려 넣은 백 장의 카드인데, 명절 때 놀이에 사용되곤 한다. 하루는 백인의 가인 중에 진이도 학교에서 배워 익히 알고 있던 무라사키 시키부(紫式部)의 모습이 백인일수에서 눈에 뜨인 것이다. 바로 본당 겐지의 방에서 작품을 구상하던 그 1,000년 전 여인의 모습이. 진이는 계속 말을 잇는다.

"그런데 백인일수에 그려진 시키부의 모습이 유난히 저의 관심을 끈 건 그녀가 유명해서가 아니었어요. 다른 가인들은 모두 얼굴이 그려져 있는데, 그녀만은 얼굴이 아닌 뒷모습이 그려져 있는 거예요. 검고 긴 머리, 그리고 헤이안 시대의 중후한 가라기누를 걸치고…."

"…!"

"순간 뭔가 '이거다!' 하는 생각이 스치고 지나갔어요. 왜 그랬을까요? 그래서 크레타인 친구들에게 물어봤죠. 왜 여기에 시키부의 뒷모습이 그려진 거냐고. 사람마다 조금씩 차이는 있었지만, 대체로 공통된 답변이 돌아왔어요."

"뭐라고 하던데?"

"미래를 생각했단 거예요."

"미래?!"

"당대의 가인들, 특히 아름다운 미모를 가진 자일수록 자신의 노래와 함께 얼굴을 뽐내며 그림으로 남기고 싶어 했겠죠. 그런데 거기엔 아주 커다란 아이러니가 기다리고 있어요."

"어떤?"

"미관(美觀)이란 건 절대적인 게 아녜요. 시간이 흐르면서 계속 조금씩 변하죠. 지금 헤이안 시대 에마키(絵卷, 그림 두루마리)에 그려진 미인도를 보면 어떻죠? 도저히 요새 사람들 눈에는 미인으로 보이질 않아요. 표주박같이 통통한 얼굴에 실눈을 뜨고 있는 모습이…. 지금은 이오니아 풍의 영향을 받아 달걀처럼 길고 갸름한 얼굴에 눈망울도 동그랗고 큼직해야 미인이라 불리죠."

"흠, 그래, 그렇지!"

"헤이안 시대에 자신의 얼굴을 그림으로 남겼던 미인들은 지금쯤 하늘에서 모두 후회하고 있을지 몰라요. 아무도 그들을 이제 미인으로 생각해주지 않으니까요.

그런데 시키부는 거기서 스스로 예외의 모습을 보여줬어요. 그녀는 미인이었음에도 미래를 내다보고 일부러 자신의 뒷모습을 그리게 했다는 거예요. 얼굴을 보이지 않음으로써 자신은 시간을 초월해 영원한 미인으로 남을 수 있는 역설을 한 폭의 그림 위에 실현한 거죠. 그리고 시키부의 뒷모습은 그녀가 가슴속에 품고 있을 세상에 대한 차가운 분노를 나타내는 것 같았어요."

"…!"

"그 후로 시키부의 뒷모습이 계속 제 머릿속에 머물면서 의미를 확대해갔어요. 시간과의 전쟁에서 영원히 패배하지 않는 '얼굴을 보이지 않는 미인(美人)!' 여기서 이 의미를 계속 발전시켜 나갈 수 있다면, 세상의 모든 문제를 해결할 수 있는 초월적인 힘이 될 수도 있을 거란 생각을 했죠. 그리고 그건 결국 제가 추구해야 할 절대적인 미의 기준이 될 수도 있을 거라고. 과대망상이었을까요?"

"아니, 절대로 그렇지 않아! 그래서, 그리고 뭘 다시 생각했니?"

"그런 과정에서 언니와 소세키에 대한 얘기를 하게 됐죠. 하코네에서 말예요. 아직도 언니의 말이 생생해요. '누구도 풍경에서 벗어날 수 없다'는! 풍경이란 것이 한 시대를 대표하는 문호를 탄생시키는 데 절대적인 영향을 미치는 것이라면, 주변 환경에 영향을 받고 자신의 의지와 관념에 의해서 변화하는 얼굴을 가진 저 같은 여자에겐 더더욱 절대적인 것이 되겠죠."

"그래, 그래서 넌 니 문제의 외연을 확대하기 시작했어. 언젠가 아이가이온 해전에 버금가는 전쟁을 일으키고 거대한 승리를 아테나이에 부여하려고 말야. 그 승리는 아직 완성된 근대의 풍경을 가지고 있지 못한 아테나이에게 숭고한 풍경을 갖게 할 거야. 그리고 그 풍경에서 넌 너의 아름다운 얼굴을 완성할 것이고! 니가 작년에 너의 얼굴을 잃어버리고 추락한 건 아테나이에 미의 기준이 될 수 있는 풍경이 없기 때문이라고 생각했었지?"

"네, 그랬어요. 그런데 언니가 말한 풍경이란 것과 시키부의 뒷모습이 제 머릿속에서 조금씩, 아주 조금씩 오버랩되어 가더군요. 왜였을까요? 거기다가 어렸을 때부터 보아온 아테나이 마지막 황후 민자영의 사진이 시키부의 뒷모습과 같은 맥락에서 보였어요. 강제로 헤이안조의 가라기누를 입고 사진을 찍힌 후 죽어갔고, 그녀가 남긴 사진은 끝을 알 수 없는 오욕을 짊어져야 했어요. 그런데 그런 역사의 형극을 시키부는 한 폭의 그림 속에서 통쾌하게 극복해낸 거예요."

"…!"

"비록 관념적으로나마 그런 시키부의 분노와 승리가 제가 미래에 그려낼 아테나이의 풍경을 암시하는 것 같았어요. 시간이 갈수록 미래를 향한 긍정적 암시에 가슴이 뿌듯하게 부풀어 오르곤 했죠. 밤하늘을 향해 손을 뻗으면 마치 별이 손에 잡힐 것 같았고요. 그래서 언니가 말한 풍경과 시키부의 에피소드를 근대 소설에 대입시켜보았죠. 전쟁에서의 승리 후 아테나이 근대의 풍경을 완성하고, 그 풍경에서 저도 가장 이상적인 미를 제 얼굴에 구현할 수 있단 메커니즘은 작품의 구조에 해당할 것이고 얼굴을 보이지 않음으로써 영원한 미인이 될 수 있다는 이 비장한 이야기는 독자를 감동하게 할 서사에 해당할 수 있었어요."

"…!"

"그런데 오늘 오전에 철학의 길을 걸으며 언니와 니시다의 철학을 논했죠. 제 얼굴을 캔버스 삼아 그려지는 그림은 초월적인 장소이며, 그것이 아테나이의 풍경이 될 거라고 언니가 말했어요. 그러면서 다시 시키부의 뒷모습이 눈앞에 보이더군요. 시간의 한계를 초월한 그녀의 뒷모습이 바로 니시다가 말한 '영원한 지금'이 될 수 있을까? 그녀의 뒷모습이 그려진 한 폭의 그림이 초월적인 힘을 내재화한 바로 나의 '장소'가 될 수 있을까? 하고요. 그런 생각이 영관당의 미카에리 아미타상으로 이어지고, 아미타의 얼굴이 세상에 대한 분노를 나타낸다고 생각하면서 겐지노마까지 이어졌어요."

"그리고 넌 아마 다시 딜레마에 빠졌겠지. 그 딜레마는 그전부터 가지고 있던 거였을 거야."

"네, 맞아요. 사실 시키부가 일부러 자신의 뒷모습을 그리게 했다는 에피소드는 크레타인들이 시키부의 뛰어난 재능을 칭송하고자 구전시키며 윤색한 미담일 가능성이 있어요. 그녀가 정말 미인이었는지 아니었는지조차 확실하지 않더군요. 저의 장소는 어쩌면 허구 위에 존재하는 것이 될 수도 있었어요."

"그럴 수도 있겠구나!"

"문제는 또 있어요. 자신의 얼굴을 보이지 않음으로써 영원한 미인이 될 수 있다는 관념은 숭고하지만, 현실에서 그것을 실행에 옮기기란 불가능해요. 자신을 드러내지 않고 동굴 속에서만 은거한다면, 이 세상 자체가 없는 것이나 마찬가지니까요."

마사코는 진이의 하소연에 가까운 이야기를 듣고 한동안 말없이 월견정에서 비와호를 바라보며 생각에 잠겼다. 진이도 더 이상은 말을 잇지 않고 마사코와 같이 비와호를 바라보았다. 그러다가 마사코가 진이에게 말을 건넨다.

"중요한 건 의지 아닐까?"

"네?"

"관념적인 니시다의 '장소'를 진이는 이미 한 폭의 회화에 담아내려 하고 있었어. 철학의 길을 걸을 때도 그렇게 말했잖아? 물론 시키부의 뒷모습이 역사적 사실과도 부합한다면 더 좋겠지만. 중요한 건 진이의 의지 아니겠어? 이제 진이에게 진이의 장소로 다가온 것이 얼굴을 보이지 않는 시키부의 뒷모습이야."

"…!"

"'얼굴을 보이지 않는 미인'이라고 하는, 텅 빈 거울을 통해 비친 끝없는 모순이 결국은 아테나이의 풍경을 건설할 거야. 만일 어떠한 모순도 없는 장소에서라면 거기선 세상을 변화시킬 수 있는 어떠한 힘도 나오지 못할 테니까. 얼굴을 보이지 않음으로써 영원할 수 있다는 서사만으로도 진이는 얼굴을 보이지 않으면 생존할 수 없는 세상의 굴레에서 이미 해방됐어. 시키부의 뒷모습에 자리 잡은 진이의 장소는 침묵 속에 자리 잡고 있다가, 미완의 근대를 극복한 아테나이의 풍경과 함께하게 될 거야. 그리고 바로 그 순간이 진이의 얼굴이 완성되는 순간이겠지?"

마사코의 이야기를 듣고 나서 진이는 한동안 말없이 비와호를 바라보았다. 그러고 나서 마사코에게 짧은 한마디를 던졌다.

"시키부도 자신의 장소를 찾기 위해 『겐지모노가타리』를 쓰지 않으면 안 됐던 걸까요?"

그 말을 마치자 진이는 왠지 모를 오열이 가슴에서 복받쳐 오는 것이 느껴졌다. 진이는 그것을 마사코에게 보이기 싫어 참으려 했지만, 그럴수록 밖으로 터져 나오는 것을 막을 수 없었다. 마사코의 시선을 피하려고 애써 등을 돌리고 비와호가 있는 북쪽으로 얼굴을 향했다. 이내 저 멀리 보이는 비와호의 수평선 위로 뜨거운 비가 내리기 시작했다. 마사코는 자신에게 등을 돌린 진이의 뒷모습을 가만히 지켜보았다. 조금 전 진이의 물음은 마사코에게 답변을 구한 말이 아니었다. 지금 이 순간 진이의 오열을 그냥 침묵으로 바라보는 것이 그녀에 대한 예의라 생각했다. 부끄러워 자신에게 등을 돌려 비와호를 바라보지만, 지금 진이는 피눈물과 다름없는 눈물을 흘리고 있을 것이다. 갑자기 하늘이 보랏빛으로 물들기 시작하고 자주색 비가 하늘

아래 모든 것을 적시기 시작했다. 북쪽 저편으로 아득히 보이는 호수도 점점 자줏빛으로 물들어갔다. 마사코는 소리 없이 계속 진이의 뒷모습을 바라보고 있었다.

68

8월 하순 하코다테(函館) 행 페리 선상.

진이는 아이가이온 해를 북상하는 페리의 1등 선실에서 창문 밖을 내다보았다. 해가 완전히 지고 난 지 한 시간쯤 되었을까? 둥그렇게 생긴 유리 창문 밖에 남북으로 길게 뻗은 해안선 불빛이 보인다. 크레타 섬의 아이가이온 해 쪽 해안선 불빛이다. 이 배는 지금 창밖으로 보이는 해안선 불빛을 따라 밤새워 항해 후 쓰가루 해협(津輕海峽)을 지나 내일 오전 홋카이도 하코다테 항(函館港)에 도착한다. 하코다테에 도착하면 마사코와 삿포로(札幌)에 가서 사흘을 지낸 후 최종 목적지인 아사히가와로 들어갈 것이다.

진이는 여기서 고교 2학년 2학기 과정을 시작하게 된다. 마사코와 진이는 어제 교토에서 도쿄로 올라와 신주쿠 호텔에서 하룻밤을 묵은 후, 오늘 오후 시나가와(品川)에서 페리에 승선했다. 진이는 어제 마사코가 어머니로부터 비밀리에 받은 팩스를 전해 받았다. 팩스의 내용은 지금 안보령이 예상보다 크게 손상되었으니, 아사히가와로 들어가면 2학년을 마칠 때까지 외부와 연락을 끊고 마사코와 쥐죽은 듯 지내라는 것이었다. 반년이 지나면 안보령 시스템이 정상적으로 작동하게 될 것이고, 그때 가서 다음 진로를 결정하자는 것이었다.

진이는 한동안 해안선 불빛을 바라보다가, 의자에 앉아 생각을 정리하며 책상 위에 두툼하게 놓인 원고지 묶음을 바라본다. 진이는 지금 배 안에서 200자 원고지 100매 이상의 단편소설을 쓸 생각이다. 승선하러 시나가와로 오기 전 도쿄에 살 때 자주 들르던 신주쿠 기노쿠니야 서점(紀伊國屋書店)에 가서 『무라사키 시키부 일기(紫式部日記)』를 사고, 문구 센터로 가 400자 원고지 100매와 금촉으로 된 만년필 한 자루를 샀다. 아테나이에서는 붉은 줄이 그어진 가로쓰기 200자 원고지를 주로 사용하지만, 크레타에서는 400자 원고지를 주로 사용하며, 이공 계열에서는 연두색 줄이 그어진 가로쓰기 원고지를, 문과 계열에서는 붉은 줄이 그어진 세로쓰기 원고지를 주로 사용한다. 붉은 줄의 세로쓰기 원고지는 반을 접어 여러 장 포개놓고 가장자리를 실로 꿰매면, 마치 옛날 서책을 흉내 낼 수 있어 낭만적인 멋이 있다. 지금 책상 위에는 붉은 줄의 세로쓰기 400자 원고지 100매가 놓여 있는데, 200자 원고지 200매가 여유 있게 준비된 셈이다.

　마사코는 진이와 페리 안의 레스토랑에서 저녁식사 후 선실에서 샤워를 하고 많이 피곤했는지 곧바로 잠이 들었다. 선실 트윈베드 중 한 곳에서 벽을 보고 옆으로 누워서 자는데, 책상에 앉은 진이 쪽으로는 등을 보이고 있다. 언제나 진이보다 늦게 잠들고 일찍 일어나던 마사코였지만, 오늘 배 안에서는 지금부터 밤새워 글을 쓸 진이보다 훨씬 일찍 잠들었다.

　진이는 무라사키 시키부의 뒷모습을 그린 한 폭의 그림에서 큰 영감을 받았고, 그것이 진이가 앞으로 자리 잡아야 할 초월적 장소임을 교토에서 암시받았다. 더 나아가 그 장소는 아테나이의 풍경을 그려낼 것이며, 동시에 진이의 얼굴을 완성할 것이었다. 그래서 진이는 시키부가 얼굴을 보이지 않음으로써 시간의 한계를 초월할 수 있었다는, 어쩌면 허구일지도 모를 아주 작은 이야기를 보다 크고 역동적인 서사로 재구성하고 싶어졌다. 이시야마사에서 마사코가 조언해준 대로, 비록 그 이야기가 허구일지언정 자신의 간힌 마음을 구원하고 미완의 근대에서 아테나이를 해방할 수 있다면, 초월적 장소의 역할을 충분히 해내는 것이다.

진이가 만들어갈 서사의 두 축은 무라사키 시키부가 궁중에 출사하여 겪은 일을 일기나 서간문으로 기록한『무라사키 시키부 일기(紫式部日記)』와 아쿠다가와 류노스케의 단편소설『지옥변(地獄變)』이다.『무라사키 시키부 일기』의 내용을 기반으로 시키부의 성격과 그녀가 처했던 시대 분위기를 그리되, 소설은 일기의 마지막 기록인 정월 15일 기사 이후 시점을 배경으로 삼아 진이 자신의 상상력을 가미할 여지를 넓힌다. 그리고『지옥변』의 등장인물과 에피소드를 빌려 시키부의 이야기와 접목하기로 한다. 가령『지옥변』에서 병풍 그림을 완성한 후 자살한 요시히데(良秀)의 수명을 연장해 시키부와 함께 등장시키고,『지옥변』에서 요시히데와 그의 딸이 종사했던 호리가와 대전(堀川大殿)을 무라사키 시키부가 종사했던 후지와라 노 미치나가(藤原道長)로 대체한다. 그러므로 이제 진이가 쓰게 될 소설은『지옥변』에서 요시히데가 지옥변 병풍도(地獄變屛風図)를 완성한 이후 시점에서 시키부, 미치나가, 요시히데 3인이 이끌어가는 역동적인 서사이다. 진이는 사실과 허구를 융합해 역사보다 거대한 신화를 만들고 싶었다.

진이는 원고지 위에 만년필로 글씨를 한 자 한 자 적어 나간다. 반짝반짝 빛나는 황금색 촉은 사각사각 소리를 내며 까만 글씨로 주홍색 격자무늬 안을 채워 넣어간다. 원고지의 첫 장 맨 오른쪽에서 둘째 줄에 세로로 소설의 제목을 써넣는다.

紫式部の顔(무라사키 시키부의 얼굴).

돌이켜보면 만년필의 촉을 망령된 혀를 찌르는 무기로 사용했던 것이 불과 일 년 전 일이다. 그러나 지금은 그동안 닦아온 외국어 실력과 문학적 직관으로 종이 위에 글로 풍경과 서사를 일구는 데 사용하고 있다. 한 장, 두 장, 석 장…; 다 쓰인 원고지는 반으로 접혀 오른쪽 옆에 차곡차곡 쌓여간다. 해안선을 따라 밤바다를 순항하는 배 위에서 진이는 미래의 풍경을 차곡차곡 쌓아 나갔다.

69

일곱 시간 후.
'어제 저녁부터 진이는 선실 책상에 앉아 쉴 새 없이 원고를 써내려갔지. 펜촉이 종이의 표면을 사각사각 긁는 소리가 끊이지 않고 들려왔는데…. 조금 전 이야기를 완성했는지 펜촉의 사각거리는 소리가 멈췄어!'
"…"
'진이야…; 글쓰길 마치고 팔꿈치를 책상 위에 올린 채 쉬고 있구나. 어제 난 식당에서 저녁을 먹고 선실로 올라와 샤워한 후 곧바로 침대에 누웠어. 네가 사온 것들을 보고 배 안에서 글을 쓸 걸 알았지. 방해하지 않으려고 벽을 보고 누워 자는 척해버렸는데…. 갑자기 내가 일찍 잠들어버리니 좀 이상했었니? 이제 일곱 시간 정도가 지났어. 시계를 보지 않았지만, 이제 대략 인시(寅時), 새벽 네 시 경이 됐겠지…'

"아!"

'진이야, 울고 있니? 조금 전까지 글을 쓰던 손으로 네 얼굴을 가리고 혼자 울고 있구나. 너와 내가 단둘이만 있는 이 선실에서조차 넌 네 눈물을 누가 볼까 두려워 얼굴을 손으로 가리고 우는구나. 진이야, 너는 일 년 전 너의 얼굴을 빼앗기고 바로 이 시각에 너의 얼굴을 스스로 찢어버렸지. 세상에 대한 배신감 그리고 너 자신에 대한 분노에 겨워하면서 말야. 하지만 진이야, 넌 알고 있었니? 누군가 널 아주 아끼며 너의 분노를 가만히 지켜만 보고 있지 않으리란 걸.'

"…"

'진이야, 진이야…? 넌 어릴 적부터 할머니의 생각을 너무나 잘 이해해주는 귀여운 손녀였어. 태어날 때부터 마치 모든 걸 알고 있다는 듯 고개를 끄덕이며! 네 눈동자에 비친 나의 뜻을, 네 가슴에 스며든 돌아가신 네 할아버지의 뜻을, 어찌 그리 잘 알고 네 얼굴에 말갛게 그려 넣는지!'

'진이야, 넌 알고 있었니? 내 젖가슴을 만지며 잠든 널 옆에 두고 난 소리 없이 울었단다. 언젠간 얼굴을 빼앗길 수밖에 없는 네 운명이 가여워서 말야.'

'진이야, 난 이제 아주 깊은 잠에 빠져들 거야. 네가 그려놓은 풍경과 서사의 세계로 들어가기 위해서. 그리고 난 다시 돌아와 얼마간 더 네 곁을 지켜주어야겠지.'

'진이야, 진이야…!'

제8장

무라사키 시키부의 얼굴

벙어리된지 섬은여섯해

서울鐘路에 自由鐘이 울었다

아가야 이종소리를 너도 듯느냐?

깨여저라하고 두드리는 저鐘소리

대한독립만세를 부르짓는 저歡呼聲!

인제는 조선에도 봄이왔구나

너도 나도 다시한번 살어낫구나

아가야, 나도 너도 조상없는 자식이였지?

姓도 일음도 다 갈었구나

三韓甲族이라면서도-

아가야 말까지 뺏겼구나

둥게 둥게 두둥게

너를 안꼬 얼러보지도 못했섰구나

五千年歷史를 갖인 民族이라면서도-

나는 밤마다 울었다. 너는 몰랏지?

벼개를 적셔가며 울었드니라

소리없이 울었드니라

숨소리색색. 平和스럽게 잠든 네얼굴을

바라보며

천진란만한 聖스러운 네 얼굴을 듸려다보며

一生이 나가틀 절룸바리의 네運命을생각할때

밤이 지새는줄도 모르고 나는 소리엽시

울었드니라

벙어리된지 섥은여섯해

三千里江山에 自由鐘이 울렸다

大朝鮮의아들, 우리아가야 이 鐘소리를

너도듯느냐?

메나리 은은이 떨녀 감도라, 슬지안는 저

鐘소리

대한民族 만세를 부르짖는 저 歡呼聲!

또한번 大朝鮮에 봄이왔구나

활개를 치자 너도, 나도, 다시 살어낫구나[22]

— 박종화의 시 「대조선의 봄」

22 박종화, 「대조선의 봄」, 독립기념관, 2007. https://www.i815.or.kr/upload/kr/maga-zine/2007/08/20070832.pdf

아테나이력 3403년, 경술(庚戌)년,
네스토리우스력 1070년

70

1월 16일 인시(寅時) 궁중(宮中) 여방(女房) 무라사키 시키부(紫式部)의 처소.

쿵, 쿵쿵, 쿵쿵….

누군가 시키부의 궁정 처소 문을 밖에서 두드리며 열려 한다. 시종이 놀라서 자는 시키부를 깨웠다.

"시키부 님, 시키부 님."

"아! 오늘도 잠은 제대로 자기 틀렸구나."

"이제 그쯤 하시고 대감님을 받아들이심이 어떠세요. 자꾸 이러시다가 미운 털이라도 박히시면 어쩌나 걱정이 돼서…."

"…"

"알겠습니다!"

강한 부정을 나타낼 때면 시키부는 언제나 입을 굳게 다물고 침묵에 빠졌다.

'어쩐지 고쇼오쇼오(小少將) 여방이 갑자기 사가에 일이 있다고 퇴청하더니만, 이제 보니 미치나가(道長)가 시킨 것이구나!'

어제 둘째 황자님 50일 축하 의식으로 한동안 사가에 나가 있던 시키부는 아침 일찍 궁에 출사했다. 궁에 거처할 때는 고쇼오쇼오 여방과 한 방을 쓰는데, 미치나가가 뜬금없이 시키부에게 이런 말을 건넸다.

『같이 한 방을 쓰다가 어느 한 쪽이 밤에 사내를 들이면 어찌되지?』

『무슨 그런 말씀을 다 하십니까, 대감? 저희가 그런 짓을 할 거라고 보십니까?』

『허허허허.』

시키부는 미치나가의 주책없는 농지거리에 불쾌하여 한마디 쏘아붙였으나 왠지 개운치가 않았다. 그런데 결국은 새벽에 은밀히 이 짓을 하려 운을 떼어본 것이고 계획적으로 고쇼오쇼오를 퇴청시킨 것으로 생각했다.

궁정에 출사한 이후 시키부의 생활은 모든 것이 달라졌다. 사가에 있을 적에는 조용히 자신의 내면을 가다듬고 모노가타리(物語)를 창작하는 기쁨으로 하루하루를 살았다. 특히 구 년 전 남편을 여의고 나서부터는 더더욱 그랬다. 그런데 궁정에서의 생활은 이런 자신의 기조를 송두리째 흔든다. 궁정은 사람들의 왕래가 매우 잦고 매일 많은 사람에게 얼굴을 보여야 하는 것이 어지간히 신경이 쓰인다. 이런 분위기가 마음가짐을 차분히 가질 수 없게 하는 것도 문제지만, 자신의 사람 됨됨이를 그때그때 재치 있게 표현해내지 못하면 쉽게 타인에게 왜곡되거나 무시당하는 것이 무엇보다 고되다. 특히 고귀한 신분에 높은 교양을 가진 사람들일수록 궁정에 출사한 여방(女房)들은 경박하고 닳고 닳은 여자일 거라고 생각하는 경향이 강하다. 이 깊은 밤 자신의 침소로 몰래 다가와 문 두드리는 사람도 그러하다.

꽤 오래전 일이다. 미치나가가 시키부에게 넌지시 농을 했다.

『자네가 바람둥이인 건 다 알고 있네. 보는 사람마다 다 꺾었을 거야. 숫처녀처럼 내숭은….』

『남자에게 꺾인 일 따위 없습니다. 누가 저보고 바람둥이라 합니까? 이상도 해라!』

좌대신(左大臣) 후지와라 노 미치나가(藤原道長)! 장녀 쇼오시(彰子)를 황후로 들이고, 그녀가 재작년과 작년에 연이어 두 명의 황자를 낳음으로써 이제 크레타에서 감히 누구도 그의 권세를 넘볼 수 없게 됐다. 바로 그 미치나가가 시키부에게 이렇듯 도발적인 농을 던진 것이다. 미치나가가 이 같은 언행을 보인 것은 시키부의 작품인『겐지모노가타리(源氏物語)』에서 주인공 히카루 겐지(光源氏)가 화려한 여성 편력을 보인 데 이유가 있다. 모노가타리의 작가가 주인공과 같은 경험을 했을 거라 넘겨짚고 하는 말이다.

시키부는 자신을 헤픈 여자 취급하고 밤늦게 밀회를 즐기러 은밀한 발걸음까지 하는 미치나가가 가소로웠다. 자신은 육 년 전부터 궁에 출사하여 미치나가의 장녀이자 황후인 쇼오시를 가르쳐왔거늘….

사실 시키부의 오늘이 있게 한 것은 그녀의 작품인『겐지모노가타리』의 힘이 컸다. 겐지모노가타리의 인기에 힘입어 여방으로서는 비교적 한미한 집안 출신인 자신이 궁정에 출사하고 높은 직급의 여방에 오르게 되어 황후 쇼오시에 종사하게 된 것이다. 적지 않은 여방들이 자신을 질시했다. 게다가 그다지 붙임성이 없는 성격 탓에 조용히 자신의 몸가짐을 지킨다는 것이 궁중 여방들에게는 거만한 자태로 오해를 받았다. 이런 갈등에도 자신이 지은 모노가타리가 작용했다. 어려운 문장을 독파하고 고전을 깨우쳐서 이것에 기반을 둔 이야기를 지은 것이다. 고귀한 신분의 여자들은 이런 일을 잘 하지 않는다. 모노가타리를 쓰는 여자는 유별난 존재이다. 이제 다시 잠을 청하기 힘들겠다고 생각한 시키부는 자리에서 일어나 처소 바깥으로 나가보려 했다.

"시키부 님, 밖으로 나가시려고요? 바람이 찹니다. 좀 더 입고 나가셔야죠."

시키부가 하얀 고소데(白小袖) 차림으로 밖으로 나가려 하자, 시종이 우와기(表着)와 붉은색 바탕에 은색 꽃무늬가 수 놓인 가라기누(唐衣)를 입고 나가라고 들고 나온다.

"아니야, 괜찮다. 그냥 나갔다 올게. 대감님께서 돌아가신 건 확실하니?"

"네, 아까 단념하시고 돌아가시는 발걸음 소리를 들었습니다."

"그래, 알았다. 너는 나오지 마라."

시키부는 얇은 고소데만 입고 침소 바깥으로 나간다. 시종은 바깥으로 나가는 시키부의 뒷모습을 물끄러미 바라보았다. 시키부의 길게 늘어뜨린 검은 머리가 하얀 고소데 위에 파묵(破墨)으로 그려진 것처럼 보였다.

시키부는 처소 툇마루로 나간다. 한겨울의 차가운 공기가 양 볼을 금세 시리게 했다. 자신이 처음 궁에 출사한 때도 지금처럼 추운 한겨울 12월이었다. 시선을 위로 향하니 노란 보름달이 하늘 높이 걸려 빛난다. 꿍기는 차고 바람도 제법 불지만, 하늘은 맑은 모양이다. 허공을 향해 하얀 입김을 "후우!" 하고 불어본다. 입김은 하얀 연기처럼 금세 흩어져 날아갈 듯했지만, 순간 입김에 여과된 은색 달빛이 자신의 얼굴을 마치 이슬로 적셔주는 것 같았다. 끝없는 보임으로 적막에 빠진 얼굴은 잠시 생기를 되찾는 듯싶었다.

1월 19일 오후 궁중(宮中).

시키부는 중궁 어전에서 쇼오시를 배알하고 자신의 처소로 돌아오던 중 마사코(眞子) 여방의 처소 앞을 지나게 되었다. 평소에 예쁘게 보아오던 그녀의 처소 문이 조금 열린 채로 있었다. 시키부는 갑자기 호기심이 나서 그녀가 무엇을 하고 있는지 엿보고 싶어졌다.

마사코 여방은 중궁 쇼오시와 사촌지간으로, 올해 열여섯 살이다. 시키부의 딸 벌로 매우 젊은 축에 속하지만, 용모와 학식이 빼어나 숙부 미치나가의 추천으로 일찍부터 궁중에 출사하게 되었다. 시키부는 마사코보다 신분이 아래였지만, 둘은 모녀나 자매지간처럼 친숙하게 지냈다.

시키부가 몰래 마사코의 방에 들어서니 그녀는 책상을 베고 앉아 낮잠을 자고 있었다. 쌀쌀한 외풍을 막으려고 우와기(表着)와 우치기누(打衣)를 겹쳐서 이불처럼 어깨까지 덮고 있었다.시키부는 장난기가 돌아 허리를 굽히고 자고 있는 마사코의 볼을 찬 손바닥으로 살짝 어루만졌다.

"어마얏!"

"하하, 죄송합니다. 단잠을 깨워서요."

마사코는 깜짝 놀라 두 볼에 연분홍빛 홍조가 낀 채 시키부의 얼굴을 올려다본다. 시키부는 이내 어리둥절해 하는 마사코가 너무 귀여워 어쩔 줄 몰라 한다.

"시키부 님답지 않으십니다. 이런 장난을 치시다니요."

"낮잠을 주무시고 계신 모습조차 얼마나 귀티가 나시는지! 마치 모노가타리에 등장하는 공주님 같으십니다."

오랜만의 흐뭇한 순간이었다. 예쁘고 총명한 어린 여방은 낮잠 자는 모습과 놀라 어리둥절해 하는 모양마저 귀엽고 사랑스러웠다. 잠시 마사코와 담소를 나눈 후 시키부는 자신의 처소로 돌아왔다. 그런데 도착하자마자 시종이 시키부에게 중요한 것이라며 한 통의 서찰을 전한다.

"쓰치미카도 저택(土御門殿)에서 보내신 것입니다."

"대감께서 말이냐?"

미치나가가 새삼 궁중에 있는 자신에게 서찰을 보냈다니! 시키부는 뭔가 또 심상찮음을 느낀다. 침소로 들어온 시키부는 미치나가의 전언을 찬찬히 읽어 나간다.

1월 23일 오시(午時)에 유키게(雪解) 별궁에서 에아와세(絵合, 그림 시합)를 연다. 중궁(中宮) 쇼오시(彰子)의 여방(女房) 무라사키 시키부(紫式部)와 후지와라 노 마사코(藤原眞子), 그리고 고(故) 중궁 데이시(定子)의 여방 세이쇼오 나곤(淸少納言)의 모습을 화사(画師) 요시히데(良秀)로 하여금 그리게 하여 세 여방의 미(美)를 겨루게 하고, 그 중 가장 아름다운 여방을 가릴 것이다.

화사 요시히데는 솜씨가 입신의 경지에 다다른 자로, 수년 전 나의 부탁으로 지옥변 병풍도(地獄變屛風図)를 매우 훌륭하게 그려낸 적이 있었다. 그의 솜씨가 어찌나 뛰어나던지, 병풍 속의 염열지옥(炎熱地獄)을 보고 나면 이름 높은 고승도 감탄을 금치 못했을 뿐만 아니라, 잠자리에 들어서는 매번 악몽에 시달릴 정도였고 나 또한 그러했다. 요시히데는 가히 하늘이 내린 비상한 재주를 가진 자이기에 사물의 형체를 단지 화폭에 모사하는 것이 아니라, 대상의 본질을 꿰뚫어 내재한 혼까지 그려내는 것으로 이름이 높다. 만일 그가 궁중에서 이름 높은 이 세 여방의 모습을 그린다면, 단지 그녀들의 용모뿐만이 아니라 높은 학식과 지극한 인품까지 그려낼 것으로 믿어 의심치 않는다.

고로 시키부·마사코·나곤 세 여방은 삼가 나의 뜻을 받들어 1월 23일 유키게의 별궁에서 주우니 히토에(十二單)를 정제하고, 요시히데의 화필을 통해 자신의 진정한 모습을 화폭에 담으라.

'나곤과 요시히데…, 대감께서 날 시험하시는구나!'

시키부는 세이쇼오 나곤과 요시히데란 이름에 유난히 신경이 쓰인다. 시종이 걱정하던 대로 이제 미치나가가 앙심을 품고 자신을 배척하려 든다고 생각했다. 사흘 전 새벽에 났던 문 두드리는 소리는 최근 수년 동안 여러 차례 들려왔다. 그때마다 시키부는 미치나가를 단호히 거절해버렸다. 다른 여방 같았으면 괘씸죄에 걸려 당장 궁에서 내침을 당했겠지만, 시키부가 『겐지모노가타리』의 작가로 주목받고 있는데다가 황후 쇼오시를 보필하고 있었기에 함부로 할 수가 없었다. 재능 있는 여방은 그녀가 종사하는 황후의 권세를 드높인다. 천황은 시키부의 『겐지모노가타리』를 대전 여방에게 낭독시켜 즐기곤 했는데 하루는 이렇게 말했다고 한다.

『이 모노가타리를 지은 여방은 매우 뛰어난 학식을 가진 것이 틀림없어. 무라사키 시키부라고 했나? 역사에 대한 매우 깊은 이해를 가지고 있는 것이 모노가타리에 드러나 있네.』

『네, 그러하옵니다. 엄청난 양의 책을 읽었다고 합니다. 그래서 웬만한 대신들은 그녀와 학문을 겨루었다간 망신만 당할 것 같아 그녀를 피해 다닌다고 합니다.』

　옆에서 낭독하던 대전 여방이 이렇게 천황에게 답했다고 한다. 시키부처럼 재능 있는 여방을 데리고 있는 쇼오시는 자연히 천왕의 총애를 받게 되었다. 그러나 이런 것이 오히려 시키부가 궁중에서 시샘의 대상이 되는 것에도 일조한 것이 사실이다.

　시키부는 육 년 전 처음 궁중에 출사했을 때가 생각났다. 남편을 여읜지 삼 년 후 32살의 나이에 입문한 새로운 세계였다. 그러나 까닭이 대체 무엇이었는지, 아무도 자신에게 말 걸어주지 않았다. 그때 시키부는 당혹해 하며 궁에서 사가로 돌아가버리고, 다섯 달이 지나서야 다시 궁에 나올 수 있었다. 한참 나중에 가서야 그것이『겐지모노가타리』의 인기를 후광으로 궁정에 출사하게 된 자신에 대한 여방들의 질시인 것을 알았다. 시간이 흘러 쇼오시는 천황의 총애를 입어 두 황자를 낳고, 그녀의 친정아버지인 미치나가의 권세는 이제 하늘을 찔러 정치적 기반이 반석 위에 놓였다. 어쩌면 이제 미치나가는 시키부가 필요 없어진 것인지도 모른다.

　'이제 나도 나곤과 같은 처지가 되는가?'

　시키부는 문득 이런 생각이 들면서 세이쇼오 나곤(淸少納言)을 떠올렸다. 제일 황후 데이시(定子)의 친정이 영락하고, 급기야 데이시가 아기를 낳다가 세상을 떠나면서 제이 황후 쇼오시가 유일한 황후가 되었다. 이에 따라 데이시의 여방으로 이름 높았던 세이쇼 나곤은 지는 해가 되어 궁을 떠났다. 이후 시키부가 황후 쇼오시의 여방으로 들어오게 된다.『겐지모노가타리』의 작가이자 높은 학식의 소유자인 시키부가 쇼오시를 보필함으로써 쇼오시가 천황의 총애를 받고 황자를 낳게 하기 위한 미치나가의 책략이었다. 세이쇼 나곤의 시대는 가고, 가히 무라사키 시키부의 시대였던 것이다.

'그런데 이제 미치나가가 새삼 나곤을 불러들여 나와 겨루게 함은 무슨 생각에서인가?'

시키부는 이제 눈앞에 다가온 자신의 쇠락보다도 이것이 가장 마음에 걸린다. 사실 이미 몰락했다고는 하나, 나곤은 그동안 자신에게 적잖이 부담되는 상대였다. 시키부가 중궁에 출사한 시점은 데이시가 세상을 떠나고 나곤이 출궁한 지 이미 네 해가 지난 후였다. 그런데도 사람들은 곧잘 나곤과 시키부를 비교하기 좋아했다.

『돌아가신 중궁님의 여방들은 재기가 넘치고 참 명랑했었지. 그 중에 세이쇼 나곤은 말야….』

『그렇지. 나곤이야말로 정말 타고난 재녀였지. 매사에 재기발랄하고 유쾌한 데가 있어서 대신들 비위를 정말 잘 맞춰줬어. 꿍한 데가 없이 솔직하고 화통한 구석이 있어서 말야. 그런데 거기에 비하면 시키부는 좀 답답해. 고집도 세고. 게다가 여자가 좀 까다로워야지. 걸핏하면 정색하고 따지고 들잖아? 부끄러움이 많은 것 같은데, 어찌 보면 거만한 기색도 상당한 거 같아. 그 잘난 『겐지모노가타리』 때문인가?』

사람들의 이런 비교는 자연 시키부의 마음을 병들게 했다. 얼굴 한번 못 본 상대와 수시로 비교당하고 폄훼까지 당하는 것이 보통 사람을 불안하게 하는 것이 아니다. 그렇다고 돌아가신 황후를 그리워하는 사람들의 마음마저 자신이 뭐라 할 수도 없었다. 대체 무엇이 사람들에게 저토록 나곤을 칭송하게 하는 걸까? 시키부는 나곤의 글을 자세히 읽어보았다. 나곤의 명성을 높인 작품에는 『마쿠라 노소오시(枕草子)』가 있다. 『겐지모노가타리』가 대서사시라면, 『마쿠라 노 소오시』는 짤막한 일화들을 모아놓은 수필집에 가깝다.

시키부가 보았을 때 『마쿠라 노 소오시』는 뭐라 평하기 겸연쩍은 경박하기 짝이 없는 글이었다. 그때그때의 감흥을 가식 없이 솔직하게 묘사했다고는 하지만, 식자가 지녀야 할 책임감이라곤 없이 제멋대로 갈겨놓은 것에 가까웠다. 표현마다 과장이 지나치고 자신을 드러내고자 하는 욕구가 어리석은 백성을 무턱대고 깔보는 태도로 이어졌다. 자신의 내면에 침잠시킨 이야기를 인간과 역사의 보편성과 함께 이끌어가고자 하는 철학과 사색이라곤 찾아볼 수 없었다.

「이러니…! 데이시 중궁과 함께 몰락의 길을 가게 된 것도 결코 운이 나빠 그렇게 된 것이 아닐 것이다.」

이렇게 시키부는 궁을 떠나 초라한 삶을 사는 나곤에게 조그마한 동정심마저 잘라버렸다. 사람들이 자신과 나곤을 비교하기 좋아하는 것은 남 얘기 좋아하는 사람들의 푸념이라고 치부해버렸다. 어리석은 대신들이 나곤의 피상적 화려함에 마음을 뺏겨 진정 나곤의 문장과 지성을 가늠할 줄 모르기 때문이라고 간주해버렸다.

그런데 이제 미치나가가 그녀를 다시 불러들여 자신과 미를 겨루게 한다는 것이다. 그것도 겉으로 드러나지 않는 내면의 지성과 인품까지…. 나곤은 지금 미야코(都, 교토)의 동쪽 하가시 야마(東山) 어딘가에 은거하고 있다고 들었다.

미치나가의 책략에서 보자면, 이제 자신의 권력기반이 단단해졌으니 녹록치 않게 구는 시키부를 내치고, 그 자리에 자신의 어린 질녀 마사코를 앉히는 것이다. 에아와세의 결과는 이미 정해져 있을 것이다. 으뜸인 여방은 마사코, 그다음은 나곤. 그래서 쇼오시가 마사코를 누구보다 총애하게 만들고, 쓸모가 없어진 시키부는 궁에서 쫓아낸다.

딸 벌인 어린 여방에게 밀려난다는 것이 어디 보통 수치인가. 미치나가도 시키부가 마사코를 딸처럼 아끼고 있다는 것을 이미 알고 있다. 이 정도의 고통을 시키부에게 주는 것만으로도 충분히 앙갚음은 될 것이다. 그런데 시키부를 나곤에게까지 패배시켜 시키부의 인격을 철저히 파괴한 후 내쫓겠다는 것이다. 시키부는 밀려드는 의문과 함께 다시 요시히데의 이름이 떠오른다.

'요시히데! 자신의 딸을 산 제물로 태워 죽여 지옥변 병풍도를 완성한 희대의 기인 화사이다. 그래, 요시히데가 없었다면 에아와세란 꿍꿍이 자체가 있을 수 없었겠지. 그자가 주제넘게 당대의 재녀들을 자신의 화필로 평가해보겠다는 거야.'

시키부는 이번 일이 미치나가와 요시히데의 이해타산이 맞아떨어져 성사된 일이 아닐까 생각한다. 미치나가의 정치적 책략과 요시히데의 비천한 재능이 하나가 되어 자신을 궁지로 몰아세운다고 여겼다.

요시히데는 늘 사람들에게 '원숭이 히데(猿秀)'라는 별명으로 불렸다. 그를 한번이라도 본 적 있는 사람이라면, 그의 외모로 보나 행동거지로 보나 원숭이란 별명이 그에게 둘도 없이 딱 어울린다고 생각할 것이다. 키가 작고 삐쩍 마른 체구에, 언행이 진중치 못하고 경박하며 심술궂기가 이루 말할 수 없어 모두 그를 싫어했다. 하지만 그의 그림 실력만큼은 타의 추종을 불허하기에 귀족들은 언제나 그의 그림 갖기를 간절히 바랐고, 이런 것이 안 그래도 상스러운 그의 품성을 더욱 오만하고 괴팍하게 만들었다.

그런데 그에겐 그와 전혀 닮지 않은 외동딸이 하나 있었다. 곱고 총명하기 이루 말할 수 없고, 어미를 일찍 여의어서인지 조숙하여 집안일을 깔끔하게 잘해내 동네에서도 칭찬이 자자했다. 요시히데가 얼추 쉰을 넘기고 그의 딸이 열여섯이 되던 해 요시히데의 딸은 쓰치미카도의 미치나가 저택에서 시종으로 일하게 됐다. 그런데 얼마 안 있어 장안에서는 해괴한 소문이 떠돌았다.

요시히데의 딸이 미치나가의 마음에 들기 시작했는데, 요시히데는 이를 달갑지 않게 여겼다고 한다. 어느 날 밤 요시히데의 젊은 제자가 요시히데의 집 한 구석에서 여자의 비명을 들었다. 제자가 그곳으로 가보니 요시히데의 딸이 옷이 벗겨진 채로 울고 있고, 남자 녀석 하나가 그 자리를 피해 쏜살같이 도망가더란 것이다. 제자는 어두워 그 남자의 얼굴을 미처 보지는 못했다. 도망간 남자가 요시히데의 딸을 범한 것은 틀림없는데, 그자가 과연 누구일 거냐가 사람들의 관심거리였다. 혹자는 평소 요시히데의 딸을 탐하던 미치나가가 요시히데에게 딸을 자신의 첩으로 달라고 청했으나, 요시히데가 이를 거절하자 요시히데가 집에 없는 틈을 노려 그의 집으로 가 딸을 범했다고 하고, 혹자는 딸을 미치나가에게 빼앗기기 싫은 요시히데에게 이상한 성정이 발동하여 자신의 딸을 범해버렸다는 것이다.

이 일이 있고 난 며칠 후 미치나가는 요시히데를 불러 지옥변 병풍도 그릴 것을 명했다. 요시히데는 미치나가의 명을 받들어 이후 그림 그리기에 미친 듯이 열중한다. 사실 자신의 딸 문제로 미치나가에게 커다란 앙금이 생겼으나, 일단 그림이란 목표가 생겨나자 실성한 사람처럼 그림에 자신의 모든 것을 바치기 시작했다. 어쩌면 현실에서는 풀 길 없는 미치나가에의 원한을 지옥도에 나타내려 한 것일지도 몰랐다.

요시히데는 이후 살아 있는 지옥을 묘사하기 위해 온갖 기행을 일삼았다. 자신의 제자를 발가벗겨 팔다리를 비튼 다음 쇠사슬로 꽁꽁 묶어놓고, 비명 지르며 고통스러워하는 모습을 태연히 관찰한다든가, 산 부엉이와 구렁이를 잡아 싸움 붙인 후 부엉이가 구렁이에게 몸이 칭칭 감겨 잡아먹히는 장면을 재미있다는 듯이 웃으며 지켜보았다. 이런 기행은 이 밖에도 셀 수 없이 많았다. 모두 지옥변 병풍도를 그리기 위한 것이었다.

그런데 하루는 요시히데가 미치나가를 찾아와 간절히 하소연했다.

"지옥변 병풍도가 이제 거의 다 완성돼갑니다만, 지금 저는 도저히 마지막 화룡점정을 찍을 수가 없습니다."

"어째서냐?"

"제가 그리는 지옥에서 가장 중요한 장면은 그림 한가운데서 타죽어 가는 아름다운 귀족 부인의 모습입니다."

요시히데가 이유를 설명하기 시작하면서 뭔가 께름칙함을 느낀 미치나가는 요시히데를 노려보기 시작했고, 이에 질세라 요시히데도 아무런 부끄럼 없이 방자한 표정으로 미치나가를 쳐다보았다.

"그림의 중앙에 활활 타오르는 우마차를 놓습니다. 그 우마차 안에는 아름다운 귀부인이 붉은 가라기누를 맨 위에 걸치고, 그 위로 기나긴 까만 머릿결을 뽐내듯 늘어트리고 앉아 있습니다. 그러나 이런 우아한 자태도 한 순간. 우마차의 시뻘건 불길이 귀부인의 검은 머리카락과 붉은 가라기누에 옮겨 붙습니다. 이어서 부인의 하얀 살결이 불에 그슬리고, 이내 지글지글 타면서 녹아내립니다."

"오호!"

미치나가는 요시히데의 설명을 들으며 마치 광인이 된 듯한 눈빛으로 요시히데를 쳐다보았다. 요시히데 역시 광인처럼 입가에 거품을 물며 설명을 이어 나갔다.

"이것이 제가 그려내려는 지옥의 가장 처참한 광경입니다. 그러하온데…"

"…?"

"…!"

"무엇인가? 어서 망설이지 말고 말하라."

"아뢰기 송구스럽습니다마는, 도저히 제 머릿속 궁리만으론 그림을 완성하기 힘이 듭니다. 지금까지는 맹수들끼리 싸우고 잡아먹히게 한다든가 산 사람을 쇠사슬에 묶어 고통을 주어보기도 하며 지옥을 그려냈습니다만, 귀부인이 불에 타죽는 모습만큼은 소인의 힘으론 재현해볼 수가 없기 때문입니다."

"그러니 자네 말은 내게 귀부인 한 사람을 잡아다가 자네가 보는 앞에서 태워 죽여달란 말이구먼."

두 사람은 한동안 서로의 눈을 직시하며 침묵을 지켰다. 사람들은 후에 이 일을 두고 요시히데가 미치나가를 감히 시험한 것이라고 했다. 제아무리 미치나가라 할지라도 미천한 백성의 여인이라면 모를까, 귀족 부인을 요시히데란 천한 환쟁이를 위해 희생시키기는 어렵기 때문이다. 일부러 그림을 핑계로 미치나가를 곤란하게 하려는 간악한 요시히데의 흉계라는 것이다. 요시히데는 딸의 일로 미치나가에게 큰 원한을 품고 있었기 때문이다. 그러나 요시히데가 이런 엄청난 부탁을 한 것은 미치나가에 대한 원한 때문만이 아니라, 그의 그림에 대한 광기 역시 작용했다고 보는 것이 옳을 것이다. 한동안 침묵이 이어지다가 미치나가가 요시히데를 향해 쓴웃음을 지으며 답했다.

"좋아. 자네 뜻대로 하겠네. 내가 귀부인 한 사람을 우마차에 태우고 불을 지르겠어. 준비되는 대로 자네에게 기별하지. 자네는 아무 걱정 하지 말고 기다리게."

수일 후 미치나가가 요시히데에게 미야코 교외에 있는 유키게 별궁으로 모일(某日) 오시(午時)까지 오라는 기별을 전했다. 그곳에서 약속대로 원하던 것을 보여줄 테니 오라는 것이다. 유키게 별궁은 앞으로 시키부가 참가해야 할 에아와세가 열릴 바로 그 장소이다.

약속 날짜가 되자 요시히데는 부푼 마음으로 유키게 별궁을 향한다. 미치나가에 대한 원한 때문이기는 했지만, 실제로 귀부인이 타죽는 모습을 보고 그림을 완성할 수만 있다면 그에게 지옥변 병풍도는 일생 최대의 역작이 될 것이고, 자신은 명실상부 최고의 화사로 이름이 남을 것이다. 그렇게만 된다면 미치나가 같은 권신조차 두렵지 않을 것 같았다. 이제까지 흉한 외모와 제대로 배워먹지 못한 처신 때문에 사람들에게 받은 천대, 그리고 미천한 환쟁이라고 귀족들에게 받았던 멸시 또한 모두 보상받을 수 있을 것 같았다.

유키게 별궁은 오랫동안 사람이 살지 않았는지 허름해진 침전 양식(寢殿造)의 전각과 정원 곳곳에 무성히 난 잡초가 기분을 으스스하게 했다. 하지만 침전 남쪽 정원(南庭) 한복판에 미치나가가 평소 타고 다녔음 직한 우마차 한 대가 놓여 있고, 그 주변이 최근 며칠 사이에 급하게 정리된 듯한 인상을 풍겼다. 우마차 주변에는 활, 창, 검으로 무장한 우람한 체격의 무사들이 위엄 있게 서 있었는데, 요시히데는 문득 이곳의 분위기가 마치 대역죄인의 처형장 같다고 느껴졌다.

요시히데는 주변을 두리번거렸다. 미치나가를 찾으려는 것이다. 미치나가는 침전 툇마루에 가부좌를 틀고 앉아서 우마차 쪽을 노려보고 있었다. 그가 앉아 있는 툇마루 바로 아래로 무사들이 좌우로 나뉘어 다섯 명씩 시립해 있었는데, 지나치게 경직된 모습이 요시히데를 주눅 들게 했다. 일일이 세어볼 엄두가 나지 않았지만, 정원 곳곳에 서 있는 무사들까지 합하면 이 별궁에는 족히 20명이 넘는 무사들이 지키고 있는 것 같았다.

그런데 이상한 것은 자신이 이 별궁으로 들어온 지 벌써 꽤 시간이 지났는데도 미치나가는 말없이 우마차만 바라보고 자신에게는 시선조차 주지 않았다. 주변의 시종과 무사들도 마치 자신을 없는 사람 취급을 한다. 의도적인 무시라고 생각하니 은근히 역정이 나려 했지만, 이제 여기서 있을 끔찍한 장관을 생각하니 순간 그런 감정도 사그라졌다. 정원 한복판에 소 없이 세워진 저 우마차 안에는 이제 좀 있으면 살과 뼈가 타들어 가는 고통에 몸부림칠 귀부인이 앉아 있을 것 아닌가? 그러면서도 요시히데는 설마 저 안의 여인이 정말 귀부인 이겠느냔 의구심도 든다.

'제아무리 세도가인 대감님이라도 지체 높은 귀족의 부인이나 딸을 저 우마차 안에 가둘 수는 없었겠지. 아마 몰락해 가난한 귀족의 부인이나 딸을 돈 주고 사오지 않았을까? 지옥변 병풍도를 완성하기 위해서란 명분을 대면서 말야…'

요시히데가 혼자 이런 생각을 하고 있는데 갑자기 무사 한 명이 우마차로 다가가는 것이 보였다. 미치나가가 소리 없이 무사에게 눈짓이나 턱짓으로 명을 내린 것 같았다. 무사가 우마차에 쳐진 발을 위로 걷어 올렸다. 안에 있는 여인을 밖에서 볼 수 있게 하려는 것이다.

"아아!"

우마차 안의 여인은 이제 겨우 열여섯 살의 젊은 처녀였다. 하얀 피부에 긴 머리를 늘어뜨리고 요시히데의 주문대로 붉은 가라기누를 입고 있는 아름다운 여인이었다. 그러나 그녀는 귀족 부인이 아니었다. 바로 화사 요시히데의 딸이었다. 딸은 눈을 감고 마치 죽은 듯이 앉아 있었다. 가라기누 밖으로 드러난 딸의 풍채가 평소보다 커 보이는 것으로 보아, 무엇인가로 몸을 묶고 그 위에 가라기누를 입혀 놓은 것 같이 보였다. 요시히데는 딸을 바라보며 비참한 패배의 늪에 빠졌다. 유키게 별궁에 들어설 때까지 만끽했던 미치나가에 대한 승리감이 순식간에 무너져 내리고, 이제까지 유일하게 지켜온 화사로서의 자부심마저 송두리째 뽑혀 나가는 것 같았다.

잠시 후 무사 한 명이 횃불을 들고 와 요시히데에게 내밀었다. 딸이 타고 있는 우마차에 직접 불을 붙이라는 것이었다. 요시히데는 한동안 그 횃불을 바라보다가 이상한 눈빛을 발하기 시작했다. 그의 눈에 비친 횃불이 그의 숨겨졌던 마성을 일깨우는 것도 같았다. 조금 전까지 패배감에 빠졌던 요시히데의 표정에서 괴기스러운 미소가 떠오르기 시작했다.

요시히데는 무사로부터 횃불을 낚아채듯 넘겨받아 아무 망설임 없이 우마차에 집어 던졌다. 우마차에는 기름이 먹여져 있었던지, 횃불이 닿자마자 불길이 바퀴에서 하늘을 향해 높이 치솟았다가, 차양과 발을 타고 우마차 안으로 번져 들어갔다. 시뻘건 지옥 불이 딸의 머리카락과 붉은 가라기누에 옮겨 붙자, 마치 꽃이 타들어 가는 것만 같았다. 이윽고 불꽃은 딸의 새하얀 살을 집어삼키기 시작했다. 애써 고개를 수그리고 불길의 뜨거움을 참아내던 딸은 이루 형언하기 힘든 괴성을 지르며 몸부림쳤다. 유키게 별궁 뜰에서는 하나의 작은 불지옥이 태어난다.

이때 이를 지켜보고 있던 무사들 사이에서는 공통된 감응이 일어났는데, 그것은 요시히데와 미치나가 사이의 묘한 표정의 변화 때문이었다. 미치나가가 여러 명의 시립 무사를 배치한 것은 딸의 비참한 죽음을 지켜보던 요시히데가 어떤 돌발을 할까 두려워서였다. 간악하고 방자한 요시히데라면 상대가 제아무리 미치나가라도 흉기를 들고 덮칠 성싶었기 때문이다. 그러나 잠시 통탄에 빠진 모습을 보이던 요시히데는 어느새 알 수 없는 미묘한 표정을 짓기 시작했다. 딸의 참혹한 죽음일랑 아랑곳없이 마치 법열에 빠진 고승처럼 깨달음을 얻는 고요한 미소가 그의 눈과 양 볼에서 피어나기 시작했다.

미치나가는 우마차 안에 묶여 있는 여인이 자신의 딸이란 것을 안 요시히데가 비참한 표정을 짓는 것을 보고 한때 통쾌한 복수의 쾌감에 빠졌으나, 얼마 지나지 않아 요시히데의 고통이 오히려 그의 그림에 대한 광기로 승화되는 모습을 보고 자괴감에 빠지게 되었다. 이후 요시히데는 미치나가의 주문대로 전대미문의 지옥변 병풍도를 완성했고, 미치나가는 진심으로 요시히데를 두려워하면서 화사로서의 그의 재능을 보다 높이 사주었다.

시키부는 아직 요시히데를 직접 만나보지 못했다. 그러나 전해오는 그의 이 일화만으로도 이번 에아와세가 얼마만큼 자신에게 위협이 될지 가슴에 사무쳤다.

'미치나가와 요시히데, 그리고 에아와세라…!'

궁중에 들어오면서 사가에서와는 달리 수시로 남에게 얼굴을 보이며 왜곡되기 쉬운 자신의 모습과 언제나 다투며 살아야 했다. 그런데 이제 미치나가의 음험한 모략과 요시히데의 악마적인 정념에 의해 이 끝없는 싸움의 마지막이 시키부의 눈에 보이기 시작했다.

72

1월 21일 오후 이시야마사(石山寺).

시키부는 에아와세를 통지받은 다음날인 어제 이시야마사에 와서 하루를 묵었다. 이시야마사는 『겐지모노가타리』를 구상하고 쓰기 시작했던 곳, 바로 오늘의 시키부를 있게 해준 출발지였다. 시키부는 본당 안에 있다가 답답하여 월견정(月見亭)으로 나왔다. 동쪽 아래로 세타강(瀬田川)의 물줄기가 흐르고, 아득히 북쪽에 비와호(琵琶湖)의 수면이 보인다. 십 년 전 중추 십오야에 비와호에 비친 달을 보고 영감을 받아 『겐지모노가타리』를 쓰기 시작한 것을 떠올려본다.

'모노가타리가 과연 나에게는 뭐였을까?'

잠시 그런 생각에 젖었을 즈음 귀에 익은 목소리가 들린다.

"시키부 님?"

뒤돌아보니 후지와라 노 마사코 여방이 자신을 부르고 있다. 이틀 후면 시키부와 에아와세를 벌여야 할 상대이다. 미치나가와 요시히데는 시키부가 어여쁜 딸처럼 여겨왔던 마사코를 경쟁자로 만들어버렸다.

"마사코 님, 어떻게 여기까지 오셨습니까?"

"시키부 님께서야말로 여기서 무얼 하시고 계십니까? 이 와중에도 모노가타리를 짓고 계십니까?"

날 선 마사코의 목소리가 시키부의 고막을 때렸다. 평소의 귀여운 모습이 아니라 제법 위엄과 강단을 갖춘 태도였다.

"왜, 지금 모노가타리를 써선 안 됩니까?"

"숙부님과 요시히데의 흉계를 모르셔서 그러십니까? 되지도 않는 겨루기를 시켜서 시키부 님을 모욕 주려고 하는 것 아닙니까? 저는 숙부님이 정말 싫습니다. 전 에아와세에 나가지 않겠습니다."

"에아와세에 나가시지 않겠다면 그렇게 하세요. 그건 제가 뭐라 할 계제가 아니지요. 그리고 이번 에아와세의 결과가 어찌되든 마사코 님이 제 뒤를 이어 중궁마마를 보필하셔야 하는 것에는 변함이 없습니다. 다만 시기가 조금 앞당겨질 뿐입니다."

"그렇다 하더라도 나곤과의 겨루기는 또 어찌시려고요? 시키부 님과 나곤이 어떤 관계입니까? 이건 시키부 님을 철저히 파괴하려는 게 아닙니까?"

"이제까지 이야기는 많이 들어왔지만 나곤을 직접 만나본 적은 한 번도 없습니다. 이번 기회에 직접 만나볼 수 있다면 좋은 기회가 되겠지요."

"제발 마음에도 없는 말씀 그만하세요. 보나 마나 요시히데는 나곤을 더 아름답게 그릴 것이고, 숙부님은 나곤이 더 훌륭하다고 하실 겁니다. 이제까지 시키부 님이 중궁에 종사하시며 이루었던 업적을 다 빼앗아가겠다는 겁니다. 숙부님은 파렴치하십니다. 시키부 님도 저처럼 에아와세에 나가지 마세요. 차라리 지금 중궁 여방을 그만두시고 사가로 돌아가시는 편이 낫습니다."

"제가 에아와세의 결과가 두려워 피한다면 이제까지 집필해 오던 『겐지모노가타리』는 어찌되겠습니까? 완성할 수 없게 됩니다. 그리고 이제까지 써온 것도 모두 헛된 것이 되고 맙니다."

"지금 이 일과 모노가타리와 무슨 관계입니까? 모노가타리야 사가에 돌아가신 이후라도 얼마든지 쓰실 수 있습니다. 그깟 사소한 모노가타리 때문에 이제까지 쌓아오신 것을 모두 허물어버리실 겁니까?"

"말씀을 듣자 하니 마사코 님께선 제 모노가타리를 가볍게 보시는 것 같습니다? 모노가타리는 그렇게 가볍게 볼 것이 아닙니다. 모노가타리를 하찮은 읽을거리로만 보셨습니까? 제가 한가한 귀족들의 소일거리나 하라고 모노가타리를 쓴 줄 아십니까?"

순간 마사코는 시키부의 눈에서 서슬 진 빛이 나오는 것을 느꼈다. 마치 무사가 지닌 검에서 나오는 푸른 빛 같았다. 그리고 얼굴에서는 이루 말할 수 없는 숙연함이 풍겨왔다. 부끄럼을 잘 타고 자신에게는 언제나 양보하는 태도를 보여온 시키부에게서 처음 느껴지는 모습이었다. 마사코는 순간 몸이 위축됨을 느꼈으나 내색하지 않고 되묻는다.

"시키부 님께 모노가타리는 대체 무엇입니까? 무엇 때문에『겐지모노가타리』를 쓰셨습니까?"

"제 자신을 구제하고 세상을 구원하기 위해『겐지모노가타리』를 썼습니다."

"…?!"

마사코는 시키부의 말을 모두 이해할 수는 없었다. 그러나 그녀의 모습으로부터 어떤 거부할 수 없는 강렬함에 사로잡혀 더 이야기를 이어갈 수도 없었다. 이제까지 둘 사이에 이런 대화가 오간 적이 없었다. 마사코가 할 말을 잃자, 시키부는 급히 화제를 돌린다.

"마사코 님, 이왕 이시야마데라까지 오셨으니 이곳에서 묵고 가세요. 월견정에서 보는 달이 매우 아름답습니다. 여기 계시다가 내일모레 저와 같이 유키게 별궁으로 가셔도 좋지 않습니까?"

"아닙니다. 그러면 좋겠지만 전 또 볼일이 있어서…. 시키부 님의 뜻은 잘 알았으니 전 이만 가보겠습니다. 그럼 내일 모레 유키게 별궁에서 뵙겠습니다. 에아와세에서 직접 시키부 님과 겨루지는 않겠지만 멀리서라도 지켜보겠습니다. 그럼…"

마사코가 시키부에게 인사를 하고 이시야먀사를 떠난다. 시키부는 마사코를 배웅하며 방금 자신이 마사코에게 말한 모노가타리 집필의 의미를 되새겨본다.

'자신을 구제하고 세상을 구원하기 위해서라! 내가 미처 깨닫지 못하고 있던 것을 마사코가 깨우쳐주고 가는구나!'

시키부는 자신이 이제까지 써온 『겐지모노가타리』나 모노가타리 집필의 의미를 생각해보았지만, 이렇다 할 답을 찾지 못하고 있었다. 그런데 조금 전 마사코의 당돌한 언행에 맞서다가 무심코 자신의 입에서 나온 말이 자신을 구제하고 세상을 구원하기 위한다는 것이었다. 자신도 채 의식하지 못했던 의미를 모노가타리는 소리 없이 품어온 것이다.

저 멀리서 마사코가 본당을 지나 동대문으로 서둘러 가는 모습이 보인다. 마사코가 점점 작은 점이 되어 갈 때까지 시키부는 그녀의 뒷모습을 놓치지 않고 바라보았다. 그러면서 무한한 환희와 감사의 마음이 가슴에 충만해옴을 느낀다. 그리고 어느새 자신의 양 볼에 뜨거운 눈물이 흘러내리기 시작했다.

73

1월 22일 쓰치미카도 저택(土御門殿).

미치나가가 궁에 출사해 저택에 없는 틈을 타서 마사코는 숙부가 가장 총애하는 무사 아베 노 다케히라(安倍武平)를 부른다. 크레타 섬 동북쪽에 자리한 미치노 오쿠노 쿠니(陸奧国) 출신의 사람으로, 키가 8척이 넘는 거인이며 용맹하기 이를 데 없는 자이다. 미치나가 휘하에 있는 일급 무사 10명이 한꺼번에 덤벼도 당해낼 수 없는 검술을 가지고 있다고 하는데, 미치나가에 대한 충성심 또한 누구에게도 지지 않았다.

"부르셨습니까?"

"그래, 그저께 내가 네게 미리 귀띔해놓은 걸 정말 실행에 옮겨야겠어."

"유키게 별궁에서 에아와세가 벌어질 때 요시히데의 목을 치면 되겠습니까?"

"그래, 내일은 특별히 숙부님의 신변을 위협하는 요소가 없으니, 숙부님 옆에서 시립하는 일은 다른 무사에게 맡기고 너는 밖에서 대기하고 있다가, 요시히데가 시키부 여방의 모습을 한참 그리고 있을 때 그자의 목을 내리쳐. 중요한 건 잘리는 요시히데의 목에서 뿜어나온 피가 시키부 여방의 그림을 빨갛게 물들여서 나곤 여방의 것과 비교할 수 없게 해야 해, 알겠지?"

"예, 저도 그자는 빨리 죽여 마땅하다고 생각합니다. 자기 딸이 타 죽는 걸 보면서도 비통해하기는커녕 그걸 즐기며 그림에 미칠 수 있는 놈이거든요. 마음 같아선 그때 유키게 별궁에서 그놈 목을 쳤어야 했습니다. 그런데⋯."

다케히라는 요시히데의 딸이 우마차에 실려 희생당할 때 미치나가 옆에서 시립하며 모든 것을 지켜보았다. 천하제일의 무사란 다케히라조차도 요시히데의 악마성에 두려운 마음을 가졌던 것이다.

"그런데? 다케히라는 나중에 숙부님께 어떻게 변명해야 좋을지 모르는 거지?"

"예, 사실이…."

"그래, 알아. 다케히라, 이렇게 하면 돼. 요시히데의 딸이 죽기 전에 소문이 돌았었어. 다케히라도 알고 있을 거야."

"예, 저도 대충은…."

"그걸 이용하면 되는 거야. 그동안 요시히데를 추적해서 알아보았는데, 요시히데가 미야코 저자에서 숙부님이 자기 딸을 범했다고 떠벌리고 다니더라고…. 그래서 지금 요시히데를 선참 후계한다고 고하면 돼. 숙부님도 어쩔 수 없이 요시히데를 감싸고도시지만, 실은 누구보다 그자를 싫어하서. 확실한 이유가 있어 그를 처단했는데, 그걸로 자네를 벌하시진 않을 거야. 오히려 내심 좋아하실 걸?"

"정말 그럴까요?"

"다케히라, 내 말을 믿어. 다케히라는 별궁 동문 밖에서 대기하고 있다가 내가 기별을 하면 벼락같이 침전 뜰로 들어와 요시히데의 목을 치면 돼."

"예, 알겠습니다. 존명을 받들겠습니다."

74

1월 23일 오시(午時) 유키게(雪解) 별궁.

유키게 별궁 뜰에는 이날 궁중에 종사하는 여방들을 비롯해 소문을 듣고 찾아온 귀족들로 붐볐다. 대부분의 구경꾼은 침전 남쪽 뜰에 마련된 자리에 앉게 되어 있는데, 아직 늦겨울 추위가 가시지 않았기에 곳곳에 화톳불이 피워져 있었다. 구경꾼들은 따뜻한 화톳불 근처에서 에아와세를 보기 위해 자리 차지에 적잖이 신경전을 벌이고 있었다.

에아와세의 주최자인 미치나가는 침전 툇마루 안쪽 남쪽 마루 위에 자리를 잡았다. 여기서는 바깥뜰이 잘 보여 구경꾼들의 동태를 주시할 수 있지만, 밖에서는 이곳이 어두워 잘 보이지 않았다. 미치나가는 다다미(疊)를 깔고 그 위에 가부좌를 틀고 앉아 있고, 그의 좌측 옆 다다미 위에는 고 데이시 중궁의 여방 세이쇼 나곤이, 우측 옆 다다미 위에는 무라사키 시키부와 후지와라 노 마사코가 나란히 앉아 있다. 그리고 또 한 명의 에아와세 주인공인 화사 요시히데는 침전 계단 바로 아래에 화구를 갖추고 부복하고 있었다.

마사코는 이미 에아와세 불참을 미치나가에게 고했으나, 시키부의 오른편에 앉아 에아와세를 관람하기로 했다. 물론 그녀는 때가 되면 계획대로 아베 노 다케히라를 불러들여 요시히데의 목을 벨 것이다. 나곤과 시키부는 자신의 차례가 오면 툇마루로 나가 뜰에 부복해 있는 요시히데를 향해 툇마루 위에 앉는다. 그러면 요시히데는 침전 툇마루와 뜰을 이어주는 계단을 사이에 두고 여방의 모습을 그리게 된다. 요시히데가 뜰에 앉아 툇마루에 앉아 있는 여방을 위로 우러러보며 그림을 그리는 것이다.

구경꾼들이 이제 다 모이고 각자 자리를 잡았다고 생각되자 미치나가는 에아와세를 시작하라 명했다. 먼저 연장자인 세이쇼 나곤이 자리에서 일어나 툇마루로 나가 앉는다. 그녀는 짙은 연두색 가라기누를 입고 머리는 치렁거리지 않게 땋아 늘어뜨렸다. 사람들은 자연 나곤의 용모와 그녀가 입은 복색에 대하여 많은 이야기를 한다. 연두색 가라기누는 지금 하가시 야마(東山)에 은거 중인 나곤 자신을 나타낸다고 하는데, 음양오행 사상에서 녹색이나 청색은 동쪽을 상징하기 때문이다. 궁을 떠나 동쪽 산중에서 조용히 말년을 보내고 있는 자신을 이런 식으로 불러내 사람들의 볼거리로 만든 미치나가에 대한 무언의 항의인 것이다.

　시키부는 지금까지 나곤의 문장을 통해 마음속에 그려보았던 그녀의 모습과 지금 실제의 모습이 매우 다름을 느낀다. 문장에서 느껴졌던 가벼움과 뻔뻔스러움은 찾아볼 수 없고, 오랫동안 깊게 다져온 감성이 그녀의 후광이 되어 빛나는 것 같았다. 나곤은 시키부보다 7살 연상으로 올해 45살이다. 여자로서는 이미 진 꽃에 비유해도 과언이 아닐 나이지만, 그녀의 피부는 하얗고 주름살이 없었다. 시키부가 상상했던 거만함과 파렴치함에 찌든 얼굴이 아니라, 아직 그늘진 데 없는 소녀의 맑은 인상이었다. 시키부는 사뭇 부끄러움을 느낀다.

　미치나가의 술책과 요시히데의 삐뚤어진 예술혼이 아니더라도, 이 에아와세의 승자는 충분히 나곤일 수 있다고 생각됐다. 자신이 이제까지 나곤의 글을 형편없는 것으로 치부한 것은 너무나 편협한 시각이 아니었을까 생각해본다. 아름다움과 올바름에 다가가는 길은 여러 가지가 있을 수 있는데 지나치게 자신만의 길을 내세운 것은 아닌가? 그녀의 초라한 말년이 그녀의 됨됨이를 모두 말해줄 수는 없는 것이 아닌가?라고 생각한다. 그러나 시키부 역시 자신이 가야 할 길이 있음을 더더욱 절실히 느낀다. 여기서 나곤에 굴복한다면, 아니 미치나가와 요시히데에 굴복한다면, 자신의 풍경과 서사인 『겐지모노가타리』는 우주에서 사라지고 자신도 함께 사멸하고 마는 것이다.

　한 시진 정도가 지나니 남쪽 뜰 좌중이 웅성거렸다. 요시히데가 나곤의 모습을 다 그려낸 모양이었다. 하지만 지금 시키부가 앉아 있는 위치에서는 요시히데가 그린 그림이 보이지 않고, 그건 시키부의 왼쪽 옆에 앉아 있는 미치나가도 마찬가지다. 그러나 미치나가는 조금 전부터 눈가에 실 같은 미소를 띠고 고개를 아주 살짝살짝 끄떡이며 요시히데 쪽을 바라보고 있다. 마치 모든 것이 자기 뜻대로 잘 되고 있다는 만족의 표시였다. 시키부는 미치나가의 그런 얼굴을 확인하는 순간 울컥하며 뱃속에서 분노가 솟아오른다. 온몸이 떨리고 숨이 가빠 평정심을 유지하기 힘들어진다. 자신이 십 년 전부터 써내려 오던 『겐지모노가타리』는 바로 저런 것에 굴복하지 않기 위함이나 다름없었다. 나곤이 천천히 일어서서 뒤돌아 자신이 원래 앉았던 마루로 돌아온다. 그 순간 시키부는 나곤과 처음으로 눈이 마주쳤다.

　'아, 한없이 아름다운 메가미(여신, 女神)시여…!'

　시키부는 순간 그런 생각을 했다. 궁에 출사한 후 육 년 동안 수없이 비교당하며 자신의 마음을 괴롭혔던 그 상대를 앞에 두고 시키부는 지극히 아름다운 영원의 빛을 보았다. 그러자 조금 전까지 가쁘던 숨이 차분히 가라앉기 시작한다. 파르르 떨리던 팔과 다리가 평온을 되찾고, 이제는 힘 있게 자리에서 일어나 당당히 요시히데 앞에 나갈 수 있을 것 같았다.

　나곤이 자신의 자리로 돌아와 앉자 미치나가가 넌지시 시키부를 돌아보며 툇마루로 나가 너의 모습을 세상에 드러내라 무언의 지시를 내린다. 시키부는 천천히 일어나 햇빛이 비쳐 밝은 툇마루로 나간다. 바로 옆에서 마사코가 아까부터 자신을 걱정하듯 지켜보고 있는 것을 알았지만, 눈길을 주지 않았다. 마루와 툇마루 사이에 쳐진 발과 발 사이를 지나 툇마루로 나가자 밝은 햇빛이 자신의 얼굴에 비치고 남쪽 뜰을 꽉 메우고 있는 사람의 무리가 시키부를 주목한다.

'이렇게 가슴을 꽉 채우는 이 충만함이라니…!'

시키부는 사람들을 보며 그렇게 생각했다. 저 구경꾼들은 이제 시키부에게 두려움을 주는 대상도 자신을 구속하는 굴레도 될 수 없었다. 그러나 그것은 시키부가 저 사악한 적에게 승리를 거둔 이후의 일이다. 시키부는 아직 승리를 얻지 못했다. 시키부는 계단을 사이에 두고 요시히데를 내려다보았다. 요시히데 또한 계단을 사이에 두고 시키부를 올려다본다. 요시히데는 미의 극한을 추구하는 장인인지, 그저 야루한 원숭이에 불과한지 구별하기 힘든 괴이한 눈빛과 표정을 하고 있었다. 그리고 시키부의 얼굴을 유심히 관찰하며 이미 머릿속에서 그림의 한 획 한 획을 그어간다. 시키부의 얼굴을 자신의 틀에 맞추어 재단하는 것이다. 어쩌면 요시히데는 유키게 별궁에 들어오기 전부터 시키부의 밑그림을 모두 그려왔을지도 모르는 일이었다.

한동안 침묵이 흐르고 사람들이 조금씩 웅성거리기 시작했다. 안쪽 마루에서 지켜보던 미치나가와 마사코 그리고 나곤까지 이상한 낌새를 느꼈다. 시키부의 행동거지는 앞서 요시히데의 피사체가 되었던 나곤과 비교되고 있는데, 시키부는 혼자 무엇을 생각하는지 툇마루에 선 채로 요시히데를 지켜보고 있었다. 나곤이 툇마루에 나와 곧바로 여방장속(女房裝束, 주우니 히토에와 동일)을 정제하고 앉아 자신의 모습을 그리게 한 것과는 대조적인 태도였다.

그러다가 시키부는 허리와 무릎을 구부려 자세를 낮춘 후 오른손으로 자신의 뒤편 툇마루에 늘어져 있는 치맛자락을 들어 올렸다. 대례복인 가라기누 위로 허리에 덧대어 길게 바닥에까지 늘어지게 입는 치마를 모(裳)라 하는데, 이 모 자락을 천천히 들어 올렸다. 그러고 나더니 급히 치맛자락을 힘 있게 왼쪽으로 잡아 돌리면서 자신도 왼쪽으로 몸을 돌려 얼굴이 침전 내부를 바라보도록 했다. 그러고 나서 요시히데를 등지고 툇마루 위에 사뿐히 앉는다. 다시 좌중이 "아!" 하고 소리를 내며 의아해한다. 시키부가 과연 무엇을 하는 것인가? 미치나가와 마사코도 침전 아래의 요시히데도 한순간 모두 놀라 시키부의 돌발 행동에 정신을 빼앗겼다. 그러자 시키부는 굳게 다물었던 입을 열고 좌중을 향해 말을 건네기 시작했다.

"화사 요시히데는 자신의 딸을 불태워 지옥변 병풍도를 완성했을 정도로 그림에 대한 집념이 강하고 그의 실력은 가히 신기에 다다랐다고 들었습니다. 그러니 저의 얼굴을 직접 보지 않더라도 제 안에 내재한 학식이나 인품을 능히 꿰뚫어볼 수 있지 않겠습니까? 오히려 미욱하게 생긴 저의 얼굴은 요시히데가 그림을 정확히 그려내는 데 방해만 될 것이 틀림없습니다. 그러니 그림이 완성될 동안 저는 요시히데를 등지고 이렇게 앉아 있겠습니다."

사람들이 시키부의 이 말에 처음에는 뭐가 뭔지 몰라 동요하는 듯싶다가, 얼마 지나지 않아 하나 둘 씩 고개를 끄떡이기 시작했다. 아무도 시키부의 이 처신에 이의를 제기하거나 못마땅해 하지 않았다. 그리고 책략가 미치나가와 기인 요시히데가 한통속이 되어 연 이 에아와세의 작위성에 한 사람 한 사람 눈을 뜨기 시작했다.

요시히데의 눈앞에 정결한 자주색(紫朱色) 바탕에 은색 꽃무늬가 수놓아진 가라기누, 그리고 그 위로 도도하게 흘러내린 검고 긴 머리카락이 보였다. 툇마루 위에는 시간을 초월한 시키부의 뒷모습이 당당하게 자리 잡고 있었다. 좌중은 요시히데가 시키부의 뒷모습 그리는 것을 숙연한 자세로 바라보았다. 이때 침전 남쪽 뜰 전체에 드리운 침묵을 가장 두려워한 것은 침전 안쪽 마루 중앙에 앉아 있는 미치나가였다. 미치나가의 눈앞은 캄캄했다. 감히 시키부의 얼굴과 숨죽이고 시키부를 바라보는 사람들을 직시할 수 없어 눈을 감아버렸다.

마사코는 요시히데가 시키부의 뒷모습을 그리기 시작하자, 서둘러 자리에서 일어나 동문 밖에서 대기 중일 다케히라를 향해 서둘러 발걸음을 옮겼다. 다케히라를 막아야 한다. 자신이 직접 가서 저지하지 않으면, 타케히라는 시종의 전언 따위는 무시하고 원래 계획대로 침전 뜰에 들이닥쳐 요시히데의 목을 날릴 것이다. 이제 다케히라의 검에 의지할 필요가 없어졌다. 시키부는 미치나가와 요시히데에게 거대한 승리를 거두고 시간의 한계에 직면한 자기 자신마저 놀라운 슬기로 극복했다. 그리고 사람들은 침묵으로 이에 동조하고 있기 때문이다.

"시키부 님, 시키부 님, 시키부 님!"

마사코는 치맛자락을 손으로 들고 동문으로 뛰어가며 이렇게 계속 시키부를 읊조렸다. 그리고 목이 메어오며 어느새 뜨거운 눈물이 자신의 볼을 타고 흘러내림을 느꼈다.

75

사흘 후 쓰치미카도 저택(土御門殿).

쓰치미카도 저택에서는 미치나가가 사흘 전 유키게 별궁에서 연에아와세의 결과를 정식으로 발표하는 자리를 마련했다. 그러나 유키게 별궁에 모인 수많은 구경꾼 중에 다시 이 자리까지 참석한 사람은 그다지 많지 않았다. 에아와세의 결과는 이미 결정 난 것이나 다름없는데 무엇 때문에 굳이 확인하느냐는 것이다. 사람들의 이러한 생각을 뒷받침하듯, 에아와세의 당사자였던 나곤과 시키부도 이곳에 얼굴을 내밀지 않았다. 미치나가는 그런데 다른 이들의 불참은 받아들일 수 있지만, 한 사람의 결석만큼은 참기 힘들었다. 시종을 그의 집에 보내 자초지종을 알아보게 하고 한참을 기다리자 시종이 돌아와 침전 툇마루에 앉아서 기다리는 미치나가에게 고한다.

"대감님 요시히데가 죽었습니다. 제가 그의 집에 가 보니 요시히데는 자신의 집 대들보에 목을 매고 죽어 있었습니다. 시신의 상태로 보아 어제 저녁쯤 목을 맨 것 같습니다."

미치나가는 보고를 듣고 요시히데의 죽음에 놀라는 것도 잠시, 갑자기 화가 치밀어오른 듯 벌떡 일어나더니, 에아와세의 결과가 적혀 있는 두루마리를 휙, 하고 마당에 집어 던진다. 일이 이렇게 된 데까지의 패배감과 창피함이 몰려오는 것이다. 그는 에아와세의 결과를 직접 발표할 계획이었으나, 이를 포기하고 침전 안쪽 모야(母屋)로 들어가버린다. 할 수 없이 미치나가의 질녀인 후지와라 노 마사코가 대신 발표하기로 한다. 숙부가 마당에 내팽개친 것을 집어 들고 툇마루로 올라와 두루마리를 풀었다. 그리고 그녀의 낭랑한 목소리로 발표문을 낭독하기 시작한다.

지난 1월 23일 유키게 별궁에서 있었던 에아와세의 결과를 발표한다.

고 중궁 데이시의 여방 세이쇼 나곤과 중궁 쇼오시의 여방 무라사키 시키부는 화사 요시히데의 그림을 통해 그녀들의 아름다움과 지성을 서로 견주어보았다. 두 여방은 미모에서나 그녀들이 평생 닦은 학문과 재능에서나 우열을 가리기 힘든 재녀들이다. 그래서 화사 요시히데는 그가 가진 신기한 화법을 통해 그녀들 겉으로 드러난 미모뿐 아니라 그녀들의 내적인 아름다움까지 그려내도록 했다.

세이쇼 나곤은 궁을 떠난 지 십 년이 넘었건만, 요시히데가 그린 그녀의 모습을 보면 그녀의 미모가 십 년 전보다 시들기는커녕 오히려 더욱 밝게 빛났고, 그녀의 얼굴과 자태에서 풍기는 기운은 퇴궐한 후 사가에서도 학문과 덕을 꾸준히 갈고닦았음을 의심할 나위가 없었다.

여기에 무라사키 시키부는 자신의 뒷모습을 화사에게 그리게 하는 파행을 보여 좌중을 놀라게 했다. 그러나 요시히데의 신필에 힘입어, 비록 뒷모습이지만 거기에는 그녀가 중궁에 종사하며 갈고닦은 덕과 학문이 충분히 드러나 사람들을 감동시켰다. 고로 세이쇼 나곤과 무라사키 시키부 두 여인을 놓고 우열을 가리기가 매우 힘이 들었다.

그러나 무라사키 시키부에게는 세이쇼 나곤에게는 없는 한 가지가 있었다. 아무리 아름다운 꽃도 여러 번 보면 그 꽃의 아름다움을 느끼지 못하게 되고, 아무리 향긋한 술도 계속 마시다 보면 싫증이 나서 또 다른 술을 찾게 되는 것이 인지상정이다. 그리고 이러한 이치는 여인의 아름다움을 평가함에서도 마찬가지일 것이다.

무라사키 시키부는 자신의 얼굴을 숨김으로써 제아무리 오랜 세월이 지나도 영원히 아름다움을 간직할 수 있다는 역설을 실현해 보였다. 그녀의 뒷모습을 여러 번 보았다고 싫증을 낼 수 없으며, 먼 후대에 사람들의 미인을 보는 기준이 변해 그녀가 추한 여인으로 평가가 바뀔 리도 없는 것이다. 이에 이번 에아와세의 승자는 중궁 쇼오시의 여방 무라사키 시키부임을 알린다.

마사코는 두루마리에 적힌 글을 다 읽어 내렸다. 어딘지 허무하지만 막중한 미래에의 과제가 자신에게 부여된 느낌이 들었다. 에아와세 결과 발표문은 자신이 직접 작성하고 또 본의 아니게 자신이 직접 낭독하게 되었다. 시키부는 이후로도 계속 중궁 쇼오시에 종사하다, 이치조 천황(一條天皇)이 바로 다음 해 사망하고 쇼오시가 황태후가 되어서도 계속 궁에서 여방으로 종사했다.

아테나이력 3407년, 갑인(甲寅)년, 네스토리우스력 1074년. 에아와세가 있은 지 사 년 후. 무라사키 시키부는 향년 42세를 일기로 눈을 감았다. 시키부가 궁에 출사하기 사 년 전부터 집필하기 시작한 『겐지모노가타리』를 13년 만에 완성하고 난 바로 다음 해였다.

76

두루마리에 적힌 글을 읽고 나자 정신이 혼몽하고 사방이 검게 변했다. 자신이 서 있던 쓰치미카도 저택 침전 툇마루가 하늘로 번쩍 들어 올려진 것 같기도 하고 툇마루 밑의 땅이 순식간에 꺼져버린 것도 같았다. 거대한 달이 눈앞에서 빛났다. 이렇게 낮게 떠서 자신을 비춰주는 달은 난생처음 본다. 달이 워낙 밝게 빛나니 주변에 뜬 하얀 뭉게구름이 자신의 모습을 드러냈다. 파란 하늘이 아닌 검은 하늘에 뜬 흰 구름도 몹시 어여뻐 보인다. 말간 은빛으로 빛나는 달은 지구의 자전으로 햇빛이 달에 반사되어 빛나는 것이 아니라 마치 태양처럼 스스로 빛을 발하는 것만 같았다. 공중에 붕 뜬 툇마루 아래로 하얗디하얀 산봉우리가 보인다.

'어디서 많이 보던 산봉우린데…?!'

찬찬히 기억을 더듬어보니 저 산봉우리에 맺힌 옛 사연이 생생하게 되살아났다. 삼각산이었다.

'아아! 그래, 난 조금 전까지 진이가 쓴 이야기 속으로 들어갔었지. 내가 시키부가 되기도 했고 마사코가 되기도 했어. 마지막에는 마사코가 되어 에아와세 결과를 갈무리했었지. 진이야, 진이야!'

자연은 조금 전까지 손녀 진이가 쓴 이야기 속에서 그동안 자신에게 씌워졌던 굴레가 벗겨져 나갔음을 깨달았다. 그리고 크레타에서 마루야마 마사코가 되어 진이를 보호하고 있다는 사실도 떠올랐다.

'진이야, 아! 황후마마, 어머니…!'

자연은 지금 자신의 영혼이 시공을 초월한 자리에 있음도 홀연히 깨닫는다. 바깥쪽 여닫이문을 앞으로 조금씩 밀어내자 차디찬 냉기가 얼굴을 때린다. 그러자 안채 대들보에 목을 매고 돌아가신 황후마마의 옥체가 보인다. 길게 늘어진 검은 머릿결, 새하얀 저고리와 치맛자락은 어머니의 죽음이자 아테나이의 멸망이었다.

'아!'

잠시 눈을 감았다가 다시 뜨니 어느새 경운궁 석조전 접견실에 들어와 있었다. 발걸음을 옮겨보니 아홉 살 때 느끼던 푹신하면서도 차지던 양탄자의 촉감이 그대로 발을 통해 느껴져 왔다.

"아! 황후마마, 어머니. 진이가 해냈어요. 저의 손녀 진이가 적의 무기를 빼앗아 자신을 무장시키고, 황후마마와 어머니 그리고 제게 씌워진 멍에를 깨트렸어요. 어머니."

자연이 황후와 어머니 교하를 목메어 부른다. 두 분 다 아테나이 식 당의를 차려입고 접견실 저쪽에서 마치 9살 적 어린 자연을 바라보듯 웃고 계셨다.

"어머니, 이제야 크레타 식 가라기누를 벗으셨군요!"

자연에게 위로하듯 웃음 짓는 어머니 교하의 모습이 애처롭다. 어머니의 왼쪽 옆에서 역시 자연을 바라보시는 황후마마의 모습이 보인다. 마마는 자연이 마지막으로 안방에 이부자리를 깔아드리고 나올 때 자신에게 보여주시던 미소를 그대로 간직하고 계셨다.

"황후마마, 왜 그때 절 놔두고 먼저 가셨어요. 제가 계속 옆에서 모셨을 것을…"

자연이 황후마마를 불러보지만, 대답이 없으시다. 그런데 갑자기 뒤쪽에서 인기척이 느껴져 뒤를 돌아다보았다. 경운궁을 수비하다가 크레타 비행선의 기총소사에 온몸이 산산이 부서져 돌아가신 아버지 민경하가 서 있었다.

"아버지…"

자연이 아버지를 불러보지만, 역시 잔잔한 미소만 건네실 뿐 아무 말씀도 없으시다. 그런데 아버지는 갑옷이 아니라 브리타니아 식 정장을 하고 상투를 잘라내 단발하셨다. 근대화된 관인의 모습이셨다. 그래서 자연은 혹시 아버지께서 황후마마가 의도하신 대로 건함도감 별감에 제수되신 것이 아닌가 생각한다.

해가 저물어가는지 석조전 접견실에 붉은 노을이 비친다. 자연이 한번 눈을 감았다가 뜨니 어느덧 삼각산 백운대 정상에 와 있었다. 바로 아래쪽을 내려다보니 널따란 바위 안부에 남편과 리쿠르고스 파 동지들이 모여 있고, 그 한가운데 지금도 기억에 선한 155mm 포탄이 놓여 있었다.

"여보."

자연이 힘껏 불러보았지만 아무도 듣지 못한다. 자연은 지금 이 순간이 무엇을 의미하는지 본능적으로 직감했다. 그날! 삼각산이 마치 분노한 화산처럼 폭발하던 순간, 남편 인이의 산화를 양주에서 아이들과 바라보던 순간!

"여보, 진이가 해냈어요. 당신의 손녀 진이가요. 여보, 아무 걱정 하지 마세요. 당신의 노력이 헛되이 될까 두려워하지 말고 편안히 가세요. 당신의 손녀 진이가 당신이 싸우던 적의 무기를 빼앗아 '얼굴을 보이지 않는 신'의 정신을 계승했어요. 할아버지가 누구신지, 할아버지가 어떤 일을 하다가 돌아가셨는지 한 번도 가르쳐준 적이 없는데도, 그 아인 스스로 당신과 같은 뜻을 가슴에 품게 됐어요. 여보, 편히 가세요."

쿠아아아앙, 우르르르.

번쩍하는 섬광과 어마어마한 폭음과 함께 주위가 하얗게 변했다. 어느새 벽과 천장 그리고 바닥이 새하얀 방에 들어와 있다. 여긴 또 어딜까 하고 자연은 생각한다. 그런데 무언가가 자연의 허리에 툭 와 닿는다. 가냘프면서도 따뜻한 아기의 손 같았다. 자연은 깜짝 놀라 뒤를 돌아다본다.

"영아!"

자연은 뒤돌아보는 순간 양주에서 외세의 폭격으로 화염 속에 죽어간 딸 영이를 울먹이며 부른다.

"영아, 영아. 얼마나 뜨거웠니. 네가 나와 같이 나가자고 보챘을 때

데려갔어야 했는데. 미안해, 미안해, 영아, 엄마가 잘못했어. 엄마 많이 미웠어? 엄마가 야단치고 과수원 안 데리고 가서? 영아."

그러나 영이는 말이 없었다. 입은 계속 다물고 멀끔히 엄마를 계속 쳐다본다. 입이 아닌 눈으로 엄마에게 말을 걸려는 것 같았다. 그리고 잠시 뒤, 영이가 왼손으로 엄마의 손목을 잡고 끌면서 오른손으로 하얀 벽면을 밀자, 순식간에 문이 하나 생기며 열렸다. 영이는 엄마를 끌고 문 안으로 들어간다. 자연도 영이를 따라 문 안으로 들어가니 어두운 속 저쪽에 빛이 보인다. 방이 하나 보였다. 방 안에서 손녀 진이가 책상에 앉아 울고 있었다. 하코다테를 향해 아이가이온 해를 항해하는 페리의 선실 내부였다.

"영아, 네 조카 진이야. 오빠의 딸이야."

그런데 영이는 자연을 쳐다보며 이미 알고 있다는 듯이 고개를 끄덕인다. 그리고 손가락으로 진이를 가리키며 엄마를 계속 쳐다본다. 영이는 엄마에게 소리 없이 눈으로 말 걸고 있었다. 자연은 영이가 눈으로 말하는 것을 듣는다.

"영아!"

자연은 영아를 외치며 딸을 있는 힘껏 꽉 끌어안았다. 영이는,

'엄마, 빨리 돌아가서 엄마의 손녀 진이를 도와주세요.'

라고 말하고 있었다. 자연은 영이를 계속 끌어안으며 오열한다.

제9장

그리니치

그러면 서구문화에서 수천 년 동안 계속되어온 이 탈 주술화 과정이, 더 나아가 이 〈진보〉가—과학은 이 진보의 구성요소인 동시에 그 추진력입니다—이처럼 순수하게 실용적이고 기술적인 의미 이외에 도대체 어떤 의미를 갖고 있습니까?

이 문제는 레오 톨스토이의 작품들 속에 가장 근본적으로 제기되어 있습니다. 그는 특이한 길을 거쳐 이 문제를 제기하게 되었으며, 그가 깊이 사색한 모든 문제는 점점 다음과 같은 질문으로 모아졌습니다.

'죽음은 의미 있는 현상인가 아닌가?'

그의 대답은 죽음이란 문화인에게는 의미 있는 현상이 아니라는 것이었습니다. 그 이유는 끝없는 '진보' 과정 속에 편입되어 있는 문화인(文化人) 개개의 문명화된 삶은 이 삶의 내재적 의미상 결코 종결될 수 없는 것이기 때문이라는 것입니다. 왜냐하면 진보 속에 있는 자 앞에는 계속 또 다른 진보가 놓여 있기 때문입니다.

어느 누구도 자신의 죽음의 시점에서 스스로가 진보의 절정에 서 있다고 볼 수는 없는데, 왜냐하면 이 진보의 절정은 무한 속에 놓여 있

고, 따라서 영원히 도달할 수 없는 것이기 때문입니다.[23]

— 막스 베버의 『직업으로서의 학문』, 02-2. 「근대 학문과 '의미'의 문제」 중에서

우리가 취하려는 서양의 문명은 본래 변화와 운동을 내재하고 있는 것입니다. 취하려는 서양 문명이 정지해 있는 것이라면, 그것을 그대로 카피하면 됩니다. 하지만 모델로 삼아야 할 서양의 문명은 "날이 가고 달이 갈수록 개진(改進)"하면서 움직이고 있습니다. 그렇다면 그런 이질적인 문명과의 접촉의 개시는 이미 되돌릴 수 없는 사건일 뿐만 아니라, 저쪽도 움직이면서 끊임없이 변화하고 있기 때문에, 이로써 서양 문명의 학습은 이제 끝났다고 할 수 있는 시기는 없는 것이 됩니다. "마침내 사라지는 때가 있을 수 없다"는 것입니다. 페리 내항에 의해 일본의 민심에 붙은 불은 일단 타오르기 시작하면 과연 어디까지 타들어갈지 짐작할 수가 없습니다.[24]

— 마루야마 마사오의 『『문명론의 개략』을 읽는다』 중에서

23 막스 베버, 『직업으로서의 학문』, 전성우 옮김, 나남, 2006, 46~47쪽.

24 마루야마 마사오, 『『문명론의 개략』을 읽는다』, 김석근 옮김, 문학동네, 2007, 765쪽.

아테나이력 4389년, 병자(丙子)년, 네스토리우스력 2056년

77

5월 하순, 브리타니아 옥스브리지 대학 근방 초원(meadow).

"고든 군, 오랜만에 말을 타니 기분이 아주 좋아. 이런 식으로라면 뒷방 늙은이도 할 만한데? 진작 옥스브리지로 내려와서 살 걸 그랬어."

"…"

"자네 오늘따라 말수가 적어. 아직도 총리가 돼보지 못한 게 한스러운가? 그거 해봐야 별거 아니네. 내가 해봐서 잘 알지 않겠나?"

22년 전 자연이 아테나이에서 자유주의 혁명을 일으키기 위해 론디니움에서 협상 대상으로 삼았던 당시의 수상 이든과 외무장관 고든이 옥스브리지에서 승마를 즐기고 있다. 둘은 이미 정계에서 은퇴하여 자신들의 모교인 옥스브리지 대학 근처로 이주해 말년을 한가히 보내고 있었다.

"22년 전에 민자연의 요청으로 고스트 아이디(Ghost ID)를 제작한 걸 기억하십니까?"

"그래, 기억하지. 그걸 만드느라 원자력 잠수함 한 척 건조 비용과 맞먹는 비용이 들었어."

"그럴만한 가치는 충분했죠. 민자연의 구상 덕분에 우리가 이오니아에서 계속 발란서(balancer) 역할이 가능했으니까요. 아테나이를 끼고 아카이아까지 세력 반경을 넓히지 않았으면. 헤라클레이아에게 우리 자릴 양보해야 했을 겁니다."

"그래, 그렇지…. 근데 왜 새삼스레 그 얘긴 하나? 그 지독한 아테나이 여자 얘긴 또 뭐 하러 해. 그 여자 죽은 지도 이제 꽤 되지 않았나?"

"민자연이 죽은 후에 그 고스트 아이디가 움직였습니다. 구 년 전 크레타의 도쿄에서 움직이기 시작해서 홋카이도 아일랜드를 거쳐 교토, 그리고 그게…."

"으흠?"

"그게 칠 년 전부터 여기 와 있습니다. 옥스브리지에요! 저도 민자연이 죽은 후엔 고스트 아이디에 신경을 끄고 있었습니다만, 지금 현직에는 고스트 아이디를 추적할 자가 없잖습니까? 혹시나 해서 올해 초에 다시 추적 봤습니다. 그런데 그게 칠 년 동안 여기서 꾸준히 활동하고 있지 뭡니까!"

"그게 여기서 칠 년 동안 뭘 하고 있었단 말인가?"

"그게 이상합니다. 혹 이중간첩은 아닐까 해서 알아봤는데, 그냥 공부만 하고 있습니다."

"공부만 하고 있다…!"

"그냥 대학 커리큘럼에 충실하면서 학부·석사·박사 과정을 이수해 왔습니다. 지금은 박사학위 논문 제출 직전이고요. 이름이 민자영이고 아테나이 여자더군요. 고등학교는 크레타에서 졸업하고 이곳에서 대학 진학을 한 겁니다."

"민자영, 민자영이라…. 난 아테나이 어는 잘 모르지만 민자연과 이름이 거의 같지 않은가?"

"예, 알파벳 상으로나 라케다이몬 표의문자 상으로나 한자만 틀리고 다 같더군요. 거기에 큰 의미가 있을진 모르겠지만요."

"자네가 일개 외국 여학생에게까지 그렇게 관심이 많을 줄 몰랐군. 이름자까지 하나하나 다 분석을 해놓고 말야."

"그 학생 논문을 좀 읽어보고 싶습니다. 가능하다면 논문 심사에도 좀 관여하고 싶은데요. 그런데 제게 지금 그럴 권한이 없습니다. 다시 공직에 복귀시켜주시면 감사하겠습니다만…."

"천하의 앤드류 고든(Andrew Gordon)이 외국인 여학생 논문을 읽기 위해 공직에 복귀한다? 세상이 웃을 일이로군!"

"뭔가 집히는 게 있어서 그럽니다. 참, 그 민자영이 이안 로렌스(Ian Lawrence)와 학부 때부터 동기생입니다. 전공은 다르지만 학부 때부터 같은 트리니티 칼리지(Trinity College) 출신이더군요. 모르십니까? 아만다(Amanda)와 피터(Peter) 로렌스 부부의 둘째 아들 말입니다."

'이 녀석이 나를 지금 협박하는 건가?'

이든은 아만다 로렌스의 둘째 아들이란 고든의 말에 움찔하고 놀란다. 고든은 이든이 영원히 간직해야 할 비밀을 들어 이든을 협박하고 있었다.

"그래, 알겠네. 원로 모임에서 자네를 다시 외무장관으로 추천해보지. 뒷방 늙은이에게 아직 그만한 힘이 남아 있다면 말야. 사실 요새 우리 외교가 엉망이잖아?"

"몇 년 전부터 아테나이와의 파트너십이 느슨해지고 있습니다. 민자연이 살해당한 이후부터 예상된 일이긴 합니다만."

"그럴 거야. 지금 엉망인 브리타니아 외교를 자네가 다시 일으켜봐. 헤라클레이아 놈들이 더는 건방지게 굴지 못하게 말야. 자네가 외무장관으로 복귀하면 난 내친 김에 아예 자넬 총리까지 밀어보지. 어때, 이정도면 자네가 민자영의 옥스브리지 논문을 읽어볼 만한 권한 정도는 만들 수 있지 않겠나?"

"감사합니다."

'망할 녀석, 수상이 되려고 환장한 자식 같으니라고⋯.'

78

9월 25일 옥스브리지 대학 트리니티 칼리지.

진이는 크레타에서 고등학교를 졸업하고 이오니아 세계에서 가장 오래된 역사를 자랑하는 브리타니아의 옥스브리지 대학에 진학했다. 삼 년의 학부과정과 이 년의 연구석사(MPhil)과정을 마치고, 현재 박사(DPhil) 논문 집필 중이다. 석·박사 과정에서는 주로 국제정치와 국제안보를 연구했다.

진이는 아침부터 자신이 소속된 트리니티 칼리지 렌(Wren) 도서관에서 연구를 계속하다가 땅거미가 질 무렵 도서관에서 나왔다. 저녁은 집에서 해먹으려고 잠시 마트에 들러 장을 본 후, 지금 자취 중인 스튜디오 플랫(studio flat)에 돌아와 저녁을 해먹었다. 밥을 먹고 나른해진 몸을 침대에 눕힐까 하다가, 생각을 바꿔 운동 삼아 다시 칼리지 근처로 산책을 나왔다.

대학도시인 옥스브리지의 거리는 세계 각지에서 몰려든 관광객으로 붐비다가도, 저녁 6시가 넘으면 행인들은 어디론가 사라지고 적막감이 흐르기 시작한다. 진이는 옥스브리지 대학을 동서로 양분하는 케임 강 서안의 초록색 백스(Backs)를 산책해본다. 그러다가 자신이 오늘 낮에 공부한 렌 도서관을 강을 사이에 두고 바라보았다. 강 건너 도서관 불빛이 건물 2층에 늘어선 13개의 아치형 창문을 통해 흘러나오며 고전미를 더욱 돋보이게 했다.

"나를 지난 팔 년간 받쳐주었던 풍경…!"

진이는 이렇게 혼자서 읊조렸다. 그러고 나자 잘생긴 은빛 보름달이 서서히 구름 밖으로 형체를 드러내 보이며 렌 도서관을 비추었다. 도서관 건물을 구성하는 연분홍색 석재(石材)는 달빛을 반사해, 낮보다 자신의 모습을 더 운치 있게 드러내기 시작했다. 진이는 오늘따라 달이 유난히 크고 밝음을 느낀다.

'아차, 오늘이 음력 8월 16일! 어제가 추석인지도 모르고 지나쳐버렸구나.'

이오니아의 추수감사절은 11월, 아테나이의 추석을 잊고 살기 일쑤다. 진이가 무사진이라는 본명을 숨기고 민자영(閔紫英)이란 제2의 이름으로 살아온 지 벌써 십 년째다. 진이는 백스에서 더 애비뉴(the Avenue)에 진입해 천천히 걷다가 아치형 돌다리인 트리니티 칼리지 다리(Trinity College Bridge) 한가운데로 올라갔다. 케임 강 동서 양안을 이어주는 여러 개의 다리 중 오늘 공부했던 렌 도서관 바로 뒤편에 있는 다리이다. 진이는 다리 한가운데 서서 그 아래로 흐르는 강물을 바라보았다. 소리가 없다. 분명 강물이 유유히 흐르고 있건만, 물줄기는 소리도 형체도 없이 도도히 흐르며 달을 자신의 얼굴삼아 비친다. 진이는 허리를 굽히고 다리 난간에 기대 달빛과 함께 자신의 얼굴을 강 수면에 비추어본다.

십 년 전 교토에서 발견한 자신의 초월적 장소 위에 차곡차곡 쌓아온 지식의 총체가 강의 수면에 달과 함께 떠 있었다. 누구보다도 아름다운 얼굴이다! 예전처럼 과잉된 조형미로 남에게 혐오감을 주던 그런 얼굴이 아니었다.

진이가 아이가이온 해 선상에서 자신의 길잡이가 줄 서사를 완성하고 마사코와 아사히가와에 들어가면서부터, 그녀의 외모에 내재해 있던 불균형을 아주 조금씩 의식과 무의식의 경계를 넘나들며 고쳐 나갔다. 전처럼 급격한 얼굴 변신은 시도하지 않았다. 아주 아주 미세한 변화가 매일 축적돼서, 진이가 크레타를 떠날 때는 어릴 적 할머니 자연의 영향 아래 가졌던 준수함을 완전히 되찾은 상태였다. 이후 진이는 여기에 더해 옥스브리지에서 공부하며 그전까지 알지 못했던 문화의 다양성과 철학·정치·경제에 걸친 깊은 지식까지 겸비해, 그녀의 외모는 점점 더 눈부시게 진화했다.

자신의 얼굴을 강에 비춰보며 생각에 잠기니 진이는 팔 년 동안 연락이 끊긴 마사코가 그리워진다. 진이의 집 책상 서랍에는 그녀가 마사코에게 육 년 전 보낸 편지의 카피가 아직도 간직되어 있다. 이메일이 보급되기 전 마사코에게 보낸 자필 편지인데, 옥스브리지에 유학와서 학부 일 년 차를 마친 후 여름방학에 보낸 것이다. 진이는 이것을 마사코에게 보내기 전 복사를 해두었다. 편지에는 마사코에 묻는 안부 외에도 지난 일 년간 자신의 유학생활을 결산하는 내용이 담겨 있기 때문이었다.

그것을 읽어보면 당시와 지금은 생각에서 많은 차이가 있다. 유학 일 년을 마감하며 온통 긍정과 낙관의 에너지가 자신의 가슴을 꽉 채울 때 썼던 편지이기 때문이다. 마사코에게 이것을 보내고 아무리 기다려도 답장은 오지 않았고, 마사코가 그리워질 때마다 진이는 자신이 보낸 편지의 카피를 읽었다. 그래서 지금은 그 내용을 외워버릴 정도가 되었고, 자신의 현재와 곧잘 비교해보기도 한다. 진이는 마사코가 그리워지면서 다시 그때 그 편지의 내용을 머릿속에 떠올린다.

丸山真子 姉さんへ
拜啓

지금쯤 크레타는 무더운 여름 날씨가 한창이겠군요. 이곳 브리타니아도 덥기는 하지만 어디 크레타에 비할까요. 제가 브리타니아에 온 지도 일 년이 다 되어가네요. 그동안 수차례 언니의 간다(神田) 아파트로 편지해보았지만, 번번이 답장이 없어서 어쩔 수 없이 이렇게 세타가야(世田谷)의 본댁으로 편지합니다. 언니가 평소에 싫어하던 것을 알면 서도요.

아테나이의 안보령이 훼손되고 저의 신변이 위험해져 언니와 함께 교토와 홋카이도 사이를 넘나들며 도피했던 시간! 이곳에 와서 서울에 계신 어머니와 뒤늦게 연락이 된 후, 어떤 것은 언니가 꾸며낸 거짓이었다는 것을 알게 됐죠. 하지만 그것 때문에 제가 언니를 불신하진 않아요. 결과적으로 모든 것이 저의 안전을 위해 불가피한 것이었다는 것을 알았고, 그건 어머니가 더 잘 알고 계시니까요. 다만 저와 피 한 방울 섞이지 않은 언니가 어째서 저에게 그만큼 헌신적일 수 있었을까 의문일 따름이죠.

언니와 함께 크레타에서 보낸 도피의 여정이 어느 때보다도 저의 내면을 충실히 다듬을 수 있는 시간이었고, 외부의 위협에 안전했던 시기란 것을 깨달았던 건 고교 3학년이 끝나갈 즈음 교토에서였어요. 올림픽이 서울에서 성공적으로 개최되었다고 크레타의 언론에서 떠들썩한 지 얼마 되지 않았을 때, 아버지가 갑자기 돌아가신 사실을 어머니에게서가 아니라 크레타의 언론을 통해서 알게 됐을 때, 그리고 이미 한 해 전에 국방장관으로 내정됐던 임철호 장군이 암살됐던 사실을 뒤늦게 알게 됐던 때요.

언니, 전 언제든지 예전처럼 언니를 받아들일 수 있어요. 이 편지를 보시면 제발 답변해주세요. 언니가 브리타니아에 오셔서 예전처럼 문학과 역사를 함께 논할 수 있다면 얼마나 좋을까요. 사실 헤라클레이아가 아니라 브리타니아에 유학 온 것도 언니와의 대화에서 기인한 것이 아니었나요? 하코네에서 같이 나쓰메 소세키와 근대의 풍경을 논하던 때 전 이미 브리타니아에서 공부할 걸 결심했으니까요.

전 지금 언니에게 들려드리고 싶은 이야기가 아주 많답니다. 브리타니아의 수도 론디니움에는 소세키가 거닐던 거리, 그가 잠시 앉아서 여가를 즐겼을 법한 아담한 공원과 벤치, 또 그가 세 들어 살던 다세대 주택이 100년 전의 형태 그대로 잘 보존되어 있습니다. 국제화가 급속히 진행된 현재와 그때의 분위기가 같을 리야 없지만, 왠지 이곳에서 소세키의 경험을 고스란히 복원할 수 있을 법한 착각이 들기도 합니다.

어디를 가나 적어도 100년 이상 된 건물을 어렵지 않게 발견할 수 있는 시내 중심부는 어쩌면 이리도 과거를 고스란히 간직해왔을까란 경탄을 자아내게 합니다. 국제정치의 패권이 서서히 헤라클레이아로 넘어가는 시점에서 언니나 제가 꾸준히 브리타니아에 호감을 느낄 수 있었던 점도 바로 이러한 점 때문이었지요.

지난 1월에는 그리니치에 다녀왔습니다. 당시 낮게 드리운 회색 구름이 두 달도 넘게 브리타니아의 하늘을 덮고 있었던 터라, 우울한 마음

달래기 위해 국회의사당이 있는 웨스트민스터에서 배를 타고 템스 강 하류 쪽으로 40분간 갑판 위에서 찬 강바람을 맞으며 갔습니다. 사실 그리니치 천문대에 가봤자 그곳이 지구 경도의 원점이며 근대시간의 기준점이라는 상징적 의미 이외에는 별 볼거리도 없건만, 역사가 시간 과의 전쟁이라는 점을 상기하면 이곳에 온 것이 전장에 있는 군인이 자 신의 소속 부대 깃발을 보는 정도의 의미는 있을까요?

지난 일 년간을 돌이켜 보건대, 브리타니아만큼 시간과의 전쟁을 훌 륭히 치러낸 나라도 없을 거란 생각이 들었습니다. 언니 제가 지금부터 하는 말이 단지 제가 유학 온 나라에 대한 맹목적인 미화라고는 생각 하지 말아주세요. 물론 언니는 그렇게 생각하지 않겠지만요.

제가 공부하는 옥스브리지는 1,000년이 넘는 역사를 간직한 이오니 아 최고의 대학교입니다. 대학교는 72개의 칼리지(college)들로 이루어져 있는데, 우연이겠지만 마치 이오니아 72 폴리스의 축소판인 듯도 합니 다. 이곳에는 케임이라는 작은 강이 학교를 동서로 가르며 흐르고, 동 서로 나뉜 공간을 이어주는 아름다운 다리들로 학교의 큰 척추를 이룹 니다.

동쪽은 적어도 600년이 넘는 중세 칼리지들이 밀집한 지역이고, 다 리를 건너 서쪽으로 가면 벡스(Backs)란 초록의 잘 정돈된 넓은 정원이 나옵니다. 그 서쪽 옆으론 대부분 울창한 숲으로 이루어진 지역이 많 은데, 그곳을 지나면 현대식으로 조성된 캠퍼스가 여러 군데로 분산되 어 있습니다.

결국 학교의 동쪽은 중세의 역사를 고스란히 간직한 과거의 공간이 요, 서쪽은 현재와 미래를 향한 새로운 공간이 됩니다. 제가 지금 사는 케임 강 동쪽에 있는 기숙사도 700년이 넘는 건물입니다. 물론 내부는 현대식으로 개조되어 아무런 불편을 느끼지 않습니다.

놀라운 것은, 이러한 동서의 대비가 아테나이나 크레타에서처럼 우열(優劣)을 가르는 구도가 아니라는 것입니다. 물론 거기서 아테나이와 크레타의 차이는 있습니다. 먼저 근대화에 성공한 크레타가 비교적 옛 문화나 유적을 더 잘 보존하는 편이기는 합니다.

하지만 제가 강조하고 싶은 것은 브리타니아에는 아카이아의 두 나라에서처럼 낡은 것은 초라하고 무능하다는 열패 의식이 없다는 것입니다. 소세키가 지적했듯이 브리타니아의 근대화는 내발적(內發的) 근대화였던 데 반해, 두 나라의 근대화는 외발적(外發的) 근대화였던 데에 그 차이가 있겠지요.

태어나서 이토록 공간에 대해 만족감을 느낀 것은 처음이 아닌가 합니다. 올드(old)와 뉴(new)가 조화된 공간이 이토록 아름다울 줄은 상상도 못 했고, 저는 이 공간이 우주에서 영원히 지속될지도 모른다는 환상에 빠지기도 했습니다. 혹여 이것이 미(美)에 있어서의 황금비(黃金比)가 아니겠느냐는 기대와 함께 저의 새로운 장소·풍경을 가진다면 이것으로 해야겠다는 욕심도 들었습니다. 그러나 아직 이것을 저의 그림으로 하기 위해 무엇을 어떻게 해야 하는지 구체적인 길이 생각나지는 않습니다.

그런데 언니, 지난 일 년 사이에 저에게는 또 한 가지 큰 깨달음이 있었습니다.

브리타니아에 오기 전 언니와 브리타니아 어 공부를 정말 열심히 했지요. 특히 옥스브리지로 가면 Writing(작문)을 잘해야 한다고…. 매일 매일 엄청난 양의 에세이를 써내야 할 테니, 웬만한 작문 실력으로는 따라가기 힘들 것이라며 걱정을 많이 해주셨지요. 지금 생각해보면 그때 언니의 작문 실력은 놀라울 뿐입니다. 그 정도면 이곳 옥스브리지에서도 최상급의 실력에 속하거든요.

언니가 가르쳐준 기본기에 따라 에세이를 작성해서 내면, 언제나 교수님께서 글이 상당히 마음에 든다며 칭찬을 아끼지 않으셨습니다. 언니가 가르쳐주신 작법에서 가장 보편적으로 어느 글에나 적용 가능한 논리구조를 든다면 아래와 같겠지요.

1. Topic sentence(논제)

2. Thesis statement(논제 진술)

3. Warrant(논제 재진술)

4. Examples(예시): 두 개 이상이 좋음

5. Conclusion(결론)

왜 새삼 뻔한 것을 공들여 여기에 옮겨놓는지 모르실 거예요. 이미 제 몸에 익어 의식을 안 해도 쓰면서 자연스럽게 이런 문장의 구조가 나올 정도가 돼버렸으니까요. 하지만 그 정도 되기까진 꽤 많은 인내가 필요했죠. 저는 글이란 가식 없이 자신의 마음을 담아 쓰면 누가 읽어도 감동을 느낄 수 있을 거라 믿고 있었어요. 그런데 왜 이런, 어찌 보면 유치한 틀에 자신의 세계를 담지 않으면 안 되는 것인가란 생각을 했죠. 여러 가지 정평이 나 있는 작문 교재와 이론서를 사보아도 위와 같은 법칙을 나열하거나 모범 예문을 보기 좋게 실어놓았을 뿐, 정말 '왜 저렇게 써야 하는지?'에 대한 근본적인 이유에 대해선 언급이 없었어요. '그냥 넌 배우는 처지니 시키는 대로 해라 이건가?' 하며 자존심이 상했던 기억도 나네요. 다만 제 나름대로 저런 규칙은 인간의 본능이나 심리에 맞추어 만들어낸 것이 아니겠느냔 막연한 심증만 가지고 있었습니다.

제가 올해 1월에 우울하여 그리니치에 갔었다고 했죠. 바로 그때쯤 『한비자(韓非子)』를 오랜만에 다시 읽었습니다. 예전에 아테나이 어로 한 번, 크레타어로 한 번씩 읽었었어요. 마음에 동요가 생기고 안정이 필요할 때 의지 삼아 읽었던 거죠. 저는 네스토리우스교의 신약 경전보다 오히려 『한비자』가 더 좋더군요. 한비자라고 하면 법가(法家)로서의 냉혹한 현실주의적 내용으로 꽉 차 있을 것 같지만, 실제 읽어보면 그렇지 않아요. 한비자 자신이 무위자연(無爲自然) 사상을 사랑했고 인간 내면의 깊은 곳까지 통찰한 흔적이 곳곳에 보여요.

그런데 최근 수년 동안 문장구조를 중시하는 브리타니아 어 작문공부를 해와서인지, 예전처럼 『한비자』의 내용에만 집중하는 것이 아니라, 문장구조도 유심히 관찰하며 읽게 되었습니다. 그런데 놀랍게도 언니와 작문 공부를 해오면서 익혔던 브리타니아 어의 문장구조들이 고스란히 『한비자』의 문장에서도 아래와 같이 그 뼈대를 이루며 논리를 전개해 나가고 있었습니다.

1. Topic sentence(논제)

"어떠한 나라도 영원히 강하다고는 할 수 없으며, 또 영원히 약하다고도 할 수 없습니다."

2. Thesis statement(논제 진술)

"그 나라의 법을 관장하는 중요한 지위에 있는 자가 강하고 곧으면 그 나라는 강하게 되지만, 이에 반하여 법을 받드는 관서의 중요한 지위에 있는 자가 약하여 그 법을 엄하게 지키겠다는 결심이 없으면 그 나라는 약해지는 것입니다."

3. Warrant(논제 재 진술)

"때문에 군주가 총명하여 능히 엄하게 법을 받들 만한 사람을 등용하고 법이 바르게 행하여지게 한다면, 반드시 그 나라는 번창하는 것입니다."

4. Examples(예시)

"그 실례를 들어보면, 초나라 장왕은…(중략)…"

"그리고 제나라 환공은…(중략)…"

5. Conclusion(결론)

"그러므로 나라가 어지럽고 쇠약한 상태임에도 불구하고 상하가 다함께 국법을 버리고 나라일이 아닌 사사로운 이익에만 마음을 쓰고 있으면, 나라가 더욱 쇠약해지는 것은 당연한 일입니다."

—『한비자』 제2권, 4. 유도(有度)[25]

이렇게도 명쾌한 명문이…! 2,300여 년 전 아카이아의 한비자라는 사람이 세상을 바꾸어보려고 자신의 인생을 바쳐서 쓴 문장의 논리구조가 현대 브리타니아 어 문장구조와 동일한 것이 놀랍기도 하며, 또 한편으로는 이제까지 풀리지 않아 답답하던 문장구조에 대한 의문이 모두 해소되었습니다. 왠지 모르게 가슴이 찡하며 눈가에 눈물이 고였습니다! 정말 아주 오래간만에 느껴보는 해방감이었습니다.

언니와 함께 공부해온 문장구조는 브리타니아 어 작문에만 해당되는 것이 아니라, 많은 사람이 아카이아와 이오니아 지방을 초월하여 수천 년간에 걸쳐 쌓아온 경험과, 이러한 방식으로 쓰는 것이 인간의 마음에 가장 효과적으로 호소할 수 있다는 묵시적 합의가 만들어낸 창조물이라고 생각됩니다.

---

25 한비자, 『한비자』, 성동호 옮김, 홍신출판사, 1997, 23~24쪽.

언니가 종종 외국어를 공부하는 목적은 그 언어를 원어민 수준으로 능통하게 하는 것이 아니라, 모국어를 풍요롭게 하기 위해서라야 한다고 하셨죠? 분명히 그것을 머리로는 알겠는데 구체적인 심상으로 떠오르질 않았었어요. 그리고 그 내용이 살짝 상투적인 교훈으로 들려 쑥스럽기도 했고요. 하지만 이제 그 뜻을 확실히 몸으로 깨달은 것 같아요. 외국어를 공부하고 자신의 모국보다 앞서가는 나라에서 공부할 때, 누구나 느끼는 강렬한 편승의 욕구를 극복하는 것이 무엇보다 중요하다는 것을! 그리고 그것은 미래의 아테나이 풍경 건설에 곧바로 이어진다는 것을요.

언니, 제가 언니께 오랜만에 편지를 쓰다 보니 두서없이 말이 길어진 것 같네요. 또 제가 실제 가지고 있는 실력에 비해 너무 거창한 이야기를 늘어놓은 것 같아 부끄럽기도 합니다. 언니, 예전 언니와 함께 교토 철학의 길을 걸었던 것처럼 케임 강변을 걸으며 깊은 대화를 나누고 싶어요. 빨리 연락이 되어 다시 만났으면 하는 바람입니다.

언니 건강하세요. 꼭 답장 주시고요.

敬具

武士眞

이렇게 유학 조기에는 신선한 깨달음과 지적 해방감에 흠뻑 젖어서 지냈다. 마사코와의 지난 추억은 현재의 유학 생활을 아름답게 꾸며주는 장식과도 같았다. 그러나 이렇게 지낼 수 있었던 것도 불과 이 년 정도였다. 그 이상을 지내보니 그전까지 눈에 보이지 않던 한계나 이질감이 느껴지기 시작했다.

국제화가 심화하여 마르크스와 소세키가 인종적 위화감을 심하게 느꼈던 한 세기 전과는 달리, 브리타니아와 헤라클레이아는 그 어느 지역보다도 인종의 전시장을 방불케 했고, 외국인에 대한 제도적 뒷받침이 잘 갖추어져 있었다. 옥스브리지 대학도 재학생의 10% 정도가 이오니아 대륙 밖에서 온 유학생이었으며, 그 비율은 점점 더 높아지고 있었다. 그러나 브리타니아 인의 내면 깊숙이에는 유색 인종에 대한 백인의 우월감이 여전히 존재했고, 그것은 인간관계에서 아주 찰나에 미묘히 감지되는 것들이다. 그리고 시간이 지남에 따라 자신의 정서에 배치되는 문화적 차이점 또한 늘어갔다.

진이는 이런 배경에서는 자신이 아무리 노력을 해도 옥스브리지의 풍경을 완전히 내면화시켜 자신의 것으로 만드는 데는 무리가 있지 않을까 생각했다. 어쩌면 자신이 죽을 때까지도 메아리 없는 외침이나 짝사랑이 되어 풍경을 완성할 수 없을 것 같았다.

그렇게 이 옥스브리지에서 보낸 시간이 팔 년이다. 크레타에서 마사코를 만난 이후 자신의 편향된 관념을 점진적으로 정비해서 정신의 균형을 되찾고, 이제 그 어느 때보다도 아름다운 얼굴을 갖게 되었다. 그러나 자신과 아테나이가 공유할 수 있는 풍경과 서사를 그려내는 일은 아직도 요원한 일이다. 지금 진이는 옥스브리지에서 학문적 성취를 이뤄야 할 시기에 있다. 이제 조만간 박사 논문을 대학원에 제출하고 논문심사를 받아야 한다. 진이가 써낸 국제정치 논문은 풍경의 정치적인 것으로의 확장이고 앞으로 진이가 그려내야 할 아테나이 풍경의 설계도이다. 진이의 얼굴로 표현된 뛰어난 미를 국제정치학 이론으로 창조하고자 하는 것이다. 이 세상 그 무엇도 풍경에서 벗어날 수 있는 것은 없다.

"야, 넌 도대체 밤중에 다리 위에서 혼자 뭐 하는 거냐?"

'어? 뭐지 이건?'

누군가 자신에게 고함치는 소리! 그것도 아테나이 어로 한밤중 케임 강변에서 자신에게 외치는 소리였다. 강 서안에서 한 장신의 남자가 다리 위에 서 있는 진이를 쳐다보고 있다. 진이가 가만히 보니 낯이 익다. 종종 백스에서 조깅을 하던 남자 녀석. 진이도 조깅을 하다가 몇 번인가 마주친 적이 있었다. 자신과 같은 아카이아 계인데, 2m에 가까워 보이는 큰 키가 인상적이었다.

'뭐야 같은 아테나이 사람이었어? 그런데 갑자기 저 반말은 또 뭐야? 평소에 길에서 우연히 몇 번인가 본 것이 전부 아닌가? 게다가 나보다 어려 보이는데!'

느닷없는 상대의 무례한 도발에 진이는 벌컥 역정이 났다.

"그쪽 좀 무례한데? 어디 다짜고짜 반말이야?"

진이도 지기 싫어 세게 언성을 높여 반말로 나갔다. 여러 번 해본 것처럼 큰소리를 쳤지만, 사실 이런 말투로 으름장을 놓아보는 건 난생처음이다. 왠지 어색해서 쑥스러운 기분을 꾹 누르고 있다. 그러자 녀석이 진이가 서 있는 다리 위로 올라왔다. 성큼성큼 거칠게 화를 내며 올라올 것 같았지만, 뜻밖에 사뿐사뿐 침착한 발걸음으로 진이 바로 앞에 와 선다. 진이의 키는 지금 175cm로 아테나이 여자치고 상당히 큰 편이지만, 지금 자기 앞에 서 있는 녀석은 자신보다 적어도 머리 한 개가 더 달린 거구다. 인상은 날카롭지만, 피부가 하얗고 또렷한 이목구비에 섬세함 또한 느껴진다. 대단한 미남은 아니지만, 비교적 잘생긴 축에 속하는 외모다.

"그래, 당신이 나보다 나이도 많고 이 학교 다니는 수재라 이거지?"

'어라?'

이 녀석은 진이에 대해 어느 정도 알고 있는 모양이다. 진이는 너무 뜻밖이었다.

"왜? 내가 너를 알고 있는 것 같아 뜻밖이야? 작년 11월에 CIS(Centre of International Studies)에서 열린 퍼블릭 세미나에 갔었어. 그때 네가 나와서 프레젠테이션하는 것 들었는데, 쳇, 브리타니아어는 나보다 못 하더구만. 그런데 어떻게 이 학교를 들어왔어, 여긴 천재들만 오는 학교 아닌가?"

작년 대학의 국제관계 연구소에서 일반인도 참석할 수 있는 공개 세미나를 연 일이 있었다. 주 아테나이 브리타니아 대사, 주 크레타 브리타니아 대사, 그리고 정치인 두 명과 아카이아 지역 전문가 두 명이 초대되어 아카이아의 지역안보에 대한 발표와 토론을 했었는데, 그때 진이도 간단히 연구발표를 했었다. 그때 이 녀석도 참관했던 모양이다. 진이가 작문은 뛰어나지만, 회화가 원어민 수준에 못 미치는 것은 사실이다. 이 녀석은 아마 어렸을 때 브리타니아로 왔거나 여기서 태어나 원어민 수준으로 브리타니아 어를 구사하는 모양이다.

"어학 실력이 다는 아니야. 그건 일부일 뿐이지."

"으음. 그래, 넌 책을 많이 읽어서 아는 것이 많다 이거군. 알았어."

"그런데 넌 왜 그렇게 예의가 없어? 우린 아직 제대로 인사도 하지 않았어. 난 민자영이야. 닉네임은 진(Jean)이고."

"난 앤드류 렌(Andrew Wren), 보통 앤디라고 불러."

"앤드류, 앤디, 둘 다 너무 흔해빠져서 촌스럽다."

이렇게 시작된 두 사람 사이의 실랑이가 시간이 지나며 꽤 진지한 대화로 이어졌다. 이 아테나이 출신의 남자 녀석은 어렸을 때 가난한 미혼모인 엄마에게서 떨어져 세계아동복지회를 통해 브리타니아로 입양을 왔다. 원래 아테나이 식 이름을 기억하고 있지만, 불행했던 과거를 돌이키기 싫은지 말하기 싫어했다. 양부모 밑에서도 그다지 행복하지 못했다. 이 년 전 대학진학을 위해 에이 레벨(A-Level)이란 브리타니아의 수학능력 시험을 보았는데, 목표는 옥스브리지의 신학(神學)부였다. 그러나 옥스브리지는 이오니아 세계 최고의 명문대이니만큼 시험성적이 최상위인 AAA를 받아야 하는데, 안타깝게도 AAB를 받아 목표를 이루진 못했다.

옥스브리지 밑의 2류 대학을 나와 옥스브리지 출신들에게 무시당하며 사느니 차라리 대학을 안 가고 말겠다는 이상한 심리가 발동해 대학진학을 포기하고 그저 그런 일자리를 전전하며 살았지만, 옥스브리지에 대한 미련을 버리지 못했는지, 일자리를 잡아도 옥스브리지 캠퍼스 근처에 잡고, 지난번처럼 공개강좌, 세미나 등이 열리면 참석해 나름대로 견식을 넓혀왔다. 처음에는 까칠하던 녀석의 태도가 장시간 이어진 진이와의 대화를 통해 어느 정도 누그러졌다. 계속 반말을 쓰긴 했지만, 슬쩍 앞에 누나란 호칭을 붙이기 시작했다. 그리고 자신의 불확실한 미래가 조금 걱정스러운 듯 말했다. 아직 철이 덜 든 듯 보이지만, 자신이 브리타니아 사회에서 결코 승승장구할 수 없는 처지인 것만은 뼈저리게 느끼고 있었다.

한참 녀석의 이야기를 들어주다가 진이는 오늘 낮에 공부했던 칼리지 도서관을 바라보았다. 대화하다 보니 벌써 자정이 다 되어간다.

"라스트 네임이 렌이라고 했지? 그럼 스펠링이 더블유(W), 알(R), 이(E), 엔(N)이 되나?"

"그런데, 왜?"

"난 흔해빠진 앤드류보단 렌이 더 마음에 든다. 넌 지금 네 부모님을 마음에 들어 하지 않지만 말이야. 렌(Wren), 널 렌이라 부를게. 저기 저 도서관 건물을 설계한 사람이 바로 네 할아버지시잖아?"

"…?"

"뭐야, 모르고 있었구나? 이 학교에 오는 것이 지상 목표였으면서 그런 것도 모르고 있었어? 저 도서관이 렌 도서관(Wren Library)인데, 브리타니아의 천재 건축가 크리스토퍼 렌(Christopher Wren)이 300년 전에 설계해 세워진 거야. 옥스브리지 72개 칼리지 도서관 중 가장 큰 규모이고 장서가 600만 권이 넘어."

렌은 진이가 크리스토퍼 렌이란 천재 건축가를 자신의 조상으로 간주하는 것이 비록 허구이긴 하지만 자신의 가능성을 높이 사려는 진이의 의도임을 눈치 챘다. 기분이 좋아지면서 마음을 더 열어놓고 싶어졌다.

"다시 수험 공부를 하고 이 학교에 도전해볼까? 이번엔 반드시 AAA를 받아서 말야."

"글쎄, 그것도 좋지만, 옥스브리지에 온다고 네 장래가 보장될 거라곤 생각되지 않아. 네가 특별히 학문에 뜻이 있다면 모를까. 난 비록 여기서 박사까지 하고 있지만, 여기에 기대서 살 생각은 없어. 한때 여기 남아서 교수가 될 꿈을 꾼 적도 있긴 하지만…"

"박사 따고 아테나이로 돌아갈 거란 얘기야?"

"흠, 좀 더 생각을 해봐야 돼. 일단은 연구 성과를 내고 난 후에 결정해야겠지."

"음, 뭔가 엄청난 걸 쓰고 있는 거 같은데?"

"하하."

진이는 오랜만에 모국의 친구가 생겨 많은 이야기를 나눈다. 마치 둘의 대화를 돕듯이 달은 점점 깊어져갔다.

79

11월 말 옥스브리지 국제관계 연구소(CIS).

"축하해. 진(Jean), 아니 이제부터는 닥터 민이라고 불러야지."

"교수님께 정말 감사드려요. 다 교수님 덕분이에요."

"옥스브리지 학위는 일개 교수가 줄 수 있는 게 아니지. 그만큼 진의 재능을 학교에서 높이 산 거야."

"아녜요. 교수님 슈퍼비전이 아니었다면 전 제 연구를 다 못 마쳤을 거예요."

"사실 논문 심사에서 부정적인 의견이 많았어. 진의 연구에 너무 예언적 요소가 많다는 거야."

"엄밀히 말해서 그건 예언이 아니라 논리적인 사고실험이죠. 이론 구축이었어요."

"그래, 나도 그 점을 높이 샀지만, 그걸 싫어하는 사람들이 많았지. 그런데 신임 장관이 그걸 상쇄시켰어."

"하하, 알고 있어요. 오늘 세미나를 열어준 것도 그분이죠."

"흠, 이건 세미나가 아니라 진의 축하 파티야, 고든이 진을 위해 베푸는. 근데 이걸 애써 공개 세미나로 하자고 한 게 진이라며? 무슨 특별한 이유라도 있었나? 고든은 명사들을 초대한 사교모임 정도로 생각했던 모양이던데."

"글쎄요, 특별한 이유가 있었던 건 아니고, 전 그냥 이게 좋더군요."

"닥터 민."

저쪽에서 고든이 다가오며 진이를 부른다.

"어이쿠, 거물께서 오셨으니 난 자리를 피해줘야겠군. 잘해봐 진, 좋은 기회는 놓치지 말고."

"네, 걱정하지 마세요."

진이의 논문 지도교수였던 윌리엄 컨스터블(William Constable)이 자리를 피하고 재임 외무장관 앤드류 고든이 진이에게 다가왔다.

"닥터 민, 축하해요. 오늘 이 자리는 당신을 위한 자리나 마찬가지니 마음껏 즐기도록 하고…. 참 내가 오늘 한 가지 더 좋은 소식을 가져왔소."

"네?"

"실은 어제 내가 닥터 민을 RIS 수석 연구원으로 임명 제청했어요. 받아들이겠소?"

"네? 하지만, 저처럼 서른도 되지 않은 사람이 그 자리에 앉을 수 있는 건가요? 아직 그런 예를 들어보지 못했는데요? 아직 정식 임명된 것도 아니지요?"

"모든 일에는 예외가 있기 마련이오. 이제 닥터 민이 그 사례를 만들면 되는 거지. 그리고 내가 당신을 보증했으니 이미 임명된 거나 다름없소. 수상이 내 제청을 거부할 수 있을 것 같소? 어림도 없지. 이번 기회에 미스 민에게 정부에서 내 영향력을 뽐낼 기회도 되겠군."

'미스 민?!'

진이는 닥터 민 대신 불현듯 미스 민이라 호칭한 고든에게 순간 경계심을 느꼈지만, 한편으로 좋은 기회를 놓치지 말라는 컨스터블 교수의 말이 생각난다.

"알겠습니다. 한 번 생각해보지요."

"흠."

고든은 진이가 자신의 제안을 거절할 리 없다고 믿는다. 진이는 이 기회를 살리되 자신이 가벼워 보이지 않도록 일단 생각해보겠다고 여운을 남긴다.

알아이에스(RIS: Royal Institute of Strategy, 왕립 전략 연구소)는 네스토리우스력 1979년에 세워진 외무성 직속기관으로 주로 브리타니아의 세계 전략을 연구한다. 그런데 이 연구기관은 외무성의 정책을 자문하거나 학문적으로 뒷받침하는 것에 머물지 않고, 직접 정책을 입안·실행하는 권한까지 주어진다. 진이가 제의받은 수석 연구원은 외무성 차관급의 권한을 부여받는다.

이것은 이오니아 세력균형 체제의 라이벌인 헤라클레이아와 비교했을 때 브리타니아가 가진 특색이기도 하다. 헤라클레이아에서는 국제정치학자가 정부 외교관료의 자문 역할에 그친다. 국제정치 이론이 외교 실무에 영향을 미치려면 몇 단계의 관료 시스템을 거쳐야 한다. 하지만 브리타니아에서는 이론이 곧바로 상부 정책 결정에 작용하는 경우가 많다. 이론이 헤라클레이아에서보다 더 강한 힘을 가지고 있는 것이다.

헤라클레이아의 국력이 브리타니아를 앞지르면서 아테나이와 크레타에서는 유학 대상국으로 헤라클레이아를 더 선호하고 있다. 이오니아 최고의 역사를 자랑하는 옥스브리지보다 나중에 헤라클레이아에서 설립된 하버드가 더 인기다. 하지만 진이가 크레타에 유학할 때

마사코, 아니 자연은 나쓰메 소세키의 이야기를 시작으로 진이가 브리타니아에 호감을 느끼도록 유도했다. 결국 신구(新舊)가 절묘하게 조화된 옥스브리지의 풍경 속에서 진이는 미와 지식의 균형을 되찾아 이상적인 아름다움을 자신의 얼굴에 실현하고 박사학위를 취득한 현재, 헤라클레이아로 갔다면 얻을 수 없었을 사회적 성취와 권력까지 얻게 되었다.

진이가 고든과의 대화를 마치자 기다렸다는 듯 한 여성이 진이에게 악수를 청하고 말을 건넨다. 짙은 갈색 피부에 크고 검은 눈, 검은 머리가 이국적인데 브리타니아 사회의 주류인 앵글로색슨 계열이 아닌 것은 확실했다. 아카이아 계와 백인의 혼혈이라 하면 적당할 것 같은 외모다.

"처음 뵙겠습니다. 닥터 민, 크로우 풋(Crow Foot)입니다. 고든 장관의 비서입니다. 오늘 이렇게 만나뵈니 영광이군요."

'크로우 풋! 까마귀 발? 희한한 이름이다!'

진이는 상대의 이국적인 외모와 함께 특이한 이름으로부터 심상찮은 느낌을 받는다. 게다가 이 여인은 무척이나 아름답다.

"만나서 반갑습니다. 원래 브리타니아 태생이신가요?"

"아, 네, 궁금해 하실 줄 알았습니다. 제 외모가 아카이아 계도 아니고 백인도 아닌 것이 특이하죠? 이오니아 계입니다. 지금의 이오니아인들이 이 땅으로 이주해오기 전 이 땅에 살던 민족의 후손입니다. 진정한 의미의 이오니아인이라고 할까요?"

'아!'

진이는 순간 상대방의 외모에 궁금증을 느꼈던 자신이 부끄러워졌다. 자신의 막연한 호기심이 상대에게 불쾌감을 줄 수 있었기 때문이다. 상대는 이런 상황에 이미 익숙하다는 듯 웃으며 응수하니 그나마 다행이었다. 오늘날 이오니아인이라 일컬어지는 것은 서 라케다이몬에서 이오니오스 해를 건너 이오니아 대륙으로 이주해온 민족들의 총체이다. 그런데 이 땅에는 이미 수만 년 전부터 정착하여 살던 선주민이 있었다. 이들을 현재의 이오니아인들과 구별하여 이오니아 원주민이라 부르는데, 여기에는 알게 모르게 멸시적인 의미가 내포되어 있다.

이오니아 원주민은 서 라케다이몬에서 이주해온 앵글로색슨·갈리아·게르만·슬라브 등의 민족에 밀려나, 지금은 원주민 보호구역(reservation)이라는 대륙의 오지에서 겨우 종족의 명맥을 유지하고 있다.

"닥터 민, 전 원래 옥스브리지에서 석사를 마치고 외무성에 들어와 8년 동안 경력을 쌓아왔습니다. RIS에서 정식 연구원은 아니었지만 수시로 파견근무를 나가 그쪽 사정을 잘 알고요. 혹시 궁금하신 점이 있으면 망설이지 말고 제게 물어보세요. 참, 나이는 제가 당신보다 여섯 살 위에요. 2024년생입니다. 아테나이의 전통에선 나이를 중시한단 걸 알고 미리 말씀드리는 거예요. 그게 서로 편하겠죠?"

진이는 크로우 풋이 자신보다 여섯 살 위라는 말을 듣고 마사코가 생각났다. 마사코도 딱 여섯 살 위의 언니였다.

"아, 그러시군요. 제겐 대학 선배도 되시네요. 너무 반가워요. 사적인 장소에서는 언니라고 여겨도 되겠군요."

풋과 잠시 이야기를 나누다 보니 공개 세미나가 곧 시작됨을 알리는 안내 방송이 나온다. 진이는 풋과 공개 세미나가 열리는 강당으로 자리를 옮겼다. 강당에는 예상보다 많은 사람이 모여 있는데, 진이는 두리번거리며 방청석을 살펴본다.

'역시 렌이 와 있구나.'

렌이 방청석 한가운데 앉아 있는 모습이 보인다. 오늘 세미나의 주인공이 자신임을 뽐내기 싫어서 렌에게 따로 이야기하지 않았지만, 세미나의 주제가 아테나이와 관련이 큰 만큼 렌은 말해주지 않아도 찾아올 것이라 믿고 있었다. 사회자가 세미나의 시작을 정식으로 알리고 진이가 가장 먼저 단상에 나가 참석자들에게 간단한 인사를 올린 후 기조 발표를 한다.

"금세기에 들어 국제정치학은 놀랄 만한 발전을 해왔습니다. 이것은 근대 이오니아 세계가 지구 곳곳으로 급속히 확장되어가는 과정에서 이루어진 눈부신 발전이었습니다. 그러나 국제정치학자가 이제까지의 성공에 안주해 과거에 대한 분석과 이론적 틀(frame work)을 제시하는 정도에 계속 머문다면, 이제까지 일궈온 전문가로서의 정체성을 잃어버릴 것입니다. 오늘날 국제정치 연구는 국제정치를 이끄는 것이 아니라, 사후의 인과적 분석과 평가에 그쳤습니다. 이런 식으로만 한다면 과연 국제정치학이 역사학과 다른 것이 무엇이며 국제정치 이론의 정체성은 과연 어디서 찾아야 합니까? 국제정치학자는 어느 정도의 위험성을 안고서라도 미래를 전망하고 문제 해결을 위한 이론을 개발해야 합니다."

진이는 세미나의 기조 발표를 통해 자신의 박사 논문에 비판적이었던 의견에 자신 있게 정면으로 맞선다. 자신의 논문에서 구축된 이론은 이제 브리타니아 외교정책을 이끌 것이 확실해졌기 때문이다. 이어서 신임 외무장관 앤드류 고든의 발표가 이어진다. 그는 학술적인 내용보다 정부의 외교정책에 관련된 이야기를 할 것이고, 세미나 참석자는 교수·학생·일반인을 가리지 않고 질문할 수 있다.

"이오니아의 근대 문명은 지구상의 모든 지역에 파급돼 이제는 하나의 단일한 세계를 바라보기에 이르렀습니다. 국제화가 심화해오면서 과거에는 존재한 적이 없던 본질적인 변화가 세계화라는 이름으로 우리에게 다가온 것입니다. 나는 브리타니아가 과거 국제화를 선도했듯이 이 세계화 또한 나의 브리타니아가 이끌어 나갈 것을 믿어 의심치 않습니다."

"워우, 짝짝짝짝짝…"

고든이 간략히 발표의 서두를 마치자 참석자들은 대부분 큰 박수로 격려한다.

"인류가 세계화(Globalisation)로 나아가는 시점에서 이제부터 브리타니아가 적극적으로 주도할 이오니아의 리디아 합중국은 지역화의 가장 모범적 사례가 될 것입니다. 리디아 합중국은 경제 공동체이자 지역 안보 공동체를 지향합니다. 지역화는 인류가 근대 민족국가의 단계를 거쳐 세계의 단일 문명으로 진보하는 단계에서 반드시 거쳐야 하는 관문이 될 것입니다."

고든이 말하는 리디아 합중국이란 이오니아 세계에서는 꽤 유서 깊은 아이디어다. 이 구상은 약 200여 년 전 리디아라는 초보적인 폴리스 연합이 존재했던 것에 유래하나, 당시에는 20년을 채 유지하지 못하고 해체됐었다. 그런데 이오니아 세계 밖에서 신흥 강대국인 그레타가 발흥하고 이오니아 대륙 안에서도 현상타파적인 공산주의 국가 사이베리아가 등장하자, 이제까지 세력균형 체제 속에서 발전해온 이오니아 폴리스들이 하나로 합쳐 외부의 위협에 대응할 필요를 느낀 것이다. 게다가 사이베리아와 같은 이념적 노선을 걷는 라케다이몬이 최근 급부상하자, 리디아 합중국의 필요성은 더욱 절실해졌다. 이에 브리타니아·헤라클레이아·프랑시아·프러시아 등 이오니아 대륙을 지배하는 72개 근대 폴리스 중에서 사이베리아를 제외한 71개 폴리스를 하나로 묶어 하나의 거대한 경제 안보 공동체를 건설하자는 것이다.

그런데 지금 고든이 리디아 합중국을 언급했다는 것은 브리타니아가 장래 세계질서 구축에 적극적으로 손을 대기 시작했다는 의미가 있다. 브리타니아는 초조했다. 세계를 지배하고 있는 이오니아 문명, 여기서 힘의 균형 정책으로 72개 폴리스의 균형자로 100년이 넘게 국제사회를 주도해온 브리타니아가 헤라클레이아에게 자신의 자리를 위협받게 된 것이다. 헤라클레이아는 브리타니아처럼 앵글로색슨족이 주축이 된 폴리스로, 이오니아에서는 사이베리아처럼 후발 근대국가였다. 그러나 그 국력이 점차로 성장해 약 30년 전부터 브리타니아를 능가하기 시작했다. 동생이 덩치가 커져 형의 자리를 넘보기 시작한 것이다.

진이의 할머니 자연은 22년 전 이 둘 사이의 갈등을 교묘히 이용해 아테나이에서 자유주의 혁명을 성공시켰다. 브리타니아는 아테나이 혁명을 승인, 지지하는 대가로 아테나이에서 이권을 선점해 아카이아 외교에서 헤라클레이아에 우위를 지킬 수 있었다. 고든의 계획은 브리타니아가 리디아 합중국 계획을 주도함으로써 헤라클레이아를 따돌리고 이오니아에서 우위를 차지하려는 것인데, 여기서도 아테나이와의 관계는 중요했다.

"여기서 나는 우리의 우방인 아테나이의 중요성을 새삼 강조하지 않을 수 없습니다. 아테나이는 앞으로도 아카이아 지역에서 브리타니아의 베스트 프렌드가 될 것입니다. 리디아 합중국 계획이 순조롭게 진행되려면, 아테나이가 아카이아 세계에서 크레타와 라케다이몬의 지역 패권 장악과 이오니아 진출을 견제해줘야 합니다."

고든은 브리타니아의 동맹인 아테나이의 중요성을 새삼 강조한다. 아이가이온 해를 사이에 둔 아카이아와 이오니아 세계에서 브리타니아의 국익 극대화를 위해 아테나이-브리타니아 동맹이 가장 이상적이라는 진이의 주장에 근거한 것이다.

진이는 자신의 논문에서 라이커(William Riker)의 최소승자 연합(minimum winning coalition) 가설을 도구로 사용했다. 브리타니아에게는 크레타와 라케다이몬보다 상대적으로 약체인 아테나이가 동맹 상대로 부담이 적고 아카이아 세계에서 자신의 영향력을 극대화시킬 수 있다는 이점이 있다. 반대로 아테나이는 생산력에서 브리타니아를 뛰어넘고 야심적인 헤라클레이아와 동맹을 맺기보다, 지난 100여 년간 국제관계를 주도해온 외교력으로 자신의 위신을 잃지 않으려 애쓰는 브리타니아와 손잡을 때 얻어낼 것이 많다.

어찌 보면 진이의 구상은 22년 전 할머니 자연이 도모한 외교정책과 같아 보인다. 하지만 자연의 외교에 없었던 것이 있다. 진이는 옥스브리지에 제출한 박사 논문에 쓰지 않았던 구상을 비밀리에 외무성에 제출했다. 앞으로 아테나이가 군비를 착실히 갖추어 크레타와 결전을 벌여 승리한다는 계획이다. 브리타니아는 암암리에 이 계획을 지원한다.

"이오니아에서 브리타니아가 주축이 되어 발전해온 힘의 균형(Balance of Power) 체계는 지난 100년간 꾸준히 아카이아 세계에도 이식되어왔습니다. 전근대적 아카이아 세계에서는 압도적인 인구·영토·자원을 보유했던 라케다이몬을 중심으로 국가 간 위계 체계(hierarchy)가

존재했는데, 먼저 크레타가 이오니아 근대문명을 받아들여 이 체계로부터 탈피했고, 뒤이어 아테나이도 공산주의와 자유주의 체제를 모두 경험하면서 라케다이몬에 대한 종속적 지위에서 벗어났습니다.

그러므로 아카이아 세계는 설혹 라케다이몬이 과거와 같은 압도적 힘의 우위를 되찾더라도 라케다이몬 중심의 위계 체계로 재편되지 않을 것이며, 이오니아와 같이 국가 간 힘의 균형 체계를 지향할 것입니다. 브리타니아는 앞으로 아테나이를 적극적으로 지원하여 아카이아 세계에서 균형자가 되게 하고, 아카이아의 지역 안보가 안정을 유지할 수 있도록 할 것입니다.”

고든이 말하는 이 내용은 진이가 자신의 박사 논문에서 일관되게 주장한 내용이었다. 라케다이몬이 옛날처럼 강력해진다면 아테나이는 여기에 편승할 것이라는 많은 이오니아 학자의 주장을 반박한 것이다. 진이는 아테나이가 편승의 유혹을 뿌리치고 균형으로 나아가지 않는다면, 계속 미완의 근대국가로 남을 수밖에 없다고 믿었다.

“그런 의미에서 앞으로 브리타니아 정부가 강화할 아테나이와의 동맹은….”

“리디아 합중국은 아카이아에겐 재앙이야.”

고든의 발표가 계속 이어지는데 방청석에서 한 사람이 벌떡 일어나 소리친다. 세미나 장의 모든 시선이 한 사람에게 모였다. 이때 가장 놀랐던 건 진이었다.

‘렌!’

렌이 벌떡 일어서자 2m에 달하는 그의 장신이 좌중을 사로잡았고, 그의 커다란 외침이 장내의 분위기를 일변시켰다.

“죄송합니다. 질문은 발표가 모두 끝난 이후 일괄적으로 가질 것입니다. 나중에 정식으로 질문 기회를 얻으실 수 있으니 부디 인내심을 가지고 기다려주십시오."

사회자가 갑자기 돌출 행동을 한 렌을 저지하기 위해 방송을 한다. 하지만 렌은 들은 체도 안 하고 고든을 행해 공격적인 발언을 한다.

"이오니아엔 근대 주권국가 간 힘의 균형 체계보다 더 진보했다고 하는 리디아 합중국을 제시해놓고, 아카이아엔 여전히 주권 국가들 사이의 대립을 조장해서, 브리타니아와 헤라클레이아의 대리전쟁을 시키려 들고 있잖아?"

"아, 대단합니다. 전 이 자리가 이 정도로 뜨거운 토론의 장이 될 줄은 몰랐어요. 뭔가 오해가 있으신가 본데, 내가 그 점에 대해 말씀 드리자면…"

고든이 분위기를 가라앉히고 갑자기 렌에게 빼앗긴 세미나의 주도권을 찾아오려 점잖게 응수해보지만, 렌의 불같은 열정을 식히기에는 역부족이다. 렌은 고든의 말을 무시하고 계속 자신의 주장을 늘어놓는다.

"이 전쟁은 끝없이 반복될 거야. 브리타니아 주도의 리디아 합중국이 실현되면, 다음엔 또 아카이아에 힘의 균형 체계는 시대에 뒤떨어진 것이니 자기들처럼 지역 통합을 해보라고 하겠지. 그럼 아카이아의 주권국 사이에선 서로 주도권을 잡으려고 엄청난 투쟁을 벌이게 될 거고, 그 와중에 리디아 합중국은 엄청난 이득을 보게 될 거야. 남의 동네 싸움을 재밌게 즐기면서 말야."

"이것 보시오. 뭔가 큰 오해가 있는 거 같은데, 우리와 아카이아는 친구요. 적이 아니란 말이오. 그리고 난데없이 이 전쟁이란 건 또 뭐요?"

"아카이아가 친구라면 왜 매년 그렇게 엄청난 예산을 들여 그 많은 스파이를 보내 정탐을 시키나? 쓰레기 같은 외교적 수사는 집어치워. 이오니아 문명은 전쟁을 먹고 사는 문명이야. 세계화? 그것부터가 애초에 있지도 않은 허구야."

"이것 보쇼, 당신 대체 누굽니까? 젊어 보이는데 교수 같지는 않고…, 지금 옥스브리지 재학생인가?"

고든이 렌의 신원을 의심하고 신분을 묻는다. 그러자 엉뚱하게 방청석에서 대신 답변이 나온다.

"그 사람이 킹스 퍼레이드(King's Parade) 가판대에서 팔던 케밥이 아주 맛있어요. 나도 일주일에 한 번씩은 사먹었지. 근데 요즘엔 보이지 않던데…, 요즘엔 어디 다른 데서 일하나?"

방청석에 있던 한 사람이 렌을 알아보고 그가 예전에 노상 가판대에서 케밥 팔던 것을 기억해내어 말한다. 그러자 다른 사람이 곧바로 말을 잇는다.

"아, 저 사람 요새 이글 카페(Eagle Cafe)에서 서빙 일을 해요. 아테나이 사람인데 키가 워낙 커서 지금 금방 알아보겠어."

"아, 그래? 요샌 옥스브리지가 많이 발전했군. 이글 카페에서도 국제정치 학위를 수여하나 봐. 대단해, 아주."

─푸하하하하하하…

세미나장이 갑자기 웃음바다가 되었다. 사람 중에는 앉아서 허리를 구부리고 배꼽을 잡는 시늉을 하는 사람도 있다. 의도적으로 과장된 행동을 해서 상대방을 더욱 모욕 주려는 태도이다.

─크하하하하하하…

웃음은 그칠 줄 모르고 계속된다.

'아, 이게 아닌데!'

진이는 낙담하며 렌을 바라보았다. 저 커다랗고 대범한 렌조차 청중의 조롱 속에서는 무력하게 아무것도 못 하고 서 있었다. 렌의 벌겋게 된 얼굴이 볼수록 안쓰러워졌다. 진이도 이 상황에서는 아무것도 할 수가 없었다.

'이럴 줄 알았으면 세미나를 공개로 하는 것이 아니었어!'

이 세미나를 일반에게도 공개하자고 학교 측에 요청했던 것은 진이었다. 렌이 참가해주기를 바랐기 때문이다. 그러나 이제 후회가 몰려온다. 렌은 참가하지 않은 것만 못하게 됐고, 이런 상황은 욕설을 퍼붓거나 폭력을 행사하는 것보다도 당사자에게 충격이 크다. 렌은 그동안 자신이 말없이 쌓아온 세상에 대한 식견에다 가슴에 쌓인 울분까지 더해 외무장관 고든의 논리적 모순과 이중 기준을 보기 좋게 폭로했다. 그리고 렌의 정의감 타오르는 사자후 안에는 타인에 대한 인정 욕구가 분명 내재해 있었다. 그런데 그것이 순식간에 청중의 조롱과 멸시로 되돌아왔다. 이 순간은 이제 렌이 죽을 때까지 잊지 못할 순간이 됐고, 커다란 원한으로 자라날 것이다. 진이는 렌이 이 상황을 어떻게 빠져나가게 해야 할지 몰랐다. 한동안 멍하니 청중의 비웃음을 사던 렌은 천천히 자리를 떠나 세미나장 밖으로 나간다.

'아, 렌…!'

진이는 렌을 따라 나가 뭔가 이야기해주고 싶었지만 그럴 수 없었다. 지금은 일단 자기 자리를 지키며 세미나가 끝날 때까지 기다릴 수밖에 없다.

렌이 청중에게 쫓겨나고 회장의 질서가 돌아왔다고 생각한 고든은 발표를 마무리 지었다. 이후 외무성 관료 한 사람과 아카이아 지역 전문가이자 진이의 지도교수였던 윌리엄 컨스터블의 발표가 끝나고, 메인이라 할 수 있는 진이의 발표가 있었다. 이후 참가자들의 질문과 함께 열띤 토론이 이어지고 세미나는 끝을 맺었다.

통상 이런 세미나가 끝나면 회장은 파티 장으로 바뀐다. 참가자들은 주최 측이 준비한 와인이나 차 그리고 간단한 과자류 등을 들며 서로 자유로이 이야기를 나눈다. 진이는 오늘 세미나의 주인공이기도 했지만, 너무나도 아름다운 외모 때문에 많은 사람이 말을 걸어왔다. 하지만 진이는 지금 한가하게 그들과 얘기를 나누고 있을 수 없었다. 간단한 인사로 답하고 연구소 건물을 빠져나와 렌을 찾았다. 렌이 망신을 당하고 나간 지 이미 2시간 이상이 지났다. 하지만 진이는 왠지 렌이 돌아가지 못하고 밖의 어딘가에서 방황하고 있을 거라고 생각됐다. 연구소 건물을 나와 이리저리 둘러본다. 날이 이미 어두워져 케임 강 일대는 적막하다.

'아! 어딘가에 렌이 있을 것 같은데….'

"진(Jean), 여기서 뭐해?"

한참 렌을 찾고 있을 때 누군가 진이를 부른다. 남자 목소리라 순간 렌이 아닐까 솔깃했지만, 목소리가 이미 칠 년 전부터 귀에 익은 불청객의 것이란 것을 알고 진이는 곧 마음을 감춘다.

"뭘 하고 있는 거야. 지금 안에선 널 위한 파티 중인데, 여기 나와 있으면 어떻게 해."

"파티가 그렇게 좋으면 너나 들어가서 실컷 즐겨. 굳이 내 걱정까지 네가 할 필요는 없잖아."

"하긴 넌 원래부터 파티 체질이 아니지. 칠 년 전이나 지금이나 넌 부끄럼이 많은 아테나이 여자구나. 근데 아테나이에도 이렇게 맛있는 초콜릿 쿠키가 있니? 아마 이렇게 맛있는 건 없을 거야."

쌀쌀맞게 대하는 진이를 향해 이안 로렌스(Ian Lawrence)는 파티 장에서 가지고 나온 쿠키를 오독오독 씹으며 진이를 놀린다. 다섯 달 전 고든이 이든을 협박하기 위해 언급했던 아만다(Amanda), 피터(Peter) 로렌스 부부의 둘째 아들이다.

'저런 속알맹이 없는 녀석! 마트에서 사와 학교 파티에 내놓은 싸구려 과자 따위가 아테나이에 없을 리 없잖아. 저 녀석은 매사가 저런 식이다. 거지같은 놈. 저래서 무슨 백작 집안의 아들이라고…'

이안 로렌스는 학부 때부터 진이를 졸졸 쫓아다녔다. 그것은 물론 진이가 아름답기 때문이다. 그런데 진이가 느끼기에 로렌스는 이국 여인에 대해 막연한 성적 환상을 품고 있었고, 그것은 로렌스의 인종적 우월감을 증폭시키는 결과로 이어질 것이 뻔했다. 그래서 진이는 언제나 로렌스를 백안시하고 거리를 두었다. 로렌스도 진이처럼 박사 과정까지 마쳤고, 이제 자신의 진로를 결정해야 했다. 진이는 이제 옥스브리지를 떠나야 할 시점에 다시는 저런 놈과 마주치는 일이 없기를 바란다.

진이가 계속 아무 대꾸가 없자 로렌스는 다시 파티 장으로 들어갔다. 그때 케임 강변 둔치에서 렌이 모습을 드러내고 진이 쪽으로 걸어오는 모습이 보였다. 아까부터 그 근처에서 시간을 보내고 있었던 것 같았다. 나무에 기대 강을 바라보고 있기라도 했던 것인가? 계속 밖에 있었던 모양인지 얼굴이 창백해져 있고, 몸이 벌벌 떨리는 것을 진이 앞에서 억지로 참고 있는 것 같았다.

"아까부터 계속 거기 있었니?"

"…"

진이가 렌에게 먼저 말을 걸어보지만 렌은 아무 대답도 하지 않았다. 할 말은 많지만 렌은 지금 어떤 말도 하기 힘들 거라고 진이는 생각했다.

"렌, 아테나이로 돌아가."

"뭐라고?"

"아테나이로 다시 돌아가서 새 출발을 하라고. 내가 보기에 넌 브리타니아에서 행복하게 살 수 있을 것 같지 않아. 여기서 적당히 타협하며 살기엔 넌 너무 순수하고 자존심도 강해. 어렸을 때 입양 와서 브리타니아 인이 다 됐을 법도 하지만, 내가 보기엔 아직도 아테나이적 성향이 농후해."

"내가 당장 돌아가서 뭘 하라고? 그리고 누나는 앞으로 어떻게 할 건데?

"왜, 갑자기 가서 할 일이 없을까 봐? 가서 체류비가 없을까 봐 걱정되니? 걱정하지 마. 네가 뜻만 있다면 네 능력이 될 때까지 내가 도와줄게. 난 여기서 몇 년 더 있을 거야. 외무성에서 프로젝트를 하나 맡게 될 것 같으니까. 그걸 마치면 나도 아테나이로 돌아가야지. 그때 가면 너와 할 일이 생길 거야."

"같이 할 일? 그게 뭔데?"

"지금은 말하기 곤란해. 하지만 앞으로 천천히 알게 될 거야. 그러니 넌 가능한 한 빨리 아테나이로 돌아가. 내가 하란 대로 하란 말야."

"…"

"당장 내일부터 귀국 준비를 하도록 해. 준비 마치는 대로 내게 연락하고. 내가 아테나이에 연락해 미리 준비해놓을 테니까."

진이가 갑작스러운 제안을 하자 렌은 조금 당혹스러웠다. 그러나 아테나이로 돌아가란 말을 들었을 때 이미 자신이 듣고 싶었던 말을 진이가 해준 것처럼 느껴졌고, 훗날 진이와 같이 하게 될 일이 생긴다는 말에 아테나이로 돌아갈 이유를 이제야 찾은 듯도 했다. 렌은 만난 지 이제 겨우 두 달밖에 되지 않았음에도 진이가 자신을 상당히 신뢰하고 있음을 느꼈다. 하지만 미래에 해야 할 일이 무엇인지 진이는 확실히 말해주지 않는다. 렌은 진이가 지금 당장 어떤 구체적인 계획이 있어서 그렇게 말했을 리는 없다고 생각한다. 다만 진이가 자신에게 보내는 신뢰를 배신하고 싶지 않았다. 진이의 말대로 귀국을 서두르기로 하고 렌은 자신의 집으로 향했다.

"닥터 민, 아까 그 사람 원래부터 아는 사람이었나 보죠?"

집으로 돌아가는 렌을 지켜보는데 뒤에서 풋이 자신을 부른다. 뒤돌아보니 풋은 양손에 와인 잔 하나씩을 들고 자신에게 다가와 왼손에 들려 있는 잔을 진이에게 건넨다.

"춥죠. 들어요. 몸이 따뜻해질 거예요."

진이는 세미나가 끝나자마자 급히 밖으로 나오면서 코트를 챙겨 입지 못했다. 브리타니아의 겨울은 아테나이만큼 기온이 낮지 않지만 을씨년스런 기운이 강하고 어찌 보면 크레타의 겨울과 닮았다. 풋이 건넨 잔에는 레드 와인이 반쯤 담겨 있었다. 진이는 평소에 술을 거의 마시지 않지만, 이번에는 반 잔의 와인을 단숨에 다 마셔버린다. 기다렸단 듯이 몸이 술을 흡수하고 체온을 높여준다. 진이는 오랜만에 두 볼이 발갛게 홍조가 드는 것을 느낀다.

"옥스브리지의 풍경과 닥터 민의 모습이 잘 어울려요."

"네?"

갑자기 무슨 뜬금없는 소리인가 하고 진이는 옆에 다가와 선 풋의 얼굴을 쳐다본다.

"오늘 닥터 민을 처음 보고 데쟈뷰가 느껴졌어요. 막연한 것이 아니라 아주 강렬하게요. 이상한 일이죠? 난 지금까지 아테나이인 친구가 없었고, 지인 중에 아무리 생각해봐도 닥터 민을 닮은 사람은 아무도 없어요. 그런데 지금 여기 나오면서 바라보니…"

"…?"

"닥터 민이 옥스브리지의 풍경과 많이 닮았단 생각이 드네요. 아주 많이요!"

"…!"

"하하, 제가 좀 엉뚱하죠? 제가 원주민 후손이란 걸 숨길 수가 없네요. 원래 원주민들에겐 수만 년 된 정령신앙(animism)이 있어요. 근데, 닥터 민의 얼굴에 왠지 이 옥스브리지의 정령이 그대로 깃들어 있다고 느껴져서. 왜일까요?"

"옥스브리지의 정령이요!"

진이는 지금까지 옥스브리지를 브리타니아의 중세와 근대가 조화롭게 어우러진 이상적인 풍경으로 받아들였고, 그것을 천천히 자신의 것으로 내면화시켜왔다. 1,000년이 넘는 세월을 거치며 인문학적으로 구성된 옥스브리지의 풍경을 관념화시켜 매일 자신의 몸에 주입해온 것이다. 그 결과 진이는 고전적인 우아미와 현대적인 세련미를 겸비한 미인이 될 수 있었다.

그런데 풋이 말하는 옥스브리지의 정령이라는 것은 진이가 인식한 역사적인 풍경보다 더 원초적이고 보편적인 관념이다. '정령'이라는 것이 정말 존재한다면 이곳에 인간의 발길이 닿기 전부터 있었을 것이기 때문이다. 진이는 자신이 옥스브리지의 풍경을 관념화시킬 때 정령이 부지불식간에 내재했을 가능성도 고려해본다.

"닥터 민, 지금 갑자기 떠올랐어요. 당신의 우리식 이름이요. '하얀 피(White Blood)'에요."

"'하얀 피'요? 어째서요?"

"음, 글쎄요. 저도 잘 모르겠어요. 근데 이걸 논리적으로 접근하진 마세요. 그냥 당신과 옥스브리지를 함께 바라보니 떠오른 거예요."

진이는 풋이 지어준 하얀 피라는 이름이 생소하지 않았다. 진이는 무라사키 시키부의 뒷모습을 자신의 초월적 장소로 삼고 여기에 역동하는 서사를 부여하고자 아이가이온 해 선상에서 시키부를 주인공으로 한 단편소설을 썼다. 이후 진이는 이 서사를 머금은 한 폭의 그림에 보편적 지식을 차곡차곡 쌓아올렸다.

진이가 삼 년의 학부를 마치고 연구석사 일 년 차이던 어느 겨울날이었다. 찬 공기를 마시며 케임 강을 따라 걷고 있는데 몸에 변화가 생기는 것 같았다. 떨어져 있던 좌뇌와 우뇌 사이를 관통하는, 과거에는 존재하지 않던 새로운 혈관이 생기는 것 같았다. 그리고 그 혈관을 따라 차고 흰 피가 도도히 흐르기 시작하는 것처럼 느껴졌다. 실제로 몸속에서 차고 흰 피가 흐를 리 없지만, 이 상징적인 느낌을 받고 나서부터 지난 사 년간 보다 안정된 마음으로 차곡차곡 자신을 도야시킬 수 있었다. 얼굴의 변화도 아주 극미한 변화가 매일 일어나기 때문에 주위 사람들이 변화를 눈치 채지 못했다. 사람들은 언제부터인가 더 아름다워진 진이를 보고 혼자서 흐뭇한 마음에 젖곤 했을 것이다.

진이는 물리적으로는 존재하지 않지만, 예전에는 없던 새로운 관념의 통로가 자신에게 생긴 것이라고 미루어 짐작했다. 상상력을 발휘하여 지적 활동을 활발히 전개할 때면, 평소보다 강력한 에너지가 이 관념의 통로에서 하얀 피와 함께 뇌 속을 순환하는 것처럼 느껴졌다. 기존의 학설을 뒤집는 새로운 연구는 모두 이 순간에 이루어졌다. 그런데 지금 풋이 그것을 꿰뚫어보고 자신에게 하얀 피란 이름을 지어주었다. 진이는 뭐라 대답하기 곤란해 그냥 아무 말도 하지 않고 어둠이 내린 케임 강 둔치의 풍경을 바라보았다. 앙상해진 나뭇가지가 찬바람에 흔들리고, 그 아래로 소리 없이 흐르고 있을 케임 강줄기를 진이는 머릿속에 그려보았다.

80

12월 24일 네스토리안 성일(聖日) 전야(前夜), 왕립 전략 연구소(RIS).

론디니움 웨스트민스터 자치구(City of Westminster)에 있는 RIS 본부에서는 진이가 혼자서 기록 보관실의 자료를 열람하고 있다. 연말연시 연휴가 지나면 진이는 이곳의 수석 연구원으로 부임해, 외무장관 고든과의 공조 아래 장기 프로젝트를 맡게 된다. 진이는 그전에 혼자서 브리타니아의 외교 기밀문서를 열람하고 싶었다.

외무성과 RIS의 인트라넷 아카이브(Intranet Archive)에서 정보를 검색해 기밀 외교문서를 읽고 필요한 것은 플로피 디스크에 다운받았다. 만일 RIS의 수석 연구원이 아니었다면 모두 접근 불가능한 문서이다.

"여기 나와 있을 줄 알았어요, 진(Jean)."

진이가 깜짝 놀라 모니터에서 눈을 떼고 돌아보니 풋이 와 있었다. 기밀자료 읽기에 푹 빠져서 기록실로 들어오는 인기척도 느끼지 못했다.

"기밀자료를 보고 있었군요. 아테나이에 관련된 것들이겠죠?"

"네, 본격적으로 일을 시작하기 전에 준비해두려고요."

"그런데 저녁 식사는 어떻게 했어요? 오늘 내일은 모든 식당이 올스톱일 텐데요?"

"오후에 빅맥 세트 하나 사먹었어요. 오늘 같은 날에도 거기는 열더라고요."

"저런, 오늘 같은 날 그렇게 부실하게 먹어서야 되겠어요?"

"하하, 전 상관없어요. 네스토리우스교 신자가 아니거든요."

"그래도 사람 기분이 그런 게 아니죠. 내가 먹을 걸 좀 가져왔어요. 들어봐요."

풋은 가방에서 요리를 꺼내 진이가 앉아 있는 책상 위에 올려놓는다. 칠면조 고기를 썰어 넣은 샌드위치와 으깬 감자다. 그런데 특이한 것은 빵의 색깔이 노르스름했다.

"어머, 이건 옥수수 빵으로 만든 샌드위친가요? 이런 건 처음 봐요."

"그래요? 먹어봐요. 맛이 괜찮을 거예요."

"음, 좋아요. 재미있는 맛이라고 해야 할까요? 고소한 게 맛있어요. 빵을 사신 게 아니라 직접 구우신 거죠? 저도 가르쳐주실래요? 저도 직접 한 번 구워 먹고 싶어요."

"하하, 네에, 그러세요. 아주 좋아하는군요. 원하시면 그런 샌드위치로 유명한 레스토랑이 어딘지 알려드릴게요."

"네에, 알려주세요. 아마 수시로 가서 먹게 될 것 같은데요? RIS 근처에도 있나요?"

"소호(Soho)와 캄덴타운(Camden Town)에 유명한 데가 한 곳씩 있어요. 나중에 같이 가요."

"그래요. 같이 가요. 거긴 선주민들이 하는 가겐가 보죠?"

"아뇨, 가게 주인은 다 백인들이에요. 원래는 우리 음식이지만!"

"아…! 그렇군요."

"옥수수는 원래 우리 원주민들이 옛날부터 주식으로 삼았던 작물이죠. 지금 이오니아인이라 불리는 사람들이 이 땅에 처음 상륙했을 때 많은 수가 풍토에 적응을 못 하고 기아로 죽어갔어요. 그때 원주민들이 그들에게 옥수수를 나눠주고 재배법도 알려줘서 겨우 정착에 성공하게 된 거예요."

"네에, 그건 저도 알아요. 은혜를 원수로 갚은 셈이군요."

"아 참, 근데 지금까지 무슨 기록을 보고 있었어요?"

"네…, 주로 2005년 아테나이 공산혁명, 2034년 자유주의 혁명 전후의 기록을 읽었어요."

'음…!'

풋은 진이가 읽고 있던 기록이 무엇인지 알자 곧 눈빛이 달라진다.

"뭔가 새로운 걸 알게 됐어요?"

"놀라움의 연속이에요. 2005년 당시 서울 근교에서 절대무기의 폭발이 있었더군요. 그것도 삼각산에서! 그 산은 어렸을 때 제가 살던 집에서도 바로 눈앞에 보이던 산이에요. 전 이 얘길 어렸을 때 듣고선 호사가들이 꾸며낸 얘긴 줄 알았는데!"

'아, 역시!'

풋은 진이의 한 마디 한 마디에 눈이 번뜩인다! 그러나 진이는 온 종일 RIS에 나와 읽었던 기록의 내용에 푹 빠져 풋의 이러한 변화를 눈치 채지 못한다.

"당시 무장 혁명을 일으켰던 세력이 제가 알고 있던 마르크스 파가 아니라 리쿠르고스 파란 군소 정파였더군요. 그런데 삼각산에서 파르티잔 항쟁을 벌이다가 모두 폭사해버리고 역사에서 사라졌어요! 정황으로 보았을 때 절대무기 폭발도 그들에 의한 자폭으로 판단하고 있네요! 크레타의 아테나이 철수 원인을 이 문서는 절대무기 폭발로 보고 있어요. 마르크스 파의 혁명을 원인으로 보는 일반론과는 많이 달라요."

"…!"

"놀라운 건 그것만이 아니에요. 2005년 당시 브리타니아가 동 아테나이해에 항공모함 아크 로열(Ark Royal)을 파견했더군요. 브리타니아가 아테나이 정치에 본격적으로 개입한 건 2034년 자유주의 혁명 이후로 알고 있었는데, 실제론 훨씬 이전부터예요. 그 항모에 신형 제트 전투기를 탑재하고 있었어요. 아직 피스톤 엔진 항공기가 대세였던 시절인데, 아테나이에서 신무기 테스트를 했던 모양이죠? 가만…!"

진이는 아까 자료를 읽을 때 미치지 못했던 생각이 불현듯 일어났다. 그러나 지금 풋에게는 말할 수 없는 내용이다. 왜냐하면, 자신은 지금 무사진이 아니라 민자영으로 살고 있기 때문이다. 진이가 망설이고 있는 사이에 풋이 말을 거든다.

"정작 아테나이에선 알려지지 않은 인물이 그 아카이브에 기록돼 있어요."

"누굴 말씀하시는 거죠?"

진이는 할머니의 이름이 나올까 조마조마하다.

"아마 지금 민자연을 떠올렸을 거예요. 민자연만 해도 아테나이보다 이쪽에서 아는 게 훨씬 많죠. 그녀가 자유주의 혁명의 주동자고 이후 아테나이 대외정책을 이끌었던 걸 아는 사람이 아테나이에선 많지 않죠? 그런데 그것보다 더 놀랄 만한 걸 여기서 볼 수 있어요."

"…?"

"좀 전에 진이 말했죠. 삼각산에서 리쿠르고스 파가 전원 폭사했다고. 그 리쿠르고스 파를 이끈 인물이 무사인, 바로 민자연의 남편이에요."

"네에?!"

이번에는 진이가 전혀 예상치 못한 인물을 풋이 언급했다. 풋은 순간 진이의 표정 변화를 놓치지 않은 채 계속 말을 이어간다.

"2005년 당시 혁명의 주도권을 놓고 절대다수인 마르크스 파와 리쿠르고스 파 사이에 내분이 있었어요. 결국은 마르크스 파가 승리해 크레타가 아테나이 반도에서 물러간 이후 정권을 잡았죠. 그런데 재미있는 건, 민자연과 그의 아들 무사윤이 모두 마르크스 파 정부에서 요직을 차지했단 거예요. 남편과 아버지를 폭사시킨 원인 제공자들 사이에서요. 혁명의 공을 모조리 마르크스 파가 도둑질해 갔는데도 말이죠."

"…!"

"그 후 민자연은 자신이 요직에 앉아 있던 체제를 무너트렸죠. 대체 뭐였을까요? 그녀는 남편의 복수를 위해 마르크스 파를 무너트리고 리쿠르고스 파 재건을 위한 트로이의 목마였을까요? 그런데 그렇게 개념 짓기에도 무리가 있어요. 민자연의 혁명 이후 아테나이는 공산주의를 청산하고 본격적으로 산업 자본주의의 대열에 합세하죠. 지금 재벌이라 불리는 아테나이 기업 집단의 상당수도 민자연이 키워낸 거죠? 이건 공산당 분파인 리쿠르고스 파의 이념에 배치되는 거예요."

진이는 계속 풋의 이야기를 얼이 빠져서 듣고 있었다. 자신도 잘 알지 못하는 할아버지와 할머니의 이야기를 거침없이 추론해 나가고 있기 때문이다. 풋의 이야기는 계속된다.

"그런데 여기서 하나의 오류가 있을 수 있어요. 리쿠르고스 파를 아테나이 공산당의 한 분파로 생각하는 것이 애초부터 잘못된 전제일 수 있다는 거예요. 사실 우리가 가지고 있는 자료는 지극히 한정돼 있으니까요. 리쿠르고스 파의 지도자인 무사인과 그의 부인 민자연이 처음부터 공산주의자가 아닐 수 있단 거죠."

"그렇게 생각할 수 있는 어떤 근거라도?"

"2005년 리쿠르고스 파의 무장봉기 때 동원했던 병력의 과반수가 무극교 신도였어요."

"무극교요?"

"네, 지금 아테나이에선 교세를 거의 찾아볼 수 없겠지만…. 동학과 네스토리우스교의 영향으로 자생한 신흥 민족종교로 알고 있어요. 여기서 상당한 지원을 받았던 것 같아요. 민자연이 마르크스 파에서 요직을 차지할 수 있었던 것도 이들의 뒷심이 있었기에 가능했을 거예요."

"무극교란 종교단체의 지원이 있었던 거로 봐서, 리쿠르고스 파가 단순히 공산당이라기보다 뭔가 더 복잡한 이념적 성격을 띠고 있었을 거란 얘기죠?"

"그래요. 그렇게 볼 수 있죠. 이념이 다르단 건 목적이 다르단 걸 의미하죠. 애초부터 리쿠르고스 파는 마르크스 파와는 함께 할 수 없었는지도 몰라요."

"그럼 자유주의 혁명을 일으킨 민자연의 목적이 뭘 거라고 보세요? 혁명 이후 지향한 건 뭘까요? 거기에 대해서도 브리타니아 정부가 뭔가 알고 있나요?"

진이는 조심스럽게 할머니에 대한 것을 묻는다. 하지만 진이는 이 시점에서 할머니가 추구했던 세계를 모르지 않았다. 어린 시절 할머니와 지내며 자연스럽게 체감했던 것들. 그리고 그것들이 얼굴 변형 실패로 아픔을 겪었던 시간과 함께 재구성되어 자신을 이끌어왔기 때문이다. 다만 그것들이 할머니의 유산임과 동시에 할아버지의 유산임도 이제 뒤늦게 깨달은 것이다. 진이는 이제 그것들을 풋이란 타인의 관점에서 바라보고 확인하고 싶어졌다.

"글쎄요. 우리도 제한된 자료를 가지고 유추를 해볼 뿐이라…. 그건 앞으로 학술적인 연구 대상이 아닐까요?"

풋의 짤막한 답변에 진이는 약간 실망을 느끼면서 풋이 의도적으로 답변을 회피하는 듯한 인상도 받았다. 진이는 지금 이 상황이 우연이 아닐 수 있다는 것을 뒤늦게 깨닫는다. 풋은 아테나이에 대해 예상보다 깊은 지식을 가지고 있다. 그것도 자신이 잘 몰랐던 할아버지의 이야기까지.

이건 풋이 외무장관 비서란 것과 외무성에서 잔뼈가 굵은 직원이란 것만으로는 설명이 안 된다. 진이는 RIS의 기록을 읽으며 놀라움에 빠졌던 것에서 깨어나 조금씩 풋을 경계하기 시작한다.

"그럼 아까 얘기하다가 만 절대무기 폭발을 볼까요?"

"아. 잠깐만요. 맛있는 샌드위치도 먹고 했으니 잠시 밖에 나가서 산책이라도 하고 싶네요. 사실 종일 여기서 기록을 읽었더니 이제 좀 답답해지기도 해요."

"아, 그래요. 나가서 템스 강변을 걸어요. 그럼 좀 나아질 거예요."

진이는 이대로 풋의 페이스에 걸려 얘기를 하다 보면 자신이 뭔가 실수를 할 것만 같았다. 왜 자꾸 민자영이란 가면이 새삼 버겁게 느껴지는지. 진이는 시간을 벌기 위해 산책을 제안했다. 쌀쌀한 강바람을 막기 위해 트렌치코트를 걸치고 풋과 RIS 청사를 빠져나갔다.

81

템스 강변 벤치.

온 이오니아 세계를 하나로 엮어주는 성탄절인 네스토리안 성일 전야는 세계의 중심이라 할 만한 이 대도시마저도 깊은 고요로 감쌌다. 모든 대중교통 수단은 멈췄고, 거의 모든 상점과 식당은 문을 닫아 거리에서 적막이 흐를 정도이다. 사람들은 자신의 가정에서 선물을 주고받고 성탄 파티를 즐기고 있다.

진이와 풋은 RIS 청사를 나와 웨스트민스터 사원(Westminster Abbey)과 국회의사당(Houses of Parliament)을 지나 웨스트민스터 브리지(Westminster Bridge)를 건너왔다. 그리고 템스 강변 둑에 있는 나무벤치에 자리를 잡고 앉는다. 강 건너에는 국회의사당이 조명을 받아 황금색으로 빛나며 찬란한 고딕 양식을 과시하고 있다. 강둑에 자리한 나무벤치, 강둑 위를 장식한 두꺼운 석재 난간, 그리고 그 위에 세워진 청동제 가로등은 제법 격식을 차리고 있어서, 이 고요 속에서도 벤치에 앉아 있는 진이와 풋을 외롭지 않게 해주었다.

"강 건너 보이는 국회의사당이 아름답죠? 브리타니아의 상징이자 의회 민주주의의 꽃이에요."

풋이 먼저 진이에게 말을 걸며 운을 뗀다. 그러자,

"푸후훗."

"응? 왜 갑자기 웃죠, 진(Jean)?"

"네에, 칠 년 전이네요. 제가 브리타니아에 유학 온 첫 해요. 바로 이 장소에 와서 강 건너 국회의사당 야경을 촬영하려 했어요. 말씀하신 대로 너무 아름다워서요. 밤이니만큼 선명한 사진을 찍기 위해 저 난간 바로 앞에 삼각대를 세우고 카메라를 올려 렌즈의 초점을 잡고 있는데, 경찰이 와서 촬영을 못 하게 하잖아요?"

"그랬어요?"

"네, 경찰관 말론 카메라를 그냥 손으로 잡고 찍는 건 괜찮지만, 삼각대에 올려놓고 찍는 건 금지돼 있단 거예요."

"아하!"

"삼각대에 올려놓고 찍는 사진은 고화질이니 상업성이 있는 사진으로 간주하는 것 같았어요. 자세한 법 조항은 저도 모르지만요. 생각지도 못한 일이었지만 듣고 보니 이해가 갔어요."

"흐흠!"

"역시 개인주의, 자본주의, 시장주의의 발상지답단 생각이 들더군요. '그렇구나. 저 아름다운 풍경도 결국 누군가의 소유일 수 있겠다'고 생각했죠. 오히려 그걸 미리 생각지 못한 제가 어리석게 생각됐어요. 저 아름다운 풍경을 그리기 위해 수백 년의 시간이 필요했고 얼마나 많은 사람이 노력을 기울였고 또 얼마나 많은 피를 흘렸겠어요."

진이의 말이 분위기를 의미심장하게 바꾼다. 네스토리안 성일 전야의 색채가 어둠에서 은빛으로 바뀌는 환영을 풋은 어렴풋이 느낀다. '왜일까?'

"진! 고든을 너무 얕잡아보지 말아요. 그는 진의 외모에 반해서 호의를 남발하는 어설픈 남자가 아녜요. 철저히 계산된 자기 길을 가는 사람이죠. 물론 당신의 이론을 높이 사서 협조를 구한 측면도 있지만요. 그는 무서울 정도로 이중적이에요."

진이는 풋이 왜 갑자기 고든의 얘기를 꺼내는지 의아하다. 풋이 계속 말을 잇는다.

"아름다워요, 저 풍경이! 진의 말대로 저런 풍경은 공짜로 주어진 게 아니겠죠. 어떻게 저들은 저런 멋진 풍경을 이 땅에 건설하고, 정작 이 땅의 주인이었던 우리는 오지로 쫓겨나 이젠 종족의 명맥조차 유지하기 힘든 처지가 됐을까요? 진, 어떻게 생각해요? 무엇이 저들을 우리보다 우월하게 했다고 생각해요?"

"…"

평소 냉정하던 그녀답지 않게 어딘지 격앙되어 자신에게 다가오는 풋이 진이는 조금 부담스럽다. 그리고 섣불리 자기 생각을 얘기하기에 이것은 너무나 민감한 이야기다. 진이는 그냥 침묵을 지킨다.

"무엇이 저들을 우리보다 강하게 했을까요? 네스토리우스교? 경험주의? 산업혁명? 아니면 근대의 가장 위대한 발명품이라고 하는 개인주의인가요?"

"..."

"아니에요. 저들이 우리보다 강할 수 있었던 건 이중 잣대(double standard) 때문이에요. 백인들은 우리 원주민들보다 훨씬 더 이중적일 수 있었어요."

'이중 잣대라!'

"내가 말한 고든의 이중성이 자라나 조직·국가 차원으로 발전하면 보다 기술적이고 세련된 이중 잣대가 되죠. 그것이 저들을 다른 종족, 다른 문명권보다 강하게 한 거예요. 무사진 씨, 바로 당신처럼 말이죠."

"네에?!"

진이는 풋이 부른 자신의 이름을 듣고 소스라치게 놀란다. 진이의 귀에는 민자영이 아니라 지난 십 년 동안 숨기고 살았던 자신의 이름 무사진이 들려왔다.

"무사진 씨, 당신도 저들 못지않게 이중적이에요. 물론 저들의 이중성과 당신의 것은 질적으로 많이 틀리지만요. 내겐 느껴져요. 당신의 그 이중성이 그동안 당신 자신을 강화하고 누구보다도 자신을 아름답게 가꿔온 걸요."

"제가 무사진인 걸 언제 아셨어요?"

"확신을 한 건 이제 불과 한 시간이 안 돼요. 아까 함께 웨스트민스터 브리지를 건너왔죠? 그때 당신 모습을 유심히 살폈어요."

"...?"

"고든도 이미 당신이 민자연의 손녀란 강한 심증을 가지고 있어요. 민자연의 부탁으로 22년 전 제작한 고스트 아이디를 당신이 사용하고 있기 때문이에요. 다만 확실한 물증을 찾진 못했죠."

'고스트 아이디?'

"고든이 제게 물증을 찾아오라 시켰어요. 그래서 당신이 실종됐던 시기부터 조사를 해봤죠. 당신이 도쿄에서 다니다 중퇴한 고등학교 학적부 사진을 봤는데, 아무리 십 년 전 사진이라 해도 얼굴이 너무 다른 거예요. 그땐 얼굴에 큰 흉터까지 있더군요? 당신의 돌아가신 아버지 무사윤 전 국방장관, 배우 출신인 어머니 박영교의 사진과도 비교해봤지만 하나도 닮지 않았어요. 할머니 민자연 전 특임 대사와도 말이죠. 그래도 차근차근 조사를 계속해봤어요. 당신이 옥스브리지에 온 첫 해서부터 올해까지 쭉요."

'…!'

"그런데 재밌는 걸 하나 발견했어요. 옥스브리지에 온 첫 해 찍은 사진 모습은 삼 년 전 도쿄에서 찍은 사진과 큰 차이가 나 다른 사람처럼 보이는데, 내가 진과 직접 만났을 때의 모습과도 마찬가지로 큰 차이가 있더군요. 그렇다고 성형을 한 건 절대 아닌데 말이죠. 내가 진을 직접 봤을 때 감탄한 건, 일반적인 미인형과 전혀 다르면서 말할 수 없이 아름답단 거였어요. 그래서 제가 그랬죠. 당신이 옥스브리지의 풍경과 많이 닮았다고요!"

'아!'

"그래서 비현실적이지만 내 나름대로 가설을 세워봤죠. 무사진에게는 신천적으로 사신의 얼굴을 조금씩 바꿀 수 있는 능력이 있을 거라고요. 아주 점진적으로 미세한 변화를 일으키는 거라서, 주위에서 당신을 수시로 보는 사람은 당신의 변화를 눈치 채지 못할 정도로요."

'풋!'

"하지만 그런 변화 속에서도 뭔가 변하지 않는 근본적인 요소가 있을 거로 생각했어요. 그래서 당신의 할머니 민자연이 남긴 사진과 영상을 하나도 빼놓지 않고 봤죠. 주로 혁명의 사전 조율을 위해 22년 전 특임 대사로 론디니움에 왔을 때 찍은 것이더군요. 그런데 세상에! 당시 70이 넘은 노령인데도 마치 원숙한 40대 중년 여인의 아름다움을 풍겼어요. 어떻게 그럴 수 있죠? 그런데 정말 놀라운 건 그다음이에요."

'…?'

"아까 같이 웨스트민스터 브리지를 건너오면서 약간 거리를 두고 당신을 봤어요. 그런데 밤에 비친 진의 실루엣이 22년 전 민자연 대사와 똑같았어요. 어쩜 그리…! 게다가 타이트하게 허리띠를 조여 입은 진남색 트렌치코트는 어떻고요!"

잠시 침묵이 이어졌다. 진이는 템스 강의 강바람이 아까보다 더 쌀쌀하게 느껴졌다. 그리고 천천히 입을 연다.

"그랬던 거군요. 자, 그럼 이제 고든에게 제가 무사진이라고 보고하세요. 그럼 제가 앞으로 맡을 프로젝트도 취소되겠죠?"

"아뇨, 난 고든에게 보고하지 않겠어요."

"네?"

"난 아직 확실한 물증을 잡지 못한 거로 할 거예요. 밤길에서 본 당신 모습이 민자연과 닮았다고 보고하면 고든이 날 바보 취급하지 않겠어요? 그리고 프로젝트도 당신 주도로 밀고 나가세요. 설령 당신이 민자연의 손녀인 걸 고든이 알더라도 당신 주도의 프로젝트가 취소되진 않아요. 난 다만 진에게 운신의 폭이 좁아지지 않게 하고, 고든이 이 이상 강해지지 않길 바랄 뿐이에요."

진이는 불현듯 자신의 감시자로 등장한 풋이 이젠 급격히 자신의 조력자가 돼가는 신기한 경험을 한다. '왜일까? 자신의 종족이 멸망한 원한을 갚기라도 하려는 건가? 이미 수천 년도 넘은 역사의 굴레를 한 개인의 원한과 복수로 치환하는 건 너무 억지스럽지 않을까? 아니면 고든에게 원한이 있는 걸까?' 진이는 혼자서 이런 생각을 해본다.

"고든의 리디아 합중국 구상 따윈 웃음이 나오지만, 당신이 내심 따로 세워둔 계획은 돕고 싶어요. 그게 뭔지 난 아직 확실히 모르지만, 난 그게 22년 전 당신의 할머니가 구상한 계획의 연장선에 있을 거로 생각해요."

'풋은 할머니를 마음에 들어 하는 것일까? 같은 여자로서?'

"고스트 아이디는 민자연 대사가 이든과 고든에 요청해서 막대한 예산을 투입해 제작한 만능 아이덴티피케이션(identification)이예요. 어디를 가든 자기 신분을 숨기고 자유롭게 활동이 가능해요. 그걸 진이 십 년 간 사용해온 거예요."

진이는 마사코가 위조여권을 자신에게 주며 도쿄 역에서 나와 도메이 고속도로를 달리던 때가 생각난다. 도대체 마사코는 어떻게 이걸 알고 자신에게 건네준 것인가? 십 년간 풀리지 않던 의문은 그 깊이를 더해간다.

"민자연 대사는 이걸 사용해서 은퇴하기 전까지 엄청난 일을 해냈어요. RIS 아카이브에 있는 내용은 일부에 불과해요. 진의 할머니가 아니었으면 아테나이는 잿더미가 됐거나 또 누군가의 식민지가 됐을 거예요. 아주 브리타니아 정부를 가지고 놀았었죠."

'그 정도까지!'

"아, 그리고 이건 아까 하다 만 얘기지만, 삼각산에서 터진 절대무기 폭발의 본질적인 의미가 뭔지 깊이 연구해봐요. 왜 크레타 군이 허둥지둥 아테나이를 포기하고 떠났을까요?"

"아까 읽던 문서에 의하면 리쿠르고스 파에 탈취당한 절대무기가 삼각산으로 옮겨진 후 자폭의 징조가 포착되자, 당시 토벌군 사령관 이케다가 급히 서울에서 철수 명령을 내렸다고 했어요. 절대무기의 파괴력이 무서워서가 아닌가요?"

"크레타가 두려워한 건 절대무기 폭발이 아니라, 혹시라도 자신에게 가해질지 모를 이오니아의 이중 잣대예요. 미래에 절대무기 보유를 이오니아 제국이 방해할까 봐 겁이 났던 거죠. 절대무기를 보유하지 못한 크레타가 어린아이나 다름없게 될 걸 무서워한 거예요. 크레타는 미래에 절대무기 보유가 근대국가의 필수조건이 될 걸 확실히 알고 있었어요."

"아!"

제10장

에
마
키

오늘날의 관점에서 보면 가족의 재산을 압류하는 일도 사실 개인의 자유라는 원칙을 침해하는 것으로 간주된다. 그러나 고대의 개인들은 구체적인 총체성 속에(in der alten plastischen Totalitat) 존재하며, 개인은 개인으로 구분되지 않고 그의 가족과 종족의 일원으로 간주된다. 따라서 한 가문의 성격과 행위, 운명은 그 가문의 모든 개개인에게도 속하는 것이며, 그는 그의 부모의 행위나 운명을 거부하기는커녕 오히려 이를 기꺼이 자신의 것으로 받아들인다. 그와 같은 유산은 개개인 속에 살아남으며, 그의 조상들의 모습과 그들이 겪고 저지른 일들이 대대로 이어져서 그 자신의 것이 된다. 이는 오늘날의 우리에게 가혹하게 보일지 모른다. 그러나 오늘날처럼 오직 자신에 대해서만 책임짐으로써 얻는 주관적인 독자성이라는 것은 다른 측면에서 보면 개인의 추상적인 독자성에 불과하다. 그에 반해서 영웅적인 개인은 그보다 이상적이었다. 왜냐하면 그는 자기 속에 있는 형식적인 자유와 무한성에 만족하지 않고, 이를 생생하게 현실화하는 모든 실질적인 정신의 상태와 동일한 관계에 머물기 때문이다. 그런 개성 속에 들어 있는 실체성이 바로

개성이며, 개인은 이 개성을 통해 자기 안에서 실체적으로 된다.[26]

— 게오르크 빌헬름 프리드리히 헤겔의 『미학강의』,

제1부 「예술미의 이념 또는 이상」 중에서

아테나이력 4392년, 기묘(己卯)년, 네스토리우스력 2059년

82

9월 하순 크레타 도쿄(東京) 세타가야(世田谷) 마루야마 마사코(丸山眞子)의 본가(本家).

진이는 RIS에 수석 연구원으로 이 년 반 동안 론디니움에서 재직한 후 올해 9월 초부터 크레타에 입국해 비밀 프로젝트의 사전준비를 시작했다. 아테나이에서 본격적인 전쟁준비를 시작하기 전 적국에서의 첩보 활동이 시작된 것이다. 그러면서 진이는 한편으로 마사코를 찾아보기 시작했다. 헤어진 지 십 년 동안 전혀 연락되질 않았다. 마사코가 자취하던 도쿄 간다(神田)의 아파트로는 여러 차례 편지를 보냈고, 세타가야(世田谷)의 본가로도 한차례 편지했지만, 역시 답장은 오지 않았다. 그래서 예전에 마사코가 극히 꺼렸음에도 진이는 마사코의 부모님이 사는 도쿄 세타가야 본가에 직접 방문해보기로

---

26 게오르그 빌헬름 프리드리히 헤겔, 『헤겔의 미학강의 1』, 두행숙 옮김, 은행나무, 2010, 331쪽.

한다. 브리타니아 정보부의 첩보망을 이용하면 금방 찾을 수 있겠지만, 사적인 일을 위해 타국의 공권력을 사용하기는 싫었다.

"안녕하세요? 전 무사진이라고 합니다만 마루야마 마사코 씨 계신가요?"

"누구신지요? 마사코와는 어떻게?"

"아, 후배입니다. 친하게 지내던."

도어폰이 꺼진 후 한 중년 부인이 대문으로 나와 진이에게 문을 열어준다. 마사코의 어머니인 모양인데 얼굴 인상이 썩 좋아 보이지는 않는다. 마사코가 어머니는 닮지 않았다고 생각했다. 진이는 집안에 들어가 응접실 마루에 놓인 고다쓰(炬燵) 앞에 앉아 기다렸다. 잠시 뒤 부인이 차와 화과자(和菓子)를 가져와 대접한다. 집에 다른 사람은 없어 보였다.

"후배라고 하시던데…."

부인은 좀 이상하다는 듯이 물었다. 자신의 딸에게 당신 같은 후배가 있을 리 없다는 투였다.

"아, 사실은 후배라기보다 친하게 지내던 동생입니다. 제가 고등학교 다닐 때 마사코 언니가 모교에서 지정해준 제 튜터였습니다. 서울에서 이곳으로 유학 왔을 때 절 많이 도와주셨죠."

"그런 아르바이트를 하고 있었군요. 집을 나가서 혼자 자취하며 뭘하나 했더니만. 그동안 연락을 못 하셨나 보네요. 저도 그 애가 도대체 어디서 무얼 하는지 종잡을 수가 없답니다. 대학을 졸업하더니 갑자기 이상해져서 어떨 땐 병원 신세까지 지곤 하더니만…."

"네?"

부인은 계속 삐딱한 투로 말을 이었다. 자기 딸이 이상해진 이유가 진이에게 있다고 생각하는 것 같았다. 마사코는 대학 졸업 이후부터 행선지를 밝히지 않은 채 집을 거의 떠나서 지내왔고, 중학교 때부터 자취하던 간다의 아파트에조차 붙어 있질 않았다고 했다. 대학 졸업 이후 삼 년간은 자신과 같이 도쿄·교토·홋카이도를 오가며 보냈던 시기다. 진이는 바로 그 이후의 일이 궁금하다. 병원 신세를 졌다는 말이 특히 마음에 걸린다.

"그런데 언니가 어떻게 아팠던 건가요? 저와 같이 있을 때는 아주 건강하고 명랑했었는데요?"

또 한 번 진이를 힐끔 쳐다보며 그럴 리가 없었을 텐데, 하는 표정을 짓는다. 계속해서 미덥지 못하다는 투다.

"많이 친하긴 했었나 보군요. 하지만 전 오늘 그쪽 분을 처음 보았고 자세한 것은 말하기가 좀 그렇군요."

"네, 알겠습니다. 제가 회사 일로 도쿄엔 올해 내내 있다가 내년에 서울로 갑니다. 혹시 나중이라도 언니와 연락이 되시면 이걸 좀 전해주십사 하고요. 제 휴대폰 번호와 이메일 주소입니다. 도쿄에서 숙소는 자주 바뀔 것 같습니다. 나중에 마사코 언니가 사정이 허락하면 서울로 놀러 오셔도 참 좋을 텐데요. 어렸을 때 서울에서 사신 적도 있고 하니…."

"네, 무슨 말씀이세요? 마사코는 서울에서 산 적이 없는데요? 걔가 어렸을 때면 언제인가요? 요즘에야 그쪽도 많이 발전해서 왕래가 잦은가 봅니다만, 옛날에야 거기가 어디 사람 살 만한 데였나요?"

"…."

"아 죄송합니다. 제가 실례를 범했습니다. 저도 몇 년 동안 딸 문제로 속이 타서요."

"…"

진이는 부인에게 인사를 하고 일찍 집을 나와버렸다. 계속되는 부인의 까칠한 태도가 불쾌하기도 했지만, 마사코의 거짓이 하나 더 추가된 것에 대한 배신감이 평정심을 잃게 할 것 같았다. 어렸을 때 서울에서 살았다는 것도 거짓이었다. 크레타에 있을 동안 보여준 마사코의 헌신적인 보살핌과 불가피한 사정에 의해서였을 것으로 믿고 싶은 몇 가지의 거짓말들이 진이의 마음을 복잡하게 한다.

도쿄에서 교토를 거쳐 홋카이도 아사히가와로 전학해 2학년을 마치고, 다시 교토로 가서 3학년을 마쳤다. 그리고 도쿄에서 반년 정도 유학준비를 하고 브리타니아로 향했다. 크레타에서 만 이 년간 마사코와 단둘이 도피행각을 벌인 것이다. 자신을 노리는 자가 이매나 그의 끄나풀일 거라고 짐작했지만, 위협의 실체가 눈에 보이는 것은 아니었다. 보이지 않는 적에게 쫓기며 마사코와 단둘이 보낸 시간을 돌이켜보면, 역설적으로 그때가 그 어느 때보다도 평온 속에서 자신을 도야할 수 있었던 시기였다. 밖에서는 차디찬 광풍이 휘몰아치지만, 자신의 몸만큼은 보드라운 솜이불 속에서 체온을 따사로이 유지할 수 있었다고 비유할 수 있을까? 돌이켜보니 유년기에 할머니의 체온으로 따뜻해진 이부자리에 쏙 들어가 보드라운 할머니의 젖가슴을 만지작거리며 잠들었던 시기와도 닮은 것 같다.

론디니움으로 출국하던 날 마사코가 나리타(成田) 공항까지 배웅 나와주었다. 작별인사를 하고 출국 게이트를 통과하기 직전 한 번 더 마사코의 모습을 돌아보았다. 진이를 떠나보내는 마사코의 표정은 마치 어머니가 딸을 떠나보내는 것 같았다.

그러던 마사코인데, 어째서인지 진이가 브리타니아에 있을 동안 연락이 뚝 끊겼다. 고의로 연락을 끊은 것인지 어떤 피치 못할 사정이 있는 것인지 알 수 없다. 아테나이에서 불완전하게나마 안보령이 회복되고 브리타니아에서 어머니와 연락을 재개하자, 이 년 동안 마사코가 해온 거짓말이 하나둘씩 드러났다.

우선 마사코가 어머니에게 받았다고 하며 진이에게 건네준 민자영 명의의 위조 여권은 애초부터 마사코가 위조한 것이었고, 마사코는 당시 아버지 무사윤의 연구실에 팩스로 위조여권 사본을 보내 진이가 안전하게 신분을 숨기고 있다는 사실을 암시만 했다. 도피 기간 중 어머니에게 받은 팩스라며 진이에게 건네준 영교의 전언도 모두 마사코가 거짓으로 꾸며낸 내용이었다. 그리고 진이가 지금까지도 사용 중인 민자영의 신분은 할머니 민자연이 비밀 외교용으로 브리타니아 정부에 요청해 만들어낸 '고스트 아이디'란 신분 변조 프로그램이었다는 것을 삼 년 전 풋으로부터 들어 알게 되었다. 도대체 마사코가 부모님도 잘 알지 못하던 할머니의 고스트 ID를 어떻게 알고 진이에게 사용케 했단 말인가? 갈수록 마사코에 대한 의문은 증폭되어갔다.

83

10월 하순 도쿄 지요다 구(千代田区) 주 크레타 브리타니아 대사관.

진이는 현재 주 크레타 브리타니아 대사관 주재 무관들 그리고 앞으로 프로젝트에 참가할 잠정 멤버들과 아테나이와 크레타의 미래전쟁을 구상하고 있다. 진이는 내년부터 아테나이에서 본격적으로 시작될 프로젝트의 책임자로서 회의를 주관하고, 아테나이에 대해 절대 우위에 있는 크레타 해군력의 분석과 이를 상쇄하기 위한 아테나이의 전략을 구상하는 중이다.

진이가 옥스브리지에 제출한 박사 논문에는 현재 아테나이와 브리타니아의 대외적 위상을 고려해 미래 국제질서를 창조하기 위한 새로운 구상이 담겨 있었다. 그리고 박사 논문과는 별도로 위의 구상을 실현하기 위한 비밀 프로젝트를 논문 형태로 브리타니아 정부에 제출했다. 그것은 아테나이가 브리타니아의 지원 아래 앞으로 최소 20년 동안 치밀하게 전쟁준비를 한 후 크레타와 대결하여 승리를 거둔다는 시나리오이다.

아테나이가 크레타에 승리한 후 아카이아 세계의 균형자가 되면, 아테나이를 지원해온 브리타니아가 이오니아 세계 국가 중 아카이아에서 우선적 이권을 누리고, 이에 힘입어 헤라클레이아를 따돌린 후 리디아 합중국의 맹주가 된다. 아테나이는 브리타니아를 맹주로 한 리디아 합중국과의 연계로 미래의 위협적인 제국 라케다이몬을 견제한다. 이것은 아테나이·브리타니아 양국 간 이해가 딱 맞아떨어질 수 있는 미래 구상이었다.

여기서 미래에 아테나이가 크레타와의 전쟁에서 거대한 승리를 거두기 위해서는 우선 크레타 해군력이 넘어야 할 산이었다. 크레타는 육·해·공군 중 해군력이 중심이 된 군 편제를 이루고 있다. 가장 막강한 항공 세력도 공군이 아니라 해군 항공대 소속의 전투기들이다. 만재 배수량 팔만 톤 이상의 항공모함 12척을 보유하고 있는데, 퇴역한 8척도 전시에 전력화할 수 있으므로 총 보유 대수는 20척이라고 봐야 한다. 이에 대해 아테나이는 현재 단 한 척의 항모를 보유 중이며, 20년 이내에 세 척까지 보유할 계획이다. 그것도 크레타보다 크기가 작은 육만 톤급으로 말이다. 20년이 지나도 크레타에 해군력으로 대적할 수는 없다.

우선 크레타는 해군력 중심의 군 편제를 계속 유지할 것이며, 주변국들에 대한 해군력 우위를 절대 포기하지 않을 것이다. 지정학적으로 해양 국가이기 때문이기도 하지만, 94년 전 사이베리아와의 해전에서 거둔 대승이 오늘날 근대국가 크레타의 정체성을 이루고 있기 때문이다. 94년 전 크레타와 사이베리아는 각각 수십 척의 군함을 이끌고 아이가이온 해상에서 격돌했다. 각 함대는 상대 함대의 위용과 진(陣)을 눈으로 목격하며 격렬하게 함포전을 벌였고, 결국은 크레타가 승리를 쟁취했다.

그러나 진이는 상대의 군세를 똑바로 눈으로 바라보며 수행하는 이러한 소모전은 이미 구시대의 방식이라 생각했다. 자신의 모습을 보이지 않고 남을 먼저 보고 괴멸시키는 전쟁 방식이 필요했다. 그렇다면 대안은 공군력에 있었다. 공군력을 20년 동안 최대한 증강한다면 해군력에서의 열위를 만회할 수 있을 것으로 생각했다. 대양해군을 전략공군으로 잡겠다는 생각이다.

이러한 생각의 근저에는 상대의 취약점을 최대한 자신에게 유리하게 이용하겠다는 의도도 있었다. 크레타의 공군 주력이 독립된 전략 항공대를 보유하지 못하고 해군 함대의 보조적인 기능으로 운영되고 있다는 것은 그만큼 크레타 공군력은 현대적으로 진보하지 못했다는 의미다. 공군이 현대적으로 진보했다면 크레타 정도의 강대국이 독립된 작전 수행능력을 갖춘 전략 항공대를 보유하지 않을 리가 없기 때문이다. 그 이유는 크레타 해군력이 크레타 근대화 성공의 상징적 존재이며, 현실적으로도 해군의 기득권이 육군과 공군을 능가할 정도로 강했기 때문이다. 그러므로 어찌 보면 아직 근대 이후에 외국과의 전쟁승리 경험이 없는 아테나이가 크레타보다 미래 지향적인 군사력 건설에 더 유리하다고 볼 수도 있었다.

"지금 당장 1대의 항공모함이 주축이 된 크레타의 항모전단 셋만 투입 돼도 아테나이의 해군과 공군은 괴멸하고 말 것입니다. 20년이 지나도 여기서 큰 변화를 기대할 순 없을 것 같습니다. 그래서 공군력으로 이를 상쇄하잔 안을 냈는데, 여기에 좋은 아이디어를 가지신 분은 없으신지요?"

진이가 질문을 던지자 해군 무관 한 사람이 이를 받아 발언한다.

"과거 브리타니아와 헤라클레이아의 강력한 해군력이 자국에 접근하는 것을 막기 위해 상대국이 주로 택한 것이 기동성과 파괴력이 우수한 탄도 미사일이었습니다. 항모전단이 자국 근해로 들어오면 지상 발사 탄도 미사일로 적함을 파괴하는 전략이었습니다."

이를 듣고 있던 공군 무관 한 사람이 말을 잇는다.

"해군력에서 열세였던 사이베리아는 브리타니아와 헤라클레이아의 항모전단을 막기 위해 더 적극적인 전략을 택했습니다. 전략 폭격기에 순항 미사일을 탑재하고 적 함대가 자국을 침공할 기미가 포착되면, 전략 항공대가 항모전단을 기습 괴멸시키는 전략을 택했습니다. 이 전략은 브리타니아와 헤라클레이아에 상당한 위협으로 인식돼 함대의 방공 기능을 강화하는 계기가 됐습니다."

진이가 여기에 관심을 보인다.

"매력적인 전략입니다. 적 함대가 침공해 오기 전에 항공기로 선제 타격을 한단 사상이군요. 그걸 아테나이에도 적용할 수 있겠습니까?"

"아, 전 좀 회의적입니다만…"

진이가 항공기 사용에 관심을 보이자 또 한 명의 공군 무관이 반론을 제기한다.

"이미 여기서 언급된 탄도 미사일과 순항 미사일이 놀랄 만큼 발전해왔습니다. 그래서 항공기 무용론까지 대두하고 있는 시점에서 항공기를 주력으로 한 미래 전략은 좀 시대착오적인 것 같습니다."

"일리가 있습니다. 유도무기가 엄청난 속도로 발전해왔고 앞으로도 계속 발전할 테니, 항공기 무용론이 나오는 것도 무리가 아니지요. 여기에 대한 반론 계십니까?"

이미 항공기 사용을 머릿속에서 그리고 있던 진이는 이 반론이 껄끄럽다. 그래서 여기에 대한 반론이 나와주었으면 한다. 이때 크로우풋이 발언한다.

"여기서 우리는 경제적인 문제를 간과해선 안 됩니다. 그리고 그 전에, 전 닥터 민이 20년 후에 치러야 할 전쟁의 성격을 좀 더 명확히 해주셔야 한다고 생각합니다. 아테나이가 어떤 형태의 승리를 크레타에 거둬야 할 것인지 말입니다. 가령 제한 전쟁에서 초전에 승리한 후 제3국의 중재를 요청해 적정한 선에서 크레타의 항복을 받아내는 것입니까? 아니면 무제한 전쟁을 벌여 크레타의 군사력을 괴멸시킨 후 무조건 항복을 받아내는 것입니까?"

회의장의 분위기가 갑자기 무거워졌다. 진이는 천천히 풋의 질문에 답변한다.

"아주 좋은 질문을 해주셨습니다. 제가 지향하는 것은 크레타에 대한 섬멸전입니다."

진이가 간결히 '섬멸전'이라고 답하자 회의장의 분위기는 조금 전보다 더욱 무거워진다. 진이는 천천히 고개를 돌리며 회의 참석자의 얼굴을 한 번씩 바라보고 다시 천천히 입을 연다.

"아테나이의 승리는 크레타가 향후 30년간 아테나이에 대한 보복을 꿈도 꿀 수 없도록, 크레타가 자랑하는 연합함대 전력은 물론 육·해·공의 모든 군사력을 파괴하고, 군사력과 연계된 모든 산업시설을 초토화할 것입니다."

풋을 제외하고 아무도 진이의 답변을 예측 못 했다는 듯이 놀란 표정을 짓는다. 진이의 의견이 계속된다.

"미사일로 크레타의 모든 목표물을 파괴하려면 수만 발을 발사해도 모자랄 것입니다. 아테나이의 경제력이 받쳐줄 수 없겠죠. 그래서 전 현재의 무기보단 앞으로의 기술발전 추이에 관심을 두고 지켜볼 생각입니다. 보다 경량화되고 강력하며 값싼 무기가 20년 후에는 충분히 개발될 것으로 믿습니다. 그리고 항공기는 이 무기의 효과적인 플랫폼으로서의 의미를 가집니다."

"20년 후에 사용 가능할 무기라면 지금 최소한 개발되고 있거나 최소한 이론화된 무기일 걸로 생각되는데, 구체적으로 어떤 무기를 염두에 두신 건지 알려주실 수 있습니까?"

한 무관이 진이의 말에 흥미를 느끼고 질문한다.

"전 레일건을 염두에 두고 있습니다. 강력한 고폭탄을 전략 폭격기에서 레일건으로 마치 기관총 쏘듯이 발사할 수 있게 하는 겁니다. 전략 폭격기 한 대에서 미사일 수백 발을 여러 목표를 향해 발사하는 효과를 내게 합니다.

현재 실험 중인 레일건은 사정거리가 300km 정도인 걸로 알고 있는데, 20년 후에는 이보다 더 늘어나겠죠. 게다가 플랫폼을 항공기로 하고 공중에서 지상을 향해 쏘면, 사거리는 지상 또는 선박에서 발사하는 것보다 늘어납니다. 레일건의 탄환은 미사일보다 훨씬 저렴하면서 크기가 작고 기동성이 뛰어나 적이 격추할 수 없습니다.

물론 현재 고폭탄을 레일건 탄환으로 만드는 것은 어렵습니다. 그리고 발사 시 큰 에너지를 필요로 하기 때문에 레일건 운반 수단이 큰 군함 정도로 제한돼 있습니다. 하지만 이 모든 문제가 머지않아 기술적으로 해결 가능할 겁니다. 미래의 기술발전을 고려하면 레일건과 전략 폭격기의 조합이 유도탄보다 더욱 강력하며 경제적입니다. 그리고 전략 폭격기 부분에선 미래의 스텔스 기능이나 무인 항공기 발전까지 고려해야 합니다."

듣고 있던 무관들이 모두 아연실색한다. 저렇게 아름다운 여자의 입에서 저토록 무지막지하면서도 치밀한 파괴의 구상이 나올 줄은 예상치 못했기 때문이다. 무엇보다 진이의 입에서 나온 '섬멸전'이란 단어가 사람들의 뇌리에 강하게 박혔다.

회의를 마친 후 진이는 대사관 밖의 카페에서 풋과 단둘이 티타임을 갖는다. 진이는 차를 마시며 풋에게 속삭이듯 말한다.

"내년에 아테나이에 도착한 이후로는 레일건에 장전할 탄환을 절대 무기로 대체하는 계획을 비밀리에 추진해야 해요."

풋은 이미 알고 있다는 듯이 고개를 살짝 끄덕이며 답한다.

"예, 그래야겠죠. 우리의 적을 섬멸하기 위해서요."

84

11월 중순 진이가 지내는 도쿄의 아파트.

진이는 크레타에 체류하며 어떤 때는 외국계 회사원처럼, 어떤 때는 프리랜서 기자처럼 처신하고 다녔다. 일정한 출근지도 없이 자신이 숙소로 정한 도쿄의 아담한 2LDK 아파트를 불규칙하게 들락날락하며 하루하루를 보냈다. 밤에는 편의점에서 이것저것 먹거리를 사들고 집에 들어와 대충 허기를 때울 때도 잦았다. 이렇게 평범한 생활을 하면서 향후 세계질서를 짜는 거창한 일을 벌인다는 것이 좀처럼 실감 나지 않았다. 공적인 만남 외에는 가능한 한 사람과의 접촉을 자제했다. 남자친구도 없었다. 가끔 풋과 식사를 하거나 차를 마시며 대화하는 것이 인간관계의 전부였다.

어제는 밤늦게 터벅터벅 시내를 걸어 집으로 돌아왔다. 잘 정돈되고 깨끗하면서도 언제나 스산한 느낌을 주는 도쿄의 거리가 지금 자신의 삶과 잘 어울린다는 느낌도 들었다. 집에 들어와 평소에 마시지 않던 술을 들이켰다. 뭔가에 굶주린 듯 레드와인을 벌컥벌컥 들이켜고 옷도 벗지 않은 채 침대에 쓰러져 곧 잠이 들었다.

지쳐서 맥없이 잠든 진이에게 꿈은 과거의 기억을 재구성시킨다.

아버지가 돌아가셨다. 크레타 언론에서는 아테나이 국방장관 무사윤의 암살을 속보로 내보내며 연일 아테나이의 공안 불안 상태를 대서특필했다. 교토에서 고교 3학년에 재학 중일 때였다. 그리고 이미 한 해 전에 국방장관에 내정된 임철호 장군이 암살됐단 사실도 뒤늦게 알게 됐다. 할머니가 돌아가신 직후 자신을 보호해주던 임 중령의 아버지가…! 자신의 아버지가 뒤를 이어 그 빈자리를 메꿨던 것인데, 이런 참변을 당하신 것이다. 그러나 진이는 아무것도 할 수 없었다. 지금 지내고 있는 교토를 벗어나 다른 도시의 공중전화로 잠시나마 어머니와 통화하면 되지 않겠냐고 했지만, 마사코는 이럴 때일수록 냉정해야 한다며 그마저도 금지했다. 어머니와 겨우 통화가 가능했던 것은 다음 해 브리타니아로 유학 온 후였다.

진이는 14년도 전의 일이지만 혁명 전야에 이매가 거구의 보좌관 둘을 이끌고 집안의 대청마루에 구둣발로 올라와 아버지와 어머니를 위협하던 순간이 생생하게 떠올랐다. 그 기억이 극대화되어 공포와 분노가 온몸을 감싸고 다시 온몸에 불꽃이 피어날 것만 같았다. 그러다가 진이의 꿈은 또 다른 시공으로 이끌렸다.

할머니가 누워 계셨다. 돌아가시기 반년 전쯤 모습으로 보이는데 계속 진이를 부르신다.

—진이야.

—진이야.

그러나 진이는 대답하지 않았다. 무슨 말을 해야 할지 모르겠고 입이 떨어지지 않았다. 한 번도 자신의 감정을 여과 없이 드러내 보이지 않고 엄청난 자기절제로 일관하시던 분이었다. 그런데 지금은 할머니의 목소리에 말할 수 없는 감정의 파동이 실려 있다. 무언가를 크게 걱정하시는 것 같기도 하고, 진이를 원망하시는 것으로도 들린다. 믿을 수 없는 일이다!

"허억."

자리에서 벌떡 일어났다. 하얀 베갯잇은 진이가 흘린 식은땀으로 흥건히 젖어 있었다. 할머니가 누워 계시고 이를 바라보는 진이의 모습은 지극히 암울하고 괴기스럽기까지 했다. 포근하기만 했던 과거의 기억이 어째서 지금 괴이한 악몽처럼 비춰졌을까? 잠시 마음이 흐트러진 틈을 타고 관념의 통로 속으로 정제되지 못한 기운이 흘러들어 온 것은 아닐까? 진이는 자기 자신에게 심한 의구심을 느낀다.

진이는 정신을 차리기 위해 더운물로 한참 동안 샤워를 했다. 욕실이 온통 하얀 수증기로 가득 찼다. 샤워기를 잠그고 푸른색 샤워 가운을 걸친 후 거울 앞에 섰다. 거울에 김이 서려 얼굴을 비칠 수 없었다. 핸드타월로 거울에 하얗게 서린 김을 닦아내자 한 뼘 정도 폭으로 닦인 맑은 유리가 진이의 얼굴을 비췄다. 지난 13년간 차곡차곡 쌓아온 지식의 총체가 차갑게 자신을 바라보고 있었다.

'혹시 이것을 파괴하고 모든 것을 새로이 구축해야 할 일이 생기려나?'

진이는 왠지 모르게 불안하다. 이것이 단순히 이상한 꿈 때문만은 아닌 것 같았다.

간단히 아침을 먹었다. TV를 켜고 아침 뉴스를 틀어놓았지만, 듣는 둥 마는 둥하며 노트북을 부팅시켰다. 이메일 계정에 로그인했는데, 새로 받은 메일이 몇 개인가 있다. 그런데….

'어?'

진이야, 그동안 잘 지냈니? from 眞子

한 1분 동안 터치패드에 클릭을 못 하고 받은 편지함 리스트를 가만히 들여다보고만 있었다. 이것이 정말 마사코에게서 온 이메일이 맞을까? 격해지는 호흡을 억제하고 메일을 열어본다. 사람을 깜짝 놀라게 할 엄청난 소식이라도 있는 것은 아닌지!

진이야 오랜만이다.

네가 지난번 세타가야의 집에 다녀갔더구나.

나는 지금 교토에 머물고 있어.

혹시 네가 사정이 허락한다면 여기서 만나고 싶어.

그럼,

- 眞子

십 년의 공백을 메꾸기에는 너무나 간략한 내용이다. 메일은 불과 10분 전에 수신된 것이었다. 급하게 당장 오늘이라도 만나자고 답장을 보냈다. 마사코도 지금 컴퓨터 앞에 앉아 있는 모양이다. 보낸 지 바로 1분 만에 답장이 날아왔다. 실시간으로 메일을 주고받으며 교토에서의 약속 장소와 시간을 잡았다. 이 일 저 일 다 제치고 도쿄 역으로 가서 교토 행 신칸센 표를 샀다. 약속 장소는 '철학의 길'! 12년 전 같이 식사했던 곳에서 12시 반에 만나기로 했다. 영관당에서 미카에리 아미타상을 보고 나와 이시야마사로 가기 전 간단히 식사를 했던 소바야(메밀국수 집)에서….

85

4시간 후 교토 철학의 길(哲學の道), 영관당(永觀堂) 근처의 소바야(そば屋). 마사코가 먼저 와 있었다. 소바야 안에서 기다리지 않고 가게 밖 미닫이 나무 살문 앞에 진남색 트렌치코트를 입고 서 있었다.

"언니!"

마사코는 진이 쪽으로 옆얼굴을 보이며 턱을 약간 쳐들고 하늘을 보고 있었다. 늦가을의 선선한 바람과 주변의 새빨간 모미지(紅葉, 단풍)가 마사코의 하얀 턱 선과 잘 어울렸다. 마사코는 진이가 부르는 소리에 고개를 진이 쪽으로 돌리며 살짝 웃어주었다. 잠시 서로 아무 말도 주고받지 않고 바라보았다. 그리고 마사코가 먼저 첫마디를 건넨다.

"크레타를 떠날 때보다 더 아름다워졌구나!"

"…"

"오느라고 수고했어. 배고프지 않니?"

마사코와 같이 소바야 안에 들어가 자루소바 한 판씩을 주문했다. 기다리는 동안 그동안 잘 지냈냐는 형식적인 인사가 오갔을 뿐, 서로 자세한 것을 묻는 것은 피했다. 소바를 먹으면서 조금 분위기가 누그러지자, 주로 진이가 그동안 브리타니아 유학 중 겪었던 이야기를 하며 시간을 보냈다. 식사 후 마사코와 12년 전처럼 철학의 길을 천천히 걸었다. 아사히가와에서 2학년을 마치고 3학년을 교토에서 보낼 때도 진이는 수시로 이곳에 와서 산책을 했다. 정신의 균형이 깨진 듯한 혼돈이 오면 이곳 개천을 따라 걷는 것만으로도 정신이 치유되는 것처럼 느껴졌다.

"이곳에 참 자주 왔었지. 어떤 땐 니가 날 떼어버리고 혼자 와서 걷다가 늦게 아파트로 돌아오곤 했어."

"네, 그랬죠. 혼자서 반나절을 계속 걷다가 허기가 지면 아까 그 소바야에 가서 혼자 먹기도 했어요. 유난히 더 맛있게 느껴졌죠. 소바 한 그릇에 정신을 구원받은 느낌이었어요."

"브리타니아에서도 여기 못지않게 훌륭한 장소를 발견했던 모양이던데? 니가 보낸준 편지 다 잘 읽었어. 답장은 일일이 못 했지만…."

"네, 근데 언닌 그동안 왜 저와 연락을 뚝 끊으셨어요? 그동안 어떻게 지내신 거예요?"

"글쎄, 뭘 하고 지냈다고 해야 하나? 아마 나한테 석연치 않은 점이 많을 거야. 내가 네게 한 거짓말을 이제 모두 알았을 테니까."

"고스트 아이디는 어떻게 아신 거예요? 그걸로 제게 민자영 명의의 여권을 만들어주셨잖아요? 어머니가 만들어서 언니에게 전했다는 건 다 꾸민 얘기고요. 어떻게 그럴 수 있었던 거죠? 물론 전 그 덕분에 위기를 넘기고 브리타니아로 건너갈 수 있었어요. 아버지가 돌아가신 걸 뉴스에서 보기 전까지만 해도, 전 제가 그렇게 위험한 처지인 줄 몰랐고요. 하지만 어찌됐든…."

"그동안 생각이 많이 변한 것 같더구나. 얼굴이 아름다워진 만큼 말야."

진이가 그동안 품어온 의문을 풀기 위해 마사코에게 묻지만, 마사코는 이를 무시하고 다른 이야기를 한다.

"…, 그게 무슨 얘기?!"

"…."

무엇인가 엇나가는 서로의 초점이 분위기를 어색하게 했다. 둘은 잠시 침묵에 잠겼다가 마사코가 먼저 말을 꺼낸다.

"옥스브리지에서 아주 많은 영감을 얻었던 것 같던데?"

"처음엔 그랬죠. 그런데 그게…."

"그런데?"

"과연 그게 온전한 제 장소가 될 수 있는가란 의문이 들더군요. 제가 순수혈통의 앵글로색슨족으로 태어나 어렸을 적부터 브리타니아의 풍토로 제 살과 피를 빚고, 완벽한 브리타니아 어를 구사하고, 체계적인 브리타니아 식 중등교육으로 정신이 다져진 후 옥스브리지로 왔다면 그것이 온전한 내 풍경이 될 수 있을 거란 생각이 들더군요. 그래서 옥스브리지가 고스란히 제 정체성(identity)으로 작용할 수는 없다는 한계가 느껴졌어요. 모르죠. 제가 브리타니아로 귀화해서 평생 살다가 그 나라 사람으로 뼈를 땅에 묻을 때쯤 그렇게 될지."

"그러긴 싫었구나."

"…."

"그래, 결국 풍경을 완성하기 위해선 무차별적인 파괴로 나가야겠니?"

"애초부터 그 길로 인도한 건 언니예요. 하코네에서 소세키와 아이가이온 해전 승리를 필연적인 것으로 연관 지어 말한 건 언니였어요. 그 누구도 풍경에서 벗어날 수 없다고 하셨잖아요?"

"…."

또 한동안 침묵이 이어지며 둘은 철학의 길을 걷기만 했다. 마사코나 진이나 처음으로 평상심을 잃고 서로 눈치 보는 것은 이번이 처음이었다. 눈에 보이지 않는 위협을 피해 도피 중이었던 때도 서로가 경계하며 평상심을 잃은 적은 없었다. 진이는 오히려 그런 위기의 순간에서 자신을 강화하고, 막연하기는 하나 미래에 자신에게 도래할 구원의 메시지를 감지하고, 그 도피의 순간이 오히려 자신을 포근히 감싸주고 있다고 느꼈었다. 하지만 지금의 이 어색함이란!

"진이야, 보여주고 싶은 게 있어."

"어디로 가시려고요?"

"우리 여기서 다시 이시야마데라로 가자."

"…!"

둘은 12년 전과 똑같이 전차를 타고 비와호(琵琶湖)를 향해 달려 오오츠시(大津市)에 있는 이시야마사(石山寺)에 도착한다. 다른 것이 있다면 그때는 진이가 갑자기 마사코에게 이시야마사로 가자고 했는데, 이제는 반대로 마사코가 진이를 이곳으로 데려왔다. 절의 동대문을 거쳐 참도를 천천히 걸어 올라가는데, 12년 전에는 없던 신축 건물이 생겼다. 과거의 전통 기와 양식과 현대의 양식을 혼합해 지은 건물로 안으로 들어서니 절의 행정처와 이런저런 부대시설이 갖추어진 곳이었다.

안에서 중년 남자 한 명이 나와 마사코를 마중했다. 이시야마사에 새로 부임한 사무장이라고 하는데, 미리 마사코와 약속이 되어 있는 것처럼 보였다. 진이는 마사코가 충동적으로 이곳에 오자고 한 것이 아니라, 자신을 도쿄에서 불러낼 때부터 이곳에 데려오려 한 것을 알았다. 사무장은 마사코와 진이를 사무실 안으로 안내하고 이런저런 설명을 늘어놓는다. 말하기 좋아하는 사람의 부산함과 과장된 표현이 부담스러웠다.

"경장(經藏)에서 경내 차노마(茶の間, 다실)로 에마키(繪卷)를 가지고 갈 것이니 그곳에서 관람하시게 되겠습니다. 그리고 마루야마 씨께서는 여기 방명록에 서명을 해주십시오. 번거롭지만 관례가 돼놔서… 사실 지난달에 이미 올해의 공개 기한이 지나버려 원칙적으로는 관람할 수 없게 돼 있습니다만, 오늘 보실 에마키는 마루야마 씨께서 직접 발굴하신 것이고 평소에 워낙 우리 절에 기여하신 게 많으신지라 특별히 제가 허락을 받아냈습니다, 흠."

'언니가 에마키를 직접 발굴했다고?'

진이는 갑작스럽게 에마키는 무엇이며 그것을 마사코가 발굴했다는 건 무엇인지 의아했다. 그것을 자신에게 보여주려 이곳까지 오자고 한 것인가 하고 생각한다. 그런데 이 절의 행정을 맡아보는 사무장은 어지간히도 마사코에게 너스레를 떨었다. 30대 중반의 원숙미를 발산하는 마사코에게 평소 마음이 있었던 듯도 보이고, 게다가 오늘은 진이처럼 난생처음 보는 특출한 미인 앞에서 어디에다 시선을 두어야 할지 몰라 유난히 더 부산을 떨고 있었다.

"아, 죄송해요. 제가 실수를…."

"괜찮습니다. 지우고 그 옆에다 다시 쓰시면 됩니다. 아, 그리고 말씀하신 대로 두 분이 오늘 밤 거처하실 곳은 경내 방문객용 숙소에 따로 마련해두었습니다. 숙소는 바로 이 건물에 있습니다. 에마키를 보신 후 이 건물로 돌아오시면 저녁 식사와 목욕도 하실 수 있게 해두었습니다."

"감사합니다."

마사코가 방명록에다 서명을 하다가 실수를 해 글자 획을 잘못 쓰기라도 한 모양이었다. 사실 아까 철학의 길에서부터 마사코의 얼굴이 창백해 보이기는 했다. 마사코도 진이도 어쩐지 오늘따라 마음의 평정을 잃고 있었다. 진이는 이 모든 원인이 자신에게 있는 것 같아 마사코에게 미안함을 느낀다. 십 년 동안 자신에게 있었던 변화를 마사코가 받아들이지 못하는 면도 있지만, 애써 드러내고 있지 않을 뿐 자신이 심정적으로 마사코를 배신하고 있는 면이 있었다.

잠시 후 마사코와 진이는 경내의 한적한 정원에 자리 잡은 차노마(茶の間, 다실)로 자리를 옮겼다. 미닫이문을 열고 들어가니 7조 반(七疊

坪) 크기의 깨끗이 정돈된 다다미방이 나왔다. 창밖으로는 정원의 아름다운 모미지(단풍)가 이제 서쪽 하늘에 나지막이 뜬 해의 빛을 받아 우수에 젖은 듯 유난히 더 붉은 빛을 발하고 있었다. 안에서 잠시 기다리니 한 비구니가 차와 팥양갱을 가져와 대접했다. 마사코를 마주보던 진이는 약간 긴장이 되어 천천히 차를 마시며 어색함을 회피하려 했다. 마사코도 마찬가지였다.

한동안 두 사람 사이에는 어색한 침묵이 흘렀다.

86

"언니, 지금 우리가 기다리는 에마키가 대체 뭐에요? 언니가 에마키를 발굴했다뇨?"

진이가 침묵을 견디기 힘들었던지 마사코에게 말을 건다.

"조금만 기다려봐."

마사코는 그냥 간결하게 답할 뿐이다. 잠시 뒤 사무장이 앞장서고 두 명의 비구니가 긴 향나무 상자 하나를 한 쪽씩 들고 조심스럽게 방 안으로 들어왔다. 두 명의 비구니는 상자를 다다미 바닥 위에 조심스럽게 내려놓았다. 곧이어 사무장은 격식 차린 말투로 설명을 시작하고, 두 비구니는 향나무 상자 뚜껑을 열고 안에 들어 있는 에마키를 조심스럽게 꺼내기 시작했다. 에마키는 기름종이와 비단으로 겹겹이 싸여 있어서, 비구니들이 그걸 하나하나 풀어내 결국 하나의 에마키, 두루마리 그림을 꺼냈다.

"이 에마키모노(繪卷物)는 헤이안(平安) 시대 무라사키 시키부(紫式部)

가 생전에 남긴 유일한 그림입니다. 무라사키 시키부의 모습을 그린 그림은 많았지만, 그것들은 다 후대에 그려진 것들이었죠."

'아!'

진이는 사무장의 설명이 시작되자마자 속으로 탄식을 내뱉었다. 왜 마사코가 다시 이곳으로 자신을 데리고 왔는지 이유를 알 것 같았다. 사무장의 설명은 계속된다.

"그런데 구 년 전 마루야마 씨께서 이시야마데라가 보유한 다보탑(多寶塔) 중수(重修)를 우리와 정부에 건의하셨습니다. 그것도 중수 비용을 마루야마 씨의 사재로 부담하시겠단 조건으로 말이죠. 비용도 비용이지만, 아시다시피 본 사찰이 보유한 다보탑은 크레타 최고의 다보탑임과 동시에 국보입니다. 그래서 많은 분의 우려와 논쟁이 있었습니다."

'아, 언니!'

"하지만 마루야마 씨의 꾸준한 설득으로 중수 결정이 났고 칠 년 전부터 다보탑을 단계적으로 해체하는 작업이 시작됐는데, 해체·발굴에만 삼 년의 시간이 걸렸습니다. 바로 그 과정에서 우리가 전혀 예상치 못했던 무라사키 시키부의 에마키모노가 발굴됐습니다. 당시 이 발견은 많은 전문가의 관심을 불러일으켰고 이 에마키의 진위 여부를 위해 많은 조사와 토론이 있었습니다. 그리고 바로 작년 10월에 이것이 약 990년 전 무라사키 시키부에 의해 그려진 진품임이 판명됐습니다.

그러나 이 사실은 아직 언론을 통해 일반에 공개되지 않았습니다. 앞으로 더 철저한 심의를 거친 후 내년 봄쯤에 정부 차원에서 정식으로 발표가 있을 것 같습니다. 그렇게 되면 이 에마키모노는 크레타의 국보로 지정되어 국립박물관에서 소장하게 될 겁니다. 현재는 본사 경장(經藏)에 보관 중입니다. 자, 보시지요."

두 비구니는 우선 진이가 앉아 있는 다다미 바닥 앞에 비단과 화선지를 깔고 그 위에 에마키를 올려놓은 뒤, 말려 있던 에마키를 길게 천천히 펼쳤다. 한 여인의 뒷모습이 그려져 있었다. 겹겹이 화려한 주우니 히토에(十二単)를 장중한 태(態)로 차려입고, 그 위로 검은 머리를 바닥까지 길게 늘어뜨렸다. 검고 긴 머리 아래로 빛나는 자주색(紫朱色) 가라기누(唐衣)는 이 에마키의 주인공이 무라사키 시키부(紫式部)라는 것을 나타내주는 것 같았다. 진이는 한동안 깊은 숨을 들이마시며 무라사키 시키부의 뒷모습을 묵묵히 바라보았다.

"무라사키 시키부는 보시는 대로 자신의 아름다운 얼굴을 보이지 않고 뒷모습만을 에마키에 그리도록 했습니다. 그 이유는…."

"됐습니다. 사무장님. 여기 계신 무사 씨는 문화에 조예가 깊어 말씀하시는 것을 모두 알고 있을 것입니다. 진아, 잘 보았지?"

"…!"

마사코가 사무장의 말을 갑자기 끊었다. 그리고 간단히 인사치레하고 세 사람에게 에마키를 물리도록 요청한다. 두 비구니가 다시 에마키를 말아 나무 상자에 집어넣는 데 꽤 시간이 걸렸다. 사무장은 약간 쑥스러운 듯 인사를 하고 비구니들과 방을 나갔다. 마사코와 진이 사이에는 한동안 또 침묵이 흐른다.

마사코는 진이와 연락을 끊고 지내던 사이 진이의 오늘이 있게 한 장소의 원점을 발굴해 보여주었다. 한 여인의 뒷모습에 자신의 장소를 두고 12년 간 보편적인 지식을 쌓아온 것이 바로 오늘 진이의 모습이다. 얼굴을 보이지 않음으로써 영원히 미인일 수 있다는 한편의 신화가 바로 진이의 장소였다. 진이는 12년 전 당시 이것이 실존하는 역사적 사실인지를 두고 고민하다 결국은 자신이 한 편의 이야기를 만들어내고, 그것을 시작으로 자신의 풍경을 일궈왔다. 옥스브리지의 고색창연한 중세와 찬란한 근대가 조화된 풍경도 바로 이 초월적 장소를 기반 삼아 자신의 풍경으로 다가왔다. 그런데 이제 그 상상의 초월적 장소가 실존으로 진이 자신에게 다가온 것이다.

"언니, 그동안 이걸 발굴해오셨군요!"

마사코와 진이는 에마키를 보았던 차노마를 나와 경내 숙소로 옮겨왔다. 절에서 나오는 저녁을 대접받은 후 함께 목욕을 하고 유카타(浴衣, 욕의) 차림으로 침실로 들어왔다. 아까 에마키를 보았던 방과 유사한 칠조 반의 다다미방으로 바닥에는 하얗고 청결한 이부자리가 깔려 있었다. 진이는 이불을 살짝 반만 걷어내고 요 위에 책상다리를 하고 벽에 기대 앉았다. 마사코는 그냥 이불 위에서 눈을 감고 누웠다. 자는 것처럼 보이지는 않았다.

"언니⋯."

무언가 말을 해야겠다고 생각하지만 무슨 말을 해야 할지 몰랐다. 혼자서 입가에 맴도는 말을 삼키며 진이는 마사코 쪽을 바라보았다. 마사코의 눈꼬리에 맺힌 눈물이 귓바퀴를 타고 흘러내리는 것이 보였다.

"언니⋯?!"

진이는 마사코에게 아무 말도 붙일 수가 없었다. 그냥 가만히 마사코를 바라보기만 했다. 그렇게 두 시간가량 침묵이 흘렀다. 그러다가 마사코가 천천히 이불에서 몸을 일으켜 앉았다. 그리고 두 손으로 진이의 두 손을 꼭 감싸 안는다.

"진이야. 꼭 아테나이의 풍경과 서사를 훌륭하게 그려내도록 해."

"언니…?"

마사코는 앉은 채로 조금 더 진이 앞으로 다가갔다. 진이의 얼굴을 좀 더 가까이 바라보며 눈빛을 맞췄다. 그리고 오른손을 들어 진이의 왼쪽 볼을 만졌다.

"진이야, 먼저 자. 나는 본당에 좀 다녀올게."

"지금 예불을 하시려고요, 이 시간에요?"

"응, 일부러 오늘 여기까지 왔으니…, 먼저 자."

그리고 마사코는 지금 입고 있는 유카타 위에 교토에서부터 입고 온 트렌치코트를 걸쳐 입고 밖으로 나갔다.

진이는 뭔가 석연치 않음을 느꼈지만, 그냥 이대로 있을 수밖에 없었다. 마사코가 누워서 혼자 흘린 눈물의 의미는 또 무엇이었을까? 할 수 없이 먼저 자리에 누웠다. 잠이 들기에는 여러 가지로 마음이 무거웠다. 그래도 눈을 붙여보려고 애썼다. 사실 오늘은 너무 피곤하다.

꿈을 꾸는 것 같다.

어느 산허리에 자신 혼자 남겨져 있다. 발밑의 하얀 구름바다와 파랗게 물든 하늘구름이 진이의 시야 전체를 감쌌다. 발아래 솜이불처럼 끝없이 펼쳐진 구름이 너무 귀여워 무릎과 허리를 구부리고 두 팔을 담가보았다. 보드라운 촉감이 어렸을 적 쓰다듬어주던 강아지 털 같기도 하고, 습기를 촉촉이 머금은 것이 피부를 깨끗이 닦아주던 비누 거품 같기도 했다. 그러다 문득 고개를 들어보았다. 거대한 바위가 구름바다 한가운데 솟아 있었다. 아주 하야면서도 분홍빛을 띠는 것이, 사람의 피부 같기도 하고 금방이라도 소리를 뱉어낼 것만 같다. 진이는 바위에 손을 얹고 볼을 갖다 대보았다. 바위의 피부에서 영원을 쫓는 이야기가 느껴졌다. 이 커다란 바위를 있게 한 장구한 서사의 맥이 동쪽 저편으로 이어져 가고 있음이 느껴졌다. 그러면서 갑자기 할머니의 모습이 느껴졌다. 어릴 적 보던 모습보다 함초롬한 태(態)로 계셨다. 그리고 그 옆에 알지 못하는 한 남자의 기운도 느껴졌다. 모습이 눈에 보이지는 않는데 기운이 진이 자신과 닮아있다. 할아버지?

잠에서 깼다. 꿈에서 보았던 할머니와 보이지 않는 기운으로만 느껴지던 할아버지 두 분이 언어가 아닌 파동으로 읊으시던 서사가 아직도 진이의 몸에 강한 여운으로 남아 있어 몸을 움직이기 힘들었다. 이미 몇 시간은 지난 것 같은데! 방안에는 진이 혼자만 누워 있을 뿐 마사코는 아직도 돌아와 있지 않았다. 초점 잃은 눈을 10분 정도 뜨고 있었다.

'이상하다!'

진이는 마사코가 평소 아무 종교도 가지고 있지 않았던 게 새삼 떠올랐다. 이것이 왜 이제야 떠오르나 하고 진이는 자신을 자책한다. 진이는 있는 힘껏 자리에서 몸을 일으켜 코트를 걸치고 본당으로 가보았다. 본당 안에서 옅은 불빛이 새어나왔다. 이 시간에 저 안에 있을 사람은 마사코뿐일 거라 생각했다. 근데 왜 저 희미한 불빛이 마사코와 닮았다고 생각될까? 이상하게 쫓기는 기분이 되어 본당 안으로 뛰어 들어갔다. 그러나 마사코는 본당 안에 없었다. 본당 안을 아무리 찾아보아도 없었다. 왜 또 자신에게 거짓말을 했을까? 아니면 이 본당 안에 왔다가 다른 곳으로 간 걸까? 어떻게 해야 할지 몰랐다. 자고 있을 사무장을 불러내야 할까?

진이는 본당 밖으로 나왔다. 그리고 하늘을 보았다. 서쪽 하늘에 둥근 달빛이 엷은 구름에 감싸여 은빛의 은은함으로 경내를 비추었다. 진이는 눈으로 그 빛을 들이마셨다. 조금은 숨이 가라앉고 마음이 차분해진 듯했다. 진이는 해보다 달을 좋아했다. 지난 12년간 자신이 달맞이꽃(月見草) 같다고 생각했다. 될 수 있으면 사람의 눈을 피해 혼자 있는 버릇 때문이라 생각해보았지만, 꼭 그런 것만도 아니었다. 역사를 움직이는 힘이 밤과 달에 있다고 믿었다. 그건 고대 가인(歌人)의 뒷모습을 담은 에마키의 정경과도 일치하는 심상이었다. 그러다 진이는 시선이 본당 동북쪽에 있는 월견정으로 끌렸다. 저곳으로 가서 달을 보고 싶다는 마음과 함께 마사코가 저 월견정에 있을 거라고 생각했다.

바로 12년 전에도 이곳 본당에서 무라사키 시키부 겐지의방(紫式部 源氏の間)에 실망을 느끼고 마사코와 함께 세타강(瀬田川)과 비와호(琵琶湖)를 내려다볼 수 있는 월견정으로 갔었다. 게다가 낮이었던 그때와 달리 지금은 밤이라 이름 그대로 월견정(月見亭)에서 달까지 볼 수 있지 않은가? 진이는 급히 월견정으로 걸음을 옮겼다.

월견정에 도착한 진이는 마사코가 유카타 위에 트렌치코트를 걸친 채로 월견정 마루에 엎드려 있는 것을 보았다. 달은 밝았지만 세타강의 강바람이 제법 강하게 불고 있었다.

"언니, 언니, 이렇게 쌀쌀한데 여기 엎드려 있으면 어떻게 해요. 일어나세요. 어서요."

진이는 마사코를 서둘러 일으켜 세우려 했지만, 마사코의 몸은 싸늘하게 식은 채 미동도 하지 않았다. 진이는 순간 섬뜩한 느낌이 들어 마사코의 얼굴·가슴·손목 등에 조심스럽게 손을 가져다 대어본다.

호흡이 말할 수 없이 가늘고 맥박도 너무 희미해서 이제 조만간 끊겨 버릴 것만 같았다. 그러나 마사코는 숨을 거두기 직전의 위독한 상태 라고는 할 수 없을 만큼 아름다운 얼굴을 은색 달빛에 비추고 있었 다. 진이는 순간 직감했다. 마사코는 달빛을 쐬면서 스스로 자신의 숨을 가늘게 늘여 끊고 있는 것이라고! 감히 누군가를 불러 사람이 죽어간다고 하소연할 수 없었다. 진이는 지금 마사코의 죽음을 삼가 배웅하지 않으면 안 될 것 같은 숭고함에 휩싸였다. 진이는 무릎을 꿇고 마사코의 머리를 조심스럽게 들어 자신의 무릎에 올려놓았다. 왠지 마사코의 표정이 조금 전보다 밝아진 것 같았다. 그러자 저쪽 서남쪽에서 붉은 불길이 치솟아 오르기 시작한다.

'저쪽은 본당과 다보탑 사이 경장이 있는 곳인데…; 어제 저녁 본 무라사키 시키부의 에마키를 보관하고 있다는 곳…!'

불길은 점점 더 높이 타올라 밤하늘을 붉게 물들였다. 진이가 자 신의 무릎 위에 놓인 마사코의 얼굴을 바라보자 그녀는 희미한 미소 를 지으며 마지막 숨을 아주 천천히 내쉬었다.

87

경장에 기름을 붓고 기폭장치를 설치한 후 월견정에 오른 자연은 은은히 비추는 달빛에 몸을 적셨다. 지금까지 여러 달을 보아왔다. 남편 인이가 서울로 날아오는 비행선을 격추하기 위해 행주산성으로 향했던 날 부암동 언덕바지에서 바라보던 보름달, 인이를 삼각산에 남겨두고 양주로 피신하면서 바라보던 처연한 달, 손녀 진이가 그려낸 이야기 속에 들어가서 바라보던 고대의 달, 그리고 시공을 초월한 세계의 공중에서 바라보던 달…! 자연은 이제 지상에서 자신이 맡은 역할을 모두 끝내고 마음의 준비를 했다. 월견정 마루에 엎드려 숨을 천천히 고르며 아주 길고 가늘게 늘였다.

한 시간, 두 시간, 세 시간….

이제 숨은 극도로 가늘고 미약해져 언제고 자신이 끊을 수 있을 정도가 되었다. 그리고 이제 몇 분만 지나면 경장에 설치한 기폭 장치가 발화될 것이다.

'아…!'

이제 지난 100년간의 일생을 마치고 지상을 떠나야 한다. 이매에게 목 잘려 죽은 이후에도 손녀를 돌보기 위해 타인의 몸에 빙의하여 십여 년을 덤으로 살았다. 이제 정말 떠난다고 하니 감회가 깊었다. 자신의 역할을 마치면 다 이렇게 세상을 떠나는 것이구나 하고….

갑자기 목이 말랐다. 그러면서 60년 전 인이가 스테이크와 함께 자신에게 사주었던 레드와인이 생각났다. 그때 그 짙은 자주색의 와인이 왜 그리 맛있었는지…. 자연은 그때 목으로 넘기던 와인의 감촉을 되새기며 마지막으로 옛 일을 돌이켰다. 인이의 초월적 장소가 될 '얼굴을 보이지 않는 신'을 구성하기 위해 자연은 고대 스파르타의 문헌을 해석해 리쿠르고스의 옛이야기를 인이에게 알려주었다. 그리고 50년이 지난 후 자연은 진이가 자신의 초월적 장소를 찾을 수 있게 도왔고, 진이는 할아버지의 '얼굴을 보이지 않는 신'을 시키부의 뒷모습을 통해 '얼굴을 보이지 않는 미인'으로 대체, 계승했다.

이어서 자연은 진이의 초월적 장소가 상상의 이야기로만이 아니라 강력한 실존이 되게 하려고, 시키부의 뒷모습이 그려진 에마키를 발굴해 진이가 직접 눈으로 그것을 확인하게 했다. 이제 자연은 자신의 모든 역할을 마쳤고, 손녀 진이는 미래에 자신의 장소를 확대해 아테나이의 풍경을 건설할 수 있게 되었다.

"언니, 언니…"

아주 멀리서 진이가 자신을 부르는 소리가 들려오는 것 같았다.

'아, 진이가 나를 찾아왔구나!'

잠시 후 진이가 자연의 머리를 자신의 무릎 위에 올려놓게 했다. 조금 전까지 갈증을 느끼던 목이 아주 시원해져옴을 느꼈다. 60년 전 인이가 사준 와인을 마실 때만큼 시원하고 만족스러웠다. 그러다가 저 건너편에서 붉은 불길이 타오름을 느낀다. 눈은 감고 있었지만 붉은빛이 눈꺼풀을 투과해 들어왔다. 비록 애써 발굴한 에마키이지만 진이가 그것을 직접 보고 실존으로 인식했으니 그도 역시 자신의 역할을 다 했다. 이제 불길이 되어 자신과 함께 지상을 떠나는 것이다. 자연은 이제 모든 것을 털어버리고 자신의 마지막 남은 숨을 끊는다.

88

닷새 후 도쿄(東京).

진이는 교토에서 도쿄까지 마사코의 운구를 돕고 장례식에도 참석했다. 마사코의 어머니는 의외로 매우 냉정했다. 진이는 그녀가 딸의 죽음에 진이의 책임이 있을 거라 여기고 매몰차게 나오리라 예측했지

만, 오히려 매우 담담하게 진이를 대했다. 전혀 뜻밖이었다. 진이는
마사코가 고승들이 자신의 호흡을 조절해 열반에 들듯이 스스로 숨
을 끊은 것이라고 생각했지만, 경찰과 병원에서는 해리성 정체감 장
애로 인한 쇼크사로 판단했다.

마사코는 대학교 재학시절부터 다중인격 장애를 앓아왔다고 한다.
진이가 대했던 마사코의 인격과 마사코의 원래 인격이 달랐다는 것
이다. 대개 이런 장애는 성장기에 심한 충격을 받아 생기고 주로 여
성들에게 나타난다고 사람들은 수군거렸다. 마사코는 어렸을 때 친
아버지를 잃고, 어머니는 아테나이에서 쿠데타가 난 직후 건너왔다
는 한 돈 많은 아테나이인 망명객과 알게 되어 사귀다가 재혼을 하
게 되었단다. 처음에는 큰 키, 세련된 매너와 능숙한 크레타 어, 아테
나이에 있을 때 상당한 고위직이었다는 자기과시가 마사코의 어머
니, 그리고 어린 마사코에게도 매력적으로 보였다. 하지만 한집안에
살게 되면서부터는 숨겨진 본성이 드러나기 시작했다.

의붓아버지는 마사코를 상습적으로 성폭행했다. 마사코는 어느 날
칼을 옷 안에 숨기고 있다가 의붓아버지가 자신의 몸에 손을 대려는
순간 칼을 뽑아 휘둘렀다. 칼이 그자의 목숨을 거두진 못했지만, 그
의 왼쪽 귀 일부를 잘라냈다고 한다. 그 후 그자는 자취를 감추었고,
마사코는 치유될 수 없는 마음의 상처를 입고 계속 방황했다.

이제 진이가 마사코에게 품은 의문 중 일부가 풀렸다. 현실이 너무
나도 고통스러우니, 이로부터 도피하기 위해 스스로 새로운 인격을
만들어내어 그 안에 안주하려 했던 것이고, 바로 그 인격이 진이가
대했던 마사코였다. 하지만 그래도 풀리지 않은 의문이 있다. 새로운
인격을 가지게 되면 그와 함께 능력도 향상될 수 있는가? 마사코는

정신적 방황 때문에 착실히 공부한 적이 없고, 평소에 하도 사고를 많이 쳐서 주위에서 손가락질당하기 일쑤였다고 한다. 도쿄 대학에서 표상문학을 전공했다고는 하지만, 실력으로 들어간 것이 아니라 마사코의 외가 쪽에서 거액의 기부금을 내 입학이 가능했다고 한다.

그러나 진이가 본 마사코는 매우 뛰어난 지적 능력의 소유자였고, 보기와는 달리 품행이 단정했다. 그리고 결정적인 의문은, 과거에 할머니가 고든에게 부탁하여 제작한 고스트 ID를 마사코가 어떻게 알고 진이가 그것을 사용하도록 했느냐는 것이다. 마사코는 진이네 집안에 닥친 위기를 누구보다도 잘 이해하고 능동적으로 대처해 진이를 이 년 동안 안전하게 보호했다. 어떻게 그것이 가능했을까?

진이는 마사코가 숨을 거둘 때까지 유카타 위에 걸치고 있던 트렌치코트를 접어서 왼쪽 팔뚝에 걸치고 있었다. 왠지 이 유품은 가족에게 건네기 싫었다. 재질과 색감, 사이즈까지 할머니가 좋아하시던 것과 어찌나 이렇게 똑같은지! 기억이 가물가물하지만 에리 안쪽의 라벨로 보아 할머니가 즐겨 입으시던 것과 같은 브리타니아 제조사다. 세상에는 피가 한 방울 안 섞여도 이렇게 취향이 같은 사람이 있을 수가 있구나 하고 생각했다. 그리고 이 일을 꼭 다른 사람들의 견해와 일치시킬 필요가 있는지 생각해보았다. 현대에는 이런 현상을 의학적 관점에서 다중인격 장애 또는 해리성 정체장애라 하여 정신질환으로 간주한다. 그러나 과거에는 이런 일을 흔히 빙의라 불렀고, 무당이 스스로 신 내림을 받는다고도 했다. 문득 머리에 떠오르는 것이 있었다. 오래전 일도 아닌 불과 며칠 전 일이다. 진이는 급히 신칸센을 타고 다시 교토로 향했다.

89

수 시간 후 이시야마사(石山寺).

진이는 다시 이시야마사로 왔다. 그리고 그때 마사코와 자신을 안내해주던 사무장을 찾았다.

"사무장님, 경장의 유물을 관람 신청할 때 적는 방명록이 있었죠? 그때 언니가 서명했던 것을 볼 수 없을까요?"

"무슨 일로 그러시죠?"

부산을 잘 떨던 사무장도 갑작스러운 마사코의 죽음과 경장의 방화로 절의 귀중한 문화재가 소실된 책임을 지게 되었는지, 진이의 요청에 예민하게 반응한다.

"말씀드리기가 좀 곤란합니다. 꼭 필요해서 그럽니다. 제가 무리한 요구를 하는 것은 아니죠?"

"알겠습니다. 꼭 필요하시다면…. 그 후로 방명록에 서명한 사람은 아직 없습니다. 마루야마 씨의 서명이 아직도 마지막으로 적혀 있을 텐데…."

사무장은 사무실 구석에 있는 철제 캐비닛에서 방명록을 꺼내 가지고 왔다. 두꺼운 화선지 종이 묶음을 사진 앨범같이 보기 좋게 자주색 벨벳으로 표지를 하고 안쪽 화선지 위에 온 순서대로 서명하게 돼 있다. 보통 붓펜으로 세로쓰기를 하는데, 당시 마사코가 실수로 잘못 기재해서 다시 서명을 했던 기억이 났다. 진이는 그냥 무심하게 다른 곳을 보고 있어 마사코의 서명을 보지 못했었다.

"자, 여기 있습니다. 마루야마 씨의 존함이 마지막으로 적혀 있습니다."

서명란 맨 왼쪽에 마사코의 서명인 丸山真子 넉 자가 세로로 쓰여 있다. 달필이다! 그 오른쪽 옆으로 잘못 써서 작대기 2개를 세로로 **쫙쫙** 그어 지워놓은 것이 보이는데, 그 밑에 세 글자가 보였다.

"어엇!"

閔紫涓

민 자, 자 자, 연 자, 할머니의 성함이었다. 마사코에게 할머니 이야기를 한 적은 몇 번인가 있었다. 그러나 할머니의 이름을 말한 적은 한 번도 없었다. 그리고 할머니의 이름을 라케다이몬 문자로 알려준 적은 더더욱 없었다.

'할머니…!'

제11장

공룡능선

한아버지!

모르는 남을 찾아온 것 아니라

기다리시는 기다리시는 한아버지를 뵈오러 온 것입니다.

남에게를 가는 것 같으면 예폐(禮幣)라도 가지고 왔겠지요만

집안어른—오는 것만을 기쁨 삼으시는

제 한아버지께 귀근(歸覲)하는 것이매

빈손으로 왔습니다.

꾸러미 가지기를 준비하지 아니했습니다.

그러나 한아버지!

가지고 온 것이 아주 없음은 아닙니다.

저만은 그 무엇—아무것보담

긴한 무엇을 가지고 온 꼴입니다.

무엇인지 아시지오?

한아버지께로부터 받자와 가졌던 '피'를

오랜 '신물(信物)'로 가지고 왔습니다.

또 있는 것을 아시지오?

그 '피'의 뛰노는 산 염통을 가지고 왔습니다.
이 염통이 들어 있는 내 몸
그것이 무엇보담도 한아버지께의
훌륭한 제물일 것을 생각하고서
이것만을 가지고 왔습니다.

한아버지!
제 제물을 받아줍시오.
인제부터의 제 몸과 마음과 피와 숨은
온전히 한아버지의 제사 퇴선(退膳)입니다.
한아버지의 이름으로써
이것이 모든 사람의 음복거리가 됨이
물론 저의 본회(本懷)입니다.

한아버지!
한아버지를 뵈온 이 눈은
다른 아무 것을 다시 보지 아니하여도 섭섭할 것 없습니다.
한아버지의 품에 쌓인 저는
온 세상과 온 동무를 다 잃을지라도
결코 외로움이 있을 리 없습니다.
한아버지께만 총명하고 지혜로워진다 하면
저는 즐거이 다른 모든 것에서
바보 되고 못난이 되고 멍청이 되겠습니다.
한아버지의 속에서

모든 것을 놓겠습니다.

모든 것에게 버리는 바 되겠습니다.

비웃기고 놀림감 되고 욕먹고 채찍 맞은 자 됨을

사양하지 않겠습니다.

한아버지!

말할 줄도 글 지을 줄도 꾀부릴 줄도 죄다 모릅니다.

환하고 아름다운 축사(祝詞) 축문(祝文)으로써

있는 마음을 드러내어 아뢸 재주를 저는 가지지 못했습니다.

이것이 얼마쯤 갑갑하고 답답하지 않은 것 아닙니다.

그러나 그러나

말을 기다려 마음을 아옵실 한아버지가 아니심을 알므로

이것을 슬퍼하지는 아니합니다.

숫(純)친 채로 뜨거운 '숯'친 채로 입다문 마음을

더욱 가상히 여기실 한아버지이심을 짐작하고

순박하고 말 더듬은 것이 도리어 다행일 것을 생각도 합니다.

한아버지!

한아버지!

저올시다 이러한 저올시다.

아무것 없는 저올시다, 아시옵소서, 거두시옵소서.[27]

　　　　　　— 최남선의 『백두산근참기』, 제36장 「어허, 한아버지!」 중에서

27　최남선, 『백두산근참기』 임선빈 옮김, 경인문화사, 2013, 312~315쪽.

표상으로 떠오른 것이 그대로 순수한 자기의식의 소유물이 되게 함으로써 개인이 보편성을 갖추는 것은 교양의 일면을 이룰 뿐, 그것으로 교양이 완성될 리는 없다. 여기에 바로 고대와 근대의 학습방법의 차이가 있는데, 먼저 고대에는 일상적인 자연적 의식의 도야와 형성에 중점이 두어졌다. 생활 전반에 걸친 집중적인 탐구가 행해지면서 온갖 현상이나 사건이 철학적으로 고찰되는 가운데 개인은 활력이 넘치는 보편자의 위치로 스스로를 이끌어 올렸다.

이에 반하여 근대에 와서는 개인에게 이미 갖가지 추상적인 형식이 마련되어 있어서, 이를 포착해 자기 것으로 삼으려고 노력하는 것은 구체적인 생활에서 비롯된 다양한 요소 속에서 사회에 유용한 보편적 이념을 발현시키기보다는, 오히려 내면에 깃들어 있는 것을 아무런 중간 단계도 거치지 않고 단숨에 산출해내는 상태를 이뤄놓았다. 따라서 교양을 복돋우기 위한 작업은 이미 몸에 배어 있는 감각적인 생활양식을 개인에게서 털어내어 사유의 힘으로 다가가야만 할 실체의 세계에 동화하도록 하기보다는, 반대로 고착되어버린 특정한 사상을 파기하여 보편이념을 정신적인 것으로서 실현하는 데 있다.[28]

　　　　　　— 게오르크 빌헬름 프리드리히 헤겔의 『정신현상학』, 「서설」 중에서

---

28 게오르크 빌헬름 프리드리히 헤겔, 『정신현상학 1』, 임석진 옮김, 한길사, 2005, 72쪽.

아테나이력 4407년, 갑오(甲午)년,
네스토리우스력 2075년

90

1월 30일 새벽 4시 30분 서울-양양 고속도로.

진이는 파란색 포르쉐를 타고 텅 빈 고속도로 위를 으르렁거리는 배기음과 함께 무서운 속도로 달렸다. 연일 40년 만에 찾아온 한파라는 뉴스를 무색케 하듯 액셀러레이터를 사정없이 밟아 300km/h 전후의 속도로 꽝꽝 얼어 미끄럽기까지 한 노면에서 광란의 질주를 벌인다.

'놈들이 헬기를 타고 목적지에 먼저 도착하기 전에 내가 먼저 도착해야 한다.'

진이는 지금 아테나이·브리타니아 정부 그리고 RIS 전쟁기획팀과 필사적으로 겨루고 있었다. 계엄령이 내려져 고속도로 곳곳에 차단기가 설치되고 검문이 시행되고 있었지만, 고스트 ID에 등록된 스포츠카로 검문소마다 무난히 통과하고, 계엄군의 시야에서 벗어나면 다시 무서운 속도를 내어 달렸다.

삐삐, 삐삐….

RIS 팀과 별도로 운영되는 진이의 비밀조직, 자연의 인트라넷으로 연락이 온다. 진이는 블루투스 이어폰으로 서둘러 받는다.

"아, 풋, 지금 목적지로 최대한 빨리 달리고 있어요. 사정은 좀 어때요."

—조심하세요. 조만간 브리타니아 외무성에서 무인기 사용 허가가 떨어질 것 같아요. 여차하면 도착하기 전에 헬 파이어 미사일 공격을 받을 수 있어요. 서두르세요.

"알았어요. 최대한 일찍 도착할 테니. 풋도 계속 모니터링해줘요. 그리고 빨리 우리도 항공기를 되찾도록 해요. 헬기를 뺏기지만 않았어도 일이 훨씬 수월했을 텐데요."

—물론이죠. 조심하세요. 임세호 장군 구출은 렌이 잘 추진하고 있으니 걱정하지 마세요.

풋과 연락을 마친 진이는 더욱 서둘러 동쪽으로 차를 몬다.

'아! 이미 아크로열 투(Ⅱ)가 들어와 있는데 무인기까지 동원되면…'

풋의 연락을 받고 진이는 마음이 더욱 바짝 죄어왔다. 크레타의 연합함대 일부 세력이 사세보(佐世保)를 떠나 아테나이 반도로 항진해오고, 브리타니아의 항공모함 아크로열 투(Ark Royal Ⅱ)가 이미 동 아테나이해에 진주해 있다. 진이를 제거하고 연합함대와 아테나이 군의 충돌을 부추기는 공작을 위해서이다. 진이가 크레타에서 미래전쟁 계획을 세우고 아테나이로 귀국할 당시에는 꿈도 꾸지 못할 상황이 지금 전개되고 있다.

진이는 차를 거세게 몰면서도 15년 전 시점으로 기억을 되돌려 이일의 추이를 차근차근 돌이켜본다. 어찌 보면 자신이 처한 이 상황은 70년 전 할아버지 무사인이 혁명을 일으킬 당시와 놀랍도록 비슷하다. 할아버지는 돌파구로 삼각산에서 절대무기로 자폭을 하셨다. 그렇다면 지금 자신이 이 위기를 돌파하기 위해 해야 할 일은 무엇인가? 진이는 계속 동쪽으로 무섭게 차를 달렸다.

15년 전 아테나이 귀국 직후.

할머니와 월견정에서 영원한 작별을 고한 진이는 바로 다음 해 1월, 정식으로 RIS 미래전쟁기획팀을 꾸려 서울로 입국했다. 14년 만에 밟는 조국 땅이건만 여전히 민자영이란 가면을 쓰고 들어와야 했다. 떠날 때와는 달리 놀랍게 아름다워진 얼굴과 고도의 지성, 게다가 초강대국으로부터 막강한 권력을 부여받았음에도 진이는 아직 자신의 얼굴을 숨기지 않으면 안 되었다.

"엄마, 어떻게 지내셨어요. 많이 힘드셨죠?"

진이는 귀국 후 비밀리에 어머니 박영교를 만났다. 도쿄에서 헤어진 지 13년 만의 만남이었다. 그 사이 아버지 무사윤이 암살되는 등 많은 파란이 있었다.

"진이야. 아직 니 정체를 절대로 드러내선 안 돼. 안보령이 거의 다 회복됐다고 생각하고 들어온 거니? 아냐, 진이야. 아직도 아냐."

"네…? 무슨 말씀이세요?!"

어머니 영교는 딸 진이를 만나자마자 반가워하기보다 심한 불안을 내비쳤다. 진이는 불안정한 어머니의 상태를 남편을 불시에 잃고 딸을 걱정하며 십여 년을 살아온 정신적 후유증 정도로 여겼다. 영교는 윤이가 사망한 후 개운산 집에서 나와 아리수 이남 삼성동의 친정아버지 댁에 와서 살고 있었다. 진이가 없는 동안 서울은 크게 번영해 있었다. 아리수 이북에 있던 수도 기능이 대거 이남으로 옮겨오고, 거대한 아파트 단지가 생겨나 첨단의 주거지로 주목받고 있었다. 어머니와 재회하고 외할아버지 댁에서 하루를 묵은 진이는 어머니를 따라 밖으로 나왔다. 영교가 진이에게 보여줄 것이 있다며 서둘러 집을 나섰다.

"어딜 가시려고요?"

"…."

궁금해서 묻는 진이에게 아무 대답도 하지 않고 영교는 차를 몰아 지하 주차장을 나선다. 진이는 어머니가 일요일 아침부터 어디를 이렇게 서둘러 가시나 하고 의아해한다. 조수석에 앉은 진이는 운전 중인 영교를 물끄러미 쳐다보았다. 햇빛이 밝지 않은 흐린 날씨지만 영교는 짙은 선글라스를 쓰고 챙이 큰 모자를 눌러썼다. 화장도 짙다기보다 평소 하던 스타일을 벗어나 원래의 이미지에서 많이 벗어난 느낌을 준다. 진이는 어머니의 이런 모습이 낯설지 않다. 밖에 나갔다가 자신을 알아보는 사람을 피하기 위한 것으로, 예전에도 종종 이런 모습을 했다. 은퇴한 지 이미 30년이 넘었지만, 그래도 어르신이나 어머니 연배의 사람들은 요새도 왕년의 대스타 박영교를 알아볼 수 있을 것이다.

영교가 모는 차는 영동대로와 삼성교를 지나 올림픽 스타디움으로 진입했다. 진이가 크레타로 떠난 지 이 년 후 이곳에서는 세계 올림픽 제전이 열렸다. 올림픽을 개최했다는 것은 경제개발 성공의 이정표였다. 할머니 자연의 혁명 후 세계 시장경제에 편입해 본격적으로 산업화를 시작한 지 불과 14년 만에 이루어진 성과였다. 세계 역사상 이렇게 빨리 근대 산업화를 상당한 수준까지 끌어올린 국가는 아테나이 외에는 없었다. 진이는 어머니와 차에서 내려 스타디움 안으로 들어섰다. 그런데 어렸을 때 와서 본 것과는 차이가 있다. 스타디움에 들어서니 하늘이 보이지 않는다. 그리고 운동경기가 열리던 트

랙과 잔디 필드는 없어지고 그 위가 객석으로 메워져 있었다.

'경기장을 개조했구나!'

관중석에 햇빛을 가려주던 지붕 위로 경기장 전체를 덮는 돔을 얹어놓아 실내 경기장이 되었다. 부분적으로 증축을 한 것 같고 그라운드를 관중석으로 개조했으니, 올림픽 주경기장이었을 때 10만의 관중을 수용하던 규모가 지금은 충분히 15만을 넘길 것 같았다.

'무슨 라이브 공연이라도 열리려나?'

진이는 어머니가 여기서 자신에게 보여주려 하시는 것이 무엇인가 하고 주위를 자세히 둘러본다.

'아니, 이런!'

조금 집중해서 주위를 둘러보니, 이곳에서 열릴 것이 무엇인지 어렵지 않게 알 수 있었다. 관중석 난간 곳곳에 늘어져 있는 현수막에는 낯설지 않은 문구들이 쓰여 있었다. 스타디움 한가운데 설치된 높은 단상과 그 위에 나열된 등받이 높은 나무의자, 그리고 경기장 한 곁에 세워진 커다란 금속 물체는 파이프 오르간인 듯했다.

"엄마, 그동안 신앙을 가지셨어요?"

"…"

거대한 올림픽 스타디움은 진이가 아테나이를 떠나 있을 동안 거대한 네스토리우스 교회당으로 변해 있었다. 아직 경기장의 기본적인 형태는 유지하고 있었지만, 곳곳에 개수하여 교회당 냄새를 풍기는 시설들이 이미 수년 이상 쓰인 듯 손때가 묻어 있었다. 오늘 이 집회도 이곳에서 매주 열리는 정기 예배인 것 같았다.

영교와 진이는 스타디움 관중석 2층 난간을 바로 앞에 둔 좌석에 자리를 잡고 앉았다. 난간 전방 아래로는 설교 단상이 바로 보였고,

난간 저 건너편으로 보이는 2층 관람석 중앙에는 거대한 전광판이 설치되어 설교를 실황중계할 것으로 보였다. 시간이 좀 지나면서 사방에 뚫린 출입구로 사람들이 족족 안으로 들어왔고, 그들의 손에는 각각 2권의 책이 들려져 있었다. 이 또한 익숙한 모습이다. 성경과 찬송가.

진이는 어머니가 자신이 없을 동안 네스토리우스교 신자가 되셨나 보다고 생각했다. 아버지가 암살당하시고 불안에 떨면서 신앙을 의지 삼아 지내셨다고 생각하면 이상할 것은 없었다. 그러나 생각해보니 어머니의 손에는 성경과 찬송가가 들려 있지 않다. 지금 이곳에서 성경과 찬송가를 소지하지 않은 사람은 영교·진이 모녀 둘뿐이다.

어머니 영교는 원래 붙임성이 좋고 상냥하며 이야기하기를 좋아하는 성격이었다. 그러나 지금 이 순간 영교는 이상할 정도로 말이 없고 진이의 물음에도 침묵으로 일관한다. 이곳에 진이를 데려온 것도 그렇다. 신앙을 가지는 것은 탓할 일이 아니지만, 진이가 아테나이를 떠나 크레타로, 다시 이오니아로의 긴 여정을 할 수밖에 없었던 원인의 발단이 어디였던가? 그걸 누구보다 잘 알고 있는 어머니가 진이를 이곳으로 데려온 것은 어색하기 그지없었다.

파이프 오르간이 찬송가를 반주하고 사람들이 합창한다. 스타디움의 관중석을 꽉 메운 15만의 신도가 일제히 합창하니 어찌 보면 장관이라 할 수도 있는 광경이었다. 하지만 혁명 이후 14년간의 경제 고도성장을 상징하는 이 역사적인 장소가 특정 종교의 사원 역할로 변질했다는 점이 진이는 못내 안타깝다. 그것도 하필이면 네스토리우스교의 예배당으로…!

잠시 후 교회의 담임목사가 설교를 시작한다. 설교를 시작하기 전

목사의 이력을 소개하는 간단한 안내방송이 나왔지만, 어차피 뻔한 내용이라 생각하고 진이는 듣지 않았다. 그 대신 만일 단기간에 이런 큰 교회를 일궈온 목사라면 어지간히 수완이 뛰어나고 현재 정·관·재계에서도 큰손 노릇을 하고 있을 것이란 상상을 혼자서 해본다. 그런데 어머니 영교가 갑자기 자신의 오른손으로 핸드백 위에 올려놓은 진이의 왼손을 꼬옥 잡았다. 어머니가 뭔가 위협을 느끼고 아가의 손을 꽉 잡을 때처럼. 순간 진이는 어머니의 이 행동이 무엇을 의미하는지 생각해본다. 목사의 설교가 이제 막 시작되는 순간!

그런데 목사의 목소리가 왠지 귀에 익다. 진이는 난간 아래 단상에 서서 이제 막 설교를 시작한 목사를 쳐다보았다. 그러나 단상과 진이의 좌석과는 상당한 거리가 있어 목사의 얼굴이 잘 보이지 않았다. 그래서 고개를 들어 건너편의 전광판을 바라보았다. 카메라는 잠시 설교를 경청하는 15만 신도의 전경을 몇 초간 비추다가 카메라의 초점을 목사의 얼굴로 가져갔다. 목사의 얼굴이 거대한 전광판에 클로즈 업 된다.

'아아, 이럴 수가!'

단상에서 설교하는 사람은 이매(魑魅)였다. 진이가 이매를 본 것은 무려 26년 전 일이지만 그가 분명했다. 190cm에 가까운 큰 키, 길고 검붉은 얼굴에 드러난 흰 이가 혐오감을 더하고, 약간 구부정한 듯 보이는 몸이 사람을 위압한다. 할머니, 아버지, 어머니 그리고 자신에게까지 3대에 걸쳐 이어온 증오와 공포가 온몸을 전율케 했다. 순간 진이는 오른손을 핸드백에 집어넣고 권총을 잡아 빼 이매의 머리에 탄환을 박아 넣으려고 했다. 그러나 지금 소지한 권총은 작디작은 호신용이다. 사정거리가 이곳에서 저쪽 단상까지 이르지 못한다. 영교는 순간 딸의 마음을 헤아리고 아까 잡았던 진이의 왼손을 더욱 꽉 잡아준다. 진이는 어머니의 뜻을 알아차렸다. 격분하지 말라는 것이다. 어머니 영교의 말대로 아테나이의 안보령은 회복되어 있지 않았다.

92

1월 30일 새벽 5시 30분 설악산 오색.

진이의 파란색 포르쉐는 한계령을 넘어 강원도 양양에 있는 오색분소에 도착했다. 통상 서울에서 3시간이 걸리는 거리를 1시간 20분 만에 주파했다. 이곳에서부터 진이는 설악산 정상으로 야간산행을 시작한다. 설악산 최고봉 대청봉으로 가는 산길 중 오색에서 시작하는 것이 최단구간이다. 대청봉을 지나 중청봉에 있는 레이더 기지에 최대한 일찍 도착해야 한다.

휴대폰 날씨 앱을 보니 현재 영하 18도! 100m 높아질 때마다 1도씩 기온이 떨어지므로 해발 1,708m의 대청봉은 영하 35도가 된다. 게다가 지금은 바람이 말할 수 없이 강하다. 산 정상과 능선에서는 더더욱 강할 것이다. 이 모든 것을 고려하면 체감온도는 영하 40도가 훨씬 넘을 것 같다. 지금 진이의 가장 강력한 적은 이 추위인지도 모른다.

진이는 주차장에 차를 세운 후 등산 장비와 무기를 챙긴다. 사정거리와 정확도를 비약적으로 늘린 대물 저격용 레일 라이플·카빈소총·권총 등이다. 여기서 레일 라이플의 무게가 상당한데, 짐의 무게를 상쇄하고 산행 속도를 높이기 위해 등산복 안에 모빌 슈트를 착용하고 왔다. 군용으로 제작된 모빌 슈트는 진이의 근력을 몇 배로 증폭시킬 것이다.

산을 오르기 시작한다. 특정한 목표가 없다면, 그리고 쫓기는 처지가 아니라면 지금 진이에게 이것은 너무나도 익숙한 산행일 것이다. 진이는 이미 여러 차례 설악산을 올랐다. 그리고 그건 서울에 있는 삼각산에 대해서도 마찬가지였다. 할아버지에 대한 관심이 삼각산의 산행으로 이어지고, 그것이 설악산으로 이어져 왔다.

진이는 RIS 아카이브와 풋의 도움으로 할아버지 무사인이 70년 전 삼각산에서 있었던 절대무기 폭발의 주인공이란 사실을 알았다. 풋은 진이와 점차 친밀해지면서 추가로 더 많은 정보를 알려주었고, 진이는 이를 기반으로 할아버지와 할머니의 역사를 차근차근 스스로 재구성해 나갔다. 아테나이 귀국 후 미래전쟁 프로젝트를 추진하면서도, 시간이 날 때마다 혼자 삼각산에 올랐다. 지금은 서울시민의 가장 친숙한 쉼터가 된 이곳이 할아버지의 시대에는 가장 극렬한 항쟁의 장이었다는 사실이 모골을 송연케 했다.

「할아버지는 과연 그때 무슨 생각을 하셨을까? 어차피 전투에는 승산이 없고 후퇴할 수도 없으니 자폭밖에는 길이 없으셨던 걸까? 나라도 그 상황에선 그런 선택을 했을까?」

진이는 삼각산에 오르며 수도 없이 이 질문을 자신에게 던지고 옛일을 자신의 머릿속에 재현해보았다. RIS 재직 중에 얻은 정보는 매우 귀중한 것이었으나, 그것들이 할아버지 시대의 모든 것을 말해주진 않았다. 그 빈자리를 자신의 상상력과 직관력으로 메꿀 수밖에 없었다. 진이는 귀국한 후 삼각산 백운대에 여러 차례 올랐다. 그리고 그때마다 할아버지가 서 계셨을 시공(時空)에 자신을 세워보았다.

삼각산이 7만의 크레타 해전대에게 겹겹이 포위된 지 한 달 이상이 지났다. 크레타군은 용산에 야포 850문을 모아 삼각산에 약 10만 발 이상의 포탄을 퍼부었다. 1,800명의 파르티잔은 포격으로 팔다리가 떨어져 나가거나 몸이 산산이 부서지거나 불에 타 죽어갔을 것이다. 생존자들은 아마 100명 전후가 아니었을까? 전혀 상처를 입지 않아 전투가 가능한 사람은 불과 수십 명 정도가 아니었을까?

그런데 이때까지 과연 할아버지가 생존해 계셨을지는 RIS 기록상으로는 알 수 없었다. 현재로서 확실한 것은 포격 생존자들에 의해 절대무기가 백운대로 옮겨졌고 이것이 생존자들에 의해 폭발했다는 것이다. 리쿠르고스 파의 리더가 할아버지이시니 절대무기 폭발의 주인공도 할아버지일 것으로 간주할 뿐이다.

리쿠르고스 파가 삼각산성으로 들어간 이후의 기록은 크레타 정찰기가 산성 안을 촬영한 항공사진 정도밖에 없었다. 한 달간 항공사진을 판독한 결과 성안에는 155mm 포탄으로 된 절대무기를 밖으로 쏘아 보낼 투발수단이 없다는 것을 확인하고 집중포격을 한 것이다. 이후 마지막으로 촬영한 사진은 리쿠르고스 파 생존자들에 의해 절대무기가 들것같이 생긴 도구에 실려 산 어딘가로 옮겨지는 장면을 담은 것이다.

자폭 지점이 백운대인 것은 새벽의 대폭발이 삼각산 정상에서 일어났다는 당시 목격자들의 진술과 자유주의 혁명 이후 브리타니아 조사단이 비밀리에 삼각산에서 탐사를 벌인 후 그라운드 제로 (Ground Zero)를 백운대로 확신한 것에 따른다. 물론 진이는 할머니가 어린 자신을 데리고 여러 차례 백운대에 올라 제사를 지내신 이유가 이곳에서 자폭하신 할아버지 때문일 것으로 믿는다.

진이는 포격 시점부터 절대무기 자폭까지의 상황을 더 자세히 알고 싶어졌다. 아테나이에서 공산혁명 이후 소거된 역사, 자유주의 혁명 이후에도 복원되지 못한 역사를 자신이 파헤치고 싶었다. 그래서 혹시 삼각산 항쟁에서 살아남은 파르티잔이 없을까 생각해보았다.

아테나이에 귀국해 산행을 시작한 지 일 년이 지난 시점에서 실마리는 뜻밖에 가까운 곳에 있는 것을 깨달았다. 임철호와 한의상…. 이들은 누구보다 할머니와 호흡이 잘 맞았고 아버지와도 무척 친했다. 특히 한의상은 할머니가 친아들만큼 아끼는 사람이었다. 그래서 그 둘은 분명 할아버지와도 깊은 인연이 있었을 거라고 생각됐다. 그랬기에 할머니와도 아테나이의 정국을 주도하는 데 중요한 역할을 할 수 있었던 것이 아닌가?

93

14년 전 아테나이 귀국 두 번째 해 한의상의 자택.

한의상 전 외무장관은 퇴임 후 자택에서 아들 내외 그리고 손주들과 오붓한 말년을 지내고 있었다. 암살당한 임철호와 비교하면 상당히 순탄한 말년을 보내는 셈이었다. 진이는 처음 RIS의 민자영으로서 한의상을 방문했지만, 어느 정도 대화 후 그에 대한 믿음이 서자 자신이 무사진임을 밝혔다. 한의상은 진이가 14년 전 크레타에서 실종된 것으로 알고 있었고, 민자연의 장례식에서 보았던 열여섯 살 당시 모습과는 너무나도 크게 변한 모습에 몹시 놀라워했다.

진이의 예상대로 임철호와 한의상은 할머니 민자연의 사람이기 전에 할아버지 무사인의 제자였다. 삼각산의 대폭발이 있기 직전까지 두 사람은 백운대에서 할아버지와 함께했었다. 백운대에서 할아버지의 지시로 임철호가 절대무기의 안전장치를 풀고 한의상과 하산했다고 한다. 진이는 할아버지가 임철호와 어린 한의상이라도 생존해서 리쿠르고스 파가 잔존하길 바란 것일까 하고 생각했다.

"군단장님이 절대무기를 폭파하는 이유를 내겐 알려주시지 않았어. 난 그때 너무 어렸거든. 주로 돌아가신 임 장군과 얘기를 많이 하셨는데…. 나중에 나이가 들어 임 장군과 대화하면서 어렴풋이 알게 됐지. 분명히 거기엔 전략적인 의도가 계셨어. 단지 산성에 갇혀서 승산이 없으니까 어쩔 수 없이 자폭하신 게 아냐."

"그게 정확히 무엇이었을까요?"

"임 장군에게 하신 말씀이…, 절대무기란 게 전쟁을 보다 이론적으로 끌고 가는 힘이 있는 것 같다고 하셨대. 그래서 그걸 혼자 더 곰곰이 생각하셨다고 해. 결국 자폭하신 이후에 크레타 군이 겁을 먹고 물러갔으니 군단장님 의도가 맞았다고 봐야겠지. 그런데…."

"그런데요?"

"내 생각은 그게 단지 군사전략 차원에서 하신 일만은 아닌 것 같아."

"그게 무슨 말씀이죠?"

진이는 한의상의 이야기를 들으면서 할아버지도 풋이 말한 근대국가 필수 도구로서의 절대무기 성격을 이미 깨닫고 계셨던 것은 아닐까 기대해본다. 그러나 한의상은 말을 이어가기 곤란한지 잠시 뜸을 들이다가 이야기를 다른 방향으로 이끌어갔다.

"음, 우리 하나하나 차근차근 얘기해보자. 그리고 이제부터는 널 봐서 그냥 할아버지라고 해야겠다. 군단장님이라 부르니 영 어색해. 평소에 네 할아버지는 워낙 철학적인 분이셨으니…, 역사를 좋아하셨고 말야. 임 장군은 성격이 할아버지하고는 반대야. 타고난 군인이지. 근데 할아버지는 그렇질 않으셨거든. 내 얘기는 진이 할아버지가 임 장군과 많은 대화를 하셨지만 그걸 임 장군이 다 이해를 못 했을 거란 얘기야. 임 장군이 내게 해준 얘기로 할아버지 뜻을 다 헤아리진 마."

"네, 무슨 말씀인지 알겠어요. 그런데, 제가 브리타니아에서 많은 자료를 접했지만, 리쿠르고스 파의 성격에 대해서만큼은 정확하게 파악하기가 힘들었어요. 특히 마르크스 파와 결정적으로 갈라서게 된 계기가 무엇이었냐는 거예요. 리쿠르고스 파가 먼저 일으킨 혁명의 결실에 마르크스 파가 무임승차했다는 것 정도는 브리타니아 정부에서도 파악하고 있는데…. 할머니가 마르크스 파에서 고위직에 계셨던 건 또 영 어색한 거예요. 할아버지 사후에 포섭되신 거라 보는 사람도 있지만, 전 할머니를 직접 모시고 살았기 때문에 그건 절대 아니라고 봐요. 나중에 자유주의 혁명을 일으키신 걸 보면 더더욱 혼란스럽죠. 어떤 사람들은 무극교에 대해 언급하기도 했어요. 그래서 리쿠르고스 파를 공산당 분파가 아니라, 공산당과 민족종교가 결합한 제3의 세력으로 보는 사람도 있어요."

"…"

잠시 침묵이 흘렀다. 한의상은 뭔가 깊이 생각을 하는 듯 눈을 지그시 감고 있다가 눈을 뜨고 말을 이었다.

"네 아버지 무사윤 장관이 너에겐 아무 말씀도 하지 않으셨던 것 같구나. 하긴 네가 크레타에서 고등학교 다닐 때 돌아가셨으니 말할 기회가 없으셨겠지. 이제 얘기를 시작하면 좀 길어질 것 같다. 이것부터 얘기할게. 너의 할머니, 아버지, 임 장군 그리고 나까지 함께 있었을 때 벌어진 일이야. 삼각산에서 폭발이 일어나고 석 달이 지난 초겨울에 경운궁 앞 광장에서 마르크스 파가 주도하는 인민대회가 열렸어. 그때 마르크스 파의 수장 김현안이 나와서 연설을 하는데, 그걸 듣고 있던 너의 할머니께서 갑자기 피눈물을 흘리며 쓰러지시는 거야."

"…?!"

"우린 너무 무서워서 할머니를 모시고 대회장을 빠져나와 용산에 있는 거처로 돌아왔어. 할머닌 이틀 동안 누워 계시다가 일어나자 마자 임 장군과 얘기를 하시고 너의 아버지와 난 옆에서 듣고만 있었는데…, 그때 난 놀란 게, 누워 계시면서도 장래 일을 구상하고 계셨던지 임 장군에게 술술 막힘없이 지시하시는 거야. 난 그때 어려서 말씀하시는 걸 다 알아듣지 못했지만, 나중에 나이가 들어 그걸 돌이켜보고, 또 임 장군과 너의 아버지랑 대화하면서 생각을 정리해봤지."

"무슨 말씀을 하셨는데요?"

"몇 가지 말씀을 하셨는데 가장 충격적인 건 마르크스 파의 수장 김현안을 죽이시겠다는 거였어. 이미 아테나이가 마르크스 파의 세상이 되었는데 말이지. 리쿠르고스 파 병력은 삼각산에서 모두 산화해서 남은 사람이라곤 나까지 네 명밖에 없었는데 말야. 할머니께서는 임철호에게 북쪽에 가서 무극교 신도를 다시 규합해달라고 하셨어. 옛날에 황후 민자영에게서 받은 증표를 임철호에게 건네주시면서 말야."

"할머니가 황후 민자영에게서 증표를 받으셨다고요?"

한의상은 나중에 임철호에게서 들은 그 증표의 유래, 같은 해 12월 22일 동짓날에 삼청동에 있는 마르크스 파 본부를 쳐들어가 자연이 김현안의 목을 쳐서 죽인 일, 바로 그 자리에서 마르크스 파의 2인자 이인조와 자유주의 혁명이 일어나기 전까지 29년간 지속된 아테나이 체제를 결정했던 사실을 진이에게 자세히 이야기해주었다. 그리고 이야기가 깊어지면서 이매가 무극교의 교주 가수운의 손자이며, 그가 자신의 할아버지를 목 베어 죽인 사실, 그리고 고모 무사영이 죽게 된 이유와 교통사고로 위장했던 할머니의 죽음이 사실은 이매에 의한 것이었다는 사실까지 진이에게 말해주었다.

"아, 그랬었군요. 그동안 제가 할머니와 아버지에게 듣지 못한 얘기들! 듣고 보니 전부 친손녀, 친딸인 제게는 해주시기 힘든 얘기뿐이네요. 돌아가신 할아버지의 제사도 지내지 않고 할아버지 얘기를 금기시하신 이유를 알겠어요. 그리고 할머니가 이매에게 살해되신 거라니!"

진이는 어렸을 때 보던 할머니 모습과 마사코의 모습이 동시에 떠올랐다. 어찌 보면 진이는 이제 두 분의 할머니를 가슴에 모신 모양이 됐다.

"그런데 진이야, 내가 아직 얘기해주지 못한 게 있구나. 아까 리쿠르고스 파가 어쩌다 마르크스 파와 갈라서게 됐는지 이유를 물었지? 아마 그 순간이 어쩌면 리쿠르고스 파의 성격을 결정지은 때였을지도 모르겠다. 삼각산에서 할아버지가 산화하시기 다섯 달 전 평창에서야."

한의상은 평창 리쿠르고스 파 본부에서 있었던 리쿠르고스 파와 마르크스 파의 회담 전후 상황을 설명해준다. 무장봉기 시점을 크레타의 사이베리아 침공 전으로 할 것이냐 아니면 침공 후로 할 것이냐를 두고 첨예한 토론을 해야 할 것이었다. 인이는 이때 마르크스 파의 사이베리아에 대한 편승을 비판했고, 더 나아가 아테나이 역사에 깊게 뿌리박은 편승의 경향성을 지적하면서, 이것에서 벗어나는 것이야말로 참된 근대 국가의 길이라고 역설했다.

하지만 여기서 김현안은 무사인의 기대를 보기 좋게 배신한다. 무장봉기 계획 자체를 없던 것으로 하고 사이베리아의 지령대로 아테나이 내부에서 계급투쟁에만 집중하란 것이었다. 무사인은 여기서 다섯 달 후에 삼각산에서 일어날 대폭발을 예고하듯이 무서운 분노를 터트린다. 관념적인 인이의 이론을 추종해 젊은 학생들이 모여 결성한, 마치 대학 서클 같았던 리쿠르고스 파가 역사에 운동의 실체로서 등장한 것은 사실 인이의 분노가 표출된 바로 이 순간이었다.

"그런데 진이야, 아까도 말했지만 내가 지금 네게 해준 얘기는 거의 다 회담에 참석했던 임 장군이 한참 지나고 나서야 내게 해준 얘기야. 난 그때 어려서 회담장엔 들어갈 수도 없었어. 직접 참석한 임 장군도 회담 내용을 다 이해하고 나오진 못한 것 같더구나. 그런데 무장봉기 이후 할아버지가 경운궁 앞 광장에서 대중연설을 하셨어. 그때 하시던 밀씀을 생각해보면 회담장 안에서 무엇이 문제였는지 짐작이 가더구나. 아무래도 대중연설이니 누가 들어도 이해가 되게 쉬운 말로 풀어서 하셨겠지."

"무슨 말씀을 하셨는데요?"

"자기 스스로 적을 택할 수 없는 민족은 멸망할 거라고 하셨어."

"스스로 적을 택한다고요?"

"그래, 아마 크레타에 대한 무장봉기를 김현안이 가로막으니, 여기서 그동안 당신께서 쌓아오신 철학적 사유를 분노와 함께 정치운동으로 발전시키려 하신 것 같아."

"네! 그건 저도 앞으로 계속 생각해봐야 할 문제 같군요. 또 모르죠. 그러다 보면 저승에 계신 할아버지가 뭔가 저에게 알려주실지도…"

"허허, 허허허…"

"감사해요. 오늘 제게 정말 귀중한 말씀을 많이 해주셨어요. 제가 너무 시간을 많이 뺏은 것 같아서 죄송해요. 그런데, 마지막으로 하나 더 여쭤보고 싶은 게 있는데요?"

"음? 뭔데 그러니?"

"사실 이건 제가 어렸을 때 아버지나 아저씨께 여쭤볼까 하다가 이상하게 생각하실 것 같아 그만뒀던 건데요. 고모가 폭격으로 돌아가실 때 할머니와 같이 계셨죠? 크레타의 전투기가 기총소사를 하자 할머니가 급하게 엎드리다가 밤송이에 찔려 가슴에서 피가 나셨나요? 그리고 그때 폭격하던 전투기의 종류가 무엇이었나요? 혹시 프로펠러 전투기가 아니라 제트 전투기였어요?"

한의상은 진이가 갑자기 왜 이런 것을 묻는지 의아했다. 돌이켜보니 분명 자연의 흰 블라우스가 빨갛게 물들었던 기억난다. 그리고 당시 폭격을 가하던 전투기도 프로펠러기가 아닌 제트기였다. 무심코 잊었던 기억들인데 뜻밖에 진이의 말을 듣고 보니 이상한 점이 느껴지기 시작했다.

"그래, 그때 분명 할머니께서 입고 계시던 하얀 옷에 피가 묻어 있었어. 그리고 그 전투기는…, 네 말을 듣고 보니 그게 프로펠러기가 아니라 제트기였구나. 그래, 맞아!"

"아저씨, 당시 크레타는 제트기를 생산하지도 보유하지도 못했어요. 제트기를 보유한 나라는 브리타니아가 유일했고요. 이건 제가 RIS에서 열람한 비밀 기록인데 당시 브리타니아 항모 아크로열이 동아테나이해에 진주해 있었어요."

한의상은 지금 막 새롭게 자각한 사실이 앞으로 진이에게 미치게 될 영향을 생각해본다. 브리타니아의 미래전쟁 기획을 책임지고 아테나이로 파견된 진이! 어쩌면 이 아이는 자신의 할아버지와 할머니보다 더 기 막힌 운명을 맞이해야 할지도 모른다는 강한 직감을 떨쳐버릴 수 없었다.

94

1월 30일 새벽 6시 30분 오색-대청봉 코스.

헤드 랜턴의 LED 불빛에 의지해 어둠을 뚫고 산길을 오른다. 총기류의 하중이 상당했으나 모빌 슈트의 도움으로 평소 산행에서보다 오히려 짐이 훨씬 가볍게 느껴졌다. 그러다가 고개를 들어 하늘을 바라본다. 어둠은 짙고 바람은 흉포하나 별이 말할 수 없을 만큼 총총히 떴으니 하늘은 분명 맑았다. 아마 낮이 되면 파란 하늘을 볼 수 있을 것 같다.

지금까지 살아온 45년간의 기억이 새벽하늘에 수도 없이 반짝이는 별들과 함께 쏟아지는 듯하다. 진이도 이제는 어느덧 40대 중반의 여인이 되었다. 17세에 마치 극형처럼 다가왔던 얼굴 변신의 능력은 30세를 전후한 시점에서 어느 정도 안정기에 접어든 것 같았다. 이미 성장기로부터 완전히 벗어난 몸이다. 과거처럼 풍경의 침탈과 급격한 관념의 주입으로 얼굴이 의도하지 않은 쪽으로 변신할 가능성은 지극히 낮았다. 그러나 지금 진이는 중년이면서도 여전히 20대 후반의 매력적인 외모를 유지하고 있다. 아무도 40대 중반으로 보아주지 않았다. 그래서 어쩌면 자신은 아직도 성장기에서 벗어나지 못한 채 풍경에 취약한 처지일지도 모른다는 불안감이 종종 엄습한다.

산에 오르기 시작한 지 한 시간 정도가 지나 해발 1,500m 지점을 통과했다. 원래는 3시간 정도 산행을 해야 도달할 지점이지만 모빌 슈트의 도움으로 1시간밖에 걸리지 않았다. 공기가 한층 더 차가워지며 정신을 맑게 해준다. 쫓기던 심정이 평안해지면서, 왠지 여기서 편안히 잠들고 싶다는 마음이 드는 건 왜일까? 그러면서 진이는 다시 깊은 생각에 잠겨본다.

한의상 전 장관과 만나서 들은 이야기와 RIS에서 열람한 자료를 종합해보면, 삼각산에서 벌어졌던 리쿠르고스 파의 항쟁은 크레타에 대한 독립 전쟁이자 아테나이 공산당 내부에 만연했던 사이베리아에 대한 편승, 더 나아가서는 아테나이에서 1,000년 이상 지속한 중세적 경향성에 대한 처절한 반역이었다. 그리고 그 대미를 장식한 것이 절대무기 폭발로 할아버지를 비롯한 리쿠르고스 파의 산화였다. 진이에게 문득 이런 생각이 스쳐 지나갔다.

'검은 하늘로 치솟는 장대한 불꽃을 일으키며 산화했던 할아버지와 리쿠르고스 파 파르티잔들은 비록 자신들의 몸은 이것으로 세상에서 사라지더라도 이것이 끝이 아님을 세상에 알리고 싶지 않았을까? 자신들은 여기서 절대 패배한 것이 아니란 메시지를 세상에 보내고 싶었던 것이 아니었을까? 한의상 아저씨는 마르크스 파가 자신의 업적으로 빼앗아간 크레타 비행선 격추는 비록 전투에서의 패배가 예상되지만, 전쟁에서 전략적인 승리를 거두기 위해 할아버지가 시도한 도박에 가까운 작전이었다고 하셨다. 비행선 격추 장면은 한 시대의 종말, 크레타 식민지배의 최후를 상징하는 풍경이었다. 이후 그 풍경은 모든 아테나이 사람들에게 파급되었다. 할아버지의 시대에도 그만큼 풍경은 절실했던 거야!'

이렇게 진이는 생각해본다. 그리고 만에 하나 산화하실 당시 할아버지가 양주로 피난 가 계신 할머니, 아버지, 고모에게 그 풍경을 전하고 싶으셨다면, 어쩌면 그 풍경이 그 후손인 자신에게까지 이어져가길 바라셨을지도 모른다고 진이는 생각했다.

95

11년 전 아테나이 귀국 다섯 번째 해 겨울, 서울 평창 진이의 집.

진이는 자신의 집 사랑채 대청마루에 앉아 안채를 바라보았다. 지은 지 이제 2달이 채 못 되는 목재 전통 가옥은 안상한 색시처럼 자신의 자태를 뽐냄 없이 완만한 산자락에 자리하고 있다. 안채 저 뒤편으로는 삼각산 보현봉과 문수봉이 나란히 병풍처럼 치고 앉아 진이의 집을 자신들의 품속에 안고 있는 형상이다. 12월 초겨울 산을 타고 내려오는 삭풍이 만만치 않게 매서웠지만, 마사코가 입고 숨을 거둔 진남색 트렌치코트를 걸치고 있으니 제법 든든하게 찬바람을 막아주어 몸은 따뜻했다.

올해 가을 새로 지어진 진이의 집은 평창의 삼각산 자락에 자리한 아담한 아테나이 식 전통가옥이다. 남향의 기역 모양 안채와 서향의 일자 모양 사랑채 두 채로만 이루어져 있고, 두 전각 사이에는 잔디밭과 연못을 두었다. 이제 좀 있으면 렌(Wren)이 어머니를 모시고 올 시각이다. 진이는 쌀쌀한 날씨지만 사랑채 댓돌 위에 구두를 신은 채 발을 얹고 대청마루에 걸터앉아 어머니를 기다리고 있었다.

진이는 아테나이로 귀국한 후 거처를 이곳저곳 옮겨 다녔다. RIS 팀과 호텔에 장기 투숙하면서 주로 풋과 한 방을 쓰든지, 외할아버지 댁에서 어머니와 지내든지, 오피스텔을 빌려 혼자 지내곤 했다. 하지만 진이도 서울에 정착할 집이 필요했다. 어머니를 모시고 외할아버지 댁에서 지내도 좋지만, 신분 노출이 우려된다. 진이는 아직도 무사진이 아닌 민자영이기 때문이다.

어디에 어떤 집을 장만할까 생각해보았다. 아리수 이남의 고층 아파트촌이 가장 주목받는 지역이기는 했지만, 삼 년 전 한의상을 만나 할아버지와 할머니 이야기를 들은 후부터 할아버지와 할머니가 혁명의 산실로 삼았던 평창에 전통 아테나이 식 가옥을 짓고 싶어졌다. 할머니가 리쿠르고스 파 본부와 비밀 무기창고를 세우실 때만 해도 이 지역은 대부분 능금과 자두 밭이었다고 한다. 이후 이곳은 한 세대 동안 고급 주택가로 위세를 떨치다가 지금은 아리수 이남 고급 아파트 단지의 인기에 밀려 옛날만큼의 아우라는 지니지 못한 채 한적한 주택가로 남아 있다. 진이는 리쿠르고스 파 본부가 있었다던 삼각산 신각 근처의 빈터를 사고 아테나이 식 전통 가옥을 짓기로 했다.

그런데 문제는 이제 주택의 건축 용도로 쓸 수 있는 아테나이 재래종 소나무는 구할 수 없다는 거였다. 새로 지어지는 집은 예외 없이 적도 지방에서 자란 소나무 원목을 수입해서 짓는다고 한다. 할아버지와 할머니를 추억하고파 짓는 전통 가옥을 열대 지방에서 자란 원목으로 짓는다? 뭔가 앞뒤가 맞지 않는 이상한 조합이 아닐 수 없었다. 그런데 그에 대한 대안으로 과거에 재래종 소나무로 지어진 고택을 분해해서 평창에다 조립하는 방법이 있었다.

진이는 옛날에 지어진 고택을 찾아보았다. 아버지 대까지 살았던 을지로 무사 씨 댁은 이미 헐리고 그 자리에 고층 빌딩이 들어섰다. 그런데 다행히 할머니의 친정이었던 북촌 가회동 댁은 아직도 헐리지 않고 보존되어 있는 것을 알았다. 할머니가 65년 전, 무사 씨 댁에 시집오신 지 구 년 만에 팔았던 집인데, 그것이 아직도 헐리지 않고 남아 있었다. 진이는 서둘러 가회동 집을 샀다. 집의 상태를 자세히 보니 오래된 집인 만큼 군데군데 썩어서 못 쓰게 된 곳이 많았다. 옛날에는 72칸짜리의 꽤 넓은 집이었지만, 쓸 만한 목재를 추려내 다시 세우면 집의 규모는 자연히 줄어들 수밖에 없었다. 그래서 규모를 줄여 안채와 사랑채만 평창에 복원했다.

올해 10월에 완성하여 11월 초에 이사를 오자, 삼각산이 한창 단풍으로 붉게 물들어 있었다. 까만 기와의 사각거리는 질감과 그 위에서 지붕을 어루만지듯 한들거리는 새빨간 단풍잎이 여간 잘 어울리는 게 아닌 데다, 그 뒤로 보현봉과 문수봉의 살결같이 흰 바위가 파란 하늘과 함께 어우러지니, 삼각산과 자신의 집이 하나로 자리 잡아 마치 자신만의 비원(祕苑)이 열린 것 같았다.

'가을에 어머니를 오시라고 했으면 더 좋았을 것을…'

진이는 이런 생각을 하면서 이젠 낙엽이 모두 지고 바람에 흔들리는 앙상한 나뭇가지와 어우러진 안채를 바라보았다. 가을의 풍요로움은 사라졌어도 처마와 추녀 끝을 감싼 푸른색 철제 홈통이 적멸한 초겨울 날씨와 잘 어울린다고 생각했다.

'이제 좀 지나면 이곳에선 눈꽃이 피어 새하얀 설경을 이루겠지! 오신 김에 첫눈이 올 때까지 여기 계시라고 해야겠다.'

빠앙, 빠앙….

'아, 오셨나 보다.'

렌이 어머니를 모시고 도착했는지 밖에서 자동차 클랙슨 소리가 들렸다. 진이는 대문으로 나가 어머니와 렌을 마중했다. 진이는 두 사람에게 새 집 곳곳을 둘러보게 하고 사랑채로 안내해 미리 준비해 둔 차를 대접한다. 세 사람은 따뜻한 온돌 바닥에 앉아 차를 마시며 이야기한다.

"생각보다 방이 따뜻하구나. 옛날 집이라 외풍이 심하고 추울까봐 걱정했는데…."

"외관은 최대한 100년 전 모양을 그대로 유지하고, 안은 다 현대식으로 개조했어요. 여기 방바닥 온돌은 가스보일러로 돌아가고, 목욕탕이나 부엌도 다 현대식이에요."

"그래, 아무래도 그렇게 해야겠지."

"…."

모녀가 주로 이야기를 나누고, 렌은 큰 덩치에 어울리지 않게 옆에서 홀짝홀짝 차를 마시며 이야기를 듣고만 있었다. 옥스브리지에서 처음 진이와 만났을 때는 성난 호랑이처럼 쉼 없이 으르렁대던 것이 이젠 아득한 옛 일처럼 느껴졌다. 진이가 렌을 아테나이로 먼저 귀국

시킨 후 어머니에게 렌을 경제적으로 지원해줄 것을 부탁했었다. 렌에게 기본적으로 필요한 생활비, 그리고 대학진학 후에는 학비까지 모두 진이의 집에서 부담해주었다. 대학에서는 원래 옥스브리지에 진학하면 공부하려 했던 신학을 택했다. 그렇다고 렌이 네스토리우스교 신자가 된 것은 아니었다. 그의 내면 어딘가에 잠재된 종교적 갈망을 제도권에 있는 신학대학을 통해 발현시킨 것뿐이었다.

렌이 대학에서 공부를 마치자 진이는 렌에게 자신의 은밀한 팔다리가 돼줄 사조직 결성과 관리를 맡겼다. 현재 RIS가 자신의 통제 아래 있고 외무장관 재직 후 총리가 된 고든은 여전히 진이를 신뢰하고 있는 눈치지만, 강대국의 특성상 언제 자신을 배신할지 몰랐기 때문이다. 진이가 RIS 전쟁기획팀을 이끌면서 체득한 조직관리 노하우를 자금과 함께 렌에게 전수하면, 렌은 이를 받아 조금씩 조직을 키워 나갔다. 이 조직을 렌이 이끌어온 지 올해로 네 해째인데, 언제고 닥칠지 모르는 위기 상황에 효과적으로 대처할 수 있도록 하는 데 중점을 두었다.

진이가 결성한 조직의 이름은 할머니의 이름을 따서 '자연(紫淵)'이라 했다. 조직 유지에 필요한 자금은 자연이 생전에 차명으로 소유했던 크레타 조선소와 항공기 제작소의 주식을 판 것이었는데, 액수가 수조 원에 달한다. 이건 자연이 가수운의 조언을 받아들여 65년 전에 사놓은 주식이 그동안 크레타 해군 건설과 함께 주가가 꾸준히 상승해왔기 때문이다. 고스트 아이디를 사용해 세계 각지에서 분할 매각했기 때문에 자금세탁까지 말끔히 되었다.

"그동안 또 한의상 씨를 만난 적이 있니?"

영교가 진이에게 한의상에 대한 것을 묻는다. 진이는 삼 년 전 한의상을 찾아간 후로 종종 그를 만나 다시 할아버지 시대에 대한 것을 묻거나 외무장관이었던 그와 국제문제를 논하곤 했다. 아버지 무사윤이 일찍 세상을 떠나는 바람에 이미 끊겨버린 조부모 세대와의 연계를 진이가 한의상을 통해 복원하고 있음을 영교도 잘 알고 있었다.

"마지막으로 뵌 게 올해 9월이에요. 예전보다 많이 야위셨더라고요. 편찮으신 데가 있나 봐요."

"그래, 그분도 벌써 올해 일흔이시지."

"기회 봐서 한번 이리로 모실까봐요. 이게 할머니가 어리실 적 가회동 사실 때 집을 분해해서 다시 여기 지은 거라고 하면 재밌어하실 것 같아요."

"그래? 근데 너한테 부담이 되진 않겠니? 사실 내가 여기 오는 것도 많이 신경 쓰이지?"

"…"

"하여간 잘 지었어. 안채는 정말 옛날 모습 그대로 살려서 잘 지었구나. 바로 뒤에 산이 있어서 어떻게 보면 가회동 있을 때보다 더 운치가 있고! 옛날 너의 할머니하고 아버지랑 여기가 원래 할머니 친정이라고 해서 가회동에 가본 적이 있었는데…"

"그러셨어요?"

"근데 진이야. 사실은 아버지가 돌아가시기 전에 널 위해서 내게 해두신 말씀이 있어. 아마 임철호 장군이 갑자기 돌아가시고 혹시나 해서 내게 말해두신 것 같아."

그러면서 영교는 살짝 렌에게 시선을 돌렸다. 렌이 없는 자리에서 진이에게만 이야기하고 싶어 하는 것 같았다. 렌은 영교의 시선을 의

식했는지 못했는지, 시선을 찻잔에 두고 있다가 그냥 조용히 찻잔을 들어 입에 가져갔다.

"괜찮아요. 엄마. 렌은 이제 완전히 우리 식구 같은 걸요. 혹시라도 이매가 옛날처럼 엉뚱한 짓이라도 하면 그때 엄마를 직접 도와줄 사람은 바로 렌이에요."

"그래."

영교는 잠시 숨을 고르며 생각을 정리하고 이야기를 꺼낸다.

"할머니가 황후 민자영과 친척이셨단 건 알고 있지? 난 네가 그래서 고등학교 1학년 때 미술전에서 황후의 초상을 그렸을 거로 생각했어."

"네, 그렇죠. 그건 알고 있었고, 그때 그 그림을 그린 건, 글쎄요. 저도 아직 그 이유 확실히 모르겠어요."

진이는 멋쩍어 살짝 웃음으로 받아넘긴다.

"진이야, 황후의 사진으로 알려진 그분은 실제 황후가 아니라 돌아가신 할머니의 어머니셔. 너한테는 진 외증조할머니가 되시는 거야."

"네에?!"

진이는 순간 놀라며 어머니가 갑자기 무슨 말씀을 하는 것인지 몰라 어리둥절해 하지만, 또 한편으로는 이제까지 막연하게나마 직감하고 있던 어떤 사실이 뒤늦게 형체를 뚜렷이 드러내는 느낌도 들었다.

"아버지가 자신이 혹 이 얘길 너에게 못 전하게 되면 나라도 나중에 이 얘길 꼭 너에게 해주라고 하셨어. 아버진 니가 미술전에서 황후의 얼굴을 그렸다는 얘길 내게 듣고 나서부터 네게 꼭 이 얘길 해줘야겠다고 생각하신 것 같아."

그러면서 영교는 진이의 할머니 자연이 94년 전에는 북촌에 있었을 지금 이 집의 안채에서 어머니 교하와 당의를 격식에 맞게 차려입고 경운궁 석조전을 향해 가마를 타고 집을 나서던 일부터, 그날 밤과 다음날 새벽까지 이어진 참혹한 혼돈의 순간들, 그리고 그로부터 두 달 후 다시 이 집 안채와 사랑채에서 벌어진 비통한 정경까지 자세히 진이에게 설명해주었다. 진이는 어머니 영교가 하는 이야기가 한 폭 한 폭의 그림이 되어 자신 앞에 펼쳐지는 환영을 보았다. 어머니 영교가 해주는 이야기가 마치 할머니 자연이 직접 자신에게 해주는 이야기처럼 들리기도 하고, 오 년 전 이시야마사에서 보았던 영원을 상징하는 에마키가 자신 앞에 서서히 퍼지던 순간이 떠오르기도 했다.

어머니의 이야기를 다 듣고 나니 해가 서서히 지려는지 서쪽으로 난 창문에서 붉은 노을이 비춰왔다. 하얀색 창호지가 주황색으로 물들며 한동안 과거로 이동했던 공간을 깨워 현재로 되돌리려는 것 같았다. 하지만 진이는 왠지 이 가슴 아리는 환영에서 금방 벗어나기가 싫었다. 잠시 생각에 잠겼다가 천천히 몸을 일으켜 미닫이문을 열고 사랑방을 나온다. 서쪽에서 붉은 해가 삼각산에 걸릴 듯 낮게 떠 하얀 바위들을 진분홍으로 물들인다. 더불어 진이의 집 정원도 까만 기와지붕조차도 붉게 물들인다. 진이는 사랑 대청마루에 서서 자신의 바른쪽에 있는 안채를 바라보았다. 그리고 스스로 바로 그날의 할머니 자신이 되어본다.

자연은 바로 그날 아침 사랑방 안에서 유모의 비명을 듣고 전율에 마지못해 일어나 기어서 창가로 갔다. 경운궁 석조전에서 겪었던 형언할 수 없던 참담함을 다시 느낄 것만 같은 불길함에 방바닥을 기는 무릎이 자꾸 미끄러졌다. 이 불안의 원인이 어제 자신을 안채에서 내보내며 활짝 웃음 지으시던 마마의 미소가 아니기만을 바란다. 간신히 창문 손잡이가 손에 잡히고, 힘을 주어 미닫이문을, 다음엔 여닫이문을 열었다. 자연에게 자신의 얼굴을 때리는 한겨울의 냉기보다 더 가혹하게 비치는 냉엄한 풍경이 눈앞에 드러났다. 안채 대청마루 대들보에 목을 맨 흰옷 입은 여인의 모습이 보였다. 자연에게 그것은 황후마마의 죽음이자 어머니의 죽음이자 아테나이의 죽음으로 눈앞에 다가왔다.

96

1월 30일 아침 7시 20분 대청봉.

아직 붉은 해가 바다 위로 모습을 드러내지 않았을 뿐 날은 어느 정도 밝아 있었다. 대청봉에 오르니 바람이 몹시 강해 몸을 가누기 힘들 정도이다. 보통 오색에서 4시간이 걸리는 코스지만, 모빌 슈트로 극대화된 근력에 힘입어 2시간이 채 못 돼 목적지에 도착했다. 여느 때 같았으면 사람들이 수평선 저쪽을 주시하며 일출을 기다리고 어떤 이들은 사진촬영 준비에 열심이었을 곳이지만, 계엄령으로 온 나라가 삼엄한 지금 이곳에서 그런 여유로움은 찾아볼 수 없다.

'잠시 여기서 해돋이라도 보고 갈까? 이제 몇 분만 지나면 해가 뜰 텐데!'

일촉즉발의 위기상황인 줄 알면서도 동 아테나이해에서 떠오르는 해가 간절히 보고 싶어졌다. 해가 수평선 위로 올라온다! 바다가 점점 보라색으로 물드는 것 같았다. 설악산과 동 아테나이해의 원기(元

氣)를 응축해놓은 하얀 옥구슬이 보라색 바다 수면을 뚫고 나왔다. 마치 폭발 직전의 백색왜성(白色矮星) 같다. 이것이 천천히 분열하여 커지다가, 백색이 주황색으로 변하여 하늘 전체를 황금빛으로 물들였다. 바람이 매우 차지만 저 주황빛이 온기가 되어 몸을 덥혀주는 것 같았다.

진이는 얼굴이 최대한 저 붉은 기운을 담을 수 있도록 목을 쭈욱 빼고 발뒤꿈치를 들어 하늘로 향하는 자세를 취했다. 29년 전 얼굴 변형에 실패해 서울 시내 거리에서 혼자 어찌할 줄 모르고 방황하다가 노을에 물든 삼각산의 빛을 얼굴에 담으려 했던 기억이 샘솟았다.

삐삐, 삐삐⋯.

귀에 꽂아놓은 블루투스 리시버로 신호음이 들려온다. 다시 풋이 인트라넷으로 진이를 부른다.

"풋, 이제 대청봉에 도착했어요. 눈앞에 보이는 게 중청봉 기지예요."

—진, 빨리 서두르세요. 이미 2시간 전에 무인기 사용 허가가 내린 걸 확인했어요. 이제 해가 떴으니 표적이 되기도 쉬워졌어요. 이미 그곳으로 비행 중일지도 몰라요.

"알았어요. 풋, 서두르죠. 그리고 최대한 빨리 항공기를 확보해서 지원 병력을 보내줘요. 혼자 버티는 건 한계가 있어요."

—네, 알았어요. 준비되는 대로 저도 렌과 그쪽으로 갈 거예요.

풋의 독촉을 받은 진이는 대청봉을 내려와 레이더 기지가 있는 중청봉 기지로 서둘러 간다. 설악산 최고봉인 대청봉의 북서쪽에 형제처럼 솟은 1,676m 중청봉 정상에는 크레타 함대의 아테나이 침공을 감시하는 대함 레이더 기지가 50년 전부터 세워져 있었다. 국토의 파

수꾼 노릇을 하도록 설치해둔 이 시설이 현재 작동 불능이므로 진이는 이를 다시 살리기 위해 서둘러 중청으로 향한다.

대청봉과 중청봉 사이는 1km가 채 못 되는 짧은 구간인데, 두 봉우리 사이는 비교적 완만한 사면과 널따란 안부로 이루어져, 헬기 착륙장과 등산객들을 위한 국립공원 대피소가 세워져 있다. 평소 때라면 지금 등산객들로 북적일 곳이지만, 지금은 흉가처럼 텅 비어 있을 것이다. 모빌 슈트의 도움을 받는 진이는 중청봉 기지까지 10분 안에 도착할 셈으로 대청봉을 내려와 대피소 앞을 지나 중청봉을 오른다.

진이가 아테나이에 귀국한 후 11년 동안은 아테나이 정부, RIS 팀, 브리타니아 정부 사이의 원만한 조율 아래 계획이 순조롭게 추진되었다. RIS 팀의 설득으로 아테나이 정부는 미래의 전쟁 계획과 군수 산업 그리고 미래 산업의 신 성장동력 정책을 연계해 적극적으로, 그리고 은밀하게 계획을 진행했다. 그런데 진이와 고든 사이에 미묘한 불협화음이 생기면서 오 년 전부터 진이의 리더십에 균열과 누수가 생기기 시작한다. 그래서 진이는 미래전쟁 계획이 원안대로 추진되지 않고 위기에 처했을 때를 대비해 타결책을 준비해놓았다. 이 년 전 임철호 장군의 아들 임세호 장군의 협조로 미사일 수직 발사대를 중청봉 정상에 묻고, 이 안에 중거리 탄도 미사일을 배치해놓았다. 미사일의 통제는 레이더 기지에서 하게 되어 있으나 지금은 전력이 끊기고 관리 병력도 없는 상태다. 진이는 이 수직 발사대를 움직이기 위해 레이더 기지로 향한다. 자체 전력을 가동하고 배치해둔 탄도 미사일을 발사하기 위해….

오 년 전 아테나이, 귀국 열한 번째 해 9월.

진이는 크레타를 통해 아테나이에 귀국할 때부터 RIS 팀의 총책을 맡아왔지만, 대외적으로는 명목상의 팀장을 내세워 아테나이의 정치인과 관료 및 주요 인사들과 접촉하게 하고, 자신은 뒤에서 은밀히 움직여왔다. 일찍부터 민자영으로 얼굴이 알려지면 나중에 무사진으로 돌아올 수 없게 될지도 모르기 때문이다. 그러나 미래전쟁 계획이 순조롭게 진행되고 아테나이에서 자신의 기반이 공고해진다면, 진이는 자신이 민자영이 아니라 무사진이란 사실을 세상에 밝히고, RIS 팀의 비밀 프로젝트로 진행돼온 계획을 아테나이의 거국적인 정책으로 과감히 전환할 생각이었다. 진이가 아테나이에 귀국한 지 십 년이 넘어가면서 RIS 팀의 노력은 상당한 결실을 보기 시작했고, 진이도 이제 자신의 모습을 드러낼 준비를 했다. 하지만 뜻하지 않은 역풍이 진이에게 서서히 불어오고 있었다.

RIS 미래전쟁 기획팀의 대외적인 명칭은 RIS 아테나이-브리타니아 미래개발팀이고 약칭은 양쪽 다 RIS팀이다. 진이 대신 팀장 역을 맡은 부팀장 사무엘 머튼(Samuel Merton)은 공군 소장 예편 후 브리타니아 최고이자 세계 최대의 군수업체인 BAS(Britannic Aerospace Systems, 브리타니아 우주항공 산업)에서 CEO를 지냈던 자다. 그의 주된 소임은 진이 대신 아테나이의 정·관·재계 인사들과 접촉하는 것이다.

현재 서울에서 활동 중인 49명의 RIS 팀원 중 핵심 요원은 진이와 이제는 없어서는 안 될 진이의 왼팔 크로우 풋, 진이의 옥스브리지 은사인 윌리엄 컨스터블 교수, 명목상 우두머리인 사무엘 머튼을 포함한 7명이다. 이들은 아테나이가 최소 20년간의 준비를 거친 후 미래에 크레타와의 전쟁에서 승리를 거둔다는 구체적인 계획을 알고 있는 요원들이다. 나머지 42명은 각자가 맡은 개별적인 임무를 수행하고, 이것들이 모자이크처럼 맞추어지면 체계적인 전쟁 준비가 되도록 시스템화 되어 있다. 그러니까 핵심 요원을 제외한 이들은 RIS 팀의 진짜 목적이 무엇인지 모르는 사람들이다. 하지만 이 49명 모두는 예외 없이 중급 이상의 아테나이 어를 구사할 줄 알며, 아테나이 또는 아카이아 세계의 역사와 문화에 어느 정도 일가견이 있는 전문가들이었다.

RIS 팀원 49명은 뛰어난 성과를 보여왔다. 아테나이의 기업과 BAS와 협력 체계를 갖추고 군비의 공동개발, 생산 협정을 맺었다. 다만 대외적으로 군비 확장으로 비치지 않게끔 미래의 경제성장 원동력으로서의 항공우주 산업 개발이라는 명목으로 사업을 추진해왔다. 이것은 미래에 크레타의 대함대와 결전에 나설 전략공군 건설 사업으로 직결된다.

계획이 시작되고 11년 동안 아테나이의 우주항공 산업은 빠른 속도록 발전했고, 크레타와의 결전에 쓰일 전략 폭격기의 시제품 세대가 시험 중에 있었으며, 이 년 후부터 양산에 들어갈 계획이었다. 모든 일이 잘 진행되는 듯이 보였다. 그런데 이 효율적이던 조직에 균열이 생기기 시작했다. 7명의 핵심 요원 중 1명이 본국으로 귀환하고 새 요원이 충원됐는데, 그가 뜻밖에도 이안 로렌스(Ian Lawrence)였다. 옥스브리지 재학 중에 진이를 어지간히 성가시게 한 남학생이라 못마땅하기도 했지만, 무엇보다 문제는 그가 RIS 팀의 직무와 거리가 멀다는 데 있었다.

"어째서 로렌스가 여기 오게 된 거죠? 요원을 이곳에 파견할 땐 분명히 총리의 재가가 있었을 텐데요. 고든이 무슨 생각으로 저 자를 여기 보낸 건가요?"

진이가 상기되어 과거 고든의 비서였던 풋에게 묻는다. 풋은 이번 일이 진이를 견제하기 위해 고든이 의도적으로 벌인 인사인 것을 안다. 진이가 이끌어온 RIS 팀은 그동안 기대 이상의 성과를 올려 고든이 통제할 수 없을 정도가 되었고, 진이의 권력은 그만큼 커져 있었다. 사실 진이도 이것을 몰라서 풋에게 묻는 것은 아니었다. 화난 것을 하소연할 데가 풋 정도밖에는 없었다. 권력이 강해질수록 외로움은 그만큼 커졌다.

"네, 문제는 로렌스가 아니라 고든이겠죠. 고든이 로렌스를 통해서 어떻게 우리에게 압력을 가할지 생각하고 대비를 해야죠. 화가 나더라도 일단은 참으세요. 아직도 브리타니아의 지원이 절실하니까. 참, 로렌스에 대한 루머를 혹시 아세요?"

"네? 무슨 루머 말씀인가요?"

"이안 로렌스의 친부가 피터 로렌스(Peter Lawrence)가 아니라 전임 수상 이든이란 얘기요."

"뭔가요? 로렌스 친모와 이든 사이에 불륜으로 난 자식이라고요?"

"루머예요. 확실치는 않지만…. 고든이 이든 밑에서 커온 건 아시죠?"

"네, 그건 알죠. 이안 로렌스 자신은 그걸 알고 있을까요?"

"글쎄요."

내키지 않는 불청객이 갑자기 앞날을 불안하게 했다. 미래전쟁 기획에 로렌스는 어울리지 않는 자이다. 그러나 일에 대한 의욕과 명예

심만큼은 대단한 이 인물이 수상 고든을 등에 없고 사사건건 진이를 방해하려 든다면, 진이로서도 감당하기 힘든 상대가 될 것이 뻔했다.

로렌스는 부임하자마자 아테나이의 고위층 인사들과 만나 자신이 만든 빅 데이터(Big Data)를 아테나이에 소개하기 바빴다. 이것이 아테나이 정부에 채택되면 아이가이온 해를 둘러싼 아카이아와 이오니아 세계의 영구적 평화에 절대적으로 이바지할 것이라고 믿고 있었다. 하지만 진이가 보기에 로렌스의 빅 데이터는 지나치게 몰역사적이고, 아테나이와 아카이아 세계에 내재한 근대의 문제를 푸는 데에는 아무 의미가 없는 죽은 자료에 불과했다. 그리고 무엇보다도 RIS 미래 전쟁 기획팀의 기본적인 목적과도 부합하지 않았다.

"로렌스, 나는 니가 왜 이 RIS 팀의 핵심 요원으로 오게 된 건지 이해가 안 가. 지금 너 혼자서 벌이는 일은 우리 계획과 전혀 방향이 안 맞잖아?"

한동안 인내심을 발휘하던 진이가 드디어 로렌스에게 문제를 제기한다.

"진이 내가 하는 일에 그렇게 관심이 많은 줄 몰랐어. 넌 언제나 날 애써 무시했잖아. 옥스브리지 재학 시절부터…."

"이봐 로렌스, 지금 이건 미래 국제질서 판을 새로 짜는 일이야. 네 개인 차원의 사업이 아니라고. 니가 만든 빅 데이터를 아테나이에서 인정받게 하고 싶다면 독자적으로 일을 추진해봐. RIS 팀과 연관시키지 말란 말야. 아테나이 정부와 기업 쪽에선 벌써 혼란스러워 하는 것 같아. 넌 니 빅 데이터를 우리 프로젝트에 부록 끼워 팔듯이 하려고 하잖아. 안 그래?"

"아, 이거 너무 말을 세게 하는데? 내 빅 데이터는 말야. 내 이론과 데이터가 얼마만큼 생산적이고 미래 예측에 효과적인지 너도 잘 알 텐데? 이 나라는 아직 빅 데이터 사용의 불모지야. 이 나라 사람들이 빅 데이터 활용에 얼마만큼 둔감한지 알기나 해? 난 아테나이인들이 빅 데이터를 열심히 배워서 큰 발전을 누리게 하고 싶어."

진이는 로렌스도 무의식중에 아테나이를 인구 500만 정도의 고만고만한 도시국가 정도로 여기고 있다고 생각했다. 현재 아테나이의 인구는 8,000만이 넘고, 이오니아의 폴리스들과 비교해도 대국에 해당하는 체격을 가진 나라다. 계획대로 미래에 전쟁을 할 때면 인구가 1억을 넘을 것이다. 로렌스의 빅 데이터를 도입해 적극적으로 활용한다고 해서 나라 전체가 갑자기 크게 혁신되거나 하는 일은 있을 수가 없다.

사실 로렌스가 보이는 이러한 경향은 100여 년 전을 거슬러 올라가는 뿌리 깊은 것이다. 크레타를 거쳐 아테나이에 건너온 최초의 이오니아인들은 자신의 선구적 업적이 역사에서 높게 평가받기 위해 많은 활동을 했다. 가령 최초로 네스토리우스교 경전을 아테나이 어로 번역을 한다든가, 최초로 아테나이 역사책을 저술하여 자신의 본국에서 출판한다든가 하는 것이다. 그러나 이러한 것들은 대부분 깊은 통찰 없이 피상적으로 쓰인 것들이기에 얼마 못 가 졸저로 잊히기 일쑤였다.

진이가 보기에 로렌스는 이러한 과거와의 연장선에 있었다. 로렌스는 진이나 아테나이를 신비한 대상으로 보고 있다. 외국인 또는 외국을 실체가 아닌 신비한 대상으로 바라본다는 것은 상대를 자신보다 열등한 존재로 받아들이는 것이다. 물론 정도의 차이가 있을 뿐 다른 RIS 요원들, 아니 모든 브리타니아·이오니아인에게 조금씩 그런

경향이 있을 것이다. 나쓰메 소세키도 아마 그런 것에 고통 받았을 것이다.

그런데 이러한 경향을 아테나이인 스스로 부추기는 것 또한 사실이다. 가령 현재 아테나이의 대학교에서는 지독한 원서주의가 만연하고 있다. 대학 학부생들의 교재조차 아테나이 어가 아닌 브리타니아 어 원서를 더욱 선호한다. 어째서 학문을 모국어보다 외국어로 하는 것이 더욱 바람직한 것으로 자리 잡은 것인가? 번역서가 훌륭하지 못해서인가? 아테나이가 개항한 지 얼마 되지 않은 나라라면 그런 현상은 필연적이라고 할 수 있다. 그러나 나라의 문을 연 지 이제 100년이 훨씬 넘었고, 식민통치의 아픔을 겪었으며, 두 번의 혁명을 거쳤다. 그런데도 아테나이 어를 모국어로 하는 젊은 학생들이 자신들에게 익숙한 모국어 교재를 외면하고 외국어 교재에 의존해야 한다는 것이 과연 정상일까? 100년이 넘는 세월 동안 그 많은 학자는 과연 무엇을 했단 말인가?

젊은 학생들은 대학에서 학문을 깊게 연구하고 이론을 심화시키며 창의력을 발휘하기보다 외국어 공부에 더 큰 비중을 두고 있다. 이런 환경에서는 로렌스 같은 인물이 언제든지 부당한 지위를 누리게 되어 있다. 로렌스 같은 인물은 아테나이에서 자신이 생래적으로 우월하다는 근거 없는 착각에 빠져들기 쉬운데, 그것은 아테나이인 스스로가 초래한 면이 적지 않다.

"그런데 말야, 론디니움에선 진이 네가 너무 과잉이란 얘기가 돌아."

"뭐라고?"

"전쟁 준비를 너무 필요 이상으로 많이 한단 말이지."

"그게 무슨 소리야. 아테나이 전력은 아직도 크레타를 한참 밑돌아. 최소 목표 기한 20년을 채우는 구 년 후라도 아테나이 전력이 크레타를 능가할지는 아직도 미지수야."

"그래, 나도 들었어. 네가 도쿄에서 무관들과 얘기할 때 섬멸전을 할 거라고 했다며? 그런데 말야, 론디니움에서 과연 그렇게 될 때까지 널 용인할까? 고든이 널 계속 지지만 할 거라고 생각해? 브리타니아는 전통적으로 어느 한 쪽이 강대해지는 걸 원치 않아. 그건 나보다 네가 더 잘 알 텐데…."

진이의 가슴속에 막연하게 자리 잡고 있던 불안을 로렌스가 자극한다. 진이가 이제까지 아테나이의 풍경을 건설하겠다는 거대한 꿈을 이루기 위해 외세에 의존해온 것은 사실이다. 그건 진이가 얼굴 변신에 실패한 후 크레타와 이오니아를 거쳐 다시 아테나이로 돌아온 긴 여정의 산물이었다.

"크레타가 멸망한다고 해서 아테나이가 아카이아의 지역 패권을 장악할 수 있을 거라고 생각하나? 미래의 라케다이몬은 지금의 크레타보다 더 강력해질 거야. 그걸 막기 위한 것도 우리 프로젝트의 미션 중 하나란 건 너도 알 텐데?"

"하하, 그거야 그때 가봐야 알 수 있는 거고…, 진, 니가 우리 브리타니아 편이 돼서 말해주는 건 고맙지만, 과연 그게 달까? 난 그게 의아스러워."

"내가 브리타니아 편을 드는 게 아니라, 미래의 아테나이와 브리타니아의 국익이 일치하는 거지."

"그래, 그래, 알았어. 이런 말을 계속해봐야 뭐하겠어. 그건 그렇고 진, 오랜만에 널 여기서 보니 더 예뻐진 것 같다! 물론 옥스브리지에

서도 넌 최고의 미인이었지만. 이건 그냥 내 편견인가? 아테나이에
와서 한 십 년 지내더니 네 얼굴이 어딘가 아테나이적으로 변한 것
같아! 뭐랄까, 예전에 내가 봤을 땐 상당히 옥스브리지적인 데가 있
었는데 말야."

"…?!"

십 년이 넘게 미래전쟁 계획은 순조롭게 진행됐고, 진이는 이제 민
자영에서 무사진으로 돌아와 당당히 아테나이의 풍경을 건설해 나
갈 것을 꿈꾸고 있었다. 그러나 갑작스러운 로렌스의 등장은 진이에
게 검은 구름이 드리우는 불길한 예감을 몰고 왔다.

98

1월 30일 아침 8시 30분 중청봉.

진이는 중청봉 레이더 기지 안으로 진입해 자가 발전시설을 가동해
서 외부 전원 차단으로 작동이 중지된 시설을 재가동시켰다. 그리고
수직 발사대에 배치된 중거리 탄도 미사일을 사세보 항을 출항해 아
테나이로 항진 중인 크레타의 함대를 향해 발사할 것이다.

'수직 발사대 안에 있는 6발 모두를 발사한다. 기회는 한 번밖에 없
으니까.'

6발의 미사일에는 전략용 절대무기가 각각 탑재돼 있다. 그러나 이
것으로 크레타 함대를 격침하고자 하는 것이 아니다. 어차피 이 중거
리 탄도 미사일은 구형이라 목표에 근접하기도 전에 크레타 구축함
이 보유한 스탠더드 미사일에 요격될 것이다. 그렇다고 EMP 탄의 효

과를 노려 절대무기를 공중 폭발시켜 전자 펄스를 일으키고 함대의 전자 장비를 무력화시키려는 의도 또한 아니다.

목적은 미사일이 요격당해 폭발하고, 그것이 아테나이가 보유한 절대무기라는 것을 저들이 깨닫게 하면 되는 것이다. 크레타는 아테나이가 절대무기를 보유하지 않았다는 전제 아래 연합함대의 일부 세력으로 아테나이를 침공하고 있다. 그러나 아테나이의 절대무기 보유 사실을 크레타군의 수뇌부가 인지하게 되면 침공 계획을 처음부터 다시 세워야 하므로 연합함대에 사세보로의 귀항을 명령할 것이다. 절대무기는 상대의 압도적인 재래식 전력을 무력화할 수 있는 마력이 있다.

그러나 이것으로 크레타의 침공을 완전히 물리친 것이 아니다. 진이는 다만 절대무기의 심리적 효과를 극대화해서 아테나이에게 필요한 시간을 얻게 하기 위함이다. 발사 준비를 마친 진이는 풋에게 연락을 한다.

"풋, 들려요? 이제 곧 발사 카운트다운에 들어가요. GPS 좌표설정 가능하죠? 지금 연합함대가 어디쯤 왔나요?"

"진, GPS 좌표 설정은 이미 끝났어요. 이미 전송됐고요. 그런데 지금 진과 발사대가 다 위험해요. 무인기가 곧 공격할 거예요. 이미 이륙했어요."

'이런!'

진이는 풋의 보고를 받은 후 급하게 기지를 빠져나와 공중을 바라본다.

'동쪽인가? 아니면 서남쪽인가?'

무인기가 내륙에 있는 브리타니아 공군 기지에서 이륙한 것인지 동 아테나이해상에 있는 항모 아크로열Ⅱ에서 이륙한 것인지 풋에게 서는 언급이 없었다.

쒸이이익, 쒸이이익, 쒸이이익….

쒸이이익, 쒸이이익, 쒸이이익….

고막을 찢는 소리가 사방에서 울려 퍼진다. 무인기가 1대가 아니다. 내륙기지, 항모 양쪽에서 이륙해온 것 같다. 무인기는 양쪽 날개에 헬 파이어 미사일 1발씩을 장착한다. 양쪽에서 공격받는다면 미사일 4발이 자신과 수직 발사대를 표적으로 할 것이다.

'수직 발사대가 위험하다. 지금 이 기지엔 대공 미사일이 없어.'

진이는 오색에서부터 등에 메고 온 레일 라이플을 양손으로 들어 두 대중 앞서 날아오는 무인기에 조준한다. 중기관총 정도의 크기와 무게를 가진 레일 라이플은 레일건을 소형화시켜 주로 차량에 장착해 대전차용으로 사용하게 될 실험적인 무기이다. 도저히 혼자 들어서 날아오는 무인기를 향해 쏠 수 있는 무기가 아님에도 진이는 착용한 모빌 슈트의 강도를 최대로 높여 원래 자신이 가진 힘을 열 배로 증폭시켰다.

앞서 날아오는 무인기의 각도를 보니 수직 발사대를 조준하고 있는 것 같았다. 진이는 첫 발을 보기 좋게 놈의 엔진에 명중시켰다. 공중에서 폭발을 일으키고 기체가 산산조각 나 사방으로 흩어진다. 또 다른 무인기가 이제 진이를 겨냥해 헬 파이어 미사일을 발사한다. 이제 라이플을 목표에 정확히 조준할 시간 따위는 없다. 그냥 연발로 탄창에 든 탄환을 모두 허공에 쏘아버렸다. 미사일이 날개에서 분리돼 점화하고 추진력을 막 얻으려는 순간 운 좋게 탄두에 탄환이 명중했다. 곧이어 탄두가 폭발하면서 무인기의 한 쪽 날개를 부러트리자, 중심을 잃은 기체는 미친 듯이 회전하며 대청봉에 추락하고 잠시 후 산봉우리에서 검은 연기가 피어오른다. 마치 고대 전장에서 봉화가 오르는 순간을 목격하는 것 같았다.

갑자기 엄청난 무게가 진이의 어깨와 허리를 짓누른다. 진이는 레일 라이플을 땅바닥에 내동댕이치고 뒤로 쓰러졌다. 근력을 증폭시켜주던 모빌 슈트의 전원이 고갈됐다. 이제 평범한 체력을 가진 여인으로 돌아왔고 레일 라이플 같은 중화기는 혼자서 쓸 수 없게 됐다. 어차피 탄환을 다 써 버려 쓸모없게 됐지만 말이다.

쿠아아아앙….

레이다 서쪽에 자리한 수직 발사대에서 화염과 연기가 뿜어져 나오며 미사일 6발이 차례로 발사된다. 미사일들은 파란 허공을 찌르며 굉음과 함께 무서운 속도로 상승한다. 진이는 넘어졌던 몸을 천천히 일으키고 솟아오르는 6발의 미사일을 전송한다. 이제 저 미사일들은 수백 킬로미터를 날아간 후 성층권에서 크레타의 스탠다드 미사일에 명중하기 직전에 핵폭발을 일으킬 것이다.

'전함들아, 어서 돌아가라. 아직은 때가 아니야!'

99

작년 아테나이 귀국 열다섯 번째 해 11월 초 경운궁.

제법 쌀쌀한 바람이 부는 늦가을, 경운궁 돌담길 주변은 이제 절정에 오른 단풍이 행인의 마음을 사로잡는다. 정동의 운치 있는 돌담길에서 팔짱을 끼고 다정히 걷는 연인의 모습이 오늘따라 진이의 눈에 아름다워 보였다.

　진이는 1시간 전부터 정동 일대의 도로와 건물의 배치를 유심히 살피고 나서 경운궁 돌담길을 따라 대한문 쪽으로 천천히 걸어갔다. 경운궁 경내의 단풍과 가로수의 단풍이 돌담길을 사이에 두고 진이의 머리 위에 혼재해 있다. 빨강·노랑·주황이 어우러져 화려한 혼색을 이루고 그 사이사이로 구름 한 점 없는 파란 하늘이 엿보이는데, 쌀쌀한 바람이 불어오면 단풍잎들이 머리 위에서 스아, 하는 소리를 내고는 진이의 어깨를 스치며 떨어진다.

　진이는 15년 전에 마사코, 아니 할머니가 물려주신 진남색 트렌치코트를 입고 있는데, 이것이 지금 주위의 풍경과 유난히 잘 어울린다고 생각한다. 돌담길 걷기를 끝내고 시청 쪽으로 나온 진이는 매표소에서 입장권을 1장 산 후 대한문을 통해 경운궁 안으로 들어온다. 경운궁 경내 역시 한참 단풍이 절정을 이루고 있다. 은행나무의 샛노란, 소나무의 초록, 단풍나무의 핏빛 같은 붉은색, 거기에 느티나무는 노랑·주황·빨강을 한꺼번에 모두 지녔다. 진이는 이들 중에서 느티나무가 가장 사랑스러웠다. 아테나이에서 고대로부터 정원수, 정자나무로 가장 사랑받던 나무였다.

　진이는 중화문과 중화전 사이를 가로질러 분수대와 석조전을 마주대하는 등나무 벤치로 와서 앉는다. 벤치 앞 분수대를 사이에 두고 이오니아 양식의 석조전이 정남방의 진이 쪽을 향하고 있으며, 그 오른쪽에는 약간 비스듬히 남서쪽을 향한 거대한 단층 목조 기와집인 중화전이 서 있다. 중화전이 석조전보다 더 앞으로 나와 있지만, 여기 벤치에서는 둘이 동서로 나란히 균형감 있게 자리 잡은 듯 보인다. 아카이아 세계를 대표하는 기와·목조 건축양식과 이오니아 세계를 대표하는 석조 건축양식의 동서 대비가 100여 년 전 봉건 왕조시대에서 근대로 이행하는 아테나이의 격변기를 아주 잘 묘사하고 있는 것 같다. 진이는 새삼스럽지만, 할머니의 모든 시작이자 이제는 자신의 시작이 된 저 석조전의 유래를 다시 되새겨본다.

'크레타의 주선으로 브리타니아 인 하딩(J. R. Harding)이 설계한 석조전은 아테나이에서 가장 오래된 이오니아 식 석조건물이다. 황제께서 경술년에 국권을 빼앗기시기 직전까지 황궁으로 사용하셨다. 고전적이고 상당히 잘생긴 건물이기는 하나 알고 보면 그 양식이 브리타니아의 식민지에 주로 세워지던 전형적인 식민지 양식(colonial style)이었다. 황제께선 침체에 빠진 나라를 혁신하고자 개화의 상징으로 이 이오니아 식의 궁전을 세워 직접 기거하셨겠지만, 본인 스스로 식민지 양식의 굴레에 갇히신 셈이었다.'

그런데 지금 진이는 혼자 독백을 하고 있건만, 누가 듣고 있는 것도 아니건만, 꼬박꼬박 '황제께서 무얼 하셨다'란 식의 고답적이고 예스러운 말을 스스로 사용하고 있었다. 괜히 쓴웃음이 나왔다. 할머니는 진이에게 옛날이야기를 해주실 때 황제와 황후께는 언제나 깍듯이 극존칭을 쓰셨다. 그리고 지금 자신도 모르게 마음속에서 할머니를 따라하고 있었다.

'이미 세상이 바뀌었고 할머니 자신도 개화된 교육을 받았지만, 어렸을 적 버릇만큼은 버리지 않으셨다. 과거에 대한 집착이셨을까? 아니면 최소한의 예의나 의리셨을까? 얼마나 무능한 황실이었던가! 황실이 나라를 빼앗기는 바람에 아테나이에서 얼마나 많은 사람이 죽어갔고 받아들이기 힘든 일을 감내하며 살았을까? 할머니에게 영원히 씻기지 않을 마음의 상처를 남긴 것은 의지할 데 없는 세상에 자신을 남겨두고 황후마마가 안채에서 목을 맨 것이었다. 어쩌면 할머니의 황실에 대한 예스러운 말씨는 그에 대한 극도의 원망을 역설적으로 드러낸 것이었는지도 모른다!'

진이는 이렇게 생각하며 17살 때 자신이 황후의 얼굴을 직접 그렸던 기억을 떠올린다. 황후를 향한 사람들의 비속한 생각을 그림으로 대속하며 본시 있어야 했을 황후의 아름다움을 자신이 그려낼 때의 기쁨은 이루 말할 수 없었다.

'그러고 나서 겪었던 얼굴 변신의 실패, 그리고 크레타와 이오니아를 거쳐 지금 여기까지 오게 된 나의 여정!'

진이는 바로 눈앞의 석조전에서 시작된 길이 지금 이곳에 앉아 있는 자신에까지 이어져왔음을 새삼 느낀다. 석조전에서 황후마마 대신 가라기누를 입고 비참히 돌아가신 할머니의 어머니, 아테나이 멸망을 차마 받아들일 수 없어 자살을 택하셨던 황후마마, 그리고 자신이 진정으로 사모했던 두 분의 모습이 처참하게 왜곡당하는 고통을 한몸에 져야 했던 할머니! 그리고 그 모든 것을 고스란히 물려받은 것이 진이 자신이었다.

'황후마마의 모습을 새롭게 그려내려 했던 것이나, 시키부의 뒷모습을 자신의 장소로 삼아 여기에 보편적인 힘을 쌓아오려 했던 것이나, 모두 석조전에서 시작된 이 역사의 굴레를 넘어서기 위한 반역에 다름 아니었다. 할아버지의 리쿠르고스 파는 아무런 기록을 남기지 않고 역사에서 산화해서, 그것의 구체적인 이념이 무엇이었는지 지금은 알 수가 없다. 그러나 할아버지가 추구하셨던 것도 결국 저 석조전에서 시작된 역사의 굴레를 벗어나기 위한 반역이었을 것이다. 끊임없이 자신을 남에게 보이지 않으면 존립할 수 없는 이 세상에 대한

비장한 반역!'

삐삐, 삐삐…

귀에 꽂아놓은 블루투스 핸즈프리에서 호출음이 들린다. 풋이나 렌이 자연의 인트라넷으로 연락해온 것이다. 한동안 깊은 상념에 젖어 있던 진이는 호출음을 듣는 순간 자신이 냉혹한 첩보의 세계로 다시 돌아왔음을 느낀다.

"네."

—렌입니다. 로렌스와 김지애 그리고 도우메이(同盟) 통신사 기자 이케다(池田)가 정동에 있는 전통 찻집 매원(梅園)으로 들어갔습니다. 저는 밖에서 차 안에 대기하며 안을 원격으로 도청합니다.

"그래, 잘했어 렌. 계속 수고해줘. 풋, 풋도 지금 듣고 있죠?"

—네, 듣고 있어요. 전 지금 통제소에서 컴퓨터로 계속 모니터링해요.

"좋아요. 그럼 두 분 모두 대기하고 있다가 제 지시에 따라주세요."

—네.

—네.

진이는 사 년 전부터 이안 로렌스를 계속 감시해왔다. 무리해서 자신의 빅 데이터를 아테나이에 보급하려는 것이나 진이의 미래전쟁 계획에 냉소적인 것이나, 무엇 하나 진이의 마음에 들지 않았다. 시간이 지나면서 철없던 로렌스는 서서히 좌절을 느끼기 시작했다. 꾸준한 설득에도 불구하고 자신의 빅 데이터가 아테나이 정부 관료들에게 주목받지 못한 것이다. 애초부터 아테나이란 나라를 제대로 알지 못하고 자기 출세의 기반으로 삼은 것이 잘못이었다. 이 년 전부터 로렌스는 정부 관료의 설득은 포기하고 언론을 통해 자신의 빅 데이터를 대중에게 홍보하는 길을 택했다. 이 과정에서 그는 미모의 여기자 김지애(金至娀)를 만나 연인 사이로 발전한다. 김지애는 아테나이에 와서 의기소침해진 로렌스를 적극적으로 도우면서, 그녀 또한 로렌스를 자신의 출세 도구로 이용한다.

『김지애, 김지애라고요?』

이 년 전 로렌스를 감시해온 풋의 보고를 받고 진이는 김지애란 생소하지 않은 이름에 신경을 곤두세운다.

『왜요? 아는 사람이세요? 여기 그녀를 찍은 사진도 있어요. 보세요.』

풋은 로렌스와 김지애가 동행하는 사진들을 진이에게 보여준다. 그때로부터 이미 26년의 세월이 지났지만 진이는 알아볼 수 있었다. 고등학교 때 진이 대신 찬송가 반주를 맡아 진이의 대척점에서 자신의 이미지를 고양시켜갔던 아이. 그것이 진이를 폄훼했던 주변 교사들이 만든 틀 속에서 이루어졌다 하더라도, 진이는 어딘지 석연치 않던 구석이 느껴졌던 것 또한 사실이다. 김지애는 진이가 대상을 차지할 뻔했던 미술전에도 진이 못지않은 수작을 그려냈지만, 자신의 조국 아테나이를 이오니아의 함대로 정벌해달라고 탄원했다가 처형당했던 자의 무덤을 그렸었다.

「'목 베인 자의 축복'이었지, 그림 제목이…!」

그리고 또 한 가지 강한 인상을 남겼던 것은, 진이가 던진 만년필이 입속의 혀에까지 꽂혀 단상에서 굴러 떨어진 교장을 다루던 김지애의 침착한 태도였다. 교사들조차도 예상치 못한 돌발 상황에 어찌할 줄 모르고 있던 것을 김지애는 침착하게 손수건을 꺼내 지혈을 시도하고, 신음하는 교장을 다정한 말로 진정시키기까지 했다. 마치 진이가 이럴 거란 것을 미리 알고 준비하고 있었다는 듯이.

사진들은 로렌스와 김지애가 함께 거리를 걷는 사진, 식사하는 사진, 사랑을 나누기 위해 은밀한 장소로 들어가는 사진까지 포착하고 있었다. 그런데 가장 진이의 관심을 끈 것은 두 사람이 함께 거대한 스타디움으로 향하는 장면이 자주 찍혔다는 것이다.

『풋, 이 건물은 과거엔 올림픽 스타디움이었지만, 지금은 한 대형교회가 사들여 성전으로 사용하고 있어요. 교회의 우두머리는 가이매(軻魅魅)란 자인데, 물론 지금은 가명을 사용해 성직에 앉아 있죠. 로렌스가 이 교회의 신자가 된 건가요? 김지애와 같이? 혹시 가이매와 이 둘 사이에 어떤 관련이 있는지 알아봐주세요.』

『네, 그렇게 하죠. 이 건은 새 아테나이 교회 담임목사 사해교(四海敎)의 또 다른 얼굴을 찾는 조사가 될 것 같군요.』

『네, 맞아요. 역시 풋이에요.』

뭔가 이상한 냄새가 진이의 후각을 자극한다. 그리고 어쩌면 이것이 이매를 잡아넣을 기회가 돼줄지도 모른다는 생각이 문득 들었다. 이매가 아직도 아테나이에서 큰 세력으로 군림하고 있다는 것 자체가 진이에게는 지나친 난센스였다. RIS 팀의 계획이 순조롭게 진행돼 기쁘다가도, 이매를 생각하거나 아리수 강변도로를 차로 달리다가 저 거대한 스타디움을 바라보면, 머지않아 이매가 자신의 계획에 암수를 던질 것만 같은 불안에 휩싸였다.

「이매가 세운 교단이 진정한 네스토리우스 교회일 리 만무해. 네스토리우스교의 외피를 걸치고 아테나이에 기생하는 사교단체에 불과할 거야. 그러나 지금 그것은 엄연히 200만이 넘는 신도를 보유하고 있고 아테나이 사회 곳곳에 기득권을 생성했다. 일요일이면 과거에 올림픽 스타디움이었던 그들의 중앙 성전에서 15만 명의 열성 신도가 모여 예배를 올린다. 돔으로 덮인 웅장한 실내는 신도들에게 종교적 카타르시스를 느끼기 쉽게 할 것이다. 목청을 돋우는 목사의 방성기도, 여기에 호응하여 함성 지르는 15만의 미아들! 아, 그와 함께 멀어져만 가는 아테나이의 풍경이라니! 이건 38년 전 할머니가 일으키신 자유주의 혁명 이후 체제에 큰 결함이 생겨 한계에 다다른 걸 보여주는 거야. 그렇다면 내가 앞으로 해야 할 일은…」

삐삐, 삐삐….

벤치에 앉아 이 년 전 일을 회상하고 있던 진이는 호출음에 정신이 번쩍 든다. 렌이 찻집 안의 대화를 도청해 실시간으로 전송하기 시작했다.

―이케다 씨, 어려운 걸음 하셨습니다. 감사합니다.

로렌스의 말소리가 똑똑히 들려온다.

―제가 입수한 정보를 모두 신뢰하셔도 좋습니다. 전 RIS 팀에서 이번 프로젝트에 사 년 전부터 계속 참가해왔습니다. 제가 제공하는 정보는 앞으로 크레타가 영구적으로 아테나이에 대해 우월적 지위를 지켜주는 데 도움이 될 겁니다.

―감사합니다. 그나저나 가을이군요. 저기 경운궁과 단풍이 참 아름답습니다. 저런 위대한 문화와 아름다운 풍경을 가진 나라가 왜 그런 짓을 할까요?

로렌스가 미래전쟁 계획의 정보를 이케다에게 넘기려 하고, 이케다가 이에 가볍게 답례한다. 그런데 뜬금없이 경운궁과 단풍을 언급하며 아테나이 문화와 풍경을 찬양하는 모양새를 취한다. 대개 식민주의자들은 식민지의 옛 문화에 대한 위대함, 아름다움을 찬양한다.

거기에는 상대가 자신들에게 대항할 힘이 없다는 전제가 깔려 있다. 그런데 그 고정관념이 깨지게 되니 자신으로서는 고통스럽다는 것을 표현하는 것이다. 아테나이가 크레타의 식민지에서 벗어난 지는 이미 69년이 지났건만, 이케다는 식민주의자로서의 의식을 여전히 보유하고 있다. 이케다 히로시(池田宏) 도우메이(同盟) 통신사 기자는 리쿠르고스 파가 삼각산에서 항전할 당시, 7만의 해전대를 이끌고 서울에 진주했던 반란 진압 책임자 이케다 마모루(池田守) 중장의 손자이다.

―저도 그 점이 안타깝습니다. 아테나이 국민은 원래 평화를 사랑하며 수천 년간 한 번도 남을 침략해본 적이 없는 민족입니다. 그냥 소수의 전쟁광이 이 일을 꾸민 것일 겁니다. 아테나이 사람들 전체를 부정적으로 보서서는 안 됩니다. 우리는 일부 아테나이인들에 의한 전쟁 획책에 대하여 같이 싸워야 합니다.

김지애의 말이다. 이 정도면 상대방의 의도를 전혀 간파하지 못하고 엉뚱한 답변을 한 것이 된다. 게다가 상대의 불순한 의도에 도리어 편승까지 했다.

―아테나이는 독립하기 이전이나 지금이나 큰 변화가 없다고 봅니다. 공산주의도 29년 동안 실험해보았다가 실패하지 않았습니까? 그후 40년간 크레타를 모델로 열심히 성장해오긴 했지만⋯. 제 고향이 교토입니다. 지금쯤 아라시야마(嵐山)의 단풍도 저 경운궁 단풍처럼 만개해 있을 텐데.

이 크레타인도 김지애의 답변엔 좀 무색해졌나 보다. 슬며시 딴소리하는 기색이다. 그런데 상대를 변하지 않는 존재로 파악하는 것은 상대를 보편적인 존재가 아닌 특수한 존재로 가두는 것이고, 자신은 여기에 대해 전지전능한 관찰자가 되려고 하는 것이다. 이케다는 자신의 아테나이에 대한 식민주의적인 관점을 일관되게 고집하고 있다.

―빨리 본론으로 들어갑시다. 십 년 전 언론에서 크레타의 절대무기를 세계적인 뉴스거리로 만들어 고초를 겪으셨을 줄 압니다. 그런데 실제로 전쟁을 위해 절대무기 개발에 여념이 없는 것은 바로 아테나이입니다. 하지만 언론에서는 이걸 절대무기로 간주하질 않습니다. 그냥 미래에 크레타와 라케다이몬에 대해 전쟁억제 기능을 위한 재래식 전력의 하나쯤으로 간주하고 있습니다. 크레타는 지금 아테나이의 절대무기 앞에 점점 무방비로 노출돼간다고 보시면 됩니다. 연합함대가 제아무리 강력하면 뭐합니까?

로렌스가 대화의 주제를 절대무기로 옮겨가면서 세 사람의 대화는 더욱 깊어져간다. 진이는 십 년 전 아테나이가 크레타와 결전을 벌일 시기 이전까지 크레타의 절대무기를 무력화시키는 계획을 추진했다. 절대무기(絶對武器, Absolute Weapon)는 이론의 견지에서 보았을 때 사용하기 위한 무기가 아닌, 사용하지 않기 위한 무기란 역설을 품고 있다. 한 방이면 도시 하나를 초토화할 수 있는 절대무기의 어마어마한 위력은 절대무기를 보유한 국가 상호 간에 거대한 공포를 형성해 전쟁을 억제하는 효과가 있고, 결과적으로 평화를 유지할 수 있게 해준다는 것이다. 서로가 대도시를 무차별 공격해 수천만, 수억의 국민을 학살하고 방사능으로 오염되어 사람이 살 수 없는 황폐한 국토만이 남는다면, 과연 무엇 때문에 전쟁을 한단 말인가?

그런데 여기서 한 가지 문제는 이러한 공포의 균형 전략이 먹혀들려면 세계 모든 나라 사람들이 절대무기의 존재와 위력에 대해 잘 알고 공감대가 형성돼야 한다. 그런데 현재로서는 그렇지 못하다는 점이다. 일부 강대국들의 절대무기 개발이 기술적으로 가능해진 것이 약 50년 전부터다. 하지만 그때부터 지금까지 절대무기가 실전에 사용된 사례가 없어 일부 전문가를 제외한 대부분 사람은 이에 대해 잘 알지 못한다. 상식적인 선에서 절대무기라는 가공할 위력의 무기가 이론적으로는 개발이 가능하지만 아직 보유한 나라가 없는 것으로 알고 있다. 절대무기에 관한 이야기가 오가더라도 그것은 공상과학 소설·영화의 수준을 넘지 못하는 경우가 많다. 이런 상태에서는 크레타가 절대무기를 보유하지 못한 아테나이에 절대무기를 사용할 가능성이 상존한다. 그리고 아테나이가 절대무기를 충분히 보유하거나 브리타니아 등의 우방이 절대무기 우산을 아테나이에 제공하더라도, 절대무기에 대한 일반적인 공포가 확산돼 있지 않는 한, 절대무기 자체가 큰 억제력으로 작동하지 않는다.

진이가 목표한 대로 크레타와의 결전에서 승리를 거두고 아테나이의 풍경을 창조하려면, 크레타가 아테나이에게 절대무기를 사용하게 해서는 안 된다. 연합함대를 쳐부수더라도 서울이 잿더미가 된다면 무슨 소용이 있겠는가? 이미 할아버지의 시대에 조악하나마 초보적인 절대무기를 생산할 수 있었던 크레타다. 지금쯤 그보다 훨씬 위력이 강한 다수의 절대무기를 보유하고 있을 것이라고 여기는 것이 자연스럽다. 진이는 크레타의 절대무기를 제거하기 위해 국제여론을 활용했다.

브리타니아의 공영방송인 BBC(Britannic Broadcasting Corporation)는 RIS의 기밀자료를 폭로하면서, 연일 크레타의 절대무기 대량 보유에 대해 집중적인 보도를 했다. 뉴스뿐만이 아니라 심층 취재를 통한 대대적인 기획물을 제작해 꾸준히 내보냈다. 군사 전문가, 정치가, 국제정치학자, 핵물리학자 등이 연일 토론 프로그램에서 이 문제를 토론

했고, 연이어 세계 각국의 언론에서 이것을 집중적으로 보도했다. 크레타의 절대무기 대량 보유는 국제적인 담론으로 발전했다.

특히 세계인의 큰 이목을 끈 것은 59년 전 아테나이 공산혁명 과정에서 절대무기의 폭발이 있었다는 사실이다. 실전에서는 한 번도 사용된 적이 없는 궁극의 무기가 반 세기도 전 크레타의 식민지 아테나이에서 혁명군의 자폭에 쓰였다는 사실은 상상을 초월하는 사건임과 동시에, 그만큼 크레타 정부를 곤경에 빠뜨렸다. 세계가 크레타를 비난했다. 특히 이오니아의 정치가들과 절대무기 전문가들은 크레타가 절대무기를 보유하기에 자격이 부족한 국가로 폄훼했다. 그들이 지적한 것은 크레타의 절대무기 관리 소홀이었지만, 내실은 크레타와 같은 비이오니아 국가의 절대무기 소유가 못마땅했기 때문이다. 세계화가 대세인 듯 보이는 현재에도 여전히 세계는 이오니아 문명권의 2중 잣대가 강하게 작용하고 있었다. 팔 년 전 론디니움 템스 강변에서 풋이 진이에게 해준 말이 정확하게 들어맞은 셈이었다.

그런데 이 과정에서 진이의 전략이 돋보인 것은 세계 여론이 절대무기로 인식하기 시작한 무기의 범위를 전략용으로 제한시켰다는 점이다. 절대무기의 개념을 대도시에 투하했을 때 수백만의 인명을 한꺼번에 살상할 수 있는 성능의 것에 한정시키고, 전략용에 비해 낮은 폭발력으로 제한적인 군사목표 파괴를 위한 전술용 절대무기는 논의의 범위에서 제외되노록 했다. 미래에 아테나이의 전략 폭격기에서 레일건으로 투사해 크레타의 연합함대와 내륙의 군사시설 및 이와 연계된 산업시설을 초토화할 전술용 절대폭탄은 세상의 감시와 견제를 피할 수 있게 한 것이다. 여론 공작이 성공한 후 이 계획을 주도했던 RIS 팀장 진이와 부팀장이자 대외적으로는 진이를 대신해 팀장으로서 앞에 나섰던 사무엘 머튼은 함께 축배를 든다.

『부팀장님 수고하셨습니다. 덕분에 크레타의 절대무기 전력을 미래에는 무력화시킬 수 있게 됐습니다.』

『별말씀을 다 하십니다. 이건 처음부터 팀장님 아이디어 아니었습니까? 여론의 힘을 동원해 절대무기를 제압하자고 하셨죠?』

『지금 이렇게 제동을 걸어놓으면 15년쯤 후에는 수명연장에 실패해, 이렇다 할 전략용 절대무기 전력이 사라지게 됩니다. 물론 지금 이 분위기를 계속 유지해 나갈 수 있다는 전제 아래에서 말입니다. 그러기 위해선 크레타가 더러 사고를 쳐주는 게 좋겠죠. 조용하게 모범생으로 지내다 보면, 사람들이 지금 이 사실을 얼마 안 가서 잊어버릴 테니까요.』

『RIS에 아직 터트리지 않은 건이 준비돼 있을 것입니다. 앞으로 이삼 년에 한 번 꼴로 터트리겠죠. 그리고 크레타가 그냥 가만히 있기만 하겠습니까? 뭔가 하겠지요. 모른 척하고 있다가 결정적일 때 잡아 터트리면 됩니다. 그런데 제가 놀란 건 교묘히 사람들의 관심을 전술용에서는 벗어나게 하신 겁니다. 덕분에 아테나이는 큰 견제를 받지 않고 미래의 결전을 기약할 수 있게 됐습니다.』

『어차피 전략용 절대무기는 실전에서는 사용하기 힘듭니다. 전략용을 포기하고 군사시설을 효율적으로 파괴할 수 있는 소형 전술용 보유만을 목표로 하니 자연히 그런 전략이 도출되더군요. 그리고 아이디어는 제가 냈지만, 정작 잘해준 건 BBC입니다. 절대무기 담론을 전략용 쪽으로만 아주 잘 몰아줬어요.』

『팀장님, 다음 스케줄이 잡혀 있습니다. 시간이….』

『아, 알았어요. 일어나야죠. 그럼 부팀장님, 계속 수고해주세요.』

풋이 다가와 머튼과 대화 중인 진이를 다음 스케줄로 안내한다. 진이는 머튼과 헤어진 후 풋과 가벼운 등산복으로 갈아입고 RIS 본부 밖에서 차 안에 대기 중인 렌과 합류한다.

『휴, 고마워요. 풋, 마침 적당한 때 빼내줘서….』

『그 음흉한 노인네 속이는 게 보통 일이 아닌 걸 제가 알죠. 머튼이 개인적으로 아테나이 인사들과 자주 만나는 것 같던데, 계속 감시 중이에요.』

『네, 고마워요. 계속 감시해주세요. 전략용 절대무기에 관심이 없는 것처럼 해놨지만, 만일 머튼이 우리가 전략용까지 개발하고 있단 사실을 알면 골치 아파요. 참, 렌, 임세호 장군과 만나봤어?』

『네, 예상대로 우리 일을 아주 재미있어 하시더군요. 뭐든 다 협조해주실 것 같던데요?』

『그래, 좋아. 렌, 그분은 할머니가 돌아가신 후 한동안 이매에게서 날 지켜주시던 분이셔. 나도 이제 조만간 만나봬야겠어.』

『….』

세 사람은 구기동에 차를 세운 후 삼각산 산행을 시작한다. 진이가 어렸을 때 할머니와 오를 때나 아테나이에 귀국하여 다시 삼각산을 즐겨 오르기 시작할 때 가장 즐겨 찾던 코스다. 구기동 계곡과 대남문을 거쳐 산 주능선을 타고 백운대까지 오른다. 이 코스를 잘 아는 진이가 앞장서고, 뒤로 풋과 렌이 따라온다. 그런데 산행을 계속할수록 이 코스를 수도 없이 올라온 진이보다 풋이 더욱 능숙하게 산을 타는 것이 보였다. 그냥 산을 잘 타는 것이 아니라, 처음 와보는 코스임에도 산의 지형을 책 읽듯 하고 마치 산과 이야기하며 오르는 것 같았다.

『풋, 오늘 처음 왔으면서 어쩜 그렇게 잘 올라요? 여길 100번도 더 오른 나보다 더 잘 오르잖아요?』

『하하, 아시잖아요? 전 이오니아 원주민이고 여기보다 더 험한 오지에서 자랐어요. 그나저나 산이 너무 아름다워요. 서울 같은 대도시에 이런 산이 있다니! 저 하얀 화강암 산봉우리 하며! 자세히 보면 그냥 하얀색이 아니라 약간 분홍색을 머금고 있군요. 너무 좋아요.』

풋이 아주 좋아하는 것을 보고 진이는 풋에게 선두를 양보했다. 풋을 앞세우고 자신의 뒤로는 키가 2m에 달하며 무서운 체력을 가진 렌이 뒤따른다. 산행을 하면서 진이는 왠지 모를 행복감에 아주 천천히 젖어갔다. 세 사람은 삼각산 최고봉 백운대 정상에 올라 사방을 바라보았다.

『풋, 렌, 여기가 서울에서 가장 높은 곳이에요. 서울이 한눈에 다 보이죠?』

진이는 풋과 렌에게 백운대 사방으로 보이는 서울의 이곳저곳을 손으로 가리키며 설명한다. 한참 설명을 듣고 있던 풋이 이야기를 꺼낸다.

『서울의 정령이 느껴져요! 그 정령이 이 산을 중심으로 살아 움직이고 있어요. 그런데 그게 저기 동쪽을 향해 뻗어가려 하네요.』

「옥스브리지에서도 정령을 말하더니…! 그땐 그저 문학적 은유겠거니 했는데, 풋의 눈엔 정말 내게 안 보이는 뭔가가 보이나 보다!」

진이는 풋의 신비스런 말에 내심 동조하고픈 마음이 들었다. 사실 진이가 얼굴 변신을 시도하려 18년 전 이곳에 왔을 때도, 이유를 알 수 없는 가슴 설렘과 함께 자신의 몸속에서 도는 관념의 하얀 피가 동쪽을 향해 맥을 띄우는 느낌이 들었었다. 그리고 옥스브리지에서도 풋이 자신에게 하얀 피(White Blood)라는 이오니아 원주민 식 이름을 지어주지 않았던가?

『고마워요. 풋, 마음에 들어 해줘서요. 사실 옥스브리지에서 만난 이후로 제가 풋의 도움을 많이 받았어요. 덕분에 할아버지에 관한 것도 알 수 있었고요. 풋이 아니었다면 그냥 모르고 지나갔을 뻔한 일들이에요.』

『제가 도움이 됐다기보다도 진이 스스로 자신을 인도해온 거예요. 지금 여기 와서 보니 더더욱 그런 게 느껴져요. 렌, 바로 여기예요. 진의 할아버지 무사인 씨가 절대무기로 자폭해서 혁명을 승리로 이끈 장소가요.』

『아, 네…!』

진이가 이번에 언론을 이용해 삼각산에서의 절대무기 폭발을 세계에 폭로한 건 미래의 크레타 절대무기 전력을 축소, 무력화시키겠다는 의도가 있었지만, 진이 자신에게 그건 부수적인 목적에 지나지 않았다. 진이는 역사에서 삭제당한 리쿠르고스 파와 할아버지의 이야기를 세상에 알리고 싶었다. 그리고 그렇게 하는 것이 자신이 앞으로 나갈 길을 밝혀주는 것이라고 믿었다. 그러나 리쿠르고스 파의 리더가 바로 할아버지 무사인이었다는 사실까지는 드러낼 수가 없었다. 당장 자신조차도 아직 민자영이란 가상의 인물이고, 돌아가신 할머니와 아직도 신변의 위협을 느끼시는 어머니의 일까지 고려하지 않으면 안 됐다. 그리고 무엇보다 괴물인 이매가 이 나라에서 여전히 건재하다. 리쿠르고스 파의 존재가 세상에 드러난 것만으로도 지금 이매는 위협을 느끼고 있을 것이고 또 어떤 엉뚱한 짓을 할지도 몰랐다. 이제부터 어머니와 한의상 아저씨의 신변을 좀 더 철저하게 보호

해야 한다.

『렌, 어머니와 한의상 씨에게 더 신경을 써줘. 임세호 장군도 마찬 가지고. 군 현직에 계시긴 하지만 임철호 장군의 예도 있잖아?』

『네, 잘 알겠습니다.』

『참, 진, 진이 공부를 마친 지도 이제 십 년 가까이 되고, 아테나이 에 귀국한 지도 오 년이나 됐어요. 이제 진의 보금자리를 찾을 때도 되지 않았어요?』

『…?!』

갑자기 뜬금없는 풋의 말에 진이는 조금 당황했다. 무슨 뜻으로 한 말일까?

『그래요. 그동안 집시처럼 집을 이리저리 옮기며 살았어요. 그래서 저도 이제 한 집에 자리를 잡고 살고 싶어요. 사실 이 삼각산 기슭에 제가 살 집을 짓고 있는데, 이제 한 달 정도만 지나면 완성될 거예요. 옛날에 할머니가 어렸을 때 사시던 집을 분해해서 삼각산 기슭에 조 립해 짓는 거예요.』

『어머, 그럼 민자연 여사가 어렸을 때 사시던 집이군요. 집이 완성 되면 초대해주세요. 꼭 가보고 싶어요.』

『그럼요. 당연히 그래야죠. 저어기, 남쪽으로 산성 주능선이 보이 고, 거기에 성문을 사이에 둔 불뚝 솟은 봉우리 두 개가 보이죠? 저 보현봉과 문수봉 기슭에 평창이란 동네가 있는데, 거기다 짓고 있어 요. 목재와 기와로 짓는 전통 아테나이 집이에요.』

『하, 얘기만 들어도 직접 눈에 보이는 것 같아요. 너무 아름다워 요!』

그러면서 풋은 진에게 살짝 야릇한 미소를 짓는다.

「내가 지금 풋에게 엉뚱한 대답을 한 걸까? 동문서답일 수도, 또 아닐 수도 있겠지.」

—사무엘 머튼(Samuel Merton) 경이 상당히 유능한 분 같습니다. 그 분이 아테나이의 고위층에 아주 훌륭한 어드바이스를 많이 하셨나 봅니다. 그렇지 않고서야…. 수년 전 헤라클레이아가 점차 강성해지는 라케다이몬을 견제하기 위해 절대무기 보유를 아테나이 고위층에 제안했지만 단번에 거절했다죠? 제풀에 겁을 먹고 말입니다. 그 정보를 입수한 내각 조사실에서는 "그럼 그렇지." 하며 코웃음을 쳤다죠? 아직도 식민지 근성을 못 버린 놈들이라고 말입니다.

이케다가 격앙된 목소리로 절대무기 이야기를 꺼내자 잠시 십 년 전의 기억에 빠졌던 진이는 정신을 차리고 렌이 송출하는 도청음에 다시 귀를 기울인다.

—그 사람은 총책이 아닙니다. 뒤에서 실권을 쥐고 있는 사람은 따로 있어요.

—네, 뭐라고요? 머튼 경이 RIS 팀의 책임자가 아니었습니까? 누굽니까, 실세가?

—믿기 힘드실 겁니다. 민자영이라고 아테나이 여잡니다. 제 옥스브리지 동기동창이기도 한데, 여자가 좀 독특해요. 크레타에서 고등학교를 나오고 옥스브리지로 유학을 왔는데, 학부 때부터 아주 기발한 생각을 살하곤 했죠. 그게 영 현실성이 없는 것처럼 보이다가도, 이론이 신기하게 현실에서 잘 맞아들곤 했어요. 민자영은 현실에 대한 접근법이 보통 사람들과는 좀 다른 것 같았습니다. 그녀 자신만의 인식체계를 가지고 있는 것 같단 말입니다.

사실 20년간의 준비 기간을 거친 후에 아테나이가 크레타와 전쟁을 해서 승리한다는 구상은 누가 봐도 허황되게 보이잖습니까? 그런데 묘하게도 브리타니아 고위층에 그게 먹혀들었다는 겁니다. 정계에서 은퇴했다가 17년 전 외무장관에 재임된 고든이 가장 적극적으로 민자영의 이론을 지지했습니다. 그게 현실화된 것이 지금 RIS 팀의 미래전쟁 기획입니다.

—이안에게 그 얘기를 듣고 저도 믿기 힘들었어요. 어떻게 그런 일이 가능한지. 양국의 정부 차원에서 추진되고 있는 전쟁 프로젝트인데, 이를 주도하는 조직의 책임자는 짐작조차 못 했던 우리나라 여자라니…. 조직 내에 보안이 워낙 철저해서 이안도 말을 꺼내는 데 큰 용기가 필요했을 거예요. 아테나이에는 최고의 실세는 모습을 보이지 않고 뒤에서 조종하는 문화가 있긴 한데, 브리타니아에도 그런 문화가 있었던 건지, 아니면 그녀가 아테나이 식으로 조직을 꾸려 나간 것인지도 모르죠.

이케다가 좀처럼 로렌스의 말을 믿기 힘들어하자 김지애가 말을 거든다. 그녀는 로렌스의 편에 서서 가능한 한 이케다가 로렌스의 제보를 받아들여주기 바라는 마음이 간절하다.

—점점 재미있어집니다. 김지애 씨가 제게 처음 아테나이에서 진행되는 전쟁 프로젝트라고 해서 무슨 정신 나간 소리인가 했었습니다. 그런데 이렇게 여기 와서 얘기를 듣고 보니 보통 일이 아니군요. 브리타니아가 이처럼 적극적으로 지원하고 또 그 브리타니아 조직의 핵심에 아테나이 출신의 리더가 있고….

—저는 이 일을 아테나이 정부 고위층과 BAS(브리타니아 우주항공 산업) 간의 관계를 취재하다가 발견했어요. 이안의 빅 데이터 건으로 몇 번 만나서 얘기를 들어보곤 이안이 속해 있는 RIS팀의 존재를 알았

고, 또 아테나이 정부와 BAS 간에 유착의 낌새가 보여, 여기에도 보나마나 무기 도입에 관한 리베이트 문제가 있겠거니 하고 특종을 얻을 생각에 파고들었죠. 그런데 좀 이상한 생각이 들더군요. 누가 이 프로젝트로 한몫을 챙기게 되는 구조가 아니었어요. 어찌 보면 예전의 흔한 사례보다 순수한 성격이 있더군요. 계획이 상당히 추상적이라고 해야 할까요? 모두 20년 후의 어떤 목표를 위해 프로젝트가 점조직 형태의 조직에 의해 진행되고 있더란 말이죠.

—지애는 제가 RIS 팀의 비밀 프로젝트에 대해 아무 얘기도 해주지 않는 상태에서 혼자 여기까지 추리를 해낸 겁니다. 사실 전 빅 데이터를 어떻게 해서든 아테나이에 적용하고 싶은 마음만 있었고, 전쟁 계획엔 크게 관여하지도 않고 있었어요.

"풋, 지금 심리분석기 계속 돌리고 있죠? 지금 김지애의 말에 어느 정도 진심이 있는지 분석해줘요."

—네, 잠시만요.

진이가 김지애의 말에 의심이 들었는지 풋에게 김지애의 심리분석을 지시한다. 풋은 지금 도청 중인 내용을 모두 컴퓨터에 연결해 세부적인 사항까지 모두 분석하고 있다.

—김지애 씨의 직감이 대단하시군요. 조직에 속한 사람도 아니면서 밖에서 내부의 비밀을 유추해내신 거잖습니까? 그런데 로렌스 씨는 어째서 그 비밀을 제게 폭로하시기로 한 겁니까. 김지애 씨가 설득을 하던가요? 둘이 매우 사랑하는 사이인가 보죠?

—아, 네에….

로렌스가 상당히 난처한 듯 답변을 회피하고, 이때 진이는 다시 풋에게 지시를 내린다.

"풋, 풋, 부팀장 머튼의 행적까지 조사해줘요. 아테나이에 부임한 이후로 주로 어떤 사람들을 만났는지, 누구와 연락을 취했는지 말예요. 대상을 아테나이 사람으로 축소해서요."

—네, 알겠어요. 그리고 지금 막 심리분석 결과가 나왔어요. 음성 심리분석 앱에 의하면, 김지애의 목소리와 어법에 상당한 꾸밈이 있어요. 자신 혼자서 RIS의 비밀을 유추해냈단 게 거짓말 같아요. 지금 로렌스 말고 다른 배신자를 찾고 있는 거죠? 그게 머튼인가요?

"네, 그래요. 평소에 머튼이 좀 수상쩍었어요."

—알겠어요. 최대한 빨리 알아보죠.

진이는 김지애와 로렌스의 관계 자체가 자연스럽게 보이지 않았다. 치밀하고 신분 상승욕이 강한 김지애가 로렌스 정도에게 마음을 줄리 없기 때문이다. 여자로서 본능적으로 느낄 수 있는 로렌스의 치졸함을 김지애가 모를 리 없었다. 김지애가 로렌스를 이용함과 동시에, RIS 팀과의 또 다른 연결고리가 있을 거라고 진이는 직감한다.

재작년 풋에게 김지애와 로렌스 그리고 이매의 관계를 조사하게 한 후 얼마 안 가서 놀라운 보고를 듣게 되었다. 김지애가 진이의 할머니 자연에게 목이 잘려 죽은 마르크스 파의 수장 김현안의 손녀라는 사실이다. 다만 김지애의 할머니는 김현안의 정실이 아닌 기생 출신의 첩으로, 아테나이 공산혁명이 일어나기 오 년 전 김지애의 아버지를 낳았다. 할머니 자연이 김현안을 처단한 후 그의 가족들을 어떻게 처리했는지는 남아 있는 기록이 없었다. 단지 김지애를 역추적하면, 김지애의 아버지는 자유주의 혁명 이전에는 국영기업 직원, 이후에는 이런저런 자영업을 전전했다는 것 이외의 다른 기록은 없었다. 그녀의 어머니에게서 또한 특별한 점을 찾을 수 없었다.

진이는 김지애가 자신의 할아버지 김현안의 이념을 어떤 형태로 계승했는지가 궁금했지만, 그걸 확인해볼 방법은 없었다. 진이가 미션스쿨을 중퇴하고 크레타로 간 이후, 김지애는 고등학교를 졸업하고 국내에서 대학에 진학해 신문방송학과를 나온 후 언론사에 입사했다. 그 외에 특별한 행적은 없었다. 그러나 김지애가 미술전에서 황사영을 아름답게 죽은 자로 미화했던 그림만큼은 아직도 잊을 수 없다. 신앙을 택한 후 조국을 정벌해달라고 외세에 요청했던 자를 사모하는 그녀의 미학! 마치 그 시대에 황사영을 직접 사랑했던 여인이라도 된 듯한 김지애의 감성은 과연 어디서 온 것일까?

진이는 한의상에게서 들은 할아버지 무사인과 김현안의 대립을 떠올린다. 사이베리아에 편승하려는 김현안에게 분노하며 지독하리만치 질기게 아테나이의 몸통을 뱀처럼 칭칭 휘감아온 편승에의 본능을 끊고자 했던 할아버지! 벌써 그 일로부터 59년이 지났지만, 그때의 구도는 다시 자신과 김지애를 통해 재현되는 것 같았다. 다시 김지애의 이야기가 들려온다.

—이안도 나름대로 많은 노력을 해왔다는 걸 알아주셨으면 합니다. 지난 8월에 합참의장 임세호가 쿠데타 미수로 체포됐었죠? 그때 아테나이 정부에 임세호의 반란 음모를 신고한 건 저였고, 제게 제보를 해준 건 바로 로렌스였습니다. 어찌 보면 로렌스가 지난 사 년 동안 민자영과 임세호를 초조하게 몰아서, 저들이 쿠데타를 기도하도록 유도했다고 보시면 됩니다. 그냥 가만있었으면 아마 저들의 계획대로 오 년쯤 후엔 아테나이의 절대무기 공격을 받아 크레타는 초토화가 됐을 겁니다.

김지애는 거짓을 꾸며대고 있다. 로렌스가 RIS 팀 내에서 일으킨 불협화음으로 진이가 초조해졌던 것은 사실이나, 임세호 장군과 쿠데타까지 모의한 적은 없었다. 다만 브리타니아 정부가 아테나이에 예정됐던 최소 전쟁 준비기간 20년을 채우지 않고, 조기에 크레타와 대결시켜 아테나이에게 압도적인 승리를 안기지 않으려는 정책으로 기울자, 만일에 대비하여 작년 설악산 중청봉에 미사일을 배치한 사실밖에 없었다. 8월에 임세호 장군이 쿠데타 혐의로 체포, 구금되면서 아테나이 군 내부에서 미래전쟁 계획의 가장 적극적인 지지자를 잃었고, 이 위기가 확대되어 애써 닦아놓은 전략 폭격기와 레일건 등의 물적 기반이 모두 소용없어질지도 모를 상황이 진이를 압박해왔다.

—정말 기가 찰 노릇입니다. 하긴 우리한테서 벗어난 지도 70년이 다 됐죠. 그나저나 그놈의 절대무기가 옛날부터 우리를 많이 괴롭히는군요.

—이제 전체적인 상황은 대충 파악하신 것 같으니 이 디스크를 드리겠습니다. 여기에는 브리타니아에서 처음 이 계획이 입안되고 추진돼온 과정, 특히 이 계획의 시작이 된 민자영의 연구논문 원문이 있습니다. 이건 대학교에 제출한 것과는 다른 겁니다. 처음부터 이 계획을 위해 학위논문과는 별도로 쓰인 것이죠. 그걸 읽어보시면 이 프로젝트를 좀 더 이론적 맥락에서 이해하실 수 있을 겁니다. 아까 보니 계속 민자영의 계획을 가소롭게 보시는 모양인데, 읽어보시면 생각이 바뀌실 겁니다. 뭐랄까요. 두려운 마음이 들면서 숭고한 감정이 일게 한다고나 할까요?

진이는 계속 대화 내용을 엿들었다. 로렌스가 추가적으로 아테나이의 전략공군 건설 계획을 이케다에게 설명하고, 때를 보아 김지애와 이케다가 같은 시기에 이것을 언론을 통해 폭로하기로 약속하고 헤어진다.

"자아, 전 이제 경운궁 밖으로 나가 로렌스와 김지애를 추적할 거예요. 렌은 이케다를 쫓아가 오늘 안으로 제거해줘. 로렌스가 이케다에게 넘긴 디스크도 완전히 회수해야 하고…"

진이는 벤치에서 일어나 대한문을 통해 경운궁을 나왔다. 그리고 경운궁 돌담길을 따라 정동 쪽으로 향했다. 노랗고 빨간 낙엽이 진이의 발에 밟혔다. 일부러 운치 어린 길로 꾸미기 위해 낙엽을 쓸지 않기 때문이다. 100여 년 전부터 크레타와 이오니아의 폴리스들이 이 길 주변에 다투어 공사관을 짓고 이권 다툼을 하던 공간이었다. 황제와 황후께서는 그 중앙의 경운궁 석조전에서 피 말리는 외교의 줄타기를 하셨다. 진이는 돌담길을 걸으며 100년 전 비운의 아테나이 역사를 관통하는 느낌이 들었다. 과거 100년의 비운을 간직한 길답게 핏빛 단풍의 색채가 유난히 맑고 선명했다.

로렌스와 김지애는 오늘 나름대로 아주 큰일을 치러낸 셈이다. 진이의 예측으로는, 둘은 분명히 이것을 애욕으로 승화시키기 위해 로렌스의 숙소나 김지애의 숙소, 또는 외부의 숙박시설로 향할 것이다. 로렌스는 브리타니아에서는 체험할 수 없는 이국적인 성적 쾌락을 추구할 것이 뻔하다. 두 사람 사이를 매개하는 사랑의 본질 자체가 원래 그러했다. 요원들에게 이들을 철저히 미행하라고 지시하고, 목적지가 확실해지면 보고하도록 했다.

경운궁 돌담길을 지나 새문안길로 나온 진이는 브리타니아 문화원 앞에 서서 요원들의 연락을 기다렸다. 잠시 후 연락이 왔다. 두 사람은 경희궁 근처에 있는 로렌스의 오피스텔로 들어갔다는 연락이 왔다. 로렌스가 김지애와 사귀기 시작하면서 살고 있는 오피스텔이다. 진이는 밤이 깊어질 때까지 기다린다. 로렌스가 브리타니아에서 얻을 수 없는 이국에서의 성적 탐닉을 방해하고 싶지 않았다.

'네가 이제까지 가져온 관찰자로서의 초연함은 이제 그것으로 끝이다. 어차피 너는 네가 사랑하던 빅 데이터로 아테나이에게 관용을 베풀지도 못했잖아? 너의 조상들이 범했던 오류는 너에게서 끝맺자. 김지애는 어쩌면 어렸을 때부터 나와 똑같은 병을 앓아온 여자인지도 모른다. 그러나 그 극복 방법이 나와는 크게 틀렸던 것이다.'

렌에게서 연락이 왔다.

—이케다는 계획대로 잘 처리했습니다. 로렌스에게서 넘겨받은 디스크는 열어보지 않은 상태로 회수했습니다.

"그래, 수고했어, 렌."

그러자 이제 풋에게서도 연달아 연락이 온다.

—진, 부팀장 머튼의 행적을 조사해보니, 작년 4월부터 김지애와 휴대폰 통화내역이 여러 건 있어요. 직접 만난 적도 몇 번 있더군요. 그리고 중요한 건 머튼이 김지애와 만나기 전 이미 사해교와 수차례 만난 적이 있어요. 이제 계획을 변경해서 김지애는 생포하는 게 좋지 않을까요?

"아뇨, 김지애는 생포할 필요가 없어요. 우리가 가만히 있어도 이매가 이제 곧 정체를 드러내고 우릴 공격해올 텐데요. 로렌스와 김지애는 여기서 제거할게요. 그리고 렌, 렌은 이제부터 가능한 한 빨리 머튼을 제거해줘. 그러고 나서 머튼의 빈자리는 풋이 대신 메꿔줘요. 풋은 당분간 더 RIS 팀에서 움직일 수 있어요. 도움이 필요할 땐 컨스터블 교수에게 요청하고요. 그분이라면 믿을 수 있으니까요. 전 이제부터 RIS 팀을 떠나서 철저하게 자연을 중심으로 활동할 거예요. 본격적으로 전쟁에 들어가요."

─팀장님, 조금만 기다리세요. 혼자서는 위험해요. 지금은 일단 그 쪽으로 가서 제가 도울게요.

"아냐, 렌, 렌은 내가 시키는 대로 지금 빨리 머튼을 제거해. 그리고 이제 난 RIS의 팀장이 아냐. 풋, 풋은 나중에 자연으로 합류하세요."

─알겠습니다.

─네, 그래야죠.

새벽이 깊었다. 진이는 로렌스의 오피스텔 안으로 침투한다. 16층 로렌스의 오피스텔 현관 앞에 섰다. 둘은 아직 잠들지 않았는지, 현관 문틈으로 빛이 새어나오고 은은한 음악 소리까지 들렸다. 이미 손에 가죽 장갑을 끼고 있었고, 어깨에 메고 있던 가죽 가방에서 설악산 등반 때 가지고 갔던 아이스 피켈을 꺼냈다. 이 얼음도끼를 이런 곳에 사용하게 될 줄 몰랐다. 정작 설악산에서는 한 번도 사용해 보지 못했다. 도끼는 접이식으로 되어 있어, 접은 날을 펴고 오른손으로 그립을 꽉 쥐었다.

이미 확보한 도어 록의 여덟 자리 비밀번호를 눌렀다. 딱 하는 소리와 함께 문이 열린다. 진이가 구둣발로 들어서자, 갑작스러운 인기척에 놀란 로렌스가 현관 쪽으로 걸어 나오다 진이를 보자 놀라서 뒷걸음질을 쳤다. 순간 진이는 도끼를 휘둘러서 헤드(head)의 블레이드(blade: 주걱처럼 생겨서 얼음을 깎는 용도로 사용)로 로렌스의 얼굴을 가격했다. 광대뼈와 볼의 살점이 떨어져 나가고, 얼굴뼈와 근육이 함께 드러났다. 피로 만신창이가 된 채 마룻바닥에 주저앉았다.

김지애가 놀라 침실에서 튀어나와 진이와 눈이 마주쳤으나, 너무 놀라서인지 아무 소리도 못 내고 멀거니 진이를 바라보고 있었다. 진이는 28년 전 김지애의 모습을 떠올리며 그녀를 보고 있지만, 김지애는 자기 앞에 나타난 여자가 그저 RIS의 팀장 민자영인 줄로만 알고 있을 뿐, 상대가 28년 전 동급생 무사진인 줄은 모른다. 곧바로 진이는 블레이드 반대쪽의 피크(pick: 뾰족하고 톱날이 달려서 얼음을 찍는 데 사용)로 로렌스의 정수리를 내리쳤다. 피크의 날이 로렌스의 정수리 안으로 20cm 이상 깊게 박혔다. 조금 지나서 진이는 손목에 힘을 주어 샤프트(shaft: 자루)를 위아래로 움직였다. 샤프트에 직각으로 달린 피크가 앞뒤로 움직이면서 로렌스의 정수리에 박힌 날과 뼈 사이에 틈을 만들고 공기가 들어갔다. 진이는 힘을 주어 피크를 밖으로 끄집어냈다. 시뻘건 피가 치솟고, 로렌스의 뇌수 일부가 밖으로 삐져나왔다.

자신의 애인 로렌스가 처참한 몰골로 숨이 끊어지자 김지애는 그제야 찢어질 듯한 비명으로 하소연한다. 날을 빼내고 나서 진이는 블레이드로 김지애의 양미간을 내리찍었다. 비명을 지르던 김지애는 의식을 잃고 쓰러졌다. 진이는 다시 가죽가방을 열어 안에서 20m짜리 피아노 줄을 꺼낸다.

한 쪽에 김지애의 목을 묶고 발코니로 나갔다. 피아노 줄의 또 한 쪽을 발코니의 철제 난간에 꼭 잡아맸다. 그리고 왼손으로 김지애의 머리끄덩이를 잡아끌고 오른팔을 가랑이에 넣어 번쩍 들어올려, 발코니 아래로 집어던졌다. 20m의 피아노 줄이 풀려 나가고 팽팽히 될 때쯤, 낙차로 가속이 붙은 53kg의 몸뚱이는 김지애의 목을 척추 안에 있던 기다란 척수와 함께 자신으로부터 분리했다. 모든 일을 순식간에 마친 진이는 천천히 오피스텔을 빠져나왔다.

100

1월 30일 아침 9시 20분 소청봉.

중청봉에서 2대의 무인기를 격추하고 수직 발사대의 미사일을 성공적으로 발사한 진이는 대청봉과 중청봉 서북쪽에 있는 소청봉으로 이동했다. 강하디강한 삭풍이 몸을 때려 수면 부족과 긴장으로 경직된 몸을 더더욱 위축되게 한다. 몸을 숨길 만한 장소를 찾아 휴식을 취하고 싶었지만, 적당한 장소를 찾기 힘들었다. 적은 이미 위성으로 진이의 일거수일투족을 지켜보고 있을 것이다. 일단은 몸을 계속 움직여 체온을 유지하도록 했다.

삐삐, 삐삐삐….

귀에 꽂아놓은 이어폰이 다시 호출음을 울린다.

─진, 아테나이로 항진하던 연합함대가 회항하기 시작했어요. 우리의 절대무기 보유 사실을 인지하고 물러가고 있어요.

"아!"

이제 당면한 위기는 넘겼다. 만약 준비가 불충분한 시점에서 크레타와 결전을 벌였다면, 요행히 승리를 거두더라도 얼마 못 가 크레타의 역습을 당해 아테나이는 엄청난 피해를 보았을 것이다. 무엇보다 아직 완벽하지 않은 전력이 적에게 노출되는 것을 막는 것이 가장 중요했다. 지금 준비 중인 전략 항공대는 오로지 단 한 번 사용하기 위한 전력이다. 최후로 사용하기 위한 전력을 건설하는 것이 진이가 세운 전략의 핵심이다.

—진, 그런데 우리가 당장 그쪽으로 지원을 나갈 수가 없어요. 항공기 확보에 더 시간이 필요해요. 어떻게 해서든 버텨야 할 텐데…. 무인기로 실패했으니 이제 어쩌면 병력을 그쪽으로 투입할지 몰라요. 반드시 보복하려 들 거예요.

"네, 그렇겠죠. 여기는 걱정하지 말고 풋과 렌은 임세호 장군을 구출한 후, 우리가 쓸 군단 병력을 손에 넣도록 하세요. 여긴 더는 걱정하지 말고요."

—네, 정말 조심해요, 진….

하나의 고비를 넘기니 이제 또 다른 장애물에 부딪혔다. 풋과 렌이 당장 자신을 도울 병력을 보내줄 수 없다고 한다. 어떻게든 진이 혼자 살아남아야 한다.

'이제 어디로 가야 하지? 적은 계속 하늘에서 공격해올 텐데! 유일한 대공 무기였던 레일 라이플은 중청봉에 버리고 왔고, 모빌 슈트의 배터리는 방전돼서 이동 속도도 일반 등산객과 다름없게 됐다. 당분간 지원부대도 오지 못한다고 한다. 적이 병력을 이곳에 투입하면 어디서 어떻게 저항해야 하나!'

미사일 발사 이후의 행선지는 미처 정해놓지 않았다. 진이는 소청봉에서 주위를 둘러본다. 서쪽으로는 내설악의 첩첩산중이 보이고, 동쪽으로는 외설악의 기암괴석과 동 아테나이해의 푸른 바다가 보였다.

'동쪽으로 가자!'

진이는 천천히 소청봉을 내려오며 외설악 공룡능선 쪽으로 향했다.

'당장 죽일 생각이라면 이곳으로 순항 미사일을 발사해 날 폭사시킬 수도 있겠지. 하지만 그렇게 하기 전에 한 단계 더 거치긴 할 거야. 풋의 말대로 병력을 이곳에 보내 날 생포한다든가…. 그럼 아크 로열Ⅱ에서 헬기로 이곳에 해병대를 투입하겠지!'

이어질 적의 공격을 예상해보며 진이는 소청봉 바로 아래로 설악산 최고의 비경인 공룡능선을 내려다본다. 소청에서 바라보는 공룡능선의 기암괴석들이 아침 햇살에 황금빛으로 물들어 있었다. 그 중 가장 돋보이는 바위가 1275봉인데, 이곳에서 바라보니 가장 높은 정상부가 사람의 화난 얼굴 같고, 그 밑의 안부와 울퉁불퉁한 바위가 비정상적으로 발달한 오른쪽 어깨 근육 같다. 마치 우락부락한 근육을 자랑하는 금강역사나 헤라클레스 같은데, 이 1275봉이 마치 두 눈을 무섭게 부릅뜨고 동 아테나이해 쪽을 향해 분노를 발산하고 있는 것처럼 보인다. 그리고 1275봉을 중심으로 앞뒤 좌우로 도열한 바위들도 사람의 가시권 밖에 있는 미래의 적을 향해 각기 불칼을 든 채, 신장(神將)의 결기(決起)를 동쪽으로 무섭게 내뿜고 있는 것 같았다. 그 통일된 살기등등함이란 이루 다 말로 표현할 수 없이 비장하며 숭고하다.

"오라. 오는 족족 다 죽여 없애리라!"

라고 포효하는 것 같았다. 아테나이로 귀국한 후 할아버지와 할머니를 생각하며 삼각산 백운대에서 형성된 새로운 관념의 혈관은 설악산 공룡능선까지 이어지고, 그 속에서 새롭게 솟아오른 진이의 하얀 피가 흘러갔다. 진이는 하늘에서 제트기류가 서에서 동으로 불듯이, 땅에서는 서쪽 삼각산에서 이곳 바다와 마주친 설악산으로 치솟은 장대하며 깊은 관념의 산맥을 상상해보았다. 지질학상으로는 삼각산의 나이가 약 1억 7천만 년, 설악산이 9천만 년이라고 한다. 삼각산의 하얀 화강암은 설악산의 불그스레한 화강암보다 더 깊은 땅속에 묻혔던 것이 침식과 융기에 의해 지상에 드러난 것이다. 수천만 년이 지난 미래의 설악산 대청봉·중청봉·소청봉의 모습이 지금의 삼각산 백운대·인수봉·만경대와 같을 것이다.

삼각산 일대는 먼저 풍화되어 닳고 닳아 사람이 안심하고 살 수 있는 온화한 풍토를 갖추었다. 그래서 일찍부터 도시가 형성되고 문명이 발달하여 예로부터 나라의 수도로 적합하던 지역이었고, 현재에도 아테나이 세계의 중심이다. 한편 설악산이 위치한 지역은 아직도 지세가 험하며 태고의 신비감이 남아 있어 문명 세계의 중심이 되기에는 거친 감이 있지만, 삼각산이 잃어버린 야성과 미래에 대한 희망이 용솟음친다.

진이는 동서의 이 장대한 맥을 진이의 몸속에 있는 관념의 통로처럼 아테나이 풍경의 혈관으로 삼고 싶었다. 진이의 관념운동이 진이의 얼굴을 변화시키듯이, 삼각산과 설악을 잇는 넋의 파동이 아테나이의 미래를 구성할 수 있기를 바랐다. 진이는 자신의 상상력과 목적으로 저 무심한 자연으로부터 아테나이의 풍경을 이끌어내고자 했다. 삼각산 백운대에서 동쪽 저 너머를 지켜보았을 때의 알 수 없는 끌림과, 삼각산의 유구한 넋이 동쪽으로 뻗쳐 미래를 또 다른 산으로 형상화시키고 있을 것이라는 상상력이 진이 자신을 설악산 공룡능선으로 직접 향하게 했다. 진이는 자신이 상상 속에서 그려낸 거대한 관념의 산맥을 삼각산 백운대에서 설악산 공룡능선까지 동서로 뻗은 지형에 삼투(滲透)시켰다. 그리고 이것이 현실에서 완성된 아테나이의 풍경으로 작동하려면, 국운을 건 운명적인 전쟁에서의 위대한 승리가 필요했다. 얼굴을 변신할 수 있는 타고난 진이의 능력만으로 그녀 자신이 참된 미인으로 거듭나지 못했고, 수년간에 걸쳐 닦은 그녀의 정신과 지성이 그녀를 참된 미인으로 만들었듯이….

진이는 소청에서 내려와 공룡능선이 시작되는 무너미고개 못 미쳐 있는 희운각 대피소에 도착했다. 진이는 만일 적의 병력이 자기를 생포하려 시도한다면 여기서 저항해볼 생각을 했다. 자신을 잡으러 올 병력을 기다릴 겸, 또 잠시 휴식을 취할 겸, 희운각 대피소 안으로 들어온다.

'이미 위성으로 내가 이 건물 안으로 들어온 것을 적들은 보았을 것이다. 이곳으로 헬기를 유인하고 싶다! 그런데 이 근방은 헬기가 착륙할 만한 넓은 공간이 없다. 그렇다고 적을 생포하려 기동할 시기에 중청봉 헬기장에 착륙하고 이곳으로 해병대가 걸어 내려오지는 않을 것이다. 아마도 이 근방, 어쩌면 이 대피소 건물 지붕 위에 체공해 레펠로 병력을 떨어트리지 않을까?'

"헉, 누구세요?"

"…!"

"누구예요?"

아무도 없을 거라 생각하고 들어온 어두운 대피소 안에서 인기척이 느껴졌다. 말없이 진이 쪽을 쳐다보는 눈빛과 어슴푸레한 옷의 윤곽만이 느껴졌다. 순간 어깨에 멘 소총을 빼 상대에 겨누고 누구냐고 물어도 대답이 없다. 가만히 주의를 집중해보니 거칠고 무거운 숨소리가 꽤 나이 든 남자인 것 같았다. 그리고 어딘가 친숙한 상대의 풍채….

"아, 아저씨 아니세요? 중청 대피소장 아저씨."

국립공원 중청 대피소의 관리소장 아저씨다. 대피소 관리를 하면서 매점에서 물건을 팔거나 취침 때 필요한 군용담요를 대여하곤 하시던 분이다. 중청 대피소에서 묵을 때마다 보고 잠깐 이야기를 나눈 적도 있지만, 진이는 아직 상대의 이름과 나이도 정확히 알지 못한다. 외모로 보아 50대 중반에서 허연 수염을 길러서인지 60대 초반까지로도 보였다.

"어떻게 아직 여기 계세요? 계엄령 중이라 여긴 다 소개 명령이 내렸을 텐데요? 그것도 중청이 아니라 희운각에요?"

"난 중청이 원래 내 집인 사람이야. 가긴 어딜 가. 아까까지 중청에 있다가 아가씨를 봤지. 근데 엄청 큰 총을 메고 대피소를 지나서 통제구역 안으로 들어가더라고. 그러다가 미사일이 날아가고 비행기가 대청봉으로 떨어지고⋯. 거기 계속 있다간 날벼락 맞을 거 같아서 잠깐 이리로 내려왔어. 도대체 뭐하는 아가씨야? 이름이 민자영이지?"

"아니, 어떻게 제 이름까지 다 아세요?"

진이는 지금까지 여러 차례 중청 대피소를 예약해 설악산 등반 때 숙소로 삼았다. 관리소장은 예약 리스트를 보고 진이의 이름을 알았을 것이다. 물론 투숙객의 이름을 모두 외우고 있을 리는 없었고, 다만 진이의 외모가 너무나도 뛰어나니 특별히 기억하고 있는 것이다. 게다가 예약 리스트에 적힌 진이의 나이와 실제 외모와는 대략 20년 가까운 어긋남이 있어서 더더욱 기억이 선명했다. 진이와 소장의 나이차는 10살 안팎이겠지만, 20대의 젊음을 유지하고 있는 진이의 외모 때문에 소장은 자신도 모르게 진이를 딸 벌인 여자로 하대한다.

"아저씨, 여기 계속 계시면 위험하실 텐데. 저, 한 가지만 여쭤볼게요. 여기 대피소 지붕을 열 수 있을까요? 따로 여는 곳이 없다면, 구멍을 내거나 할 수 있을까요?"

"…?"

"너무 이상하게 보진 마시고요. 사실은 이 총을 위로 향해서 쏴야 해요. 좀 커다란 총구를 냈으면 좋겠어요. 이 건물 지붕이 제 엄폐물이 될 수 있게 하면서요."

"혹시 아까 비행기 2대를 아가씨가 격추시킨 거야?"

소장은 갈수록 진이를 이상하게 볼 수밖에 없었다. 정신을 차리기 여간 힘든 게 아니지만, 평소에 대피소를 드나들던 진이의 모습이 유난히 아름다우면서도 신뢰가 갔었기 때문에 일단은 협조해야겠다고 생각한다. 소장은 대피소 2층 침상 위로 올라가 천장 한가운데를 가리킨다.

"원래는 햇빛이 복도 쪽으로 들어올 수 있게 유리로 된 해치를 달았었는데, 여기가 바람이 워낙 세서 몇 번 열어 놓거나 하면 금방 고장이 나버려. 그래서 치워버리고 그냥 나무판자를 대고 못질을 해놨어."

"여기 해머 같은 게 없을까요? 몇 번 치면 뜯겨 나갈 것 같은데요?"

소장은 곧바로 공구실로 가서 묵직한 해머를 들고 와 천장을 3번 연거푸 세게 올려 쳤다. 그러자 지붕에 못질해놨던 것이 빠지면서 나무판자가 들썩거렸고, 고정되지 않은 채로 지붕에 얹혀 있는 상태가 됐다.

"됐어요. 아저씨. 이제 그냥 놔두시고요. 아저씨는 이 안 어딘가에 숨어 계세요. 여긴 지하실이 없나요? 없다면 아쉬운 대로 아래층 침상 마루 밑에 엎드려 계세요. 절대로 도중에 밖으로 나가시면 안 돼요. 사살되실 수도 있어요."

영문을 모르는 소장은 그냥 진이를 멀거니 쳐다본다. 그리고 시간이 좀 지나자 밖에서 요란한 프로펠러 소리가 들려오기 시작한다. 진이는 잠시 밖으로 나가 비행체를 확인한다. 브리타니아 해군 멀린(Merlin) 수색용 헬리콥터다.

'20명 안팎의 해병대를 태우고 왔겠지? 강하하기 전 모두 처치해야 승산이 있다!'

진이는 다시 대피소 안으로 들어와 2층 침상 위에 가지고 온 모든 탄창과 유탄을 벌여놓는다.

"아저씨, 이제 아래층 침상 밑으로 숨으세요. 어서요."

곧이어 진이는 카빈 소총 개머리판으로 아까 뜯어놓은 천장 나무 판자를 있는 힘껏 쳐올렸다. 지붕에 얹혀 있던 판자가 지붕 아래로 떨어져 나가고, 천장 구멍을 통해 대피소 지붕 위에 체공 중인 헬기가 진이의 시야에 들어온다. 헬기가 일으키는 강풍이 실내에까지 몰아쳐 진이의 시계를 방해하자, 진이는 머리 위에 쓰고 있던 고글을 내려 써 눈을 바람으로부터 보호했다. 그리고 자동소총을 헬기를 향해 조준한다. 헬기 좌우 양편으로 검은 자일이 두 가닥씩 내려지고, 이내 완전무장한 브리타니아 해병대원 네 명이 동시에 대피소 지붕 위로 자일을 타고 내려온다. 진이는 이 네 명을 향해 연발로 총을 난사한다. 네 명이 자일에서 떨어져 나가 지붕 위로 쿵, 쿵, 하며 떨어진다. 나무 지붕이 금방이라도 무너져 내릴 것 같다. 연이어 다시 네 명의 해병대가 강하를 시도하지만, 곧 새 탄창을 장전한 진이는 다시 네 명을 향해 소총을 난사했다.

그러자 병력의 강하를 포기했는지 헬기의 고도가 높아지고, 동체를 서서히 돌리며 대피소 지붕을 조준하려 했다. 순간 진이는 헬기가 대피소를 폭격하려는 것인 줄 알고 유탄을 날려 보냈다. 유탄은 병력 강하를 위해 열어놨던 문 안으로 들어가 내부에서 폭발을 일으켰고, 안에서 연기와 화염이 치솟으며 남아 있던 병력이 밖으로 떨어진다. 그러나 아직 조종사는 무사하고, 헬기가 추락할 기미를 보이지 않았다.

진이는 마지막 남은 탄창을 장전하고 콕핏을 향해 가지고 있는 모든 탄환을 발사했다. 콕핏 유리창이 깨지고, 안에 탔던 조종사가 사살됐는지 헬기가 중심을 잃고 혼자 마구 회전하며 대피소와 멀어져 갔다. 그러더니 산 저편에 있는 죽음의 계곡 벼랑에 충돌해 큰 폭발을 일으키고, 헬기는 산산조각이 나버린다.

"아, 아!"

또 한 번 적에게 살해당할 위기를 넘겼다. 그러나 이제 가지고 온 무기를 거의 다 써버리고 권총 한 정만 남아 있다.

"아저씨, 아저씨…"

진이는 지금 침상 아래서 몸을 숨기고 있을 소장을 부른다. 해병대의 공격을 받았음에도 대피소는 총 한 방 맞지 않았고, 지붕 일부가 떨어져 나간 것 외에는 놀라울 정도로 말짱하다.

"나 여기야. 아무렇지도 않아."

"잘하셨어요. 전 이제 여길 떠나요. 잠시 더 여기 계시다가 천천히 대피소를 나가세요. 그리고 안전한 곳으로 피하세요. 아예 하산하시는 게 좋아요."

진이는 소장에게 짧게 인사를 마치고 희운각 대피소를 나와 무너미고개로 향했다. 브리타니아의 공격은 이제 조만간 재개될 것이다. 사실 어디로 가야 할지 몰랐다. 위성에서 계속 자신을 감시할 것이고, 어쨌거나 자신이 이곳에서 멀어져야 이 대피소가 안전할 수 있다.

101

1월 30일 오후 2시 30분 공룡능선 1275봉 안부.

진이는 희운각을 나와 무너미고개와 신선대를 지나 공룡능선의 주봉이라 할 수 있는 1275봉에 올랐다. 진이는 1,275m의 뾰족하게 솟은 바위 바로 밑의 안부에서 풋과 교신을 한다.

—진, 브리타니아 정부에서 참수작전 명령이 내렸어요.

"…"

—진, 조금만 더 버텨봐요. 내일 새벽쯤에는 렌과 헬기를 타고 그곳으로 갈 수 있을 것 같아요. 진, 끝까지 버텨야 해요. 절대 포기해선 안 돼요.

"알았어요, 풋. 고마워요. 전 여기 계속 있겠어요. 그럼…"

—진…!

풋과 통신을 마친 진이는 만감이 서린다.

'나도 결국은 이렇게 가는 건가?!'

진이는 70년 전 할아버지가 삼각산에서 산화하신 일이 이제 자신의 일로 다가왔음을 실감한다.

'적이 오기 전에 이 권총으로 여기서 자살을 할까?'

이런 생각이 들다가도 '절대 포기하지 말라'고 울먹이며 외친 풋의 말소리가 마치 어머니의 음성처럼 귓가에서 울린다.

'참수 명령이 내렸으니 적이 어떤 식으로 다가올까? 이리로 미사일을 쏠까? 아니면 전투기나 헬기를 보내 폭격을 할까? 아까 희운각에서 적지 않은 병력 손실을 입었으니 다시 병력을 보낼 것 같지는 않다. 아크로열Ⅱ에서 자신을 참하러 무언가가 온다면 바로 저 바다로부터 날아오겠구나!'

진이는 1275봉 안부에 서서 동남쪽으로 펼쳐진 바다와 하늘 그리고 공룡능선의 이국적인 바위들을 바라보았다. 기온이 워낙 낮은데다가 서쪽에서 동쪽으로 부는 편서풍이 너무 강해, 고글을 쓰더라도 찬바람이 들어간 눈에서는 자꾸 눈물이 흘러내렸다. 더운 눈물이 흘러내려 언 뺨을 녹이는 것 같다가도, 이내 삭풍에 냉각되어 도로 뺨을 아리게 한다. 그렇게 대기는 차가운데, 이상하리만치 높고 푸른 하늘은 가을을 연상시키고 초여름처럼 따가운 햇볕이 얼어 있는 진이의 가슴을 희롱하는 것 같았다.

'나는 그저 보잘것없는 미물이야! 내가 브리타니아 군에 참수당해 죽던 이 산중에서 홀로 얼어 죽어 몸이 처참하게 썩어가던 저 무정한 자연은 눈 하나 깜짝하지 않고 앞으로도 수천만 년의 세월을 이겨낼 거야! 거창해 보이는 인간의 역사·사회·문명, 그리고 내가 이제껏 이룩하려 했던 아테나이의 풍경도 저 자연에게는 티끌만도 못한 유한한 것일 뿐이야. 저들의 시간은 초라한 나의 시간에 비해 너무나도 장대해.'

진이는 이제 브리타니아 군에 의해 처참히 죽어갈 자신을 상상하니, 자신이 광막한 우주에서 혼자 유영하고 있는 존재인 것처럼 느껴진다. 자신이 과연 있는 것인지 없는 것인지. 그도 아니면 있지도 없지도 않은 '허(虛)'한 것인지. 어찌 보면 지난 인생, 모든 기억이 이 허한 상태에서 꾼 꿈일지도 모른다고 생각했다.

'어떻게 해야 하나. 이것이 꿈에서 깨어난 상태라면 다시 꿈으로 돌아가야 하나?'

좌절이 주는 한기가 너무 냉혹했다. 그러다가 진이는 자신을 위로할 겸 그동안 보고 느껴왔던 공룡능선의 비경을 되돌아본다. 공룡능선은 설악산 마등령에서 무너미고개 사이의 5km에 이르는 구간인데, 그 산세가 약 7천만 년 전까지 지구에 생존했던 거대한 괴수 공룡이 용솟음치는 모습 같다고 해서 공룡이라 이름 붙여졌다.

지금 진이가 서 있는 1275봉 안부는 공룡능선의 딱 중간 지점에 해당하고, 여기서 북쪽을 바라보면 나한봉과 그 앞의 큰새봉이 겹쳐서 바로 눈앞에 보이는데, 그 모습이 마치 거대한 초식공룡인 스테고사우루스가 웅크리고 엎드려 있는 뒷모습 같다. 큰새봉의 가운데 그리고 양편에 수직으로 솟은 넓적하고 얇은 바위는 마치 스테고사우루스 등에 난 골판 같고, 그 골판 사이로 쌓인 흰 눈이 태고의 신비함을 더한다. 그래서 그런지 이곳은 일반적인 아테나이의 산과는 다른 이국적 분위기를 물씬 풍긴다. 진이는 일일이 세어보지는 않았지만 십 년 전부터 매년, 거의 계절마다 공룡능선을 종주했다. 그러니 이번 공룡능선 산행이 족히 30번째가 넘을 것이다. 그러나 이곳은 올 때마다 다른 얼굴을 보여주었다. 계절마다 표정이 달랐고, 같은 계절이라도 그때그때 산의 숨결이 달랐다. 특히 공룡능선의 중심 바위라고 할 만한 1275봉은 보는 장소에 따라 그 자태가 천차만별이다. 북쪽 마등령 쪽에서 바라보는 1275봉은 마치 날카로운 야수의 송곳니를 세워놓은 것 같은데, 이것을 아침 일출과 함께 바라보면 날카롭고 가는 선사시대의 돌칼이 주황색으로 물든 채 날이 하늘을 향해 세워진 모습 같다.

마찬가지로 북쪽 나한봉과 큰새봉 쪽에서 바라보는 1275봉은 우락부락한 근육을 마구 자랑하는 검은 거인 같아, 앞으로 저곳을 넘어야 하는 사람을 주눅이 들게 하는데, 이곳을 처음 오르던 진이가 보았을 때는 문득 홉스의 리바이어던(Leviathan)을 연상시켰다. 네스토리우스교의 경전에 등장하는 바다 괴물의 이미지를 빌려 홉스가 그려낸 국가의 실체 리바이어던! 그것은 절대주권을 가지고 시민을 거대한 위협에서 해방하며 공포를 자아내면서도, 그 안에 지고의 숭고함을 품는다.

그런데 이곳들과 반대쪽인 남쪽에서 바라보면 1275봉의 자태가 사뭇 다르게 다가온다. 남쪽 천화대와 신선대 사이에서 본 1275봉은 다른 바위의 모습과 섞임 없이 오로지 홀로 고원에 솟아, 아래서 위로 올라갈수록 일정한 비율로 좁아지며, 끝에 가서는 거대한 첨탑으로 장식된 아름다운 성 같다. 그 어디서 보던 모습과는 달리 좌우 대칭이 가장 잘 맞고, 파란 하늘과 어우러지면 바위가 유난히 흰 대리석처럼 빛난다. 나한봉과 큰새봉에서 보던 모습이 우락부락한 근육질의 신장(神將) 같은 모습이었다면, 이번엔 정교하게 세공된 아름다운 은 갑옷을 입고 장엄하게 악마와 대적하는 천사장(天使將)의 자태다. 또 한편으론 아테나이의 시조인 전쟁과 지혜의 여신 아테나가 흰색 대리석으로 조각된 모습 같기도 하다. 진이가 처음 이 모습을 보고 반해 자신도 모르게 "정말 아름답다"라고 혼자 중얼거리기도 했다.

마지막으로 공룡능선의 남쪽 끝인 무너미고개 조금 못미처의 신선대에서 바라보는 1275봉이야말로 공룡능선 최고의 비경이 펼쳐지는 곳이다. 신선대에서 보이는 1275봉과 바로 그 뒤에 큰새봉이 두 겹으로 겹쳐져 더욱 웅장해 보이고, 양과 음의 조화를 이루고 있는 듯하다. 1275봉 바로 앞 아래로는 범봉을 중심으로 한 천화대의 봉우리들이 부하들처럼 1275봉을 호위하여 도열해 있는 것 같다. 북쪽의 마등령을 중심으로 한 뼈를 드러내지 않은 육산(肉山)의 굵은 줄기는 말발굽 모양의 토성(土城) 같은 형상으로 날카롭고 사나운 공룡들을 두텁게 둘러싸면서, 동남쪽으로는 탁 트인 공간을 열어 공룡들의 시선이 동 아테나이해로 향하게끔 한다. 신선대 위에서는 공룡능선의 거의 모든 봉우리와 푸른 동 아테나이해가 어우러져 파노라마를 펼친다. 특히 이곳에서 보는 운해(雲海)의 절경은 신들의 세계와 같고, 혹자는 이것을 아테나이에서 가장 아름다운 풍경으로 꼽는다. 진이는 이제까지 3차례 그 구름바다의 장관을 목격했다.

어느 해인가의 8월이었다. 설악산 소공원에 차를 세우고 비선대와 금강굴을 거쳐 마등령에 오른 후 공룡능선을 종주했다. 그날은 아침부터 오후까지 안개가 짙게 끼고 능선을 종주하는 내내 시야를 뿌옇게 가려서, 운해를 보겠다는 기대는 일찌감치 버리고 카메라도 배낭 깊숙이 넣어버렸다. 오로지 등반에만 주의를 기울인 채 5시간가량 공룡능선을 탔다. 그런데 신선대를 오르면서 공룡능선 종주도 거의 끝나갈 즈음, 이제까지 공룡능선 전체를 뒤덮었던 안개가 갑자기 무언가의 힘에 눌려 아래로 하강하고 있었다. 안개 때문에 운해 같은 비경을 보는 것은 포기하고 무신경하게 걷기만 하던 진이는 갑자기 이상한 기분이 들어 서둘러 신선대 정상에 올라가 보았다. 아! 이제까지 본 적 없던 운해의 장관이 펼쳐졌다. 동 아테나이해 전체가 그야말로 솜 같은 흰 구름에 덮여 구름바다를 이루고, 1275봉을 비롯한 공룡능선의 기암괴석이 구름바다 위에 섬처럼 솟아올라 있었다.

그런데 그 구름바다가 가만히 공중에 떠 있는 것이 아니라, 수평선 저편에서부터 공룡능선을 향해 중후 장대히 몰려온다. 그리고 구름 바다의 물결은 1275봉 앞에 부딪혀 한번 기세가 꺾인 후 절벽 아래로 떨어지면서 큰 낙차의 구름폭포를 이룬다.

진이는 이 풍경에서 하나의 거대한 드라마를 연상했다. 이 풍경을 자신이 준비하고 있는 미래의 전쟁과 합일시켜 아테나이 전체가 공유할 수 있는 풍경으로 삼고 싶었다. 진이가 얼굴 변신의 실패로 미의 기준을 상실하고, 그로부터 꾸준히 자신의 총체성을 찾고자 크레타와 이오니아를 거쳐온 여정이 바로 하나의 풍경이었고, 그 종착역이 바로 여기가 아닐까 싶었다.

크레타에서 무라사키 시키부의 뒷모습을 만나 자신의 초월적 장소로 삼고, 이오니아의 브리타니아에서 과거와 현재가 조화된 옥스브리지의 공간에 살며 자신의 것으로 내면화시키고, 여기에 보편적인 지성을 쌓아오며 누가 보아도 아름다운 미인의 얼굴을 창조해왔다. 사실 진이가 갈구해오던 총체성을 한꺼번에 모두 충족시킬 풍경이란 이 세상에 존재하지 않았다. 풍경 역시 시공간이 아울러 축적되고 숙성돼야 하며, 이것을 바라보는 자의 상상력과 의지가 가미돼야 하는 것이다. 마치 이제까지 이룩해온 자신의 아름다운 얼굴처럼….

진이는 지금 이 공룡능선의 구름바다에 자신이 추구하던 풍경을 집대성하고, 아련하게 추구했던 미의 기준을 보다 확실히 담고 싶었다. 그리고 이것이 자신이 계획하는 미래전쟁의 승리를 머금으면, 이 풍경은 아테나이의 모든 풍경을 하나로 총괄하게 되는 것이다.

「아! 풍경 없는 이 갈증을, 이 부족함을 드디어 풀어냈다! 아련하게 그려오던 나의 풍경을 지금 내가 여기서 발견했다!」

진이가 과거에 이 공룡능선에서 찾았던 풍경을 회상하고 그때 느꼈던 환희를 가슴속에서 복원하자, 아까까지 느껴지던 광막한 어둠과 절대고독이 언제 그랬느냐는 듯 사그라지고, 무서운 속도로 평상심을 회복한다. 냉혹하기 그지없던 차가운 공기 대신 따스한 햇볕이 진이의 얼굴을 비춰주기 시작했다.

'여기서 포기하는 것은 어리석은 짓이다. 나는 그때 보았던 그 구름바다 위에 내가 이제껏 준비해온 폭격기들을 띄워, 저 동쪽을 향해 날아가게 해야 한다.'

가슴속에서는 서서히 숭고한 분노가 치솟아 오르기 시작한다. 곧 닥칠 죽음으로 엄습했던 공포가 이 분노 앞에 맥을 못 추고 사멸해갔다. 그러면서 진이는 70년 전 삼각산에서 산화하신 할아버지 무사인을 생각한다. 아까같이 체념하는 심정으로 자신을 할아버지와 동일시하는 것이 아니다. 삼각산에서 산화하시기 직전 할아버지의 뜻이 그대로 자신에게 전해오고, 지금 자신의 이 자리가 그때와 같은 자리임이 홀연히 몸으로 깨달아졌다.

그리고 진이는 왠지 할아버지께 직접 말 걸고 싶어졌다. 역사 기록을 통해서 또 그 기록의 공백에 자신의 역사적 상상력을 더해 머릿속에 재구성한 가상의 인격이 아닌, 실제 존재하셨던 할아버지에게 말 걸고 싶어졌다. 이제 바로 자신에게 다가온 죽음의 비장함이 3대 전의 할아버지와 지금의 자신을 교통하게 해준다.

할아버지!
이제 어디로 가야 하지요?
나를 죽이러 오는 저들에게 그냥 이렇게 제 몸을 내주어야 하나요?

제 얼굴을 빼앗아가고 수십 년 간 저를 고행하게 한 것이 바로 저들인 것을….

저들의 무기를 빼앗아 저 자신을 무장하고

저들을 쳐서 아테나이의 풍경을 건설하려 했건만

다 부질없는 짓이었던가요?

아니에요. 아니에요.

할아버지, 할아버지!

이제 전 제 얼굴이 아름다워지지 않아도 좋아요.

이제 남보다 더 잘나려고 애쓰지도 않겠어요.

누가 저와 저의 선조를 왜곡하고 무시해도 분노하지 않겠어요.

말더듬이가 돼서 조롱거리 되더라도 억울해 하지 않겠어요.

이 세상 모든 사람이 절 따돌려도 신경 쓰지 않겠어요.

할아버지가 그리시다 미완으로 남기신 풍경을 제가 완성하겠어요.

아테나이의 풍경을 제가 온전히 건설할 수만 있다면 여한이 없겠어요.

진이가 가슴으로 할아버지에게 하소연할 때, 순간 동 아테나이해 상공에 한 점이 반짝하고 은빛으로 빛났다. 어떤 물체가 햇빛을 반사하는 것 같기도 하고 스스로 발광하는 것 같기도 하다. 그런데 그 점이 점점 커진다. 그리고 그와 함께 허공을 찢는 기계음이 서서히 들려온다.

'아, 왔구나!'

항모 아크로열Ⅱ에서 발진한 수직 이착륙기 해리어가 점점 고도를 낮추어 1275봉 안부 위에 서 있는 진이를 향해 날아온다. 제트 분사음이 공룡능선의 바위에 맞아 요괴와 같이 쉐에에에이이익, 소리를 낸다. 진이는 날아오는 해리어를 직시했다.

'30mm 건을 내게 방사할까? 아니면 로켓을 발사할까?'

해리어의 제원을 이미 자세히 알고 있는 진이는 그런 생각을 한다. 해리어는 1275봉 근처까지 날아와 체공한다. 진이에게 최대한 가까이 근접하여 상대가 정확히 진이인가를 확인하려는 것 같았다. 진이가 무서운 눈으로 해리어의 조종석을 노려본다. 진이의 눈에는 이미 검은 헬멧을 쓴 조종사의 모습이 보였다. 조종사가 상대를 진이라고 판명했는지, 갑자기 고도를 높여 진이의 머리 위 200m 상공 위에서 머문다.

'아, 기관포도 로켓도 아닌 폭탄을 투하하려 하는구나! 뭘까? 고모에게 떨어트렸던 네이팜탄인가?!'

해리어는 진이의 예상대로 폭탄 하나를 투하했다. 폭탄은 투하된 후 진이의 머리 위 100m 상공에서 공중폭발을 일으키고, 공중폭발 직후 해리어는 기수를 동쪽으로 돌려 날아간다. 하늘에서 번쩍, 하고 은빛 섬광이 비친다. 수도 없이 많은 별들이 하늘에서 하얀 꼬리를 달고 진이 주변 1275봉 안부 전체에 떨어졌다. 별들은 땅에 떨어져서 주위를 흰 연막 속에 파묻히게 했다. 진이는 41년 전 자신의 몸이 타들어 가던 고통이 다시 자신을 엄습해오는 것을 느끼며 점차 의식이 희미해져갔다.

102

1월 31일 보름 새벽 3시 30분 인시(寅時) UH-60 블랙호크 안.

풋과 렌은 임세호 대장이 제공한 블랙호크를 타고 공룡능선으로 향한다. 임세호가 렌에게 구출되고 북방에 있는 제5군단을 장악하자, 곧바로 진이를 구출하기 위해 헬리콥터와 공수부대 병력을 내주었다. 풋과 렌은 구출을 서두르면서도 안타까운 마음을 금할 수 없었다. 진이와의 연락이 끊긴 지 이미 12시간이 넘었고, 해리어가 아크로열Ⅱ에서 발진해 설악산에서 목표물을 제거했다는 통신을 이미 감청했기 때문이다. 진이가 아직 살아 있을 가능성은 제로였다. 그러나 풋과 렌은 진이에게 보통사람들에게 없는 능력이 있다는 것을 알고 있었기 때문에 거기에 기대를 걸고 있었다. 풋은 우선 진이의 통신 단말기 신호가 끊긴 공룡능선 1275봉으로 가자고 했다.

「알았어요, 풋. 고마워요. 전 여기 계속 있겠어요. 그럼….」

당장 죽음을 앞두었으면서도 이상할 정도로 침착하고 비장감 넘치던 목소리! 풋은 진이가 마지막 남긴 말을 떠올리며, 그 순간 그녀가 무엇을 생각하고 있었을지 궁금해진다. 진이의 그 어감으로부터 판단하건대, 자신을 참수하러 날아오는 해리어를 보고 엄폐물을 찾아 몸을 숨겼을 가능성은 전혀 없었다.

"렌, 도착하면 일단 우리만 1275봉에 레펠로 내려가고, 나머지 병력은 중청봉으로 가서 대기하도록 하세요. 남들이 보면 곤란할 일이 생길 것 같아서…."

"네, 알아요. 무슨 말씀 하시는지…."

블랙호크가 1275봉 상공에 도착했다. 풋과 렌은 약속한 대로 둘만이 레펠로 안부로 내려온다. 체공하고 있던 블랙호크는 중청봉 헬기장으로 날아가고, 풋과 렌은 랜턴을 켜고 천천히 안부의 지면을 탐색한다. 둘은 어렵지 않게 진이를 발견할 수 있었다.

"윽, 이런…!"

안부에 홀로 누워 공중을 바라보고 있는 듯한 사람의 형체가 보였다. 머리가 땅에서 2~3cm 정도 들린 상태로 굳어 있었고, 허리 역시 위를 향해 굽어져 등이 지면에서 떨어져 있었으며, 몸통이 뒤틀리고 팔다리가 기괴한 각도로 꺾인 채 굳어 있었다. 고통을 참을 수 없어 몸부림치던 순간을 고스란히 재현한 모습이다. 거대한 체구를 가지고 있고 비밀조직 자연 안에서 거친 일을 도맡아해오던 렌조차 보는 순간 경악을 금치 못하겠는지 윽, 하는 신음을 내지른다.

가까이 다가가서 보면 그 참담함은 더욱 커지는데, 몸의 어떤 부분은 시꺼멓게 타들어 간 살과 입고 있던 폴리에틸렌 등산복 녹은 것이 섞여 있고, 또 어떤 부분은 시뻘건 근육과 드문드문 검게 그을린 하얀 뼈가 드러나 있다. 한 쪽 눈알은 빠져서 나오다가 같이 녹아내리던 볼살에 섞인 채로 박혀 있고, 또 한 쪽은 원래의 위치에서 지글지글 타다가 터져버린 모양이었다. 코가 있던 부분은 움푹 패여 드러난 뼈와 함께 큰 공동을 이루고 있었다. 이미 사람의 모습이라고는 할 수 없었다. 불에 그슬리고 뜯어 먹히다가 만 짐승의 몸뚱이였다.

"아, 이럴 수가!"

예상을 훨씬 웃도는 끔찍한 모습에 매사에 냉정하고 예리하던 풋마저 어찌할 줄 몰라 하며 그 자리에서 펄썩 무릎을 꿇고 만다. 두 사람은 잠시 아무 말도 못 하고 가만히 있었는데 풋의 귓가에 미세한 소리가 들려오기 시작한다.

"렌, 렌, 들려요? 안 들려요?"

"네? 무슨 말씀이세요?"

"살아 있어요. 진의 목숨이 아직 붙어 있어요. 이리 와서 귀를 가까이하고 들어봐요. 조심, 조심해서…. 지금은 미세한 충격에도 쇼크사할 수 있어요."

렌이 귀를 진이의 얼굴 쪽에 가까이 대고 주의를 집중한다. 풋의 말대로 아주 미약하나마 숨이 남아 있었다.

"어떻게 이럴 수 있죠? 보아하니 백린탄에 맞은 거 같은데… 이 정도 외상이면 몸속의 장기까지 다 파손됐을 텐데 말이죠!"

"어쨌든 우린 기다려봐야 해요. 섣불리 몸에 손을 대거나 옮기려 했다간 소생하던 생명이 꺼져버릴 수 있어요. 이럴 줄 알았으면 공수부대가 아니라 의료팀을 데려와야 했는데…. 렌, 난 여기서 진을 돌볼게요. 렌은 헬기를 이리로 다시 불러, 그걸 타고 가서 의료팀을 데리고 와요."

"그럼 적어도 몇 시간을 여기서 계셔야 할 텐데요. 괜찮으시겠어요?"

"난 여기보다 몇 배나 더 험한 오지에서 지내봤어요. 이 정돈 아무것도 아녜요. 근데 바람이 너무 세긴 하군요. 진한테 안 좋을 텐데."

"임시로라도 바람막이를 하죠. 군장 안에 타프를 가지고 왔어요. 아쉬운 대로 찬바람은 피할 수 있을 거예요."

렌은 바위와 지면 사이에 대각선으로 타프를 쳐서 진과 풋이 그 안에서 바람을 피할 수 있게 해놓았다. 잠시 후 중청봉에 착륙했던 블랙호크가 다시 오고, 렌이 리프트로 탑승해 의료진을 부르러 간다. 풋은 진이가 기적적으로 소생하길 간절히 바라며 진이 옆에 자리를 잡고 앉았다. 한파로 온 세상이 얼어붙고 바람이 무섭게 불어오지만, 하늘만큼은 맑은지 둥근 달이 휘영청 떠서 진이와 풋을 밝혀주었다.

'아 그래. 오늘이 음력 12월 보름이지. 그럼 오늘이 갑오(甲午)년의 마지막 보름이겠구나. 진이 유난히 보름달을 좋아했는데.'

풋은 평소에 진이가 달을 좋아하며 자신을 곧잘 달에 비유하기 좋아하던 모습이 떠오른다. 자신은 해보다 달이 더 좋다면서….

'저 달이 무심하지 않다면…! 저 달이 무심하지만 않다면…!'

제12장

역천

황진이는 영리한 계집애였다.

부리는 계집을 불러서 자기가 입었던 노란 회장 저고리와 연분홍 치마를 선뜻 벗어주고 총각의 상여 위에 덮어주라 했다.

진이의 결심은 굳었다.

겁하지 않고 서둘지 않고 천천히 저고리 고름과 스란치마 끈을 헤쳐 끄르는 진이의 태도는 차갑고도 엄숙했다.

마치 서리찬 가을밤에 중천에 높이 솟은 한 바퀴 밝은 달과도 같았다.

이때 이 행동을 막을 사람은 없었다.

그의 어머니 현금도 아리따운 이 위엄에 기가 눌려서 한 말도 감히 내지를 못했다.

진이의 치마 저고리는 상여 위에 화려한 채색(彩色)을 이루어 덮어지고 말았다.[29]

— 박종화의 「황진이의 역천」 중에서

---

29 박종화, 「황진이의 역천」, 「월탄 박종화 문학 전집 11」, 삼경출판사, 1980, 300쪽.

예외는 정상사례보다 흥미롭다. 정상적인 것은 아무것도 증명하지 않지만, 예외는 모든 것을 증명한다. 예외가 규칙을 보증할 뿐 아니라, 규칙은 애당초 오로지 예외에 의해서만 존속한다. 예외 속에서 실제 삶의 힘은 되풀이됨으로써 굳어버린 기계장치의 껍데기를 깨부술 수 있다. 자신의 생명력 넘치는 강렬함이 19세기에 신학적 성찰을 가능케 했음을 증명한 바 있는 한 프로테스탄트 신학자는 다음과 같이 말했다. "예외는 일반적인 것을 설명하고, 자기 자신도 설명한다. 그리고 만약 일반적인 것을 올바르게 연구하고자 한다면, 오로지 진정한 예외에 눈을 돌리기만 하면 된다. 모든 것이 일반적인 것보다는 예외 속에서 백일하에 뚜렷이 드러나기 때문이다. 일반적인 것을 놓고 끝없이 떠들어대면 힘이 빠지기 마련이다. 예외가 있기 때문이다. 이 예외를 설명하지 못한다면 일반적인 것 또한 설명할 수 없다. 만약 열정 없이 그저 겉치레로 일반적인 것을 사유한다면 결코 이 어려움을 감지할 수 없을 것이다. 예외는 이에 반해 일반적인 것을 뜨거운 열정으로 사유한다.[30]"[31]

— 칼 슈미트의 『정치신학』, 1장 「주권의 정의」 중에서

---

30 Søren Kierkegaard, *Gjentagelsen: Et Forsøg i den experimenterende Psychologi*, Kjøbenhavn: Faaes hos C.A. Reitzel, 1843. 초판은 익명의 작가 콘스탄틴 콘스탄티우스(Cnstantin Constantius)의 이름으로 출간되었다[원서에서 슈미트는 자신이 인용한 글의 출처를 밝히고 있지 않은데, 이는 키에르케고어의 글이다.— 옮긴이(김항).

31 칼 슈미트, 『정치신학』, 김항 옮김, 그린비, 2010, 27~28쪽.

아테나이력 4408년, 을미(乙未)년,
네스토리우스력 2075년

103

7월 새 아테나이 교회 담임목사실.

"무사진에게는 원래 회복력과 변신 능력이 있잖은가. 그건 어떻게 된 거지? 난 그 애 몸에 불이 붙는 걸 내 눈으로 똑똑히 봤어. 그런데 십 년이 지나서 다시 왔을 때 보니 너무 예쁜 아이로 커 있더군. 민자연을 죽이고 그 다음엔 무사윤과 그의 아내, 그리고 그 아이까지 죽이려고 했었는데, 갑자기 크레타로 가버리더란 말야."

"서른이 넘어선 그 능력도 많이 약화된 것 같습니다. 회복력이나 얼굴 변신의 능력이나 같은 뿌리에서 나오는 거 같은데, 제가 옥스브리지에서 마지막 본 모습이나 작년까지의 모습이나 큰 차이가 없었습니다. 성장기에서 완전히 벗어나면서 그 능력도 쇠퇴하는 거 아니겠습니까."

"그래, 그럴 수밖에. 그러면서 누구나 조금씩 죽음으로 향하는 거니까. 무사진도 세월 앞에 장사일 순 없겠지. 그래, 지금은 그렇게 흉측한 몰골이 됐다며."

"간신히 목숨은 건졌는데 마치 화형을 당하다 만 산송장, 고깃덩어리 같은 모습이 됐죠. 백린탄을 맞았으니까요. 말을 할 수 있게 된 것도 어찌 보면 기적입니다. 그래도 그 회복력이란 게 아직 조금은 남아 있어서 저만큼 된 건지도 모르죠."

"그래, 하나님이 우릴 돕고 계신 거야. 아예 죽어버렸으면 어떻게 이 상황을 타개할 수 있겠나. 오히려 무사진이 영웅이 됐을 수도 있었겠지. 북쪽에선 임세호가 5군단에서 으르렁대다 언제라도 밀고 내려올 기세야. 하지만 옛날처럼 세상이 어수룩하진 않아. 대중들이 미디어를 통해 눈을 시퍼렇게 뜨고 보고 있는데, 아무리 강력한 무력을 지니고 있어도 함부로 할 수 없는 거지.

우린 무사진을 최대한 이용하면 돼. 이 나라를 이 지경이 되게 한 게 다 그 여자 때문 아닌가. 그러다가 브리타니아 정부의 버림까지 받고, 어리석긴⋯. 계획의 옳고 그름을 따지기 전에, 무사진이 실제 저런 추악한 모습인 걸 사람들이 알면 다 등을 돌릴 거야. 안 그렇습니까? 윤 의원님."

새 아테나이 교회 담임목사 사해교는 국회의원 윤경민(尹警民)에게 되묻는다. 지금은 목사 사해교로 알려진 가이매가 지지하는 야당의 영수 윤경민은 지금까지 진이의 미래전쟁 계획이 현재의 여당과 비밀리에 추진돼 온 만큼, 이 계획에 반대하고 어떻게 해서든 자신이 집권하고자 하는 것이다. 외교적으로는 리디아 합중국 계획에서 브리타니아와 라이벌 관계인 헤라클레이아에 편중해 있다.

"현실적으로 복잡한 문제를 대중의 힘을 빌려 해결한 건 무사진 그 여자가 우리보다 먼저였지요. 크레타의 절대무기를 11년 전에 거의 무력화시켜놓지 않았습니까? 그런데 이제 와서 보란 듯이 그들 앞에서 절대무기를 사용해버렸으니 원⋯. 그나마 연합함대가 물러갔으니 다행 아닙니까? 더 철저히 보복하려 했으면 어쩔 뻔했어요? 이번 기회에 그 크레타와의 전쟁 계획 따위 발본색원해야지요. 무사진의 그 뭉그러진 얼굴을 만천하에 공개해서라도요."

"문제는 그 계획이 올해 초부터 대중에 알려지면서 동조하는 사람들이 생겨났단 겁니다. 무사진의 사진이 세간에 유출되고 그녀가 뛰어난 미인이란 사실이 알려지자, 사람들 사이에서 신비감이 증폭됐어요. 더 나아가서 계획의 타당성을 논리적으로까지 뒷받침하려는 움직임이 자발적으로 일어나고 있습니다.

임세호가 저 북쪽 제5군단 사령부에 숨어서 노리는 게 뭐겠습니까? 그 전쟁 계획에 대한 국민의 지지가 확산되기를 기다리는 거 아니겠습니까? 그걸 뭐로 막을 수 있다고 생각합니까? 논리보다 강한 것이 감정이죠. 진리보다 강한 것이 당장 눈에 보이는 것이고요. 나는 지금 하나님께 감사드리고 있어요. 무사진의 신병이 우리 손에 들어온 게요. 그 주역이 바로 여기 있는 앤드류 렌 군입니다."

이매가 렌을 가리키며 윤경민에게 말한다. 190cm에 달하는 이매보다도 거구인 렌을 보고 윤경민은 사실 여러 모로 신경이 쓰였다. 자신과 이매 사이의 관계가 세상에 알려지면 여러 곤란한 일이 생길 수 있는데, 과연 렌이라는 자를 신뢰할 수 있는가? 누구보다 이매의 신출귀몰함과 영리함을 잘 알고 있는 그였지만, 오늘따라 이매가 못 미덥게 보인다. 윤경민은 여기서 이 만남이 시작될 때부터 불안한 감정을 억누르고 적잖이 허세를 부리며 이매의 비위를 맞추고 있었다. 그러나 타고난 동물적 후각을 가진 이매다. 그런 윤경민의 심리를 짐작 못 할 리 없었다. 내심 윤경민을 자신의 하수인 정도로 여기는 이매는 강자로서의 너그러움을 보이고자 렌을 내보낸다.

"렌, 바쁠 텐데 오늘 이렇게 오라고 해서 미안하네. 이제 가봐. 무사진의 감시는 자넬 믿고 맡기겠네."

"걱정하지 마십쇼. 그럼 다음에 또 뵙겠습니다."

렌이 담임목사실을 나가자 이매가 윤경민을 쳐다보며 슬며시 미소를 지어 보인다.

"이제 됐습니까?"

"믿을 수 있겠습니까?"

"저 친구가 무사진을 5군단에서 빼내지 않았으면 지금 우린 이런 계획을 세우지도 못했을 겁니다."

"원래 무사진의 비밀 조직에서 십 년 넘게 일해온 사람이라고 하지 않으셨습니까?"

"사실은…."

"…?"

"사실은 크레타에 체류할 때 아들이 하나 있었습니다."

"아, 그 크레타 미망인 사이에서 말인가요?"

"아, 아닙니다. 그 여자를 만나기 전 아테나이 교포 여인과 함께 살았습니다. 아들을 하나 낳아 해월(解月)이라고 이름 지어줬는데, 제가 당시 사정이 너무 어려워 제대로 돌봐주질 못했습니다. 그리고 나중에 제 어미가 애를 키우기 힘들었는지 외국에 입양을 보냈다고 하더군요."

'이런 형편없는 자식….'

"그런데 이 녀석이 18년 전에 귀국해서 신학대학에 다니고 있지 않겠습니까. 제가 신학대학 강의를 나가다가 그놈의 학적부에서 제가 지어준 본명을 보았죠. 강의 때 보고 어딘지 저를 많이 닮은 것 같아 유심히 본 건데 말입니다. 녀석은 신학을 공부하면서도 제 아비가 이 아테나이에서 가장 큰 교회의 목사란 사실을 모르고 있더군요, 하하하하."

'나 원, 이 작자가 성직자 맞아?!'

"하하하, 윤 의원, 제 인생이 너무 파란만장합니까? 윤 의원처럼 좋은 집안에 태어나 엘리트 코스를 밟고 오신 분은 이해하기 힘드실 겁니다. 저 같은 인생은 천박해 보이시죠?"

슬며시 웃음 지으며 윤경민을 처다보는 이매의 눈빛이 번뜩 빛난다. 야비한 듯 보이는 웃음과 함께 띄워 보내는 눈의 살기가 윤경민의 신경을 경직되게 한다. 야수와 마주치면 도망갈 용기조차 잃어버리는 초식동물처럼….

"아, 아, 아니 뭐…. 사람 일은 원래 한 치 앞도 내다보기 힘들지 않습니까. 다 하나님께서 역사하신 길을 가시는 거 아니겠습니까."

"하하하, 역시 윤 의원님은 믿음 또한 깊으시군요. 자, 이제 그럼 윤 의원님께선 내달에 무사진에 대한 특별조사 청문회를 준비해주십쇼. 이제 무사진의 전쟁 계획을 사람들에게서 완전히 외면당하게 하고, 임세호의 위협을 분쇄해야 합니다. 의원님께서는 무사진을 청문회장에 내보내 만인이 볼 수 있게만 해주시면 됩니다."

"네, 그래야겠지요."

이매와 윤경민은 8월에 진이를 추한 볼거리로 국회 청문회장에 세워, 진이가 추진해온 미래전쟁 계획을 근본부터 붕괴시키려 한다. 진이가 아테나이에 귀국해 15년간 아테나이 정부와 RIS 미래전쟁 기획팀 간에 비밀리에 추진해온 크레타와의 결전 계획은 진이와 브리타니아 정부 사이의 불협화음으로 파탄에 직면했다. 최소 20년간 치밀한 전쟁준비 후 아테나이가 크레타와 결전을 치른다는 애초의 계획을 브리타니아 정부는 도중에 무시하고, 기밀을 의도적으로 크레타에 누설해 크레타 연합함대의 아테나이 침공을 유도했다.

아직 준비가 완벽하지 못한 상태에서 결전을 치러보았자 아테나이의 풍경으로 삼을 만한 영광된 승리를 얻을 수 없다고 판단한 진이는 만일의 사태에 대비하여 준비해놓은 전략용 절대무기를 폭발시켜, 침공해 오는 연합함대를 일시적이나마 물리친다. 브리타니아의 계획을 수포로 돌아가게 하고 자국민과 아테나이인 협조자까지 잔인하게 살해한 진이에 대한 복수로 브리타니아 해군은 설악산 공룡능선에서 진이의 머리 위에 백린탄을 투하한다.

갑작스럽게 내려진 계엄령과 크레타의 침공으로 혼란에 빠진 아테나이에서 15년간 비밀리에 진행됐던 미래전쟁 계획과 이 계획의 입안자이자 실행자인 무사진이라는 여인의 존재가 드러나게 되었다. 평화와 경제발전이 그 누구도 이의를 제기할 수 없는 절대가치가 된 세계에서 진이의 전쟁 계획은 처음에 터무니없는 광인의 생각 정도로 치부되었다가, 시간이 흐르면서 놀랍게도 자발적인 추종자가 생겨나기 시작했다. 게다가 이 계획을 지휘하던 진이의 사진이 외부에 유출되자, 전쟁 계획 주동자의 상상을 뛰어넘는 미모가 사람들의 호기심을 더더욱 자극했다.

크레타의 연합함대가 물러간 지 반년이 지난 시점에서 진이의 계획에 찬성하는 아테나이인들이 수백만에 달했고, 계속 증가하는 추세다. 그리고 이런 현상이 아테나이의 정치 지형에 영향을 미치기 시작하자, 자연히 현재의 기득권자들은 위기감을 느끼고 이러한 흐름을 막아야 했다.

공룡능선 1275봉에서 백린탄에 맞은 진이는 죽음에 직면한 상태에서 풋과 렌의 도움으로 임세호 장군이 장악한 제5군단 사령부로 이송되었다. 그런데 이곳에서는 전문적인 치료를 받을 수 없으니 서울에 있는 대형 병원으로 옮겨야 한다는 렌의 제안대로 진이는 서울의 국립의료원으로 이송되었다. 풋은 진이가 서울의 병원에서 치료받고 있는 사실을 철저히 비밀에 부치고 외부와 차단하려 했지만, 실제로는 가이매의 아들이었던 렌, 가해월(軻解月)이 모든 사실을 아버지 이매에게 폭로한다. 진이는 이제 이매와 윤경민의 손아귀에 놓이게 되고, 현재 의지할 수 있는 유일한 세력인 임세호의 제5군단과 차단된다.

이매와 윤경민은 진이의 전쟁 계획에 동조하는 세력이 점점 커져가자, 이를 기반 삼아 아테나이 최강의 제5군단을 앞세워 쿠데타를 일으키려 하는 임세호를 막으려고 진이를 이용하려 한다. 목숨을 구하고 말도 할 수 있게 되었지만, 예전과 같은 눈부신 미모를 잃고 괴물 같은 모습으로 전락한 진이를 청문회장에서 만인 앞에 공개해, 아테나이인들이 진이에게 품었던 호감과 환상을 짓이기고, 전쟁 계획에 가졌던 긍정적 평가마저 버리게 한다는 것이다.

104

8월 11일 일요일 오전 8시 20분 국회 특별조사 청문회장.

국회 앞에 도착한 검은색 호송 차량 안에서 진이는 2명의 여경에게 양팔을 부축 받으며 내려와 국회 청문회장 안으로 들어왔다. 국회 주변에는 아침부터 진이를 보러 나온 사람들로 인산인해를 이루었다. 군중들은 진이를 지지하는 쪽과 악녀로 낙인찍으려는 쪽이 대립하면서 살벌하면서도 엄숙한 분위기를 풍겼고, 그만큼 경비도 삼엄하여 경찰이 국회 주변에 촘촘히 배치되었다.

진이는 백린탄에 맞아 화상으로 흉측해진 외모를 가리기 위해 검은색 긴 팔 롱 원피스를 입었고, 머리 위에는 실크 재질의 커다란 검은색 숄(shawl)을 덮어쓰고 고개를 약간 숙인 자세로 일관해, 남들이 절대로 자신의 얼굴을 엿볼 수 없게 했다. 양손에도 검은색 장갑을 끼고, 왼손으로는 머리를 감싼 숄의 가장자리가 가슴 앞으로 늘어진 것을 흘러내리지 않게 계속 누르고 있었다. 진이를 양쪽으로 부축한 여경들 바로 뒤로 풋이 진이의 오른쪽, 렌이 진이의 왼쪽에서 뒤따라 걸어 들어갔다. 두 사람 다 진이와 같이 검은색 슈트를 단정히 차려입어 진이와의 유대가 여전히 긴밀함을 뜻하는 것처럼 보였다. 그러나 렌은 며칠 전 아버지 이매에게 받은 명령이 있었다.

『청문회장 분위기가 예상보다 훨씬 뜨거워질 거다. 아테나이인들의 관심이 청문회로 다 쏠릴 테니까. 분위기가 최대한 뜨거워졌을 때가 바로 네가 나서서 격발해야 할 순간이야. 의원들이 전쟁 계획을 놓고 무사진에게 맹공을 퍼붓고, 무사진도 자기가 필사로 해온 일이니 지지 않고 대들겠지. 어느 순간엔 분명히 격분할 거야. 사람들 눈에 무사진이 오만해 보일 정도로 말야. 바로 그때가 네가 나서야 할 때야. 숨겨진 무사진의 끔찍한 얼굴을 사람들이 다 볼 수 있도록 해야 해.』

렌은 그동안 병원에서 본 진이의 상태를 그대로 이매에게 전했다. 타고난 회복력에 힘입어 보통사람 같았으면 분명 즉사했을 고비를 넘기고 목숨은 건졌으며 말도 할 수 있게 되었다는 것을…. 그러나 너무나도 참혹하게 일그러진 외모는 의술로도 어찌할 수 없었고, 설령 진이가 가진 얼굴 변신의 능력이 사멸하지 않고 남아 있다 하더라도, 이미 40대 중반이 되어 예전보다 신체 능력이 많이 떨어졌기 때문에 과거와 같이 아름다워지려면 몇 년 아니 몇 십 년이 걸릴지도 모른다고 했다.

진이는 청문회장에 들어서 증인석에 앉는다. 진이의 오른쪽 뒤편으로 풋이, 왼쪽 뒤편으로 렌이 앉아 있다. 풋과 렌은 진이의 참모로서 오늘 청문회에 참고인 자격으로 발언할 수도 있다. 청문회는 진이의 미래전쟁 계획과 올해 1월에 있었던 크레타 연합함대의 침공, 그리고 진이의 절대무기 사용에 대한 특별조사 청문회로, 증인은 오직 진이 한 사람이다.

청문회장은 종래보다 훨씬 많은 기자와 카메라로 꽉 차 있었다. 방청석도 이전에는 드문드문 빈자리가 보이기 마련이었는데, 오늘은 한 자리도 남김없이 진이를 보러 온 방청객들로 꽉 차 있었다. 2층 방청석의 오른쪽 구석을 꽉 메운 무리가 진이의 눈에 들어왔다. 요란한 플래카드를 들고 머리띠나 완장을 맨 사람들인데, 플래카드에 적힌 구호를 보니 진이의 전쟁 계획을 성토하는 내용으로, 무슨 반전이나 환경 단체에서 나온 것 같았다.

"렌, 저게 어느 단체인 줄 알아? 어디서 나온 거야?"

진이가 고개를 왼쪽으로 돌려 렌에게 묻지만 렌은 아무 대답이 없다. 신경을 다른 곳에 쏟고 있어서 진이의 말을 듣지 못한 것인지, 아니면 의도적으로 진이의 말을 무시한 것인지 알 수 없었다. 진이는 렌이 청문회장에 들어와 너무 긴장한 탓이라고 여긴다. 렌이 아무 대답이 없자, 오른편에서 풋이 다가와 진이의 귓가에 입을 가져다 대고 얘기해준다.

"이매가 최근에 급조한 단체에요. 새 아테나이 교회에서 자금이 나오고요. 아마 오늘을 위해 만들어놓은 건지도 모르죠. 혹시 저 위에

서 돌발적인 발언이 나오더라도 신경 쓰지 마세요. 무시하셔야 해
요."

"아, 네!"

진이도 오늘 이 청문회가 이매가 뒤에서 조종하고 자신을 파괴하
기 위해 기획된 것임을 모르지 않는다. 그런데 풋이 다시 진이에게
귀띔한다.

"진, 왼쪽을 봐요. 2층 왼쪽 방청석을 자세히요."

풋의 말대로 진이는 고개를 왼쪽 위로 돌리고 방청석을 자세히 본
다. 2층 왼쪽 방청석에 낯익은 모습이 보였다. 실내이지만 옅은 갈색
의 선글라스를 끼고 챙이 넓은 모자를 쓴 부인이 앉아 있었다. 자신
의 모습을 숨기기 위해 자주 하시던 복장이다.

'아, 엄마…!'

진이의 어머니 박영교가 2층 방청석 한 구석에 앉아 딸을 지켜보
고 있었다. 진이가 14년 만에 아테나이에 귀국한 이후부터 영교는 누
구보다도 진이가 자신의 눈부시게 아름다워진 얼굴과 함께 원래의
이름 무사진으로 돌아오길 바랐을 것이다. 하지만 아테나이에는 이
매가 여전히 활개 치고 있었고, 겉보기와 달리 안보령이 회복되지 않
아 진이가 마음 놓고 살 수 있는 형편이 못 되었다. 이제 진이가 귀국
한 지 15년 만에 무사진으로서 세상에 등장하는 때가 되었건만, 진
이는 환영받는 모습으로서가 아니라 죄인처럼 청문회장에 끌려나온
채로 자신의 모습을 드러내게 되었다. 방청석에서 지금 애통에 젖어
청문회를 지켜봐야 하는 사람은 영교가 유일할 것이다.

'아! 딸인 나는 이 자리에서 마치 마녀가 종교재판을 받듯이 있어
야 하고, 저 한 쪽에서는 어머니가 입을 굳게 다무신 채 마녀 취급받

는 딸을 지켜보셔야 하는구나!'

진이는 어머니 영교가 이 청문회장에 나와 계실 줄은 전혀 예측하지 못했다. 어쩌면 이매가 의도적으로 어머니를 저 자리에 앉혀놓은 것일지도 몰랐다. 그렇기에 풋도 특별히 저쪽을 보라고 언질을 준 것이다. 진이는 아주 짧은 순간이었지만 지금 이 자리에 있는 자기 자신을 아주 깊이 통찰해본다. 풋은 진이가 자신의 무릎 위에 얹어놓은 오른손을 어머니 대신 옆에서 꽉 잡아주었다.

"지금 이 자리…."

청문회 의장인 윤경민이 개회를 알리고, 참석한 의원들은 진이에게 질문공세를 던지기 시작한다. 가장 쟁점이 된 것은 역시 15년간 비밀리에 추진된 RIS 팀의 미래전쟁 계획이다. '이 계획이 언제 어디서 누구에 의해 무엇 때문에 시작된 것이며, 여기서 브리타니아 정부 그리고 진이와의 관계는 어떻게 되는가? 이 계획을 브리타니아에서 가장 적극적으로 지원한 인물은 누구인가?' 등의 질문이 이어졌고, 진이는 그에 대해 사실대로 답했다. 이제 진이는 더는 아무것도 숨길 필요가 없어진 것이다.

미래전쟁 계획의 전모가 밝혀지자, 지금까지 브리타니아의 지원 아래 순조롭게 진행돼온 계획에 어째서 균열이 생기면서 파행되었는지에 대한 질문이 이어졌다. 이에 대해서도 진이는 숨김없이 모든 내용을 털어놓았다. 전적으로 진이의 이론에 토대를 두었던 계획을 오 년 전부터 브리타니아가 일방적으로 수정하려 들었고, 그 과정에서 이안 로렌스란 인물이 파견되었던 것, 그리고 그를 비롯한 조직의 배신자를 자신이 암살했던 것을 모두 이야기했다. 그러면서 오전 8시 30분에 열린 청문회의 오전 시간이 모두 지나고, 점심시간이 되어 청문회는 2시간 동안 휴회했다.

"이거 분위기가 점점 우리가 의도했던 것과는 다른 방향으로 가는 것 같습니다."

청문회가 열리면서 이매가 국회를 방문하고, 윤경민은 오전 청문회를 마치고 자신의 의원실로 돌아와 이매와 식사를 하며 이야기를 나눈다. 윤경민은 오전 청문회 분위기가 진이에게 유리하게 돌아간다고 판단하고 이매에게 불안 섞인 하소연을 한다.

"무사진은 오전 청문회에서 매우 성실하게 답변했습니다. 위증의 혐의도 전혀 없고 매우 진실되게 들리기까지 했습니다. 아, 방금 오전 여론조사 통계가 올라왔군요. 맙소사, 일요일 아침 8시 반부터 내보낸 방송의 시청률이 무려 92.7퍼센트예요. 이런 거 보신 적 있습니까? 시청률은 시간이 가면서 더 높아졌고요. 오후엔 더 높아지겠죠? 사람들이 무사진을 점점 좋게 보고 있어요. 이러면 우리 의도대로 마녀가 아니라 성녀가 될 것 같은데…."

"윤 의원, 침착하세요. 모든 일에는 반전이 있어야 그 효과도 더 큰 법입니다. 30년 동안 설교를 해오면서 깨달은 거죠. 오전에 고양됐던 무사진의 이미지가 오후에는 끔찍하게 추락할 겁니다. 알고 계시잖습니까?"

"음!"

다시 2시부터 오후 청문회가 열렸다. 사람들이 궁금해 하던 미래 전쟁 계획의 구체적 내용은 이미 오전 청문회를 통해 전국에 방송됐고 많은 사람이 알게 되었다. 그들 중 상당수는 가족·친구·동료들과 점심을 먹으면서 이 문제를 이야기해보았을 것이다. 진이의 전쟁 계획은 단지 전쟁에 미친 한 여인의 정신 나간 계획이 아니라, 어쩌면 아테나이가 필연적으로 나가야 할 길이 아닌가란 생각이 사람들 사이에서 소리 없이 퍼져갔다. 아테나이인들은 조금씩 진이의 마음을 닮아가기 시작했다.

"무사진 증인, 증인은 어째서 자신의 신분을 크레타의 고등학교 재학시절부터 민자영이란 가명으로 숨겨온 것입니까? 한두 해도 아니고 무려 28년간 말입니다."

"그 이야기는 이미 오전에 다른 이야기들과 함께 설명한 줄 압니다."

"예, 그렇습니다. 그건 증인의 가족 내력을 설명하면서 어느 정도 설명된 것이 사실입니다. 잘 알려진 사실로는, 27년 전 올림픽이 개최되던 해 증인의 아버지, 당시 국방부 장관이었던 무사윤 씨의 암살 사건이 있습니다. 가족이 통째로 목숨의 위협을 느껴 증인의 부모님이 증인의 신분을 위조해 도피케 했다는 것입니다. 그런데 말입니다, 본 의원은 이러한 정황을 볼 때 증인이 애초부터 브리타니아의 스파이로 키워진 것이 아니냐는 의구심을 저버릴 수 없습니다."

"아닙니다."

"증인이 아니라고 하면 아닌 게 되는 겁니까?"

한 여성 의원이 진이를 매섭게 몰아붙인다.

"전 옥스브리지에서 제 소신껏 연구에 몰두했고, 당시 브리타니아 정부가 제 연구 내용에 관심을 가지고 지켜보다가 정책에 반영한 것입니다."

"증인, 증인은 박사학위 취득 후 곧바로 브리타니아의 왕립 전략 연구소의 수석 연구원에 임용됩니다. 그런데 이 연구소가 창립되고 이제까지 76년 동안 증인처럼 27세 약관의 나이에 수석 연구원이 된 사례가 증인을 제외하곤 단 한 차례도 없습니다. 그럴 수밖에 없는 것이, 이 연구소의 수석 연구원은 그냥 평범한 학자가 아니라 브리타니아의 외교·국방 정책에선 여왕이나 수상보다 큰 영향력을 가지고 있기 때문입니다. 그래서 수석 연구원은 이 분야의 세계적인 석학이나 최소한 브리타니아의 원로 학자가 역임해왔습니다. 수석 연구원들의 평균연령이 57세인 것만 봐도 그렇습니다. 그런데 증인은 어떻게 그런 젊은 나이에 임용될 수 있었습니까. 그것도 자신의 신분을 숨기고 쫓기고 있는 처지에서요."

"이미 말씀드렸다시피 전 제 논문을 최선을 다해 썼고 그걸 브리타니아 정부가 높이 사서 절 임용한 것입니다. 그것 이외에는 드릴 말씀이 없습니다."

"무사진, 아니 당시엔 민자영이란 옥스브리지 박사를 왕립전략연구소에 추천한 사람이 현재 13년째 장기집권 중인 수상 앤드류 고든, 당시엔 외무장관이었습니다. 맞습니까?"

"네, 알고 있습니다. 저의 옥스브리지 박사학위 취득이 결정 난 후 고든 장관이 세미나에 직접 참석해서 제게 그런 말을 했습니다."

"내가 너를 아주 좋게 보고 특별히 추천했다. 그러던가요?"

"똑같진 않습니다만, 그와 비슷한 말을 했습니다."

"그리고 그 다음엔 당신 몸을 요구했죠? 그래서 줬습니까?"

"…!"

진이는 순간 너무 어이가 없어서 아무 말도 못 하고 가만히 침묵을 지켰다. 그리고 냉정히 상황을 파악해보았다. 이건 뒤에서 이매가 자신을 격분시키려고 일부러 자극적인 질문을 하게 한 거란 생각이 들었다.

'지금 말려들어선 안 된다. 아직 때가 안 됐어. 좀 더 기다려야 한다.'

"대답을 똑똑히 하지 못하는 걸 보니 사실인가 봅니다. 제가 청문회에 오기 전 증인이 브리타니아 군의 공격을 받고 몸이 망가지기 전에 찍었다는 사진을 몇 장 보았습니다. 그 중엔 옥스브리지에 재학 중이던 20대였을 당시의 사진도 있더군요. 정말 예쁘더이다. 지금 아테나이 최고의 미인이라 칭송받는 여배우 아무개 씨보다도 훨씬 더 예뻤습니다."

"의원님, 의원님은 지금 사실무근인 말씀을 온 국민이 보는 앞에서 무책임하게 했을 뿐만 아니라, 지금 이 청문회에서 해야 할 질의에도 전혀 어울리지 않는 발언을 하셨습니다. 그리고 왕립전략연구소의 연구원은 몸을 팔거나 돈으로 살 수 있는 그런 자리가 아닙니다. 의원님처럼 그렇게 거액의 돈을 당에 내고 비례대표로 뽑힌 게 아니란 말입니다."

"푸하하하하, 하하하 하하."

잠시 청문회장이 웃음으로 가득 찼다. 의장인 윤경민은 장내 분위기를 정리하고 다시 의사 진행이 재개되게끔 한다. 이어서 다른 의원에 의한 질의가 이어진다. 이후에도 진이가 이미 오전에 한 답변의 꼬투리를 잡아 진이를 당혹케 하려는 질의들이 이어졌다. 그런 식으로 시간이 2시간가량 흘러 오후 4시가 넘었다. 그러면서 질의와 답변의 강도는 점점 높아져갔다.

"증인, 증인은 미래에 우리가 크레타와 전쟁을 벌여 위대한 승리를 거둔 후 온 국민이 공유할 수 있는 아테나이의 풍경을 이룩하기 위해서 이 계획을 추진해왔다고 했습니다. 더더군다나 그것이 적의 군사력만을 제압하는 제한 전쟁이 아니라, 하나의 국가로 존립할 수 없을 정도로 철저히 파괴하는 섬멸전을 주장했다고 했습니다. 증인은 그것이 국제사회에서 법적으로나 윤리적으로나, 그리고 인도주의적 관점에서나 얼마나 큰 죄악인지 알지 못한단 말입니까?"

"말씀하시는 취지를 저도 모르지 않습니다. 저도 만약 평탄한 인생을 살았다면 같은 생각을 하고 있었을 겁니다. 하늘이 제게 그것을 허락하시지 않은 것이 축복인지 저주인지는 잘 모르겠습니다. 그러나 의원님의 그런 생각이 또는 많은 사람이 가지고 있을 그런 생각이, 단지 지금 우리가 처한 이 현실이 언제까지나 영원히 지속할 것이란 막연한 기대감에서 나온 안이한 발상이란 생각은 해보지 않으셨습니까?"

"…?"

"역사를 보면 아시다시피 어떤 한 질서나 권위가 영원히 지속한 사례는 존재하지 않습니다. 지금 흔히 들먹이는 국제사회의 규범이나 국제법 또한 마찬가지일 것입니다. 그저 선진 이오니아 근대 제국과 여기에 발 빠르게 편승한 크레타를 쫓기만 하면 된다는 생각에 젖어 계시진 않습니까. 이 상태가 영원히 지속하리란 막연한 기대는 우리가 외형만 근대국가이지, 실제로는 우리의 정신이 아직 중세적인 것에서 벗어나 있지 못함을 말해줍니다."

"증인, 지금 갑자기 무슨 말을 하는 겁니까?"

"지금 제 오른쪽 뒤편에 앉아 계신 크로우 풋 여사가 보이실 겁니다. 이름도 특이하고 외모가 아카이아계도 아니고 이오니아계도 아닌 것이 이국적으로 보이시지요? 여러분들이 알고 계신 이오니아인들이 서 라케다이몬에서 이오니아 대륙으로 이주하기 전 이오니아를 지배하고 살던 선주민의 후손입니다. 진정한 의미의 이오니아인이라고 할 수 있죠."

'아, 아, 아아…!'

"풋의 조상들은 수천만의 인구를 가지고 이오니아 대륙을 지배했습니다. 그러나 서 라케다이몬에서 이주해온 민족들에게 밀려나 지금은 특별 보호구역 안에서 겨우 수만 명이 종족의 명맥을 유지하고 있을 뿐입니다. 그 과정에서 말할 수 없는 약탈·학살·인종청소가 있었습니다. 여러분은 이것을 어떻게 생각하십니까? 그들은 야만족이었으니 그런 일을 당한 것이 당연하다고 생각하십니까? 인류의 역사가 전근대에서 근대로 넘어가는 과정에서 일어난 필연적인 일로 생각하십니까?"

"증인, 증인은 지금 이 청문회와 관계없는 말을 하고 있습니다."

"관계가 있습니다. 이러한 역사의 격변을 외면하고 남이 겉치레로 차려놓은 것에 편승하려고만 한다면, 우리 자신을 지킬 수 없는 것입니다. 지난 100여 년간 우리가 숙명처럼 받아들여야 했던 근대가 진정 우리의 가야 할 길이라면, 그 근대를 우리는 어떻게 바라보고 접근해야겠습니까. 아무 열정 없이 아무 위험을 감수하지 않고 남이 간 길을 추종하는 것은 근대와는 거리가 멉니다. 진정한 근대를 이루려면 앞서간 것들의 껍데기를 깨고 나와, 우리 스스로 일어서 창조적인 길을 가야 합니다."

"무사진 증인, 증인은 지금 여기서 장황하게 문명론을 늘어놓을 작정입니까? 의원이 질의한 것에 대해서만 성실하게 답변하세요."

의장 윤경민이 진이의 발언을 제지해보지만, 언제부터인가 청문회의 주도권이 의원들에게서 진이에게 넘어가 버렸다는 느낌이 자꾸 들어 불안하다. 그는 가능한 한 빨리 이매의 아들 가해월이 진이가 머리에 둘러쓴 검은색 숄을 계획대로 벗겨내 역겨운 진이의 몰골을 천하에 드러내주었으면 한다.

"제 이야기가 너무 이론적이었다면 좀 더 현실에 대입해 이야기하겠습니다."

진이가 다시 이야기를 막 시작하려는 순간 오른쪽 뒤편에 앉은 풋이 손바닥으로 진이의 오른쪽 팔꿈치를 살짝 감싼다.

'현재시간 오후 4시 25분 정각!'

약속한 시간까지 딱 5분이 남아 있다는 신호이다. 풋의 신호를 인지한 후 진이는 계속 발언을 잇는다.

"크레타는 아카이아 세계에서 가장 먼저 발 빠르게 근대화에 성공한 나라입니다. 우리처럼 제국주의 국가의 식민지로 전락하지 않고 일찍부터 이오니아 식 근대국가의 대열에 올라섰습니다. 그것을 상징하는 역사적인 사건이 바로 아이가이온 해전에서의 승리입니다. 이오니아의 근대 강국 사이베리아를 기적적으로 물리치면서 세계를 놀라게 했습니다. 그런데 그 승리의 영광은 군인이나 정치가만의 것이 아니었습니다. 전쟁에서의 승리는 아이러니하게도 이오니아 문명의 서슬 퍼런 권위에 짓눌려 있던 학자와 예술가들에게서 마음의 먹구름을 걷어내, 크레타의 문화가 더욱 창조적으로 발전할 수 있게 해주었습니다.

여기서 우리의 모습으로 돌아옵시다. 41년 전 자유주의혁명 이후로 아테나이의 경제는 고도성장을 해왔고, 일부 산업 군에서는 세계 산업생산의 핵심부에 진입했습니다. 국민의 생활도 과거보다 윤택해졌습니다. 그런데 과연 우리에게는 크레타의 아이가이온 해전 승리에 버금가는 위대한 승리가 있습니까? 외세에 짓눌려 눈치 보며 살아온 우리 마음의 먹구름을 통쾌하게 흩어줄 힘찬 바람을 맞은 적이 있습니까? 혹자는 이에 해당하는 것으로, 27년 전 올림픽의 성공적 개최를 꼽습니다. 그러나 그것은 어디까지나 스포츠 이벤트에 불과하단 한계가 있습니다. 온 국민이 국가의 명운을 걸고 전쟁에 임하여 그 승리로부터 느낄 수 있는 환희와는 거리가 멉니다."

"미친년아, 아가리 닥쳐."

방청석에서 이매가 사주한 반전단체의 무리 중 한 명이 욕설을 내뱉고 진이를 향해 콜라병을 던졌다. 병 안은 시너로 채우고 심지를 박아 불을 붙인 화염병이었다. 화염병이 진이가 앉아 있는 책상 정면에 맞아 깨지면서 붉은 화염이 치솟아 오르고, 사람들이 아우성을 지르면서 청문회장은 아수라장이 된다. 이때 진이는 의자를 박차고 일어나 뒤로 물러서다가 자칫 뒤로 넘어질 뻔했다. 그러나 렌이 즉시 다가와 뒤를 받쳐주어 금세 중심을 잡을 수 있었다. 이 순간 진이를 지켜보던 의장 윤경민은 이제야 계획대로 가해월이 진이가 덮어쓴 숄을 벗기는 것으로 알았다. 그리고 그의 예측대로 렌은 진이의 검은 숄을 벗겨냈다.

"…!"

"…!"

아우성치던 사람들이 진이의 얼굴을 보자 갑자기 침묵을 지키며 넋을 잃은 표정으로 진이를 계속 쳐다보았다. TV나 인터넷으로 중계를 보던 사람들도 마찬가지였다. 숄이 벗겨진 진이의 얼굴은 백린탄에 맞아 끔찍하게 뭉그러진 악마의 얼굴이 아니었다. 너무나도 아름다운 얼굴이었다. 진이가 공룡능선에서 참변을 당하기 전 그녀의 아름답던 모습이 담긴 사진이 반년 동안 사람들 사이에서 돌았고, 그 사진들에서의 모습은 오늘 청문회에 선 진이에 대한 관심이나 호감을 높여주는 구실을 해왔다. 하지만 이제 막 세상에 드러난 진이의 얼굴은 그것들과 비할 바가 아니었다. 진이의 얼굴은 이제 그녀가 품게 된 차갑고도 엄숙한 분노를 여과 없이 드러내고 있었다.

그러나 그것은 진이 혼자의 것이 아닌 아테나이의 분노이기도 했다. 진이가 황후의 오도된 모습을 자신의 의지로 고쳐 그려낸 그림의 아름다움과, 무라사키 시키부의 뒷모습을 자신의 초월적 장소로 삼아 닦아온 미학과, 옥스브리지에서 축적된 보편적 지성과, 공룡능선에서 할아버지와 만나면서 극복했던 절대고독이 이제 하나로 총화되어 발화한 얼굴이었다. 진이의 얼굴은 이것을 지켜보는 수천만의 사람들에게 순간, 저것이 아테나이의 얼굴이란 생각을 심어주었다. 청문회장에서 진이에게 폭언을 퍼붓던 국회의원들조차도 진이의 아름답고 차가운 위엄에 감히 아무 말도 할 수가 없었다. 이제 진이의 뜻을 막을 사람은 아무도 없게 됐다. 진이가 무겁게 입을 연다.

"이제부터 아테나이의 헌법을 정지시키고 주권을 회수하겠습니다. 41년간 아테나이를 지탱해온 법과 체제는 이제 아테나이의 주권 뒤로 후퇴하게 되었습니다. 그러나 이것은 저 무사진이 아테나이의 주권을 혼자 갖겠단 이야기가 결코 아닙니다. 이제 아테나이의 주권은 미래에 있을 전쟁 그 자체입니다."

우워어어어어엉…!

진이가 말을 마치자 갑자기 사이렌 소리가 사방에 울려 퍼진다.

"이게 무슨 소리야. 공습경보 아냐?"

"뭐야, 크레타가 또 쳐들어온 거야?"

사람들이 동요한다. 사이렌 소리와 함께 이 공습경보는 훈련이 아닌 실제 상황이란 안내 방송이 기계적으로 반복돼 울린다. 그리고 잠시 후 귀청을 찢는 제트엔진의 소음과 프로펠러 소리가 청문회장 안까지 들려오고, 지진이 난 듯 건물이 흔들거렸다. 이때 놀라서 밖으로 나가 하늘을 바라본 자들도 있었는데, 서울 상공에 검고 거대한 비행체가 떠 있는 모습이 보였다. 이제까지 보던 어떤 항공기보다 컸다. 제트엔진으로 추진되는 기체인 듯하면서도, 서울 상공에 마치 비행선처럼 체공하면서 아래를 내려다보고 있는 것 같았다. 진이가 15년에 걸쳐서 개발·제작한 전략 폭격기였다. 서울 상공을 장악하고 있는 9대를 포함해 총 33대의 전략 폭격기가 아테나이 전역에 걸쳐 제공권을 장악하고 있었다. 서울 상공에는 체공하고 있는 9대의 전략 폭격기 밑으로 셀 수 없이 많은 수의 헬리콥터들이 나타나, 일부는 착륙해 병력을 내리고, 일부는 레펠로 병력을 내려 보냈다. 또 하늘 저편에서는 수송기로부터 낙하산 부대가 투하되는 모습도 보였다.

그리고 국회 주변으로 갑자기 광풍이 몰아쳤다. 틸트로터(Tilt Rotor) 오스프리(Osprey) 10여 대가 국회의사당 광장 이곳저곳에 착륙하고, 그 안에서 특수부대로 보이는 병력 수백 명이 튀어나와 국회의사당 안으로 진입한다. 국회에서 누군가를 한꺼번에 체포하는 작전을 수행하는 것처럼 보였다. 이것을 지켜보던 자들은 자신들도 혹시 체포의 대상이 될 것인가 하고 공포에 떨었다.

쿠데타는 하늘에서 이루어졌다. 진이는 애초에 이제까지 생산한 전략 폭격기 33대를 아테나이 제공권 장악에 사용하기로 이미 다섯 달 전 제5군단을 떠나 서울로 올 때부터 계획하고 있었다. 서울에 온 진이를 이매의 아들인 렌이 자신의 아버지에게 바치는 것처럼 보이게 한 것도 진이와 렌의 계략이었다.

제5군단 휘하의 모든 특수부대 병력이 서울로 공수됐다. 정부군은 과거의 사례에서 벗어나지 못하고, 북방 최강의 기갑부대를 보유하고 있는 제5군단의 임세호가 탱크부대를 앞세워 서울로 내려오리라 예측했다. 그래서 육상의 요지와 목의 방어만을 강화해놓고 있었다. 쿠데타 군이 하늘에서 올 줄은 상상도 못 하고 있었다.

풋과 렌이 분주히 움직이며 뒷마무리를 한다. 풋은 이미 오후 청문회가 시작되기 전 어머니를 안전하게 모셨다고 귀띔해줬고, 렌이 윤경민 의원실에서 이매가 체포됐음을 알린다. 진이는 아주아주 오랜만에 안정을 되찾은 느낌이었다. 세상을 이도록 들끓게 한 이후 찾아오는 가슴의 평화라니, 이상했다.

105

10월 25일 금요일 오전 10시 40분 서울 세종로 정부청사 독재관 임시 집무실.

"내년 새 학기부터는 모든 대학 수업에서 외국어 원서 사용을 금지합니다. 적당한 번역서가 없을 경우엔 해당 권위자가 가능한 빠른 시간 내에 번역을 완료하도록 하세요."

"저어, 그게 현실적으로 어려운 점이…."

"압니다. 무슨 말씀을 하시려는지. 하지만 지금 이것부터 바로잡지 않으면, 장차 크레타에 대승을 거둔다고 해도 아무 의미가 없습니다. 저도 오늘이 있기까지의 기반을 브리타니아에서 닦았습니다. 하지만 이제부터는 바꿔야 합니다. 양질의 번역서가 나올 때까지의 공백기에는 수업을 담당한 교수가 수업에 사용될 부분을 발췌해, 자신이 직접 번역해서 학생들에게 배포하는 방법도 있지 않습니까?

　학문을 업으로 하는 사람들이 그 정도의 노력은 해야지요. 학생들이 모두 학자가 될 것도 아닌데, 왜 학문하는 비용을 모두 학생들에게 전가합니까? 학문연구 자체보다 어학 학습에 더 시간을 뺏긴다면, 대학 사 년이 너무 큰 낭비 아닙니까? 아테나이가 개항한 지 이제 100년이 훨씬 넘습니다. 우리는 지금까지 대체 뭘 했기에 학부생들의 교재까지 원서에 의존해야 한답니까?"

　"그건…, 원인이 국내에 있는 것이 아니라 현재 학문의 중심이 이오니아기 때문이잖습니까? 아시겠지만, 우리 교육 시스템 자체가 이오니아의 것을 수입한 것입니다. 그리고 역자의 주관이 함유된 번역서보다 원서를 직접 접하는 것이 학문연구에도 바람직합니다."

　"장관님, 우리 좀 더 현실적인 얘기를 나눠보도록 합시다. 전문적인 학술서의 경우 모국어로 읽어도 어렵고 이해하기 힘든 경우가 많습니다. 그런데 원서를 통해 이해할 경우, 해당 언어가 모국어가 아닌 학생들이 어학력·어휘력 부족으로 오독할 가능성은 고려하지 않으십니까? 학문적 배경이 튼튼하지 못한 학생들이 원서를 읽을 때와 전문가가 원서를 번역할 때, 어느 쪽이 오독의 가능성이 적습니까?"

　"아!"

　"독재관께 긴급히 보고드릴 사항이 있습니다."

　독재관 진이가 교육부 장관에게 호통을 치고 있을 때 수석 보좌관 풋이 들어와 장관과의 대화를 끊는다. 장관이 집무실을 나가고 둘만이 되자, 풋이 격식 차린 태도를 버리고 평소의 자연스러운 분위기로 이야기를 시작한다.

"진, 계획대로 우리 잠수함이 브리타니아 근해에 잠입했어요. 현지에 잠입시킨 우리 정보원과 위성을 통해 고든의 움직임을 주시하다가, 적당한 기회가 포착되면 순항 미사일을 발사할 거예요. 이 건은 계획대로 잘돼가는데…."

"네, 그런데요?"

"새 아테나이 교회 신도들이 스타디움에서 반혁명 집회를 열고 있어요. 사형선고를 받은 자신들의 교주 사해교를 풀어달라고요. 요구가 관철되지 않으면 세계 언론과 국제기구를 상대로 아테나이에서의 종교탄압을 고발할 거라고 해요. 이미 외신 기자들이 스타디움 안에 들어가 있고요."

"그건 집회가 아니라 폭동이자 협박이죠. 이미 보고를 받아서 알고 있어요. 스타디움에 운집한 신도가 15만이고, 대부분 새 아테나이 교회의 간부급 인사들이더군요. 모두 이매에게 세뇌된 자들이라 이매와 다를 바 없죠. 아테나이의 풍경을 함께 공유할 수 없는 자들이에요."

"진, 너무 냉정히만 바라보지 말아요. 이매의 사형을 여기서 취소시킬 순 없겠지만, 저들은 최대한 잘 타일러 해산시키는 쪽으로 하세요. 네?"

"풋, 이건 하늘이 주신 기회예요. 저자들을 적당히 회유할 생각 마시고, 이참에 모두 참살하세요."

"네에?!"

"이제 20년의 준비로는 미래의 결전이 어림도 없단 것이 밝혀졌어요. 지금 저 15만이 뿔뿔이 흩어져 9,000만에 달하는 아테나이인 사이사이에 분산돼서 우리 일을 방해한다고 생각해보세요. 우리가 이뤄내야 할 아테나이의 풍경 건설이 요원해져요. 그럼 시간이 얼마나 더 필요할까요? 30년이요? 아니면 100년? 시간이 없어요."

"진, 이 일은 이매 하나를 죽이는 것과는 달라요. 죄 없는 15만을 한꺼번에 학살했다는 오명을 진이 뒤집어써야 해요. 그걸 앞으로 얼마나 지고 가야 할까요? 진이 죽은 후에도 그 오명은 계속 진에게 붙어 다닐 거예요."

"풋, 저는 제 스스로 아테나이의 주권을 회수하고 독재관의 자리에 올랐어요. 무엇 때문이었죠? 그저 지금 잡은 권력을 지키고 현상유지를 위해선가요? 아니에요. 아테나이 역사가 지금 5,000년이라면 이것이 10,000년이 될 때까지의 아테나이 풍경을 건설하기 위해서예요.

우리 대에 그 풍경을 건설한다면, 사람들이 과연 언제까지 저를 학살자라 증오하고 배척할까요? 100년? 500년? 1,000년이 지나면 그걸 역사적 사실로서 중립적으로 받아들이지, 반인륜적 패악이라 열변을 토하는 사람은 아마 없을 거예요. 풋, 당신의 선조를 멸망시킨 지금의 이오니아인들을 보세요."

"아!"

풋은 브리타니아의 배신에 대항하다 공룡능선에서 백린탄 세례를 받은 이후의 진이를 바라보면서, 그녀의 본질적인 무엇인가가 크게 변해버렸다는 느낌을 받았다. 청문회장에서 숄에 가려진 진이의 얼굴이 드러나고 사람들이 순간 그것을 아테나이의 얼굴이라고 느끼게 되었을 때, 진이는 이미 다른 세계에 살고 있는 사람처럼 보였다. 그 아테나이의 얼굴은 예전처럼 진이가 자신의 관념을 도야시켜가는 과정에서 점진적으로 얼굴의 조형미에 변화를 유도하던 방식이 아니라,

어느 순간 철저하게 완성된 정신을 얼굴에 주입하는 방식으로 이루어낸 것이라고 느껴졌다. 어찌 보면 진이가 17세 때 삼각산에서 시도하다가 참담히 실패했던 것을 30년 후에 공릉능선에서는 성공적으로 이룩해낸 것일 수 있다고 생각했다.

'진은 과연 1275봉 위에서 해리어가 투하하는 백린탄에 맞기 직전 무엇을 생각하고 있었을까? 그때 그 절체절명의 순간에!'

풋은 바로 그 순간에 진이의 정신이 어떤 큰 변화를 겪었다고 생각한다. 이후 진이는 사람들이 마땅히 가져야 할 미덕을 잃어버린 것 같으면서도, 다른 한편으로는 사람들이 미처 자각하지 못하던 것을 깨닫고 기관차처럼 오직 목적을 향해 질주하고 있다. 그렇다고 진이가 이성을 잃고 폭주하는 것은 결코 아니었다. 지금 진이의 마음속은 그 어느 때보다 평온하고 맑으며 자연스러운 상태일지도 몰랐다.

"오늘이 금요일, 내일모레 일요일 새벽, 저들의 상당수가 지쳐서 잠들었을 때 특공대에 파괴 공학자들을 딸려 잠입시키세요."

"네, 알겠어요. 진."

그러고 나서 진이는 왼쪽 손목을 들어 시계를 보고 현재 시각을 확인한다. 오늘은 혁명 재판에서 반혁명 분자로 사형 판결이 내려진 43명의 형을 집행하는 날이다.

"렌이 이제 반혁명 분자의 사형을 집행할 시간이군요."

진이는 집무실 동쪽 창문으로 다가가 밖을 내다본다. 창밖의 북쪽 아래편으로 광화문과 경복궁이 보이고, 그 뒤로 단풍으로 붉게 물든 북악산이 보였다. 정면 아래쪽에서 남쪽으로 광화문 광장이 길게 뻗었는데, 광장 동서 양편으로 난 왕복 12차선 도로는 차량이 통제되어 달리고 있는 차가 한 대도 없었고 그 바깥쪽으로 난 보도에도 행인은 보이지 않았다. 광장 한복판에는 제복 입은 경찰 여러 명이 홀로 또는 두세 명씩 짝을 지어 경계를 서고, 이들을 지휘하는 것으로 보이는 검은 슈트 입은 사람 몇 명이 여기저기를 돌며 가끔 무전기로 교신하는 모습이 보인다.

이윽고 광장 동쪽 도로변에 검은색 호송 버스 한 대와 이를 앞뒤로 에스코트한 검은색 승용차들과 경찰차들이 줄줄이 와 함께 선다. 차들이 서자마자 에스코트 차량에서 제복 입은 경찰과 검은색 슈트 입은 경찰이 우르르 쏟아져 나와 먼저 광장에 자리 잡은 인원과 합류한다. 맨 앞에 와서 선 검은 색 승용차 안에서 유달리 키 큰 남자 한 명이 비교적 늦게 차에서 내리는 모습이 보인다. 차 안에서 무선으로 뭔가를 보고받고 지시한 후 내리는 것 같았다. 아니면 그는 차 안에서 잠시 시름에 잠겼다가 아주 떼기 어려운 발걸음을 차 밖으로 내디딘 것일지도 몰랐다.

'렌!'

진이는 렌이 지금 이 순간 그 누구보다도 무거운 마음일 것을 안다. 렌은 오늘 모든 사형집행을 자신이 직접 할 것을 애초부터 못 박고 있었다. 검은 호송 버스에서 43명의 사형수들이 줄지어 내리고, 미리 광장에서 대기하던 경찰들은 이들을 엄숙하게 광장 한가운데로 인도해 일렬로 세운다. 사형수들은 동쪽을 등지고 서쪽을 바라보며 횡대로 길게 늘어섰다. 한 사람 한 사람이 약 10m 정도의 거리를 두고 늘어서니, 약 400m가 넘는 긴 일렬횡대 대형이 남북으로 길게 뻗은 광장을 동서로 2등분했다. 사형수들에게는 통상 입히는 백색이나 청색 계열의 죄수복이 아니라, 흰색 셔츠에 검은색 정장을 갖추게 했다. 수갑을 채우거나 포승을 묶지도 않았다. 조금이라도 명예롭게 그들을 떠나보내려는 배려 같았다. 진이가 정부청사 꼭대기의 집무실에서 내려다볼 때, 형을 집행하는 자나 형을 당하는 자나 복장에서 오는 차이가 없었다. 이들이 입은 검은색 정장과 광장의 하얀 화강암 타일이 을씨년스럽고도 엄숙한 대비를 이루었다.

이제 잠시 후 형이 집행될 것을 안 진이는 집무실 한 쪽 구석 테이블 위에 마련된 와인을 2개의 투명 와인 잔에 담았다. 진이가 양손에 와인잔 하나씩을 들고 풋에게 다가와 잔을 건넨다. 잔을 받아든 풋은 진이가 자신에게 잔을 건넨 후 다시 창가로 향하는 것을 본다. 따로 자신에게 말 걸지는 않았지만, 같이 창가에서 사형집행을 목도하자는 의미 같았다.

사형집행자 렌이 사형수의 열에 다가오면서 검은색 재킷 안쪽에서 권총을 꺼내는 모습이 보였다. 렌은 열의 남쪽 끝에 있는 사형수부터 형을 집행했다. 렌은 서쪽에 등을 지고 사형수와 마주 선 자세에서 3m 정도 거리를 두고 총을 죄수의 이마에 겨냥했다. 한 사람의 사형수에게 단 한 발씩을 쏘았는데, 이마 한가운데 총을 맞은 사형수는 뒤로 넘어진 후 선혈을 쏟아 광장의 흰 바닥을 붉게 물들였다.

그렇게 한 사람 한 사람씩 형을 집행하며 남쪽에서 북쪽으로 올라오던 렌은 열의 중간이 좀 못 되는 지점에서 권총의 총알이 떨어졌는지, 잠시 멈춰 새 탄창으로 교체했다. 그리고 다시 신속하게 형을 집행해 나간다. 렌은 21명의 형을 집행하고 열의 정중앙에 서 있던 자와 마주 보게 되었다. 오늘 광장에 늘어선 사형수 중 가장 키가 크고 나이 많은 자였다. 렌이 눈을 마주치자 상대는 이상한 미소를 눈가와 입언저리에 지었다.

"..."

"…"

이상한 웃음이었다. 렌은 더는 상대를 바라보기 힘들었다.

탕!

렌이 방아쇠를 당겼다. 이매의 이마를 뚫은 총탄은 머리를 관통해 뒤통수를 뚫고 나갔다. 거구의 이매가 뒤로 쓰러지고 바닥에 시뻘건 선혈을 토해냈다. 진이와 풋은 집무실 창가에서 이 광경을 똑똑히 지켜보았다. 진이는 열의 정가운데 서 있던 가장 키 큰 자가 렌의 총에 맞고 뒤로 쓰러지는 모습을 본다. 앞서 형을 집행당해 쓰러진 자들과 아무것도 다를 것이 없었다.

'제 할애비를 목 잘라 죽이더니, 제 아들이 쏜 총에 맞아서 가는구나!'

진이는 한 쪽 손에 들고 있던 잔을 들어 입가에 가져갔다. 진홍색 와인이 진이의 입술을 거치고 혀 위를 흘러 목을 적셨다.

106

10월 25일 금요일 오후 3시 론디니움.

13년째 총리대신의 자리를 지켜온 고든은 지금 그 어느 때보다 자신의 정치생명이 위태로웠다. 자신이 비밀리에 제거에 성공했다고 여겼던 무사진이 살아남아 2달 전 아테나이 국회 청문회에서 이제까지 비밀리에 진행해온 RIS의 비밀 프로젝트를 폭로하고, 급기야 극적인 쿠데타로 아테나이의 권력을 장악했기 때문이다. 브리타니아의 일반 여론은 고든이 아테나이의 무사진과 추진해온 비밀 전쟁 계획 자체에 놀라움을 표시하고 헤라클레이아를 비롯한 이오니아 제국과의 외교적 마찰을 염려하는 분위기였지만, 브리타니아 정계에서는 오히려 고든의 일관되지 못했던 외교정책을 비난하는 경향이 강했다.

이대로 가다가는 결국 이오니아의 균형자이자 맹주 자리를 헤라클레이아에게 빼앗길 수밖에 없는 자국의 입장에서, 미래에 이오니아만큼 강력해질 아카이아 세계에서 상대적 약체인 아테나이를 제1 파트너로 삼아 아카이아의 균형자로 세우고, 이를 지렛대 삼아 지금 한참 추진 중인 리디아 합중국에서도 브리타니아가 주도적 역할을 한다는 구상에는 모두가 찬성하고 있었다. 이런 상황에서 상당수의 정치인과 관료들은 철저한 지원을 약속했던 상대인 무사진에게 배신감을 느끼게 하고 계획을 파탄으로 몰아가게끔 한 고든의 외교적 졸렬함을 질타했다. 게다가 이번에 쿠데타를 일으켜 독재자가 되어버린 무사진이란 여인을 동정하기까지 했다. 많은 의원이 고든에게 정계 퇴진을 요구하고 아테나이와의 관계개선을 희망하는 분위기에서 고든은 위기감을 느끼지 않을 수 없었다.

오늘도 고든은 의회에서 동료 의원들에게 따가운 눈총을 받으며 국회의사당을 빠져나왔다. 잠시라도 론디니움을 떠나 기분전환을 하고 싶어 동남부 휴양 도시인 브라이턴(Brighton)으로 향했다. 그곳에서 이오니오스 해의 푸른 바다를 바라보고 있으면, 지금 이 위기를 타개할 만한 좋은 아이디어가 떠오를지도 모른다고 생각했다.

고든은 기사를 대동하지 않고 자신의 애마인 벤틀리 컨티넨탈을 직접 몰며 템스 강 서안 밀뱅크(Millbank)를 달렸다. 강바람을 쐬고 싶어 양쪽 창문을 여니 템스 강으로 역류해 들어온 바닷물 탓에 나는 비릿한 냄새가 나쁘지 않았고, 강가를 날아다니는 갈매기를 보니 벌써 브라이턴에 온 것 같았다. 서쪽에서 비치는 햇빛이 차창을 통해 눈을 부시게 하자 선글라스를 쓸까 했지만, 왠지 오늘은 내키지 않아 그만두기로 한다.

템스 강 서안을 달리던 차는 이제 다리를 건너 동쪽으로 넘어가야 한다. 고든의 차는 램버스 브리지(Lambeth Bridge)에 진입해 템스 강을 건넌다. 양쪽 창문을 열어놓은 채로 달리니 아까보다 강바람이 더 강하게 불어와 이젠 창문을 닫고 싶어졌다. 창을 닫으려 파워 윈도 스위치로 손을 가져가는데, 왼쪽 차창 밖에서 어떤 소리가 들려왔다. 그리고 그 소리는 왠지 더 크고 날카로워지면서 자신을 향해 몰려오는 것처럼 느껴진다. 좋지 않은 느낌이다! 고든은 고개를 왼쪽으로 돌려 차창 밖을 내다보았다. 이제 자신의 시야에 막 들어온 북쪽의 웨스트민스터 브리지(Westminster Bridge) 교각 사이로 템스 강 수면에 하얀 물살을 일으키며 낮게 날아오는 물체가 보였다. 하얗게 생긴 미사일의 목표가 바로 자신임을 고든은 직감했다.

지금 날아오는 미사일을 이 정도 거리에서 사람의 시각으로 포착할 수 없음을 그는 잘 알고 있었다. 그러나 이상하게도 지금 이 순간 미사일은 아주 또렷이 그리고 천천히 표적인 자신에게 날아오고 있었다. 이윽고 미사일이 그가 건너고 있는 다리 밑으로 모습을 감추면서 그의 시야에서 사라졌다. 미사일은 램버스 브리지와 강수면 사이에서 폭발해 다리 중앙의 상판을 날려버렸다. 고든의 차는 상판과 함께 공중으로 높이 치솟다가 낙하해 템스 강 속으로 처박혔다.

107

10월 27일 일요일 오전 9시 30분 서울 올림픽 스타디움.

사흘째 자신들의 성전 안에서 반혁명 집회를 하던 새 아테나이 교회 간부 15만은 아침부터 코를 찌르는 악취로 숨을 쉬기조차 힘들었다. 게다가 의자에 앉아 쪽잠으로 2박을 해서인지 몸도 천근만근 무거웠다. 혁명정부에서는 스타디움의 전기와 수도를 차단해서 이곳에서의 집회를 중단시키려 했지만, 이곳은 엄연히 자신들의 성전이고 주기적으로 예배를 올리는 공간이니, 이 정도의 압력으로 물러설 수는 없다고 그들은 생각했다.

마실 물과 먹을 것은 신도들이 밖에서 보급해주었으나, 수도가 끊겨 수세식 화장실을 사용할 수 없어 적당히 밀폐된 용기에 용변을 보았는데, 15만이나 되는 인원이다 보니 이것으로는 한계가 있어, 어제부터 성전 곳곳에서 배설물의 악취가 풍겨오기 시작했다. 조금씩 집회 이탈자가 생길 법도 하지만, 무엇보다 이곳에 들어와 자신들의 모습을 세계에 방송하는 외신기자들이 있기에 아직 열악한 환경을 견디지 못하고 성전을 떠나는 사람은 없었다. 오히려 이곳의 환경이 열악할수록 혁명정부의 자신들에 대한 탄압과 악랄함을 보일 수 있어서 좋았다. 외신들이 자신들을 보도하고 있는 이상 혁명정부가 자신들을 어떻게 할 수 없을 것이라 믿었다.

오늘 이 시각은 자신들이 매주 주일예배를 보는 시각이다. 사실 열악한 조건 때문에 평소보다 한 시간가량 늦어지긴 했으나, 어찌됐건 외부의 어떤 위압에도 굴복하지 않고 평소와 다름없이 담대하게 하나님께 제를 올려야 했다. 성전 안의 파이프 오르간 반주 음이 울려 퍼지고 15만의 군중은 찬송가를 부른다. 주일예배의 설교는 예외 없이 주임목사 사해교가 해왔지만, 바로 그저께 광화문 광장에서 총살 당했다는 비보가 전해졌다. 그래서 그런지 신도들의 찬송가 부르는 소리가 구슬프게 들려오기도 했다. 오늘 설교는 부주임 목사가 맡을 것이며, 설교는 주로 돌아가신 주임목사를 애도하는 내용과 야만적인 혁명정부의 탄압, 그리고 마녀와도 같은 무사진을 성토하는 내용이 주를 이룰 것이었다.

쿠아앙….

갑자기 커다란 소리와 진동이 울려왔다. 깜짝 놀란 신도들은 찬송가 부르기를 멈추었고, 파이프 오르간 연주자도 반주를 멈추었다. 몇 초가 지나 그 커다란 소리는 연속해서 들려오기 시작한다.

쿠아앙, 쿠아앙, 쿠아앙….

뭔가가 폭발하는 소리란 걸 사람들은 느끼기 시작했다. 그러면서 군중 사이에서는 전에 느껴보지 못한 공포가 엄습해왔다. 이때 사람들은 우선 고개를 돌려 자신의 주변에 있는 이들의 얼굴을 멍하니 쳐다보곤 하다가, 수만 군중의 시선이 거의 동시에 자신들을 촬영하던 외신 카메라에 모이는 기이한 현상이 나타났다.

쿠아앙, 쿠아앙, 쿠아앙, 쿠아앙, 쿠아앙….

폭발은 더욱더 동시다발로 일어났고, 먼 곳에서 가까운 곳으로 진원지가 옮겨오고 있음이 느껴졌다.

꺄아악, 꺄아악….

드디어 누군가 비명을 지르기 시작했고, 이것은 삽시간에 스타디움 내에 있는 15만 군중에 파급됐다. 순식간에 성전은 아비규환의 장이 돼버린다. 천장에서 스타디움의 돔을 떠받치고 있던 철제 빔이 떨어져 내리고, 철근 콘크리트 기둥에 금이 가며 부서져 내리기 시작했다. 스타디움 밖에서는 새벽부터 주위가 철저히 통제되고, 스타디움 주변 100m 이내로는 접근을 일절 금지시키고 있었다. 오전 9시 45분 경이 되자 스타디움 안쪽에서 폭발음이 들려오더니, 이어 거대한 돔 지붕이 굉음과 함께 내려앉기 시작했다. 우연히 근처를 지나던 행인 이나 차 안에 타고 있던 사람 또는 인근 아파트와 빌딩 안에서 이 장 면을 목격하게 된 사람들은 그저 눈을 의심하며, 무너져 내리는 스 타디움과 이에 동반한 거대한 잿빛 연기를 그냥 멍하니 바라볼 수밖 에 없었다.

제13장

구름바다

노래하소서, 여신이여! 펠레우스의 아들 아킬레우스의 분노를,
아카이오이족에게 헤아릴 수 없이 많은 고통을 가져다주었으며
숱한 영웅들의 굳센 혼백들을 하데스에게 보내고
그들 자신은 개들과 온갖 새들의 먹이가 되게 한
그 잔혹한 분노를! 인간들의 왕인 아트레우스의 아들과
고귀한 아킬레우스가 처음에 서로 다투고 갈라선 그날부터
이렇듯 제우스의 뜻은 이루어졌도다.[32]

— 호메로스의 『일리아드』 중에서

전에도 테미스토클레스의 판단은 중요한 순간에 최상의 판단으로 인정된 적이 있었다. 라우레이온 광산에서 국고로 큰 수입이 들어오자, 아테나이인들은 각자에 10드라크메씩 그 돈을 분배하려 했다. 그때 테미스토클레스가 그 돈을 분배하는 대신 그 돈으로 전쟁, 즉 대(對) 아이기나 전쟁에 대비해 함선 200척을 건조하도록 아테나이인들을 설득했

32　호메로스, 『일리아스』, 천병희 옮김, 숲, 2007, 25쪽.

다. 그리고 바로 이 전쟁이 아테나이에게 해양강국으로 발돋움하도록 강요함으로써 나중에 헬라스를 구해주었기에 하는 말이다. 이 함선들은 사실은 건조 당시의 목적대로 대 아이기나 전쟁에 사용되지 않았으나, 그것이 오히려 필요할 때 헬라스에게 도움이 되었다. 아테나이인들은 이미 건조해둔 이들 기존의 함선들 외에 더 많은 함선들을 건조할 필요가 있다고 생각했다. 그리하여 신탁에 관해 논의하던 끝에 그들은 헬라스에 침입한 페르시아인들에게, 신의 뜻에 따라 함대를 동원하여 거국적으로, 그리고 헬라스인들 가운데 동조 세력과 힘을 모아 맞서기로 결의했다.[33]

— 헤로도토스의 『역사』 제VIII권, 144장 「테미스토클레스가 함대 건설을 주장하다」 중에서

아테나이력 4423년, 경술(庚戌)년, 네스토리우스력 2090년

108

8월의 어느 날.

진이가 쿠데타를 일으키고 독재관의 자리에 오른 지 15년이 지났다. 진이는 이제 61세로 노년기에 접어들었지만, 그녀의 얼굴은 아직 원숙한 30대 중반의 아름다움을 내뿜고 있었고, 그녀가 일으킨 쿠데타는

---

33 헤로도토스, 『역사』, 천병희 옮김, 숲, 2009, 704~705쪽.

혁명으로 평가받고 있었다. 진이는 이제 아테나이의 풍경과 아테나이인 개개인의 마음속에 심어줄 숭고한 서사를 완성할 시기가 다가왔음을 느꼈다. 동시에 누구의 미관에도 의지하지 않고 가장 자연스럽고 아름다운 자신의 얼굴을 완성할 시기가 온 것으로 생각했다.

15년 동안 진이의 계획은 중단 없이 계속돼왔다. 그래서 크레타의 대 함대와 내륙에 있는 군사거점, 그리고 군사력과 연계된 산업시설을 일거에 섬멸할 전략 폭격기, 절대 포탄, 투발수단인 레일건의 생산이 모두 기본적인 필요량을 훨씬 초과하여 달성됐다. 이 계획이 나라 전체에 공개되어 국민적인 사업으로 추진되기 시작한 것이 15년 전, 그러니까 진이가 정변을 일으켜 아테나이의 권력을 장악한 때부터이다.

그로부터 칠 년이 지난 시점에서 오늘에 이르기까지, 이 일을 직접 추진한 관료·기술자·기업인과 이 과정을 주의 깊게 지켜봐온 모든 국민이 진이의 의지가 필요 이상으로 지나친 것은 아닌지, 때로는 우려의 눈길로, 때로는 불만을 표시하며 첨예한 사회적 담론을 끌어내, 가끔 계획이 중단될 위기를 맞기도 한 파란의 시간이었다. 물론 여기에 대해 진이는 굽히지 않고 시종일관 계획을 고집스럽게 추진했다. 진이가 추진하는 일이 대중의 뜻에 반하여 억지로 추진된 것이 절대 아니기 때문이었다. 아테나이 왕조가 멸망하고 크레타의 지배에서 벗어나고자 일어났던 공산혁명 이후에도, 통제경제 체제의 한계를 극복하기 위해 일어났던 자유주의 혁명 이후에도, 대중은 크레타를 넘어서고자 하는 마음을 가져왔다. 그러니까 시대마다 추구하는 방식이 달랐을지언정, 언젠가 크레타를 넘어서겠다는 마음의 성전은 대를 이어 아테나이인들의 무의식에 세워져 있었다. 그래서 종종 제기되는 전쟁 반대론은 반대를 위한 반대에 불과하다는 것을 진이는 잘 알고 있었고 그래서 담대히 계획을 밀어붙일 수 있었다.

사실 진이가 혁명을 일으켜 좌초될 뻔한 미래전쟁 계획을 살려낸 이후부터 자신에 대한 비판과 독재자라는 낙인은 그녀가 숙명적으로 감수해내야 할 것들이었다. 우선 진이가 권력을 잡은 직후 시행한 대학에서의 원서사용 금지법은 고대 라케다이몬의 분서갱유(焚書坑儒)와 비견될 만한 악법으로서 극심한 비판을 받았다. 하지만 이것은 진이가 볼 때 전쟁 계획과 함께 반드시 병행되어야 할 필요악으로, 어쩌면 군사적 승리보다 더 중요한 것일 수도 있었다.

언제까지 일부 특정국 유학파들의 기득권 유지를 위해 수많은 학생과 거대한 사회자본이 투자된 대학이 참신한 학문 발전 없이 희생돼야 하는가? 많은 학생은 재학 기간 동안 자신의 전공과목에서 정작 알아야 할 기본적인 개념과 이론적 맥락을 확실히 이해하지 못한 채 이오니아 어 학습에 대부분 시간을 투자하는 주객이 전도된 공부를 해야 한다. 더 나아가 학자들은 창의력을 발휘한 학문 연구보다는 이오니아의 이론을 수입해 소개하고 이오니아의 저명한 학술 저널에 이오니아 어 논문을 올리는 것이 최고의 명예로 인식된 지 오래다. 이런 분위기에서는 제대로 된 학문 연구가 이루어질 수 없고, 외국어를 공부하는 목적은 그것을 원어민 수준으로 구사하기 위한 것이 아니라 모국어를 풍요롭게 하기 위한 것이어야 한다는 너무나 당연한 원칙을 지킬 수 없게 되는 것이다.

현대판 분서갱유란 불명예와 엄청난 반대를 무릅쓰고 진이는 강력하게 이 정책을 밀어붙였다. 만일 대학에서 아테나이 어 번역서가 있음에도 불구하고 원서를 사용할 시에는 해당 책임자와 교수의 자격을 영구히 박탈해서 대학에 발붙이지 못하게 했다. 번역서가 없거나 있어도 내용이 부실할 때는, 정부에서 지원해서라도 해당 분야의 최고 권위자에게 최단기간에 번역을 완수하게끔 압력을 넣었다. 그러고 나서 국민들에 대한 진이의 메시지는 이러했다.

"모국어만큼 효과적인 학문의 도구는 없습니다. 모국어를 사용하는 것이 가장 단기간에 인간이 세상에 대한 이해를 넓히고 그에게 영감을 주어 새로운 것을 창조하는 길을 열어주는 것입니다. 모국어를 통해 높은 학문적 성취를 이룬 후, 그것을 외국어로 번역하여 외국에 내놓아도 늦지 않습니다. 정말 우리가 이룬 학문적 성취가 위대하다면, 그땐 외국인들이 스스로 우리의 연구 성과를 그들의 말로 번역하여 공유하려 들 것입니다. 이후로 우리는 역사에서 우리 자신을 스스로 종속적 위치에 두는 어리석은 짓은 하지 말아야 합니다."

어쩌면 이 정책은 진이가 아테나이 국민과 가장 하고 싶었던 이야기를 나누기 위해 시행한 정책이었는지도 모른다. 또 이 이야기가 하고 싶어 아무도 예측하지 못했던, 아무도 본 적이 없는 희귀한 정변을 일으켰는지도 모른다.

진이가 쿠데타를 일으킨 것은 15년 전 어느 여름날이었다. 아테나이 국민은 정체를 알 수 없는 거대한 검은 비행체 33대가 아테나이 반도 상공에 나타나는 것을 보았고, 대도시마다 요란한 사이렌 소리가 10여 분간 쉼 없이 울렸다. 무서울 정도의 맑고 높은 푸른 하늘에 울려 퍼진 사이렌은 한 여인이 28년간 감추어온 모습을 드러내는 순간이었다. 훗날 한 역사가는 이때 아테나이 국민의 심정은 한 고결한 여인이 만인 앞에서 비장하게 옷을 벗는 모습을 바라보는 것과 같았다고 기술했다.

진이가 권좌에서 물러나면 크레타 침공을 목적으로 거대한 국가의 자원이 투입된 전략 폭격기를 권력을 잡기 위해 사용했다는 비난을 면키 어려울 것이다. 거기에 더해 집권 직후 15만 명에 달하는 네스토리우스 교도를 스타디움에서 학살한 사실은 진이를 분명 잔혹한 독재자로 낙인찍게 할 것이고, 그녀의 집권 기간을 전체주의 체제였다고 평가할 것이다.

그러나 크레타에 의해 강제로 시작된 근대화, 그리고 공산주의 혁명과 자유주의 혁명을 연달아 거치며 끈질기게 생존해온 아테나이였지만, 진이가 뼈아프게 느꼈듯이 그것은 확실히 미완의 근대화였고, 아테나이에는 외형적 성장을 내실 있게 채워줄 만한 내적 성숙이 없었으며, 언제고 또 다른 진이를 탄생시킬 수 있는 구조였다. 그렇다면 진이가 일으킨 반역은 반드시 한 번은 겪어야 할 필연이라고 생각할 수 있지 않을까? 또한 아테나이의 역사에서 앞선 두 차례 미완의 혁명을 완성하기 위한 제3의 혁명이라 자리매김해도 좋지 않을까? 그런 의미에서 진이의 역천(逆天)은 어떠한 논리적인 비판도 초월하는 숭고한 일면이 있었다고 후대의 역사가들에 의해 평가되지 않을까?

아테나이는 이제 군사력만이 아니라 총체적인 국력에서도 15년 전에는 2배 이상 차이가 나던 크레타를 이제는 거의 대등한 정도까지 따라잡았다. 인구도 1억을 넘었다. 이러한 아테나이의 성장세와 15년 전부터 등장한 무사진이라는 호전적인 독재자가 공공연히 크레타 섬멸을 정책으로 내걸고 군비를 확장하는 것은 크레타에게 당연히 커다란 위기감을 느끼게 했다. 그런데 이러한 불안을 더욱 자극하게 된 것은 이오니아에서의 리디아 합중국 성립이었다.

리디아 합중국의 성립이 점점 구체화되어가자, 리디아 합중국의 맹

주인 브리타니아는 공공연히 아카이아 세계에서 미래의 베스트 프렌드를 크레타가 아닌 아테나이로 지목하곤 했다. 브리타니아가 진이를 백린탄으로 폭사시키려 했고, 여기에 대한 복수로 진이는 순항 미사일로 고든을 암살해 양국관계가 한때 심각하게 냉각되었으나, 어차피 두 나라는 자신의 사활과 국가적 위신을 지키기 위해 서로를 필요로 했기 때문에, 아테나이-브리타니아 양국은 곧 관계를 회복하고 동반관계를 유지해왔다. 이에 대해 크레타는 외교적 고립을 탈피하기 위해 아이가이온 해를 사이에 두고 100년 이상 적성국이었던 사이베리아와 상호 불가침 조약을 맺은 후 아테나이 침공 계획을 세운다. 진이는 이 상황을 오히려 반겼다. 먼저 크레타를 침공함으로써 국제사회에서 받을 비난을 감수하지 않아도 된 것이다.

현재 크레타는 공식적으로 절대무기를 보유하고 있지 않다. 과거 진이의 공작에 의해 이오니아 제국으로부터 집요한 간섭을 받아왔고, 아테나이의 지속된 방해 공작도 계속됐기 때문이다. 여기에 비해 아테나이는 동맹국인 브리타니아의 집요한 방해에도 불구하고 절대무기를 꾸준히 생산 보유했다. 크레타는 자국의 세계 최강 해군력을 동원하여 아테나이를 공격하더라도 아테나이가 절대무기로 반격해올 가능성이 있었는데, 여기에 대해서는 우선 불가침 조약을 맺은 사이베리아의 절대무기 보복, 더 나아가서는 이오니아 제국 전체의 절대무기 보복을 아테나이가 두려워할 수밖에 없으리라 판단했다. 비록 브리타니아가 공공연히 아테나이의 위상을 높이고 양자 사이의 군사동맹이 있더라도, 아테나이의 절대무기 사용을 허용하지는 않을 것이란 계산이 있었다. 이오니아 세계의 절대무기에 의지해 절대무기 보유국인 아테나이를 공격하고, 양국의 전쟁은 재래식 무기 사용의 제한전으로 한다는 전략이었다.

크레타의 함대가 아테나이를 침공하기 위해 조만간 군항을 출항할 것이란 보고가 들어왔다. 이제 진이는 그동안 치밀하게 준비해놓은 실력을 드러낼 때가 되었다. 동시에 자신의 진정한 얼굴을 완성해 드러낼 시기가 왔다고 생각했다. 진이가 원래 계획했던 것보다 십 년이 더 긴 30년간 개발 생산해온 전략 폭격기는 총 1,300대로, 외부에 발표한 보유 대수 587대의 두 배가 넘었으며, 전략 폭격기에 탑재된 레일건의 포탄도 재래식 포탄이라는 발표와는 달리 절대무기였다.

아테나이의 전략 항공대는 총 7개의 전열로 나누어져 있었다. 각 전열은 약 185대 전후의 전략 폭격기로 이루어져 있고, 한 전열의 화력이 8만 톤급 항모 20대를 보유한 크레타 연합함대 전체를 전술 절대무기를 사용해 단시간에 파괴할 수 있었다. 그런 전열을 일곱이나 보유했으니, 전략 항공대 건설에 직접 참여했던 전문가들조차도 너무 과도한 전력을 보유하는 것이 아니냐며 비판의 날을 세웠었다.

진이가 이 전략 항공대 건설계획을 입안할 때부터 각 항공기는 전략 폭격기임과 동시에 전투기로 설계되기 시작했다. 공중에서 상대 전투기와 교전 능력이 있는 제공기와 지상의 목표물을 파괴하는 폭격기 기능을 모두 가지고 있는 것이어서, 항공기 편대가 다른 2종류의 항공기로 나누어져 있을 때보다 효과적이고 탄력 있는 편대 운용이 가능했다.

바꿔 말하면, 전략 폭격기 1대가 지상에 대한 폭격과 하늘에서의 적기요격 그리고 날아오는 미사일에 대한 방어력을 모두 갖춘 전폭기인 것이다. 계획 초기에는 중소형이 아닌 대형의 전략기가 전폭기로 제작되는 것에 회의적인 의견이 많았으나, 이것은 시간이 지나면서 빠른 기술력의 발전으로 해결하게 되었다.

사실 전함도 해군에 항공기가 보조전력으로 활용되면서 대공 능력이 약해 적 전투기의 공격에 매우 취약했고, 대함 미사일이 발달하면서 전함의 장갑을 두껍게 해 방어하는 것만으로는 한계에 직면하여, 거대한 전함은 전장에서 사라질 위기에 처했었다. 그러나 이 문제도 시간과 기술이 해결해주기에 이르렀다. 신의 방패란 별명을 가진 이지스 레이더가 날아오는 미사일을 전방위로 탐색하고, 이를 요격할 수 있는 수단 또한 발달해 전함은 아직 그 수명을 연장하고 있는 것이다. 이와 마찬가지로 진이의 전략 항공대 건설 계획은 장기간에 걸쳐 추진되면서 여기에 동반한 기술발전에 힘입어, 처음에는 불가능할 것 같았던 일이 성공적으로 완결을 보게 되었다.

모든 전략 폭격기는 거대한 크기에도 불구하고, 진이가 쿠데타를 일으킬 때 보았듯이 공중에서 장시간 체공할 수 있는 수직 이착륙기로 제작되었다. 어떤 장소에서라도, 하물며 수상에서도 이착륙할 수 있었기에, 꼭 정해진 공군 기지에 귀환하지 않더라도 일정 기간 운용이 가능했다. 이는 항공기의 이동, 분산배치가 매우 쉽다는 의미이며 적에 대한 비밀유지에도 효과적이었다.

수시로 항공기 배치 장소를 변경했으므로, 크레타는 불시에 아테나이를 기습하여 공군력을 괴멸하고자 하는 시도를 할 수 없었다. 게다가 각 폭격기는 유인 무인 할 것 없이 사전에 프로그래밍 된 시스템으로 일사불란하게 통제되어, 진이가 언제라도 공격명령을 내리면 각지에 산개한 폭격기들이 한 점으로 모여 거대한 전열을 이루고 무섭게 목표물을 향하여 날아갈 수 있게 되어 있었다. 항공기에 스텔스 기능이 부여되는 것은 이미 대세였으니, 현재로서 최신의 스텔스 기능을 가진 것은 물론이다.

진이는 지금은 국가기관으로 편입된 자연의 총책이자 군사보좌관 렌(Wren)을 급히 불러, 언제 어디서든 전쟁을 지휘 통제할 수 있는 이동 사령부를 꾸려 수직 이착륙기로 이동할 준비를 하라고 명령했다.

109

진이는 수직 이착륙기를 타고 설악산 중청봉의 항공기 착륙장에 도착했다. 8월 한여름의 무더운 날씨다. 평소 때 같으면 마등령을 올라 공룡능선을 종주하여 이곳으로 왔을 것이다. 그러나 지금은 시간이 없다. 내륙의 공군기지와 해안 곳곳에서 대기 중인 전략 폭격기들의 출격 준비를 지시하고 이곳에 왔다.

진이는 이동 작전사령부를 중청봉 레이더 기지에 두고 명령을 기다리게 했다. 그리고 시간이 촉박하기는 하지만, 중청봉에서 신선대까지 내려가 보기로 한다. 진이는 그동안 건설해온 군사력을 투사하여 완성될 아테나이의 풍경을 이곳의 구름바다 위에서 완성하고 싶었다. 온 세상이 구름에 덮여 그 위에 공룡과도 같은 바위들이 섬처럼 구름바다 위에 솟아 있는 모습이야말로 아테나이 풍경이 되기 부족함이 없다고 생각했다. 그러나 진이는 마음이 무거웠다. 중청봉에 도착해 보니 눈앞에 안개가 꽉 끼어 하늘이 보이지 않을 정도였다. 오늘은 안타깝게도 구름바다의 장관을 볼 수 있을 것 같지 않았다. 30년을 준비해왔건만, 이 결정적인 날에 공룡은 마음을 열지 않을 것인가?

어찌됐건 진이는 레이더 기지 안에 자리 잡은 사령부에 언제든 자신의 명령을 신속히 정확하게 수행할 수 있게 대기해야 한다고 일러두고, 수석 보좌관 풋, 군사 보좌관 렌과 장성들, 그리고 일부러 이 순간을 위해 초대한 300명의 인사를 데리고 소청봉을 거쳐 신선대로 향했다. 옆에 있는 렌은 초조하여 진이를 자꾸 다그친다.

"크레타의 함대가 언제 출항할지 모른다고 하지 않습니까? 지금 이 분들을 모시고 산을 구경하실 때가 아니지요. 언제 적의 함재기들이 아테나이 내륙을 기습해 들어올지 모르잖습니까?"

"가만있어. 출격하는 우리 전략 항공대와 아테나이를 대표하는 이 분들에게 꼭 보여드리고 싶은 것이 있단 말야. 렌, 어찌 보면 이건 우리에게 이번 전쟁에 승리하는 것만큼 중요한 것일 수 있어."

"무슨 말씀을 하시는 건지 전 잘 모르겠습니다."

"렌, 가만히 있어보세요. 진이 뭔가 생각이 있어서 그럴 거예요."

옆에서 보고 있던 풋이 초조해하는 렌에게 넌지시 말을 건네며 웃는다.

진이와 렌을 선두로 하는 330여 명의 무리는 희운각과 무너미고개를 지나 신선대에 도착했다. 그러나 아직도 온 사방에 안개가 끼어 아무것도 보이지 않았다. 분명 바로 앞에 버티고 있을 공룡의 자태가 여전히 자신의 모습을 숨기고 있었다.

"아! 크레타의 연합함대가 방금 출항을 시작했다고 합니다. 빨리 공격 명령을 내리셔야 합니다. 더 늦으면 우리가 30년을 준비해온 것이 다 수포로 돌아갈 수 있습니다."

렌이 소리친다. 진이는 낙담했다. 이젠 단념하고 출격 명령을 내릴까 했다. 그런데 갑자기 대기압이 높아지는 것 같았다. 상부에 있는 안개가 걷히면서 파란 하늘과 뭉게구름이 드러났다. 그러면서 높아진 기압이 공룡능선을 덮고 있던 안개를 아래로 천천히 밀어 하강시켰다. 공룡의 머리와 어깨 그리고 몸뚱이가 천천히 구름 위로 솟아올랐다. 15년 전 한겨울에 무서운 눈을 부라리던 모습 그대로 공룡의 눈은 저 동쪽의 적들을 향해 무시무시하면서도 거룩한 살기를 내보내고 있었다.

공룡의 모습이 드러나자 이제는 희디흰 구름이 동쪽 바다 전체를 덮어버렸다. 흔히 쓰는 운해(雲海)란 표현으로는 그 장관을 다 담아낼 수 없었다. 그야말로 끝없는 구름바다의 수평선을 이루었다. 갑작스럽게 드러난 공룡의 자태와 구름바다의 풍경이 지켜보는 사람들에게 이제까지 느껴본 적이 없는 전율과 희망을 동시에 느끼게 했다.

"풋, 저걸 봐요. 렌 저길 봐. 이제 됐어. 모든 폭격기에 출격 명령을 내려. 그리고 잘 들어 렌. 전략 항공대의 각 전열은 95%의 무인기와 5%의 유인 통제기로 구성돼 있어. 각 통제기의 기장에게 전달해. 지금부터 전개할 항공전열을 2갈래로 나누고, 그 중 하나는 파상 전열이야. 파상 전열에는 작전코드 1275를 입력하도록 해."

"네?"

"모르겠어? 폭격의 목표는 크레타만이 아니야. 이오니아 72 폴리스 전체야. 제1 전열은 크레타 연합함대를 괴멸시키고, 제2 전열은 크레타 섬의 군사기지와 군비생산 시설을 폭격하며, 제3 전열부터 제7 전열까지는 이오니아 72 폴리스를 파상적으로 폭격하도록 해. 그리고 무엇보다 중요한 건 제1 전열부터 제7 전열까지 모든 전략 폭격기가 설악산 상공을 지나 저 구름바다 위로 저공비행을 하면서 크레타와 이오니아를 향하게 해. 풋, 이미 우리가 승리한 거나 다름없어요. 렌, 저 공룡의 담대함과 구름바다의 중후함을 보란 말야."

렌은 그제야 왜 그리도 진이가 그토록 많은 반대를 무릅쓰고 전략 폭격기의 생산을 독려했는지 깨달았다. 풋은 오히려 모든 것을 알고 있었다는 듯이 아련한 미소를 머금는다. 사실 모든 문제의 근원은 크레타가 아니라 대양 저편에 있는 이오니아란 문명권에 있었다. 크레타가 아테나이에 가했던 고통은 차치하고라도, 과거 아카이아 세계의 위계 체계에서 아테나이의 하위에 자리하고 있던 크레타가 발 빠르게 이오니아의 근대문명에 편승하고 힘을 길러, 아테나이의 대표성을 빼앗은 것만으로도 아테나이인들에게는 견디기 힘든 모욕이었다.

하지만 지난 100여 년간 아테나이가 겪었던 고통을 모두 크레타의 잘못으로만 돌리는 것도 부당하고 비겁한 짓일 수 있다. 넓게 보면 제국주의의 거센 물결이 밀려오는 와중에 스스로 생존하기 위해서 "나도 너희처럼 근대 제국주의 국가야. 이것 봐, 나에게도 너희처럼 식민지가 있잖아?"라고 크레타는 이오니아 제국들에게 자신의 새로운 모습을 드러내지 않으면 안 되었다. 계속해서 자신의 새로운 모습을 상대에게 보이지 않으면 존재가 사멸할 수밖에 없는 이 문명 세계의 본질은 개인에게나 국가에게나 예외가 없었다. 넓게 보면 크레타도 피해자일 수 있었다.

바로 그런 악순환을 진이는 자신의 미적 문제로부터 자각했고, 그것을 국가의 문제로 확대해 지금 그 문제를 뿌리부터 해소하려고 하는 것이다. 할아버지 무사인이 리쿠르고스를 통해 창조한 '얼굴을 보이지 않는 신'의 정신을 진이는 무라사키 시키부를 통해 '얼굴을 보이지 않는 미인'의 정신으로 계승했고, 이제 그것을 완성하려는 것이다. 이날을 위해 진이는 15년 전 만인 앞에서 옷을 벗는 여인처럼 쿠데타를 일으키는 아픔을 감내해야 했다.

그리고 진이는 지난 15년간 자신의 전쟁 의지를 아테나이라는 한 국가의 의지로 삼게 했다. 사실 이것이 전쟁의 최종 목적이다. 크레타에 설욕하고 이오니아를 멸망시키는 것 자체가 목적이 아니다. 고대 아카이아 세계에서부터 보편적으로 읽혀오던 한 병서에는 이런 구절이 있다.

"정치란 백성으로 하여금 전쟁에 대하여 군주와 똑같은 의지를 갖게 하는 것이다."[34]라고….

그렇게 함으로써 지금 이 순간의 역사는 아테나이의 숭고한 서사로 거듭 탄생할 수 있고, 저기 보이는 장려한 바위와 구름바다, 그리고 그 위를 날아가는 전략 폭격기들은 아테나이의 풍경으로 사람들 모두가 공유할 수 있게 되는 것이다.

그런데 렌은 순간 한 가지 궁금한 점이 생겼다. 진이가 언제부터 이오니아 폭격을 계획했던 것일까? 옥스브리지에서 논문을 쓸 때부터? 만일 그렇다면 애초부터 브리타니아를 이용하기 위해 거짓으로 논문을 쓰고 이론을 세웠다는 것인가? 옆에서 렌을 바라보고 있던 풋이 렌이 무슨 생각을 하는지 알았다는 듯 조용히 렌에게 말을 건넨다.

"처음부터 진은 이오니아 폭격을 계획했어요. 크레타는 애초부터 섬멸의 대상이 아니었어요."

렌이 풋의 말을 듣고 알겠다는 듯 고개를 끄덕인다.

"렌, 뭘 머뭇거려? 빨리 출격 명령을 내리지 않고?"

"네, 알겠습니다. 지금 곧 이동 작전 사령부에 출격 명령을 내리겠

---

34 손무, 『손자병법』 유동환 옮김, 홍익출판사, 2005, 63~64쪽.

습니다."

진이의 출격 명령을 받은 1,300대의 전략 폭격기들은 아테나이 반도의 내륙과 영해 여기저기 산개해 있다가, 15분이 채 못 되어 모두 설악산 상공의 한 점으로 모여들었다. 그리고 편대를 지어 차례로 활강하여 구름바다 바로 위를 비행하기 시작한다. 전략 폭격기들은 각자가 속한 전열에서 수 킬로미터가 넘는 대형을 횡으로 유지하며 해발 1,200m의 낮은 고도로 동쪽을 향해 날아간다. 신선대 여기저기 자리를 잡고 하늘을 바라보는 300여 명 인사는 공중에서 울려 퍼지는 엔진의 굉음이 잠시 자신들의 귀를 찢어놓으려는 듯해 당혹스러워했다. 엔진 음은 조금 더 지나면 인간이 들을 수 있는 가청 진동수를 넘어설 것만 같았다. 마치 지구가 자전하는 소리가 너무 커서 인간에게는 들리지 않듯이…!

그러나 또 한편으로는 그 굉음이 장려한 구름바다와 저 가시권 밖의 적들을 향해 살기를 뿜어내는 공룡의 바위들과 어우러진 모습을 보고 고양된 자신의 마음을 어찌할 줄 몰라 하는 것 같았다. 가장 먼저 활강하여 선두에 섰던 전략 폭격기가 구름바다 수평선 너머로 자취를 감출 때쯤이 되자, 검은 봉황들이 마치 쐐기 모양의 진을 이루어 하얀 구름바다 위를 날아가는 것 같았다. 1300의 검은 전략 폭격기와 흰 구름바다가 '흑과 백'의 거대한 대비를 이루었다. 아테나이 최고의 풍경이 이오니아 72 폴리스 섬멸 전쟁이란 역사적 사건과 어우러져 영원성을 획득한 서사를 일구어내고 있었다. 순간 진이는 지난 45년의 고행을 거쳐 자신의 얼굴이 완성됨을 느꼈다.

소설

가브리엘 가르시아 마르케스(2013) 『백년 동안의 고독』, 안정효 옮김, 문학사
    상사.

김동리(2005) 「등신불」, 『김동리 단편선 등신불』, 문학과지성사.

김연수(2009) 「다시 한달을 가서 설산을 넘으면」, 『산책하는 이들의 다섯 가
    지 즐거움: 2009년 제33회 이상문학상 작품집』, 문학사상사.

김탁환(2006) 『나 황진이』, 푸른역사.

나쓰메 소세키(2013) 『나는 고양이로소이다』, 송태욱 옮김, 현암사.

_____(2013) 『도련님』, 송태욱 옮김, 현암사.

_____(2013) 『풀베개』, 송태욱 옮김, 현암사.

_____(2014) 『산시로』, 송태욱 옮김, 현암사.

_____(2014) 『그 후』, 노재명 옮김, 현암사.

니콜라이 바이코프(2014) 『위대한 왕』, 김소라 옮김, 아모르문디.

다나카 요시키(2011) 『은하영웅전설 1~10』, 김완 옮김, 이타카.

모리 오가이(2011) 「무희」, 『아베일족』, 권태민 옮김, 문학동네.

미시마 유키오(2009) 『가면의 고백』, 양윤옥 옮김, 문학동네.

_____(2013) 『금각사』, 허호 옮김, 웅진지식하우스.

박경리(2012) 『토지 1부 1~4』, 마로니에북스.

박종화(1968) 『제왕삼대 1~5』, 삼성출판사.

_____(1985) 『금삼의 피』, 범우사.

_____(1980) 『다정불심』, 『월탄 박종화 문학전집 10』, 삼경출판사.

_____(1980) 『대춘부』, 『월탄 박종화 문학전집 1』, 삼경출판사.

_____(1980) 『민족』, 『월탄 박종화 문학전집 6』, 삼경출판사.

_____(1980) 『여명』, 『월탄 박종화 문학전집 5』, 삼경출판사.

_____(1980) 『전야』, 『월탄 박종화 문학전집 5』, 삼경출판사.

_____(1980) 「황진이의 역천」, 『월탄 박종화 문학전집 11』, 삼경출판사.

_____(1980) 『홍경래』, 『월탄 박종화 문학전집 12』, 삼경출판사.

_____(1990) 「목매이는 여자」, 『한국의 명작』, 김희보 편저, 종로서적.

_____(1998) 『양녕대군 1~5』, 풀빛미디어.

복거일(1998) 『비명을 찾아서: 경성, 쇼우와 62년 상·하』, 문학과지성사.

슈테판 츠바이크(2005) 『마리 앙투아네트 베르사유의 장미』, 박광자·전영애
    옮김, 청미래.

_____(2010) 『체스이야기·낯선 여인의 편지』, 김연수 옮김, 문학동네.

시바 료타로(2005) 『나는 듯이』, 『대망 30~33』, 박재희 옮김, 동서문화사.

신채호(2015) 『꿈하늘』, 더플래닛.

아쿠타가와 류노스케(2014) 『라쇼몬: 아쿠타가와 류노스케 단편선』, 서은혜
    옮김, 민음사.

알렉상드르 뒤마(2002) 『몬테크리스토 백작 1~5』, 오증자 옮김, 민음사.

_____(2002) 『삼총사 1~3』, 이규현 옮김, 민음사.

요한 볼프강 폰 괴테(2010) 『젊은 베르테르의 슬픔』, 안장혁 옮김, 문학동네.

은희경(2010) 『새의 선물』, 문학동네.

이광수(2010) 『무정』, 민음사.

_____(2014) 『원효대사』, 애플북스.

_____(2015) 『유정』, 이북스펍.

이문열(2001) 「금시조」, 『금시조』, 아침나라.

_____(2005) 「들소」, 『젊은날의 초상』, 민음사.

이범선(2013) 「오발탄」, 『이범선 작품선』, 범우사.

이인화(1993) 『영원한 제국』, 세계사.

_____(2000) 「시인의 별」, 『제24회 이상문학상 작품집』, 문학사상.

이청준(2010) 『당신들의 천국』, 문학과지성사.

전경린(2004) 『황진이 1·2』, 자음과모음.

정유정(2011) 『7년의 밤』, 은행나무.

_____(2013) 『28』, 은행나무.

정한숙(1998) 「금당벽화」, 『금당벽화』, 고려대학교 출판부.

조정래(2011) 『태백산맥 1』, 해냄출판사.

존 르 카레(2009) 『추운 나라에서 돌아온 스파이』, 김석희 옮김, 열린책들.

천명관(2004) 『고래』, 문학동네.

최인호(1997) 「황진이(1)(2)」, 『이 지상에서 가장 큰 집』, 청아출판사.

허먼 멜빌(2011) 『모비딕』, 김석희 옮김, 작가정신.

홍석중(2004) 『황진이 1·2』, 대훈.

황석영(2007) 『바리데기』, 창비.

司馬遼太郎(1999) 『坂の上の雲 1~8』, 文春文庫.

비소설

작자미상(2014) 『니벨룽겐의 노래』, 허창운 옮김, 범우사.

가라타니 고진(2006) 『근대문학의 종언』, 조영일 옮김, 도서출판 b.

_____(2008) 『역사와 반복』, 조영일 옮김, 도서출판 b.

_____(2009) 『네이션과 미학』, 조영일 옮김, 도서출판 b.

_____(2010) 『일본근대문학의 기원』, 박유하 옮김, 도서출판 b.

_____(2011) 『문자와 국가』, 조영일 옮김, 도서출판 b.

_____(2012) 『세계사의 구조』, 조영일 옮김, 도서출판 b.

_____(2015) 『철학의 기원』, 조영일 옮김, 도서출판 b.

가타야마 모리히데(2013) 『미완의 파시즘』, 김석근 옮김, 가람기획.

게오르크 루카치(2007) 『소설의 이론』, 김경식 옮김, 문예출판사.

게오르크 빌헬름 프리드리히 헤겔(2005) 『정신현상학 1·2』, 임석진 옮김, 한길사.

_____(2008) 『역사철학강의』, 권기철 옮김, 동서문화사.

_____(2010) 『헤겔의 미학강의 1~3』, 두행숙 옮김, 은행나무.

귀스타프 르 봉(2013) 『군중심리』, 이재형 옮김, 문예출판사.

강상중(1997) 『오리엔탈리즘을 넘어서』, 이경덕·임성모 옮김, 이산.

강상중·김항 외(2015) 『예외: 경계와 일탈에 관한 아홉 개의 사유』, 문학과지성사.

김용구(2013) 『약탈 제국주의와 한반도: 세계외교사 흐름 속의 병인·신미양
　　요』, 도서출판 원.

김우상(2007) 『신한국 책략』, 나남.

김윤식(2012) 『내가 읽고 만난 일본』, 그린비.

김태우(2013) 『폭격: 미공군의 공중폭격 기록으로 읽는 한국전쟁』, 창비.

김항(2015) 『제국일본의 사상』, 창비.

나쓰메 소세키(2004) 『나의 개인주의 외』, 김정훈 옮김, 책세상.

노엄 촘스키(2013) 『촘스키, 누가 무엇으로 세상을 지배하는가』, 강주현 옮김, 시대의창.

니시다 기타로·다카하시 스스무(2009) 『선의 연구/퇴계 경철학』, 최박광 옮김, 동서문화사.

닐 퍼거슨(2006) 『제국』, 김종원 옮김, 민음사.

_____(2011) 『시빌라이제이션』, 구세희·김정희 옮김, 21세기북스.

도메 다쿠오(2010) 『지금 애덤 스미스를 다시 읽는다.』, 우경봉 옮김, 동아시아.

로버트 팩스턴(2005) 『파시즘: 열정과 광기의 정치혁명』, 손명희·최희영 옮김, 교양인.

롱기누스(2002) 「숭고에 관하여」, 『시학』, 천병희 옮김, 문예출판사.

루스 베네딕트(2008) 『국화와 칼: 일본 문화의 틀』, 김윤식·오인석 옮김, 을유문화사.

마루야마 마사오(1995) 『일본정치사상사연구』, 김석근 옮김, 통나무.

_____(1997) 『현대정치의 사상과 행동』, 김석근 옮김, 한길사.

_____(1998) 『충성과 반역』, 박충석·김석근 옮김, 나남.

_____(2007) 『『문명론의 개략』을 읽는다』, 김석근 옮김, 문학동네.

_____(2012) 『일본의 사상』, 김석근 옮김, 한길사.

마루야마 마사오·카토 슈이치(2000) 『번역과 일본의 근대』, 임성모 옮김, 이산.

막스 베버(2006) 『직업으로서의 학문』, 전성우 옮김, 나남.

_____(2007) 『직업으로서의 정치』, 전성우 옮김, 나남.

_____(2013) 『프로테스탄티즘의 윤리와 자본주의 정신』, 박성수 옮김, 문예출판사.

무라사키시키부(2011) 『무라사키시키부 일기(紫式部日記)』, 정순분 옮김, 지식을만드는지식.

미셸 푸코(2003) 『감시와 처벌』, 오생근 옮김, 나남.

미시마 유키오·기무라 오사무 외(2006) 『미시마 유키오 vs. 동경대 전공투 1969~2000: 연대를 구하여 고립을 두려워하지 않는다.』, 김항 옮김, 새물결.

박영준(2014) 『해군의 탄생과 근대 일본』, 그물.

박유하(2011) 『내셔널 아이덴티티와 젠더』, 김석희 옮김, 문학동네.

박인식 글 안승일 사진(1993) 『북한산』, 대원사.

박지향(2006) 『영국적인, 너무나 영국적인』, 기파랑.

발터 벤야민(2007) 『기술복제 시대의 예술작품, 사진의 작은 역사 외』, 최성만 옮김, 길.

배리 스트라우스(2006) 『살라미스 해전』, 이순호 옮김, 갈라파고스.

백낙청(1988) 『민족주의란 무엇인가』, 창비.

빅토르 세르주(2011) 『러시아 혁명의 진실』, 황동하 옮김, 책갈피.

소포클레스(2008) 『소포클레스 비극 전집』, 천병희 옮김, 숲.

손경석 글 성동규 사진(1993) 『설악산』, 대원사.

손무(2005) 『손자병법』, 유동환 옮김, 홍익출판사.

슈테판 츠바이크(2009) 『다른 의견을 가질 권리』, 안인화 옮김, 바오출판사.

아리스토텔레스(2002) 「시학」, 『시학』, 천병희 옮김, 문예출판사.

_____(2013) 『정치학』, 천병희 옮김, 숲.

아이스퀼로스(2008) 『아이스퀼로스 비극 전집』, 천병희 옮김, 숲.

안토니오 그람시(2003) 『대중문학론』, 박상진 옮김, 책세상.

알렉산더 스완스턴·맬컴 스완스턴(2012) 『아틀라스 세계 항공전사』, 홍성표 외 옮김, 플래닛미디어.

에드먼드 버크(2008)『프랑스 혁명에 관한 성찰』, 이태숙 옮김, 한길사.

_____(2010)『숭고와 미의 근원을 찾아서: 쾌와 고통에 대한 미학적 탐구』, 김혜령 옮김, 한길사.

에드워드 사이드(2013)『오리엔탈리즘』, 박홍규 옮김, 교보문고.

에드워드 H. 카아(2000)『20년의 위기』, 김태현 편역, 녹문당.

에르네스트 르낭(2002)『민족이란 무엇인가』, 신행선 옮김, 책세상.

여치헌(2012)『인디언 마을 공화국: 북아메리카 인디언은 왜 국가를 만들지 않았을까』, Humanist.

오정석(2014)『이라크 전쟁』, 연경문화사.

오창섭(2013)『근대의 역습: 우리를 디자인한 근대의 장치들』, 홍시.

요한 고트프리트 폰 헤르더(2002)『인류의 역사철학에 대한 이념』, 강성호 옮김, 책세상.

유시민(2011)『국가란 무엇인가』, 돌베개.

유홍준(2014)『나의 문화유산답사기: 일본편3 교토의 역사』, 창비.

_____(2014)『나의 문화유산답사기: 일본편4 교토의 명소』, 창비.

이와나미 신서 편집부(2013)『일본 근현대사를 어떻게 볼 것인가』, 서민교 옮김, 어문학사.

이영훈(2007)『대한민국 이야기』, 기파랑.

이인화(2014)『스토리텔링 진화론』, 해냄출판사.

이택광(2014)『박근혜는 무엇의 이름인가』, 시대의 창.

임동원(2015)『피스 메이커』, 창비.

장 보댕(2005)『국가론』, 임승휘 옮김, 책세상.

조갑제(2015)『한반도의 핵겨울』, 조갑제닷컴.

조영일(2011)『세계문학의 구조』, 도서출판 b.

줄리오 듀헤(1999)『제공권』, 이명환 옮김, 책세상.

천병희(2002)『그리스 비극의 이해』, 문예출판사.

최남선(2013)『백두산근참기』, 임선빈 옮김, 경인문화사.

최정운(2013)『한국인의 탄생: 시대와 대결한 근대 한국인의 진화』, 미지북스.

칼 마르크스(2012)『루이 보나파르트의 브뤼메르 18일』, 최형익 옮김, 비르투.

카를 마르크스 · 프리드리히 엥겔스(2002)『공산당선언』, 이진우 옮김, 책세상.

칼 슈미트(1998)『파르티잔』, 김효전 옮김, 문학과지성사.

_____(2010)『정치신학』, 김항 옮김, 그린비.

_____(2012)『정치적인 것의 개념』, 김효전·정태호 옮김, 살림.

케네스 월츠(2007)『인간 국가 전쟁』, 정성훈 옮김, 아카넷.

토니 클리프(2009)『레닌 평전 2: 모든 권력을 소비에트로』, 이수현 옮김, 책갈피.

투퀴디데스(2011)『펠로폰네소스 전쟁사』, 천병희 옮김, 숲.

퍼트리샤 스테인호프(2013)『적군파: 내부 폭력의 심리학』, 임정은 옮김, 교양인.

페터 자거(2005)『옥스퍼드 & 케임브리지』, 박규호 옮김, 갑인공방.

폴 콜리어·알라스테어 핀란 외(2008)『제2차 세계대전: 탐욕의 끝, 사상 최악
　　의 전쟁』, 강민수 옮김, 플래닛미디어.

프리드리히 A. 하이에크(2006)『노예의 길』, 김이석 옮김, 나남.

플라톤(2013)『국가』, 천병희 옮김, 숲.

플루타르코스(1999)『플루타르크 영웅전 1』, 김병철 옮김, 범우사.

_____(2010)『플루타르코스 영웅전 1』, 이다희 옮김, Human & Books.

피터 심킨스·제프리 주크스 외(2008)『제1차 세계대전: 모든 전쟁을 끝내기 위
　　한 전쟁』, 강민수 옮김, 플래닛미디어.

한나 아렌트(2006)『전체주의의 기원 1·2』, 이진우·박미애 옮김, 한길사.

한비자(1997)『한비자』, 성동호 옮김, 홍신출판사.

헤로도토스(2009) 『역사』, 천병희 옮김, 숲.

호메로스(2006) 『오뒷세이아』, 천병희 옮김, 숲.

_____(2007) 『일리아스』, 천병희 옮김, 숲.

H. D. F. 키토(2008) 『고대 그리스, 그리스인들』, 박재욱 옮김, 갈라파고스.

桑原武夫(1950) 『文学入門』, 岩波新書.

淸水好子(1973) 『紫式部』, 岩波新書.

杉本苑子(1991) 「時代の苦を精神の核に·紫式部」, 『月刊 This is 讀売』 通卷 第 20号.

馬場あき子 執筆(昭和62年) 『佐竹本三十六歌仙絵卷, 美術公論社.

宮城音弥(1967) 『天才』, 岩波新書.

Acharya, Amitav(2003/04) "Will Asia's Past Be Its Future?," International Security, 28:3 149~164.

Acharya, Amitav, and Evelyn Goh, eds.(2007) Reassessing Security Cooperation in the Asia-Pacific, Cambridge, MA: BCSIA Studies in International Security

Anderson, Benedict(1991) Imagined Communities, London·NY: Verso.

Booth, Ken(2007) Theory of World Security, Cambridge: CUP.

Buzan, Barry, et al.(1998) Security: A New Framework for Analysis, Boulder: Lynne

Rienner.

Collins, Alan, ed.(2007) Contemporary Security Studies, Oxford: OUP.

Friedberg, Aaron L.(1993/94) "Ripe for Rivalry: Prospects for Peace in a Multipolar Asia," International Security, 18: 3, 5~33.

_____(2000) "Will Europe's Past be Asia's Future?, Survival," 42: 3,

147~59.

Hemmer, C. and P. Katzenstein,(2002) "Why is There No NATO in Asia? Collective Identity, Regionalism, and the Origins of Multilateralism", International Organization, 56:3, 575~607.

Huntington, Samuel P.(1996) The Crash of Civilizations and the Remaking of World Order, London: Free Press.

Kang, David C.(2003) "Getting Asia Wrong: The Need for New Analytical Frameworks," International Security, 27:4, 57~85.

_____(2003/04) "Hierarchy, Balancing, and Empirical Puzzles in Asian International Relations," International Security, 28:3, 165~180.

Ross, Robert S.(1999) "The Geography of the Peace: East Asia in the Twenty-first Century,"International Security, 23:4, 81~118.

_____(2006) "Balance of Power Politics and the Rise of China: Accommodation and Balancing in East Asia," Security Studies, 15:3, 355~395.

Rozman, Gilbert(2007) "South Korea and Sino Japanese rivalry: a middle power's options within the East Asian core triangle," The Pacific Review, 20:2, 197~220.

Schweller, Randall L.(1994) "Bandwagoning for Profit: Bringing the Revisionist State Back In," International Security, 19:1, 72~107.

Waltz, Kenneth N.(1979) Theory of International Politics, Boston, MA: McGraw-Hill.

Wendt, Alexander(1992) "Anarchy is what States Make of it: The Social Construction of Power Politics," International Organization, 46:2,

391~425.

_____(1999) Social Theory of International Politics, Cambridge: CUP.

온라인

나무위키 http://namu.wiki/

네이버 사전 http://dic.naver.com/

네이버 지식 http://terms.naver.com/

네이버 캐스트 http://navercast.naver.com/

모트라인-YouTube http://www.youtube.com/channel/UCMTZqwCd-
　　w9Nynw9BkCgfeRQ

박종화, 「대조선의 봄」, 독립기념관, 2007.

http://www.i815.or.kr/upload/kr/magazine/2007/08/20070832.pdf

유용원의 군사세계 http://bemil.chosun.com/

위키백과 http://ko.wikipedia.org/wiki/

조홍섭 「북한산의 기원」, 네이버캐스트

http://navercast.naver.com/contents.nhn?rid=36&contents_id=452

石山寺 ホームページ http://www.ishiyamadera.or.jp/

永観堂 ホームページ http://www.eikando.or.jp/

民族衣裳普及協會 ホームページ http://www.wagokoro.com/

영화·드라마

「노아」(2014) 대런 아로노프스키 감독, 러셀 크로우·제니퍼 코넬리 주연.

「대호」(2015) 박훈정 감독, 최민식 주연.

「미션 임파서블: 로그 네이션」(2015) 크리스토퍼 맥쿼리 감독, 탐 쿠르즈·레베
　　카 퍼거슨 주연.

「밀회」(2014) 안판석 감독, 김희애 주연.

「배트맨 vs. 수퍼맨: 저스티스의 시작(얼티밋 에디션)」(2016) 잭 스나이더 감독.

「베를린」(2013) 류승완 감독, 전지현 주연.

「블랙 호크 다운」(2001) 리들리 스콧 감독.

「사랑과 야망」(1987) 곽영범 연출, 김수현 극본, 김용림·차화연·남성훈 주연.

「사랑과 야망」(2006) 곽영범 연출, 김수현 극본, 정애리·한고은·조민기 주연.

「스타워즈 에피소드 3: 시스의 복수」(2005) 조지 루카스 감독.

「스타워즈 에피소드 5: 제국의 역습」(1980) 어빈 커쉬너 감독.

「십계」(1956) 세실 B. 데밀 감독, 찰톤 헤스톤 주연.

「썸 오브 올 피어스」(2002) 필 알덴 로빈슨 감독, 벤 애플렉·모건 프리먼 주연.

「아라비아의 로렌스」(1962) 데이빗 린 감독, 피터 오툴 주연.

「아이 인 더 스카이」(2015) 개빈 후드 감독.

「엑스 마키나」(2015) 알렉스 가랜드 감독.

「엑스맨: 퍼스트 클래스」(2011) 매튜 본 감독, 마이클 패스밴더·제임스 맥어보
　　이 주연.

「오블리비언」(2013) 조셉 코신스키 감독, 탐 쿠르즈 주연.

「욕망이라는 이름의 전차」(1951) 엘리아 카잔 감독, 비비안 리 주연.

「황진이」(2007) 장윤현 감독, 송혜교 주연.

「坂の上の雲」(2009~2011) NHK 제작, 本木 雅弘·阿部 寬 주연.

「炎立つ」(1993~1994) NHK 제작, 渡辺 謙 주연.